Arttu Tuominen
Was wir nie verzeihen

Weitere Titel des Autors:
Was wir verschweigen
Was wir verbergen

ARTTU TUOMINEN

WAS WIR NIE VERZEIHEN

KRIMINALROMAN

Übersetzung aus dem Finnischen
von Anke Michler-Janhunen

lübbe

Die Bastei Lübbe AG verfolgt eine nachhaltige Buchproduktion. Wir verwenden Papiere aus nachhaltiger Forstwirtschaft und verzichten darauf, Bücher einzeln in Folie zu verpacken. Wir stellen unsere Bücher in Deutschland und Europa (EU) her und arbeiten mit den Druckereien kontinuierlich an einer positiven Ökobilanz.

Titel der finnischen Originalausgabe:
»Vaiettu«

Für die Originalausgabe:
Copyright © 2021 by Arttu Tuominen
First published in Finnish by Werner Söderström Ltd. (WSOY), Helsinki, Finland in 2021. Published in the German language by arrangement with Bonnier Rights, Helsinki, Finland

Für die deutschsprachige Ausgabe:
Copyright © 2023 by
Bastei Lübbe AG, Schanzenstraße 6–20, 51063 Köln

Textredaktion: Anja Lademacher, Bonn
Umschlaggestaltung: Manuela Städele-Monverde
Umschlagmotiv: © Silas Manhood / Trevillion Images
Satz: Dörlemann Satz, Lemförde
Gesetzt aus der Minion
Druck und Verarbeitung: GGP Media GmbH, Pößneck

Printed in Germany
ISBN 978-3-7857-2859-8

2 4 5 3 1

Sie finden uns im Internet unter luebbe.de
Bitte beachten Sie auch: lesejury.de

Danksagung des Autors an all jene finnischen Organisationen, deren Stipendien es mir ermöglicht haben, dieses Buch zu schreiben: Taiteen edistämiskeskus, WSOY:n kirjallisuussäätiö, Suomen kulttuurirahasto Satakunnan rahasto sowie an den Bildungsausschuss der Stadt Pori

*Für Iida,
die Schnellste*

Ein neues Schwefelholz wurde angestrichen, es brannte, es leuchtete, und an der Stelle der Mauer, auf welche der Schein fiel, wurde sie durchsichtig wie ein Flor.

Das Mädchen mit den Schwefelhölzern von H. C. Andersen

PROLOG

Ukraine, Dezember 1941

Die Tür öffnet sich mit einem Knarren. Zwei Soldaten betreten die kleine Hütte, und eisige Luft strömt herein. Die Soldaten tragen graue, wadenlange Mäntel mit schwarzen Kragenspiegeln und den zwei S darauf, wie doppelte Blitze, und eine graue Feldmütze mit Ohrenklappen. Ihre mit Eisen beschlagenen Lederstiefel hallen auf den Bodenbrettern. Im Herd brennt ein Feuer, der orangefarbene Widerschein tanzt über die Wände und die schmutzigen Gesichter der Männer.

Ihr Blick ist glasig, der Größere leidet zudem an Gelbsucht, die Haut unter den Bartstoppeln hat die Farbe von Wachs.

Er schwingt das Gewehr auf den Rücken. Der Kleinere behält es im Anschlag. Ihre Koppelriemen knarzen.

Die Hütte ist klein, ein einziger Raum mit einer Schlafnische neben der Kochstelle. Die Dachbalken biegen sich unter der Last des Schnees. Auf dem hölzernen Esstisch steht eine rußige Öllampe, deren matter Lichtschein nicht bis in die Ecken reicht. Eine Frau sitzt auf der Bettstatt und stillt ihr Baby. Schulter und Brust schimmern nackt, ihr rabenschwarzes Haar ist zu einem dicken Zopf geflochten, der nach vorn über die Brust fällt. Mit schreckgeweiteten Augen starrt sie die Eindringlinge an.

Der Lange tritt an den Herd, lüpft den Deckel und hebt den Topf auf den Tisch. Der Kurze setzt sich, greift gierig nach dem Holzlöffel und schaufelt sich den dampfenden Brei direkt aus dem Topf in den Mund. Sein Gewehr hat er auf den Tisch gelegt, die Mündung ist auf die Frau gerichtet.

Unterdessen zündet sich der Lange eine Zigarette an, dann reißt er die Schränke auf. Der Kurze setzt seine Mütze ab, holt einen Kamm aus der Tasche, spuckt darauf und scheitelt sich die fettigen Haare. Die Frau hat aufgehört zu stillen, ihr Baby auf das Bett gelegt und die Brust mit ihrer Bluse bedeckt.

»Wo ist dein Mann?«, fragt der Lange auf Russisch, während er weiter in den Schränken wühlt. Er schraubt Dosen auf, zieht Schubladen heraus, findet etwas Zucker und steckt einen Brotkanten in seinen Brotbeutel. Als er keine Antwort erhält, wiederholt er die Frage, diesmal auf Ukrainisch. Da die Frau immer noch nicht antwortet, dreht er sich zu ihr um.

»Alle Manner schaffen fort«, sagt sie schließlich in gebrochenem Russisch. »Ganze Dorf – fort.«

Über das Gesicht des Kurzen zieht ein Grinsen.

»Du hattest recht, sie ist wirklich schön«, sagt er auf Deutsch, wischt sich mit dem Ärmel Brei vom Kinn und setzt seine Mütze wieder auf.

Der Lange öffnet die Herdklappe und schmeißt seine Kippe ins Feuer. Dann mustert er die Frau mit diesem seltsamen Glanz in den Augen, wendet sich schließlich ab und wühlt weiter in ihren Sachen. Er öffnet die Holztruhe und reißt Kleider und Stoffe heraus, bis er plötzlich innehält. Langsam richtet er sich auf, in der Hand einen Talmud, den er erst seinem Kameraden, dann der Frau zeigt. Sie nimmt ihr Baby wieder auf den Arm und drückt es gegen die Brust.

»Jüdin?«

Sie antwortet nicht.

Der Kurze erhebt sich, rückt die Ohrenklappen zurecht und verzieht das Gesicht zu einem Lächeln, das im Schein der Öllampe wie ein verzerrtes Grinsen wirkt. Er zündet sich eine Kippe an. Das Streichholz flammt knisternd auf und erhellt für kurze Zeit den Raum und sein Gesicht.

Von draußen ist röhrender Motorenlärm zu hören, Getriebe

heulen auf. Die Männer schrecken auf und halten inne, entspannen sich dann wieder, als sie erkennen, dass es die Fahrzeuge ihrer Leute sind.

Der Lange sagt: »Sie holen die Frauen – und die Kinder.« Motorengeräusch von mindestens zwei Fahrzeugen nähert sich, vielleicht sind es noch mehr. Dann werden sie langsamer. Die Frau erhebt sich, nimmt ihr Baby auf den Arm und streicht mit der anderen Hand über ihren geflickten Rock.

Ein Fahrzeug hält mit quietschenden Bremsen unweit der Hütte. Die Heckklappe fällt scheppernd herunter, Befehle in deutscher Sprache werden gerufen. Waffen klacken, Hunde bellen, und in einiger Entfernung ist ein Schuss zu hören.

»Besser, ihr versteckt euch«, sagt der Lange.

Wieder fallen zwei Schüsse, eine Frau schreit. Ein dritter Schuss beendet den Schrei.

Die Stimmen nähern sich der Tür.

»Schnell!«

Sie legt ihr Baby auf das Bett und zieht das Bettgestell aus der Nische. Der Lange springt ihr zu Hilfe und schiebt das Bett zur Seite. Für einen Augenblick berühren sich ihre Unterarme.

Im Boden befindet sich eine Luke. Die Frau öffnet sie, steigt hinab und reckt die Arme. Der Mann nimmt den Säugling vorsichtig auf, lässt seinen Blick für einen Moment auf den geschlossenen Lidern und dem weichen Flaum ruhen und reicht ihn dann der Frau. Einem spontanen Einfall folgend holt er die Zündhölzer aus der Tasche und hält sie ihr hin. Sie lächelt ihn an, reißt sich die Kette mit dem Medaillon vom Hals und gibt sie ihm. Er schließt die Luke und schiebt das Bett zurück an seinen Platz.

Im selben Moment wird die Tür aufgetreten, und zwei SS-Soldaten mit gezückten Gewehren kommen herein. Kalte Luft erfüllt den Raum. Die Männer starren sich an, bis endlich der Kurze sagt: »Leer.«

Die Soldaten an der Tür werfen sich einen Blick zu, erkennen das Rangabzeichen des Unterscharführers am Kragenspiegel des Kurzen und ziehen sich zurück. Der Lange bläst die Petroleumlampe aus. Es wird dunkel, nur aus dem Herd fällt der schwache Schein der Flammen. Dann gehen auch die beiden Männer und ziehen die Tür hinter sich zu. Zwischen den Häusern rattert eine Maschinenpistole, das Mündungsfeuer blitzt im Dunkeln auf. Rötlicher Feuerschein leuchtet am Horizont.

2019

1

9. September 2019

Es ist Herbst und dunkel, vereinzelte Straßenlaternen beleuchten die Straßenbiegung. In einem der Einfamilienhäuser brennt Licht, die Scheinwerfer eines vorüberfahrenden Autos streifen über den schwarzen, feuchten Asphalt.

Albert Kangasharju sitzt dösend in seinem Schaukelstuhl. Er schläft nicht, ist aber auch nicht wach. Traum oder Wirklichkeit, für ihn ist da kein Unterschied. Mitunter sind sie ein und dasselbe. Orte, Zeiten und Erinnerungen – die Reihenfolge wechselt, sie vermischen sich. Immer öfter gleiten seine Gedanken weit in die Vergangenheit zurück, auch weil vor ihm nichts mehr liegt, auf das er warten könnte. Die ihm vertrauten lächelnden Gesichter, Freunde, Kindheitssommer, Verwandte, die schon vor Jahren gestorben sind, all das gehört der Vergangenheit an.

Der Schaukelstuhl knarrt, der Lichtstreifen unter der Tür wird durchbrochen, als eine Pflegerin vorbeigeht. Draußen trommeln Regentropfen wie kleine Perlen gegen das Fensterblech. Maija aus dem Nachbarzimmer ruft nach ihrer längst verstorbenen Mutter. Auf dem Fensterbrett kann er die Silhouette eines Blumenstraußes ausmachen. Jemand hat Blumen für die Vase mitgebracht, und er denkt angestrengt nach, wer es war. Hat ihn heute jemand besucht? Alles ist ein einziges großes Durcheinander. Tage, Träume, Nächte, Monate, Jahre. Er kann die Gesichter auf den Fotos nicht mehr unterscheiden, weiß aber, welche Personen darauf zu sehen sind: auf einem der Fotos er und Hilkka an ihrem Hochzeitstag, auf einem anderen Mutter, Vater und der kleine Bruder, während dort drüben die vergilbten Fotos der Mädchen mit ihren Abiturientenmützen stehen.

Sein Rücken schmerzt.

Albert denkt, wenn der Mensch altert, schrumpft alles. Nicht nur der Mensch selbst, sondern auch alles um ihn herum. Unter dem Gewicht der Zeit sackt die Welt zusammen wie eine von Wasser durchtränkte Decke. Und die Alten werden in Heimen begraben, lange bevor sie tot sind.

Der Schaukelstuhl knarrt erneut. Albert schreckt hoch, er war also doch weggenickt.

Der Traum ist zum Greifen nah. Albert fühlt, dass er sich auf ihn herabsenkt wie ein schwerer Mantel.

Er sehnt ihn herbei und fürchtet ihn zugleich.

Dann kehrt der Traum zurück und zeichnet einen Wald ans Fenster.

Im Traum steht Albert auf einer Lichtung. Die Bäume um ihn herum sehen aus wie die Speere eines Riesen, abgeknickt, wild übereinandergeworfen und mattschwarzschimmernd. Es riecht nach einer Mischung aus Frost, Harz und feuchter Erde. Zwischen den Stämmen wabert dünner Nebel. Es ist vollkommen still, doch der alte Mann weiß, dass diese Stille trügt. Der Wald ruft ihn.

Schreit.

Zwischen den Baumstämmen steht eine Frau. Albert hofft, dass sie Zündhölzer bei sich hat. Denn dann könnte er ein Hölzchen streichend entfachen und die Dunkelheit für einen kurzen Augenblick verbannen. Ihn verlangt es, ihr Gesicht zu sehen. Er muss es einfach sehen.

Albert schreckt aus dem Schlaf hoch. Der Wald und der Geruch nach gebranntem Kalk verschwinden. Nun ist er wieder im dritten Stock des Pflegeheims. Die Wanduhr tickt. Die Zeit ver-

geht. Die Fotos auf dem Nachtschränkchen starren ihn aus dem Dämmerlicht heraus an. Er richtet sich auf, stützt sich auf den Armlehnen ab, dann an der Wand und umfasst die Griffe des Rollators. Albert kommt der Gedanke, dass er Klaus anrufen sollte. Er muss ihn anrufen und ihm von der Frau in seinem Traum erzählen. Klaus weiß immer, was zu tun ist. Hat es schon immer gewusst. Allerdings ist sich Albert nicht sicher, ob Klaus noch lebt, denn er hat seit über zwanzig Jahren nichts von ihm gehört.
Ich muss Klaus anrufen, denkt er wieder. *Klaus weiß, was zu tun ist.*
Er betätigt die Klingel und wartet.

Inkeri kommt herein und knipst das Licht an. Das Licht blendet die Netzhaut empfindlich. Sie drückt sich die Hand aufs Herz.
»Was stehst du hier im Dunkeln rum, ich hätte fast einen Herzschlag bekommen.«
Albert lächelt, angelt nach seiner Schiebermütze und setzt sie sich auf.
»Zeit für den Abendspaziergang.«
»Draußen herrscht das reinste Hundewetter.«
»Perfekt für einen Pudel wie mich.«
Inkeri schaut ihn mit gespieltem Tadel an.
»Hilfst du mir?«
Sie bückt sich und hilft ihm in die Schuhe, dann hält sie ihm den Anorak hin.
»Und, spürt man schon, dass ich im Fitnessraum war?«
Inkeri drückt scherzhaft seinen Oberarm und entgegnet lachend: »Holla, die sind ja hart wie Stahl. Nicht schlecht für einen Siebenundneunzigjährigen.«
Sie treten in den Korridor, Albert vorneweg und Inkeri hinterher. Es ist still. Das rote Licht über Maijas Tür blinkt, aber nirgends ist jemand zu sehen. Albert überlegt, wie es wohl wäre, jede Nacht zu erfahren, dass die Mutter schon seit Jahren tot ist. Die

Nachtwache sitzt in einem Glaskasten und schaut von ihrer Zeitschrift hoch. Der Fahrstuhl hält mit einem Pling, und die Türen öffnen sich.

»Wohin soll's gehen?«, fragt Inkeri.

»Lass uns türmen. Nach Las Vegas. Ich hab was zur Seite gelegt. Wir heiraten, kaufen uns ein Motorrad und fahren einmal quer durch Amerika. Ich fahre, du als Sozi im Hochzeitskleid hinten drauf. Das wollte ich schon immer mal machen.«

Inkeri lässt ihren Kopf auf seine Schulter sinken. »Ach, Albert! Du hältst jetzt schon seit vier Jahren jeden Abend um meine Hand an. Du weißt doch, dass ich verheiratet bin.«

»Eines Abends wirst du einwilligen.«

»Wieso bist du dir da so sicher?«

»Wie soll ich es herausfinden, wenn ich nicht jeden Abend frage?«

»Du bist wirklich ein hoffnungsloser Fall!«

»In meiner Jugend nannte man das Beharrlichkeit.«

»In meiner – pure Verzweiflung.«

Sie müssen lachen.

Der Fahrstuhl hält, und sie betreten die dämmrige Eingangshalle. Hinter der Glastür brodeln die Pfützen, das Wasser schießt in einem dicken Strahl aus den Fallrohren und ergießt sich wie ein Wasserfall über den Asphalt.

»Bist du dir wirklich sicher? Du holst dir eine Lungenentzündung und stirbst, und alle werden mir die Schuld geben.«

Albert betätigt den Lichtschalter. »Es wird nicht lange dauern. Außerdem weißt du doch, dass du mir nichts abschlagen kannst, ganz sicher keinem Veteranen den Abendspaziergang.«

Draußen ist es überraschend lau, dennoch schlingt Inkeri ihren Kittel fester um sich und bleibt unter dem Vordach stehen. Eine Schar verwirrter Nachtfalter flattert gegen das Gehäuse der Lampe an der Decke.

Direkt neben dem Rasen beginnt ein schmaler Weg und führt

durch eine Gruppe von Bäumen. Im Park stehen Laternen, doch zwischen ihnen ist die Septembernacht schwarz wie das All.
»Wenn es okay ist, bleibe ich hier stehen. Ich kann dich die ganze Zeit sehen.«
Albert wirft Inkeri einen Blick zu und stutzt, als er ihren Gesichtsausdruck sieht. »Was ist?«
Inkeri versucht sich an einem Lächeln, aber es stürzt in sich zusammen, und ihre Augen füllen sich mit Tränen. »Die Ergebnisse von Mutters Laborproben sind heute gekommen. Sie hat Brustkrebs.«
»Das tut mir sehr leid.« Albert greift nach ihrer Hand. Inkeri zieht sie weg und nimmt eine Schachtel Zigaretten aus der Tasche. Sie lächelt ein ramponiertes Lächeln. »Mist, verdammter, und ich sollte aufhören.«
Erst beim dritten Versuch brennt die Zigarette. Ihre Finger zittern, sie stößt den Rauch aus. »Keine Ahnung, wie das werden soll. Vaters Tod ist noch nicht mal ein Jahr her.«
Albert weiß, dass Inkeri einen Moment für sich braucht. Er stützt sich auf seinen Rollator und tritt in den Regen. Sofort peitschen die Tropfen gegen sein Gesicht und rinnen ihm in den Kragen. Sicherheitshalber macht er noch kürzere Schritte als sonst, er will nicht fallen und einen Oberschenkelhalsbruch riskieren.
Der Schotter knirscht. Der Weg macht eine leichte Biegung nach rechts. Sein Atem wird etwas schneller, doch sonst fühlt er sich fit. Wenn er eines Tages seinen Abendspaziergang nicht mehr machen kann, dann bleibt ihm nichts mehr, denkt er, dann wäre er bereit zu gehen.
Aber noch ist es nicht so weit, heute noch nicht.
Eine der Parklaternen leuchtet nicht. Ein Stück des Weges liegt im Dunkeln, erst an der nächsten Laterne wird er wieder sichtbar. Über den Weg ragen die Zweige der Bäume wie knöcherne Finger. Fette Tropfen prallen auf den Boden, als wären es Kristallperlen.

Albert schaut zurück. Inkeri spricht unter dem Vordach in ihr Handy, wohl mit ihrer Schwester. Der Mensch begreift erst wirklich, dass er lebt, wenn der Tod zum ersten Mal einen Fingerzeig schickt, denkt er. In Inkeris Fall geschah das vor einem Jahr und jetzt bereits zum zweiten Mal.

Albert bleibt unter der letzten intakten Laterne stehen und erwägt umzukehren. Vor ihm verschwindet der Weg auf einigen Metern komplett, wie in einem schwarzen Loch. Seinen Abendspaziergang hat er bisher noch nie abgebrochen. Also setzt er seinen Rollator wieder in Bewegung und tritt in die Dunkelheit. Der Weg macht hier eine Biegung. Unter der defekten Laterne bleibt er stehen und kramt eine Streichholzschachtel aus der Tasche, schüttet ein Streichholz in seine Handfläche und streicht es über die Reibefläche.

Die Flamme lodert auf. Albert erkennt die weiße Bank vor sich, die schwarzen Stämme der umstehenden Bäume, den nassen Rasen. Die Flamme wird kleiner, und das Streichholz erlischt. Albert lässt es auf die Erde fallen, steckt die Schachtel wieder ein und geht weiter. Unter seinen Sohlen knirschen Glassplitter. Schlagartig sind seine Sinne hellwach, er hat das dumpfe Gefühl, als beobachte ihn jemand unter den Bäumen. Metallischer Geschmack breitet sich in seinem Mund aus, er beschleunigt seine Schritte.

In diesem Augenblick wird er gepackt, mit brutaler Härte.

Der Rollator kippt um. Er kann noch schreien, dann legt sich ein Lederhandschuh fest auf seinen Mund. Er will sich befreien, doch gegen die Kraft seines Angreifers ist er machtlos. Er wird zwischen die Bäume geschleppt. Ein weiteres Mal versucht er sich zu wehren, bis er einen Schlag in den Nacken spürt und das Bewusstsein verliert.

Inkeri war Albert mit den Blicken gefolgt. Ihre Schwester am anderen Ende der Leitung hatte geweint, und beinahe wäre auch sie in Tränen ausgebrochen. Aber das war unmöglich, dann würde alles einstürzen. Die anderen sollten weinen, toben, schreien und ihre Gefühle herauslassen. Sie als ältere Schwester musste stark sein. So war es schon immer. Auch sie würde weinen, natürlich, aber erst, wenn sie allein wäre und niemand sie sehen konnte. Als ihr Vater starb, hatte sie alles allein organisiert: die Einsegnung, die Trauerfeier, den Trauerflor, die Kränze, die Einladungen, das Catering, den Pfarrer. Nach der Beerdigung kümmerte sie sich um den Nachlass, die Bankangelegenheiten, die Steuern und jene dutzenden Meldungen, die nach dem Ableben eines Menschen unabdinglich sind. Von ihrer kleinen Schwester und ihrer Mutter hatte sie keine Hilfe erwarten können. Einen Tag vor der Beerdigung war sie am Ende. Keiner hatte eine Ahnung gehabt, wie kurz sie damals vor dem Zusammenbruch stand. Aber sie hatte durchgehalten. Ihrer Mutter zuliebe. Ob sie das ein zweites Mal durchstehen würde, war fraglich. Am liebsten hätte sie laut geschrien, getobt und geheult, doch stattdessen hörte sie sich sagen:

»Das ist erst mal nur die Diagnose. Dann beginnen die Behandlungen. An Brustkrebs erkranken tausende Frauen jedes Jahr ... natürlich weiß ich das, aber das muss nicht ... nun sei nicht kindisch! Das ist doch kein Todesurteil!«

Inkeri rauchte ihre Zigarette bis zum Filter herunter und drückte sie in dem Aschenbecher aus, der an der Hauswand befestigt war. Ihr war klar, dass sie gegen sämtliche Regeln des Pflegeheims verstieß, was Albert betraf. Um diese Zeit durften die alten Menschen sich nicht mehr im Freien aufhalten, schon gar nicht ohne Regenkleidung. Aber Albert war der Mensch, für den sie während des vergangenen Jahres jeden Morgen aufgestanden war. Er war immer bereit, ihr zuzuhören, ihr einige tröstende Worte zu sagen, einfach nur da zu sein.

Dann schoss ihr wieder die Brustkrebsdiagnose ihrer Mutter in den Sinn, und ihr Kinn begann zu zittern. Ihr wurde bewusst, dass auch Albert bald sterben würde.

Dieser war zwischenzeitlich in der Dunkelheit zwischen den

Laternen verschwunden, aber Inkeri setzte ihr Telefonat fort, bei dem alles so lief wie immer: Sie gab die Große, während ihre Schwester wieder zur Fünfjährigen wurde.

Schon am ersten Abend, an dem Albert ins Pflegeheim Kuusipuu gebracht wurde, das seinen Namen den Fichtenbäumen im zugehörigen Park verdankte, hatte er Inkeri gebeten, ihn in diesen Park zu begleiten. Auf den Abendspaziergang eines Veteranen, wie er es nannte. Inkeri hatte gerade ihre Spätschicht angetreten, in der das Personal ohnehin knapp war, außerdem war eine Kollegin krank geworden und eine andere hatte Bescheid gegeben, dass sie sich verspätete. Trotzdem war es Albert seltsamerweise gelungen, sie zu überreden. Seither hatte sie sich seinem Charme nicht mehr entziehen können.

»Natürlich gehe ich mit Mama zum Arzt ... jetzt hör auf zu flennen ... ja, ich mache mir vorher eine Liste mit Fragen ...«

Ein plötzlicher heiserer Aufschrei ließ sie zusammenfahren, sie nahm das Telefon vom Ohr und lauschte. Das Fallrohr rauschte, der Regen trommelte auf das Bitumendach. Sie war sich sicher, dass sie etwas gehört hatte. Angestrengt spähte sie in die Dunkelheit. Albert war nicht zu sehen.

»Albert?«

Keine Antwort.

»Ich rufe dich zurück«, sagte sie ins Telefon und lief los. Die Tropfen peitschten ihr ins Gesicht, und im Nu waren ihre Haare nass. Alberts Rollator lag umgekippt am Rand der Rasenfläche. War er etwa gestürzt und hatte sich verletzt? Inkeri verfluchte sich. Sie hätte den alten Mann nie und nimmer allein hinaus in den Regen gehen lassen dürfen. Sie rannte weiter.

»Albert!«

Die zuckenden Beine waren das Erste, was sie zwischen den Bäumen sah. Jetzt erkannte sie zwei schwarzgekleidete Gestalten mit einer Person zwischen sich, die sie in großer Eile davonschleiften.

»Halt!«, schrie Inkeri und verließ den Weg in Richtung der Baumgruppe.

Dann lief alles ab wie in Zeitlupe. Erst viel später gelang es ihr, die Ereignisse zu rekonstruieren. In jenem Moment jedoch schien die Zeit stehen zu bleiben, und alles geschah wie in einer einzigen, lang gezogenen Sekunde. Sie stürmte auf die Gestalten zu.

»Loslassen! Lassen Sie den Mann los!«

Inkeri trug nur ihre Arbeitslatschen und ihre Strümpfe waren sofort durchnässt. Jetzt konnte sie zwei Männer mit schwarzen Mützen und breiten Rücken erkennen, die Albert zwischen sich davonschleppten wie einen nassen Teppich.

»Loslassen!«

Dann hatte Inkeri Albert erreicht. Die Männer waren in der Dunkelheit verschwunden, als hätte es sie nie gegeben. Albert lag im Gras und gab kein Lebenszeichen von sich. Schwere Tropfen fielen in das zerfurchte Gesicht. Inkeri fühlte seinen Puls, fand ihn nicht und zog ihr Telefon aus der Tasche. Sie wählte den Notruf. Eine Frauenstimme erteilte ihr mit ruhiger Stimme Anweisungen. Erst jetzt lief die Zeit weiter. Endlich konnte sie wieder klar denken. Sie drückte rhythmisch auf Alberts Brustkorb und blies ihm in regelmäßigen Abständen Luft in die Lunge. Von weit her drang das Heulen der Sirene eines Rettungswagens zu ihr herüber.

2

Im Traum war Jari Paloviita wieder zwölf. Er stand im Brunnenschacht, das Wasser reichte ihm bis zum Bauchnabel, war tiefschwarz und stank nach Kadaver. Von oben schimmerte schwaches Tageslicht herab. Irgendein tentakelartiges Wesen bewegte sich um ihn herum, sodass sich die Wasseroberfläche kräuselte. Der Körper des Wesens berührte ihn am Oberschenkel, ein Schrei stieg in seiner Kehle auf, doch er brachte keinen Laut hervor.

Als sein Telefon klingelte, öffnete er die Augen.

Zuerst wusste er nicht, wo er war. Er fühlte sich, als wäre er an einem unbekannten Ort aufgewacht, in einer unbekannten Zeit und völlig losgelöst von seinem Ich. Im Mund hatte er den Geschmack von faulem Brunnenwasser. Im Ohr hörte er ein Pfeifen und einen stechenden Schmerz. Dann fiel die Wirklichkeit unsanft auf ihn herab.

»Nun geh schon ran«, murmelte seine Ehefrau Terhi und stieß ihn in die Rippen. Kurz kam ihm das Tentakelwesen aus seinem Traum wieder in den Sinn.

Er tastete nach seinem Handy auf dem Nachttisch und kniff ein Auge zu, um schärfer sehen und den blinkenden Namen auf dem Display entziffern zu können. Terhi hatte sich schon wieder auf die Seite gedreht und schlief weiter. Der Traum blieb greifbar, und das Gefühl, das von ihm Besitz ergriffen hatte, quälte ihn noch, als er das Gespräch annahm.

»Jari.«

»Grönroos hier. Habe ich dich geweckt?«

»Nein, ich hatte mich gerade erst hingelegt«, log Paloviita.

»Im Stadtteil Liinaharja, in dem Park neben dem Pflegeheim

Kuusipuu, gab es einen versuchten Raub mit schwerer Körperverletzung. Das Opfer ist einer der Bewohner des Pflegeheims. Er wurde in kritischem Zustand ins städtische Krankenhaus Satasairaala gebracht. Sehr gut möglich, dass er nicht überlebt. Du musst ins Krankenhaus fahren und seine Aussage aufnehmen, falls er aufwacht. Hast du etwas zum Schreiben? Ich gebe dir jetzt seine Daten.«

Paloviita schaute auf die Anzeige des Radioweckers und stellte fest, dass es noch nicht einmal elf war. Wenn er wirklich geschlafen hatte, dann höchstens für ein paar Minuten. Trotzdem war er in dieser kurzen Zeit bereits in die Tiefe des Brunnens mit seinen abscheulichen Kreaturen gefallen.

Ich werde es nie schaffen, aus dem Brunnen herauszukommen. Der Brunnen frisst mich auf, bis nichts mehr von mir übrig ist.

»Leg los, ich merk sie mir«, sagte er und tastete gleichzeitig nach Papier und Stift auf dem Nachttisch, bis ihm einfiel, dass er sie im Wohnzimmer neben dem Lottoschein liegen gelassen hatte.

Grönroos' Lagebericht war äußerst knapp, einfach weil es nicht viel zu berichten gab. Paloviita konzentrierte sich darauf, den Namen des alten Mannes im Gedächtnis zu behalten. Als das Telefonat beendet war, ließ er den Kopf zurück aufs Kissen sinken. Er starrte auf die Holzpaneele an der Schlafzimmerdecke, bis die Astlöcher vor seinen Augen zu tanzen begannen. Das Muster erinnerte ihn an das Gesicht einer Frau. Oder eben an einen Totenkopf, je nachdem. Der Schlaf streckte erneut seine Finger nach ihm aus, die Augenlider wurden schwer, das Frauengesicht über ihm lächelte. Er nahm all seine Kraft zusammen und setzte sich auf, schwang die Beine aus dem Bett und gähnte so ausgiebig, dass sein Kiefer knackte. Beim Ankleiden fluchte er innerlich über die Entscheidung, Polizist geworden zu sein. Terhi atmete langsam ein und aus, sie schlief bereits wieder tief. Kurz spürte Paloviita eine unerklärliche Wut auf seine Frau. Sie hatte nie verstanden, wie privilegiert sie in ihrem Job war. Lehrer lebten in einer Blase, zu der lange Ferien, kurze Arbeitstage und ein hohes Gehalt gehörten, ertrugen aber keinerlei Kritik und beriefen sich ständig auf ihre Verantwortung für das Wohlergehen und die Entwicklung der Kinder. Wie würde sie damit klarkommen, wenn sie auch nur einmal nachts um drei geweckt werden würde, um jemandem das Einmaleins der Sechser-Reihe beizubringen?

Bevor er aufbrach, warf er noch einen Blick in die Zimmer seiner kleinen Töchter und dachte auch diesmal wieder, dass hier das Beste schlief, das er je zustande gebracht hatte.

Noch im Auto musste er gähnen und wischte sich mit dem Ärmel die Augen. Über den Fall wusste er nichts als das, was Grönroos ihm am Telefon knapp geschildert hatte. Der Zustand des Opfers war kritisch, möglicherweise war er schon tot. Wenn der Alte starb, hatten sie es mit einem Gewaltverbrechen mit Todesfolge zu tun, sollte er jedoch am Leben bleiben, handelte es sich um schwere Körperverletzung. Ein kleiner, aber bedeutsamer Unterschied.

Er bog von der Hauptstraße zum Krankenhaus ab und stellte fest, dass der Herbst schon weit fortgeschritten war. Der Regen und die Dunkelheit saugten alles Licht auf. Er stellte sich auf den Behindertenparkplatz, der Parkausweis der Polizei steckte hinter der Windschutzscheibe. Dann rannte er den Pfützen ausweichend zum Eingang der Notaufnahme. Drinnen war der Warteraum gut gefüllt. Er drängelte sich an der Schlange vor dem Schalter vorbei, trug sein Anliegen vor und wartete, bis ein Pfleger mit fettigem Zopf und bunt tätowiertem Arm ihn abholen kam. Durch verschlungene, halbdunkle Korridore gelangten sie zur Intensivstation, wo ihnen eine Ärztin mit wehend weißem Kittel entgegenkam. Aus ihrem starren Blick sprachen Müdigkeit und Stress. Paloviitas Begleiter sprach die Ärztin an und stellte ihn vor.

»Der Zustand des Patienten ist nach wie vor kritisch. Er ist nicht wieder zu Bewusstsein gekommen«, erklärte die Ärztin.

»Welche Verletzungen hat er?«

Die Ärztin, auf deren Namensschild Emilia stand und die viele Sommersprossen hatte und für Paloviitas Geschmack eine für ihr schmales Gesicht unverhältnismäßig große Brille trug, zuckte mit den Schultern. »Zu diesem Zeitpunkt ist es schwer, irgendetwas Verlässliches zu sagen. Er hat kaum äußere Verletzungen, aber in einem Alter von siebenundneunzig Jahren kann bereits ein kleiner Stoß irreversible Schäden hervorrufen. Kopf und Nackenbereich werden gerade untersucht.«

»Siebenundneunzig?«, vergewisserte sich Paloviita, weil er meinte, sich verhört zu haben.

»Im Januar wird er achtundneunzig.«

»Wer bitte attackiert einen Hundertjährigen?«, fragte die verdutzte Pflegekraft.

Paloviita gab keine Antwort. Bei seiner Arbeit gab es immer wieder Dinge, für die sich einfach keine Worte finden ließen. Der Tod eines Kindes, der Tod von Mutter oder Vater – und jetzt eben der brutale Angriff auf einen Hundertjährigen.

»Die Polizei braucht seine Aussage.«

Die Ärztin sah Paloviita an wie einen verschimmelten Joghurt.

»Wenn er stirbt, handelt es sich um ein Tötungsdelikt«, erklärte Paloviita ruhig.

Die Ärztin dachte kurz nach und sagte dann: »Die Untersuchung dauert etwa eine halbe Stunde. Aufwachen kann er jeden Augenblick … oder eben nie wieder. Wenn Sie wollen, können Sie im Flur warten. Meine Empfehlung wäre allerdings, Sie gehen nach Hause. Selbst wenn er jemals das Bewusstsein wiedererlangt, wird es eine Zeit dauern, bevor Sie die Erlaubnis bekommen, mit ihm zu reden. Das kann unter Umständen Tage dauern.«

»Ich warte.«

Die Ärztin zuckte die Schultern. »Tun Sie, was Sie nicht lassen können.«

»Am Ende des Gangs steht ein Kaffeeautomat«, fügte der Krankenpfleger hinzu. »Er funktioniert nur mit Münzen.«

Paloviita nickte und setzte sich auf einen Stuhl an der Wand gegenüber dem Patientenzimmer von Albert Kangasharju. Auf der Station herrschte Dämmerlicht, und es war ruhig. In dem verglasten Überwachungsraum im Flur saßen drei weißgekleidete Schwestern vor den Monitoren wie Fische im Aquarium. Paloviita gähnte und zog sein Telefon aus der Tasche, als ihm das Handyverbotsschild an der Tür zur Intensivstation in den Sinn kam. Also schaltete er das Handy aus und blätterte durch die Zeitschriften im Ständer. Eine Ausgabe der *Apu*, die schon vor einem Jahr erschienen war, fiel ihm ins Auge. Die Illustrierte wartete mit einem Artikel über Feriendomizile in Afrika auf, und er betrachtete Fotos von Savannenlandschaften, exotischen Tieren, Luxushotels und Dschungelpfaden. Er hatte immer schon von einer Reise nach Afrika geträumt, auch wenn er wusste, dass dieser Wunsch nie in Erfüllung gehen würde. Zumindest nicht so, wie er es sich vorstellte. Völlig ungebunden. Denn sein Leben kam ihm zunehmend wie ein Gefängnis vor, in dem er hinter den Gitterstäben seines Käfigs dumpf hin- und herlief wie irgendein Pelztier.

In einem der anderen Zimmer war ein Alarm zu hören, und die Schwestern aus dem Glaskasten eilten in diese Richtung. Einen Augenblick später trat deutlich ruhiger ein Arzt durch eine Schiebetür, warf ihm im Vorbeigehen einen Blick zu und folgte dann den Schwestern ins Krankenzimmer. Dann war es wieder still. Wenige Minuten später kamen Arzt und Schwester aus dem Zimmer und gingen zurück in das Aquarium. Für einen Moment herrschte noch hektische Betriebsamkeit auf der Station, dann wurde es wieder ruhig, und der Arzt ging denselben Weg zurück, den er gekommen war. Paloviita wurde bewusst, dass er ein ungebetener Gast war an einem Ort, an dem jede Sekunde um Leben und Tod gerungen wurde. Er griff wieder nach der *Apu*, konnte sich aber nicht mehr darauf konzentrieren. Er gähnte und ertappte sich dabei, wie er alle zwei Minuten auf die Uhr an der Wand starrte.

Nach weiteren zwanzig Minuten öffnete sich die Schiebetür erneut, und der Pfleger, der ihn zuvor auf die Intensivstation begleitet hatte, schob ein Bett den Gang hinunter. Auf dem Namensschild konnte Paloviita den Namen Kangasharju ausmachen. Er erhob sich und beobachtete, wie das Bett mit dem alten Mann in ein Zimmer geschoben wurde. Dabei konnte er einen Blick auf dessen Gesicht erhaschen und erschrak beim Anblick der Furchen, die so tief waren, dass sie aussahen wie eingraviert. Seine Stirn war voller Altersflecke, der Mund leicht geöffnet, seine schmalen Lippen wirkten, als könnten sie jeden Augenblick aufreißen.

Als das Bett an Ort und Stelle war, kam der Pfleger zu ihm.

»Der Patient ist noch nicht wieder zu sich gekommen, aber sein Zustand ist stabil.«

»Was heißt das?«

»Er ist am Leben. Die Ärztin macht gleich ihre Runde. Dann erfahren Sie Genaueres.«

Die Mundwinkel des Pflegers zuckten von einem unterdrückten Gähnen, das auch auf Paloviita übergriff. Dann entfernte sich der Mann.

Paloviita war wieder allein im Gang, setzte sich auf den Stuhl und starrte weiter die Uhr an. Stille senkte sich über die Station, doch die ganze Zeit über spürte Paloviita die Anwesenheit des Todes. Er schwebte Sense schwingend über den Flur und durch die Zimmer. Je mehr Zeit verstrich, umso gereizter wurde Paloviita. Wo zum Teufel steckte dieser Arzt nur? Viel fehlte nicht und Paloviita wäre nach Hause gefahren, aber er wusste nur zu gut, dass er zuvor wenigstens mit dem Arzt gesprochen haben musste. Wenn auch nur die geringste Chance bestand, eine Aussage von dem alten Mann zu bekommen, musste er sie ergreifen.

Auch wenn er nicht mehr recht daran glaubte, dass Kangasharju noch einmal aufwachte.

Warum griff jemand einen wehrlosen, gebrechlichen Greis an?

Er konnte es sich nicht anders erklären, als dass es ein Raubüberfall gewesen war, nur um ein paar lächerliche Münzen für Drogen zu ergattern. Dieser Raub würde den Täter teuer zu stehen kommen. Es war gut möglich, dass er wegen versuchten Totschlags angeklagt wurde.

Paloviita stand auf und erwog, ob er kurz frische Luft schnappen sollte, verwarf den Gedanken aber wieder. Bei seinem Glück käme der Arzt genau dann, wenn er nicht da war. Er spähte zu dem Aquarium hinüber. Die Schwestern waren in ihre Arbeit vertieft. Er schlenderte zu der Tür, durch die sie den Alten kurz zuvor geschoben hatten und hielt sein Ohr daran. Absolute Stille. Er drückte die Klinke herunter und öffnete die Tür einen Spalt. Im Zimmer herrschte Halbdunkel, über dem Fenster sorgten zwei schwache Neonröhren für ein beinahe gespenstisches Licht. Er schlüpfte ganz hinein und zog die Tür hinter sich zu. In dem Zimmer stand nur ein Bett. Über Unterarme und Brustkorb des Mannes verliefen Schläuche, die an Sonden befestigt waren. Mehrere Monitore, auf denen verschiedene Kurven zu sehen waren, gaben in regelmäßigen Abständen einen Piepton von sich. Das Gesicht des Patienten wurde von einer Sauerstoffmaske verdeckt, von der ein dicker Schlauch zum Beatmungsgerät auf einem Wagen in der Nähe führte, das zischend seine Ein- und Ausatmung regelte.

Paloviita ging zum Bett. Er fand, der Alte sah bereits aus wie tot, er wurde nur noch von den Geräten am Leben erhalten. Schläuche, Maschinen und Monitore. Er fuhr herum, als die Tür hinter ihm geöffnet wurde.

Herein trat ein Arzt, der ebenfalls erschrak, als er Paloviita entdeckte, sich aber schnell fasste und schnurstracks zum Bett des Patienten ging. Der Arzt war etwa Mitte dreißig und kein gebürtiger Finne. Sein Haar war voll, sein Bartwuchs kräftig und dunkel. Aus den Ärmeln des straff sitzenden Arztkittels schauten behaarte Handgelenke und eine goldene Uhr hervor.

»Jari Paloviita, Polizei Südwestfinnland«, stellte Paloviita sich vor und streckte dem Arzt die Hand entgegen. Dieser übersah die Geste, schnappte sich die Patientenakte vom Kopfende des Bettes und blätterte darin.

»Können Sie mir sagen, wie seine Chancen stehen?«

Der Arzt hob den Blick, sagte jedoch nichts, legte die Akte aus der Hand, zog den Vorhang um das Bett zu und bedeutete Paloviita, das Zimmer zu verlassen. Paloviita zögerte kurz und ging dann entnervt zurück auf den Gang. Er wusste ja, dass Ärzte recht eigen sein konnten, aber noch nie war ihm ein so überhebliches Exemplar dieser Gattung begegnet. Wenn der Arzt seine Untersuchungen abgeschlossen hatte, würde Paloviita ihn ganz sicher nicht gehen lassen, und wenn er ihm die Antworten gegen seinen Willen aus der Nase ziehen musste.

Immer noch missmutig schlenderte er zum Kaffeeautomaten. Wieder dachte er an Terhi, wie sie in ihrem warmen Bett schlief. Was er auch versuchte, er bekam dieses Bild einfach nicht aus seinem Kopf. Seit wann und warum war er ihr gegenüber so verbittert? Er schämte sich für seine Gefühle, kam aber nicht dagegen an. Müde fuhr er sich über seine Bartstoppeln und gähnte. Dann inspizierte er den Automaten und stellte zufrieden fest, dass auch Cappuccino und Espresso zur Auswahl standen. Er fingerte Münzen aus der Tasche und suchte die passende Summe zusammen. Dann hielt er mitten in der Bewegung inne. Die Zeit schien stehen zu bleiben, und er wurde von einem merkwürdigen Gefühl erfasst. Irgendetwas an dem Arzt war ihm seltsam vorgekommen. Etwas an seiner Erscheinung. Es lag nicht an der goldenen Uhr und auch nicht an seinem brüsken Verhalten, sondern an etwas anderem. Der Arzt hatte den weißen Kittel offen getragen. Darunter trug er ein schwarzes Hemd und Jeans, und seine Turnschuhe waren voller Schlamm. Deutlich sah Paloviita die Abdrücke der schmutzigen Schuhe auf dem Linoleum vor sich. Er drehte sich um und sah die Spuren auch auf dem Gang. Dann fiel ihm eine weitere Ungereimtheit ein. Etwas, bei dem sich seine Nackenhaare aufstellten. Als er dem Arzt vergeblich seine Hand hingestreckt hatte, war sein Blick auf das Namensschild am Revers des Mannes gewandert. Den Namen hatte er so schnell nicht entziffern können, aber jetzt erinnerte er sich wieder an das Foto über dem Namen. Es war das Foto einer Frau.

Paloviita machte auf dem Absatz kehrt. Die Münzen fielen ihm aus der Hand und kullerten über den Boden. Bei dem Geräusch hoben die Schwestern im Glaskasten den Blick. Paloviita rannte an ihnen vorbei und war drei Sekunden später vor Kangasharjus Tür. Er drückte die Klinke herunter, aber die Tür war verschlossen. Er rüttelte an der Klinke, brüllte um Hilfe und bearbeitete die Tür mit seinen Fäusten. Als das nichts half, warf er sich erst mit seiner Schulter, dann mit der Hüfte gegen die Tür, doch sie gab nicht nach. Also machte er einen Schritt zurück und trat so fest dagegen, wie er konnte. Es gab einen heftigen Knall, und Paloviita fiel rücklings hin, sonst geschah nichts. Wieder rief er laut um Hilfe, als sein Blick auf einen Feuerlöscher fiel, der an der Wand hing. Er riss ihn aus der Halterung und rammte ihn gegen das Türschloss. Die Tür bekam oberhalb des Schlosses einen Riss und wölbte sich. Paloviita holte noch einmal aus und stieß den Feuerlöscher wie einen Rammbock mit aller Kraft gegen die Tür. Dieses Mal gab die Tür nach und flog aus den Angeln. Das Schloss fiel scheppernd zu Boden. Paloviita stürmte ins Zimmer.

Der falsche Arzt drückte ein Kissen auf das Gesicht des Alten und ließ erst davon ab, als Paloviita sich auf Armeslänge genähert hatte. Sie packten einander, und Paloviita versuchte, den Mann aus dem Gleichgewicht zu bringen, doch dieser wich ihm geschickt aus und hielt seine Handgelenke aber mit eisernem Griff umklammert. Paloviita war sofort klar, dass sein Gegenüber stärker war als er und sich nicht überraschen ließ. Dennoch kämpften beide mit vollem Einsatz weiter. Paloviita krachte mit dem Rücken gegen die Wand und stieß den Besucherstuhl um. Dann kippte der Rollcontainer mit einem lauten Scheppern um, alle

Gegenstände darauf verteilten sich auf dem Boden. Der Infusionsständer geriet ins Wanken, genau wie das Beistelltischchen aus Metall. Schließlich donnerten sie beide so hart gegen das Bett, dass es trotz fixierter Rollen gegen die Wand krachte.

Paloviita hatte das Krafttraining bei der Polizei schon längere Zeit vernachlässigt, doch die unvorhergesehene Situation setzte so viel Adrenalin frei, dass er ganz automatisch handelte. Er drehte sich, bekam sein rechtes Handgelenk frei und schlug seinem Gegner, ohne zu zögern, die Faust ins Gesicht. Der Schlagwinkel war nicht optimal, aber die Lippe des Angreifers platzte sofort auf, er stöhnte, schwankte und löste seinen Griff um das andere Handgelenk. Paloviita nutzte das Überraschungsmoment, warf sich erneut auf ihn, prallte jedoch gegen den erhobenen Ellenbogen des Gegners, der ihn mitten im Gesicht traf. Es knirschte, als das Nasenbein brach. Ein stechender Schmerz durchfuhr ihn, seine Knie sackten weg, und einen Atemzug lang glaubte er, das Bewusstsein zu verlieren. Als hätte ihm jemand einen weißglühenden Eisennagel in den Schädel getrieben. Das Blut schoss aus seiner Nase wie Wasser aus einem Sprinkler. Er verlor das Gleichgewicht, umklammerte den Vorhang am Bett des Patienten, riss ihn aus der Aufhängung und sackte damit zu Boden.

Endlich kamen zwei Schwestern hereingestürzt. Das ganze Zimmer war verwüstet. Der falsche Arzt nutzte die Verwirrung und floh an den Schwestern vorbei hinaus auf den Gang. Eine der Schwestern eilte Paloviita zu Hilfe und begann, die Blutung zu stillen. Seine Kleidung und der Boden waren bereits voller Blut. Er schob sie unsanft zur Seite, rappelte sich auf, warf den Vorhang auf den Boden und eilte dem Fliehenden wankend hinterher. Die Stationstür wurde geöffnet, und der Krankenpfleger aus der Notaufnahme kam hereingerannt. Paloviita konnte ihm zwar noch zurufen, dass er aufpassen solle, doch es war schon zu spät: Der Pfleger vermochte nicht mehr auszuweichen, als der falsche Arzt ihn in voller Fahrt mit der Schulter rammte. Der Pfleger flog zur

Seite wie ein Reisigbündel, und der Angreifer war verschwunden. Die Tür donnerte mit Wucht gegen die Wand, als Paloviita sie wieder aufstieß und gerade noch erkennen konnte, wie der weiße Kittel nach links verschwand. Sein Vorsprung war gewachsen, doch auf dem Korridor kamen ihm auf halber Strecke zwei Schwestern entgegen, die ein Patientenbett schoben. Er war gezwungen, langsamer zu werden, und der Vorsprung verringerte sich. Der falsche Arzt drückte das Bett unsanft zur Seite, die Schwestern schauten ihm schimpfend hinterher und wichen erschrocken dem Blut überströmten, laut rufenden Paloviita aus.

Jetzt betrug der Abstand zwischen ihnen nur noch etwa fünf Meter. Der Korridor vor ihm endete auf einem anderen Gang. Paloviita war klar, dass das seine einzige Chance war. Der falsche Arzt musste das Tempo verlangsamen, Paloviita machte einen Satz nach vorn, bekam einen Zipfel des Kittels zu fassen und zog den Mann mit aller Kraft nach hinten. Doch nur der Kittel blieb hängen wie der weggeworfene Umhang eines Gespensts. Schwer keuchend setzte er dem Flüchtenden nach, obwohl ihm klar war, dass er keine Chance mehr hatte. Der Abstand zwischen ihnen war wieder größer geworden. Der Mann vor ihm warf einen Zeitungsständer um und zwang Paloviita darüber hinwegzuspringen. Der Abstand wuchs weiter, der Flüchtende erreichte den Notausgang, öffnete die Verriegelung und verschwand auf dem laternenbeschienenen, asphaltierten Parkplatz. Paloviita folgte ihm noch ein Stück, wurde dann aber langsamer und blieb schließlich stehen. Er stützte sich auf seine Knie, spuckte das Blut aus, das sich in seinem Mund gesammelt hatte. Der Regen durchnässte seine Haare, und das Blut, das aus seiner Nase tropfte, wurde auf dem grauen Belag weggespült.

Er hörte Reifen quietschen und sah gerade noch, wie ein weißer Kastenwagen mit ausgeschaltetem Licht davonraste, unmöglich, das Nummernschild zu erkennen. Schwer keuchend spuckte er wieder Blut aus, kramte sein Telefon hervor und schaltete es ein. Mit Sicherheit hatte schon jemand den Notruf gewählt, und ein Streifenwagen war zu ihnen unterwegs, aber er musste die Techniker anfordern, um in Kangasharjus Zimmer alle Fingerabdrücke sowie Fasern und DNA-Spuren zu sichern, bevor sie nicht mehr verwertbar waren. Er drückte seine Nase zusammen, der Schmerz war so heftig, dass er nach Luft schnappen musste.

Keine ihrer Vermutungen hatte sich bestätigt, dachte Paloviita. Das war kein Junkie und kein missglückter Raubüberfall und auch keine irgendwie geartete Körperverletzung. Hier ging es um etwas ganz anderes. Nachdem er Grönroos eine Zusammenfassung der Ereignisse gegeben und ihn gebeten hatte, die Techniker zu informieren, machte er sich auf den Weg zurück zur Intensivstation, damit Schwestern und Ärzte nicht alle Beweise zerstörten. Plötzlich wurde ihm klar, dass er nicht wusste, ob Albert Kangasharju überhaupt noch lebte. Aus der schweren Körperverletzung war vielleicht gerade ein vorsätzlicher Mord geworden. Beim Gehen überprüfte er die Position der Überwachungskameras und stellte zufrieden fest, dass diese den Angreifer mit Sicherheit erfasst hatten.

3

Linda Toivonen ließ das Feuerzeug aufspringen und hielt die Flamme an ihre Zigarette. Das glimmende Ende knisterte, der rötliche Schein erhellte ihre untere Gesichtshälfte. Sie blies den Rauch als dünnen Faden aus, gähnte und federte in den Knien, um ihren Kreislauf in Gang zu bringen. Es war schon nach Mitternacht. Eine Stunde hatte sie geschlafen, dann war sie geweckt worden. Ihrer Meinung nach war nicht die Kälte das Schlimmste in Finnland, sondern die Dunkelheit. Gerade an solch verregneten Abenden wie diesem, wenn der nasse Asphalt alles Licht verschlang. Kein Wunder, dass Finnland an der Spitze der Selbstmordstatistik stand. Die Scheinwerfer eines Autos strichen über den Straßenbelag und rissen sie aus ihren Gedanken. Sie drückte die Zigarette im Aschenbecher neben der Tür aus, der auch mal wieder hätte geleert werden können.

Henrik Oksman parkte neben dem überdachten Eingang und kam durch den Regen auf sie zu. Linda betrachtete ihren Kollegen prüfend, konnte aber kein Anzeichen von Müdigkeit an ihm entdecken. Sie selbst fühlte sich wie eben dem Grabe entstiegen.

Linda drückte die Türklingel und hielt ihren Polizeiausweis vor das Kameraauge. Die Tür summte, sie stieß sie auf. Sie war schon im Begriff, den Aufzug zu rufen, doch Oksman steuerte die Treppe an. Stöhnend folgte sie ihm.

Oksman sprang die Treppen hoch, als hätte er Siebenmeilenstiefel an den Füßen, er nahm immer gleich zwei Stufen auf einmal. Sie japste bereits nach den ersten beiden Stockwerken. Innerlich verfluchte sie sich dafür, dass sie rauchte und seit einer halben Ewigkeit nicht joggen war.

Im dritten Stock schnaufte sie wie ein Dampfbügeleisen. Der Speisesaal war still und dunkel, ebenso der Korridor, an dem die Zimmer der Bewohner lagen. Der rote Lichtruf leuchtete über mindestens drei der Türen, ohne dass eine einzige Pflegekraft zu sehen war. In der Aula wurden sie von einer müde aussehenden Frau empfangen, die sich ihnen als Leiterin des Pflegeheims vorstellte. Mindestens dreimal versicherte sie, wie schockiert sie sei, und wie sehr sie hoffe, dass die Täter bald geschnappt würden. Linda dachte im Stillen, dass die Heimleiterin wohl eher wegen der bevorstehenden Schlagzeilen und der Reaktion der Aktionäre besorgt war, denn sie erkundigte sich mit keiner Silbe nach dem Zustand von Kangasharju und wollte nicht einmal wissen, ob er noch am Leben war.

Die Heimleiterin führte sie in den Personalraum, wo Inkeri mit einer Decke über den Schultern auf einem Sofa wartete. Ein voller Kaffeebecher dampfte auf dem Tisch. Schon auf den ersten Blick war Linda klar, dass die Frau unter Schock stand.

»Wir wissen, wie müde Sie sind, aber würden Sie uns bitte noch einmal schildern, was vorgefallen ist?«

Linda lächelte Inkeri aufmunternd zu, ebenso die Heimleiterin, deren Anwesenheit Linda plötzlich ungeheuer auf die Nerven ging. Als ob sie kontrollieren wollte, was Inkeri sagen würde, um ihr Haus bei Bedarf in ein besseres Licht rücken zu können.

Inkeri führte den Becher an die Lippen. Ihre Hände zitterten. Dann wiederholte sie das, was Grönroos ihnen bereits berichtet hatte. Linda nahm das Gespräch mit ihrem Handy auf. Inkeris Schilderung der Ereignisse war genau, aber zu einem entscheidenden Detail wusste sie nichts zu sagen: Sie konnte die Täter nicht näher beschreiben, schätzte deren Alter aber auf etwa dreißig.

»Es waren also mit Sicherheit zwei. Haben Sie irgendeine Ahnung, wer die Täter sein könnten?«

Inkeri schüttelte den Kopf. »Ich habe keine andere Erklärung dafür, als dass sie Albert ausrauben wollten.«

»Hatte er Geld bei sich? Portemonnaie, Uhr, Smartphone?«

»Nein, nichts, was von Wert wäre. Doch. Der Ehering, den trug er immer am Finger.«

»Mit wem ist er verheiratet?«, fragte Linda und blätterte in ihren Aufzeichnungen. Sie konnte sich nicht erinnern, dass Grönroos eine Ehefrau erwähnt hatte.

»Seine Frau ist vor vier Jahren gestorben«, erklärte Inkeri. Linda notierte es. »Sie haben die Männer also noch nie zuvor gesehen. Zum Beispiel im Park oder in der Umgebung des Pflegeheims? Haben die Männer vielleicht mal jemanden im Heim besucht?«

»Nein …, also ich weiß es nicht. Ich glaube nicht. Ich habe ihre Gesichter nicht gesehen.«

»Und sie haben Kangasharju auch nie zuvor hier besucht?«

»Nein. Er hat nicht viel Besuch. Nur ab und zu die Kinder und Enkel.«

»Wie viele Kinder hat er?«

»Zwei Töchter. Sie sind beide auch schon älter. Und mindestens einen Enkel.«

»Wie alt ist der?«

»Um die vierzig. Aber er kommt so gut wie nie.«

»Ist Kangasharju vermögend?«

Inkeri schaute zu ihrer Chefin, die an ihrer Stelle antwortete: »Nicht besonders. Er bekommt Rente und die Veteranenzulage.«

»Können Sie mir sagen, ob Kangasharju in letzter Zeit auffallend viele Telefonate, Nachrichten oder Briefe erhalten hat?«

»Nein, soweit ich es sagen kann. Aber ich weiß natürlich nicht über jedes seiner Telefonate Bescheid. Albert ist gern für sich. Die Bewohner sind sehr unterschiedlich … fit.«

»Was wollte er um diese Zeit im Park?«, fragte Oksman, der sich erst jetzt in die Befragung einschaltete.

»Das würde ich auch gern wissen«, mischte sich die Heimleiterin ein und sah Inkeri eindringlich an.

»Er hat jeden Abend um die gleiche Zeit seine Runde im Park gedreht. Er hat darauf bestanden.«

»Selbst bei Regen?«

»Selbst dann.«

»Die Regeln unseres Pflegeheims besagen …«, setzte die Frau an, aber Linda unterbrach sie und meinte: »Wir würden gern Alberts Zimmer sehen.«

»Uns liegt die Genehmigung des diensthabenden Ermittlungsleiters vor«, ergänzte Oksman.

Sie erhoben sich. Die Heimleiterin brachte sie zur Tür von Albert Kangasharjus Zimmer, das auf halber Höhe des Korridors lag. Die drei Lampen über den Türen blinkten nach wie vor, aber immer noch war keine Pflegekraft zu sehen.

Kangasharjus Zimmer war eine zehn Quadratmeter große Behausung. Auf dem Fensterbrett standen Fotos und eine Zimmerpflanze, eine riesige Engelsflügel-Begonie, die über den Fensterrahmen bis zur Decke rankte. An einer Wand stand ein kleiner Schreibtisch, auf dem ein Kugelschreiber, ein Rätselheft und eine Lesebrille lagen. In einer Ecke des Tisches thronte eine Kaffeemaschine und daneben die Tablettenbox. Das Pflegebett mit Seitenschutz war ganz an die Wand geschoben. Ein Nachtschränkchen und ein Schaukelstuhl ergänzten die Einrichtung des Zimmers.

Linda sah aus dem Fenster. Es gab den Blick auf jenen Teil des Parks frei, in dem der Überfall stattgefunden hatte. Hinter den Bäumen lag Vähärauma, eine schachbrettartige Einfamilienhaussiedlung im Westen von Pori, in der die meisten Fenster noch dunkel waren. Oksman begann damit, die Schubfächer und Gegenstände im Raum zu untersuchen.

»Kangasharju war Kriegsveteran?«

Inkeri nickte. »Er hat in allen Kriegen gekämpft, im Winterkrieg, im Fortsetzungskrieg und im Lapplandkrieg.«

»Wie würden Sie ihn beschreiben?«

»Albert ist der großherzigste Mensch, den ich kenne. Er hat immer und für jeden Zeit. Außerdem hat er einen feinen Sinn für Humor. Ein echter Gentleman der alten Schule.«

»Wie steht es mit seinem Gedächtnis?«

»Mit seinem Gedächtnis ist alles in Ordnung. Sein Verstand ist scharf wie ein Rasiermesser, nur sein Körper lässt langsam nach. Die Beine funktionieren nicht mehr richtig, im Knie hat er einen Granatsplitter, der ihn schon sein ganzes Leben lang quält.«

Schlagartig fiel Linda ein, dass sie schnellstens seine Töchter kontaktieren mussten. Sie wussten noch nichts von dem Vorfall. Es wäre furchtbar, wenn die Angehörigen davon aus der Zeitung erführen.

»Würden Sie sagen, dass Sie diejenige sind, die ihn hier im Haus am besten kannte?«

»Schon. Ich bin seine persönliche Krankenschwester«, sagte sie und verstummte. Ihr Kinn begann zu zittern, sie schloss die Augen. Linda gab ihr einen Moment, sich zu sammeln.

»Albert hat sich nie über etwas beschwert. Er ist der älteste Bewohner hier, hat aber nie über das Essen oder die Pflege geschimpft.«

»Er ist fast achtundneunzig?«

Inkeri nickte. »Trotzdem hat sein Verstand tadellos funktioniert.«

»Erzählen Sie uns noch etwas über die Abendspaziergänge.«

»Ich denke, sie waren so etwas wie eine innere Notwendigkeit für ihn.«

»Was meinen Sie damit?«

»Die Abendspaziergänge waren das Einzige, was ihn noch am Leben erhalten hat.«

»Abendliche Runden im Park des Pflegeheims?«

Oksman schaltete sich wieder in das Gespräch ein.

»Wir haben alle unsere Routinen. Albert hat es sich zur Gewohnheit gemacht, jeden Abend nach dem Essen im Park spazieren zu gehen. Auf halber Höhe zündet er immer ein Streichholz an.«

Oksman und Linda warfen sich einen Blick zu. »Ein Streichholz? Wieso?«

Inkeri zuckte mit den Schultern. »Er zündet ein Streichholz an und sieht zu, wie es erlischt. Dann macht er kehrt. Das ist wichtig für ihn.«

»Und hat er auch an diesem Abend ein Streichholz angezündet?«

»Ich denke schon«, antwortete sie. »Aber ich weiß es nicht genau, ich habe telefoniert, als es passiert ist. Ich habe einen Schrei gehört. Dann bin ich losgerannt und habe gesehen, wie er zwischen den Bäumen davongeschleift wurde.«

»Welchen Beruf hatte Albert Kangasharju früher?«

»Er besaß viele Jahre ein Schuhgeschäft im Zentrum von Pori, hat es aber später verkauft und ist zur Bank gewechselt. Er wurde Bankdirektor und ist während der großen Wirtschaftskrise Anfang der Neunziger in Rente gegangen.«

Oksman verfolgte das Gespräch zwischen Linda und den beiden Frauen mit halbem Ohr und konzentrierte sich darauf, Kangasharjus Sachen zu durchsuchen. Er ging systematisch und planmäßig vor, auch wenn ihm der Geruch nach Alter im Heim zusetzte. Nur mit Mühe konnte er den beinahe panischen Drang unterdrücken, ins Freie an die frische Luft zu fliehen. Aus irgendeinem unerfindlichen Grund ergriff ihn unter alten Menschen immer eine große Beklemmung. Fast schien es ihm, als hätte der Tod seine Krallen schon in diese Leiber gebohrt, um sie möglichst bald ins Jenseits zu befördern. Beim Betrachten alter Menschen sah man dem eigenen Ende ins Gesicht.

Viele persönliche Dinge fanden sich nicht in diesem Zimmer. Auf dem Nachtschränkchen stand ein Uhrenradio, daneben lagen eine zusammengefaltete *Iltalehti* und ein Stift. Unter der Zeitung lugte die Ecke eines Buches hervor. Oksman schob die Zeitung beiseite und war überrascht, als er darunter ein Bilderbuch für Kinder entdeckte: H.C. Andersens *Das Mädchen mit den Schwefelhölzern*.

Im Kleiderschrank hing ein guter Anzug, sonst bestand die Kleidung vorwiegend aus Hosen und Oberteilen mit Gummizug, die sich leicht an- und ausziehen ließen. Der Vorrat an Unterwäsche und Strümpfen hätte für eine kleine Kompanie gereicht. In den Schubladen des Schreibtischs fanden sich fast ausschließlich Gebrauchsgegenstände: Kämme, zwei Lesebrillen, Stifte, eine Schere und etwas Kleingeld. Im mittleren Fach entdeckte Oksman eine halb ausgetrunkene Flasche Kognak, eine ungeöffnete Tafel Schokolade und eine Schachtel mit Halspastillen. Im unteren Fach lagen ein Fotoalbum und eine kleine Dose aus Birkenrinde. Oksman blätterte flüchtig durch das Album mit Urlaubs- und Familienfotos aus den Achtziger- und Neunzigerjahren, legte es zurück und griff nach der Dose aus Birkenrinde. Sie war handgemacht und sorgfältig gearbeitet. Er drehte die Dose um, in den Boden eingraviert stand »Sortavala 1943«. Am Deckel befand sich ein kleiner Verschluss, er zog das Holzstückchen heraus und schüttete acht Abzeichen und Orden in seine hohle Hand. Einige davon waren sehr alt. Er erkannte eine Kriegsverdienst-Medaille aus dem Finnisch-Russischen Winterkrieg 1939/40 am schwarzroten Band, eine Freiheitsmedaille 1. Klasse und einen Finnischen Orden der Weißen Rose sowie einige Lions- und Rotary-Club-Medaillen. Kangasharju war offensichtlich ein sehr verdienter Veteran des Zweiten Weltkriegs. Oksman legte die Ehrenzeichen zurück in die Dose und die Dose zurück ins Schreibtischfach. Im obersten Schubfach befanden sich acht Schachteln Streichhölzer, einige AA-Batterien und weitere Kugelschreiber.

In einem bestimmten Stadium wurde dem Menschen einfach alles genommen, was er besaß, und durch Kreuzworträtselhefte und ein paar Kugelschreiber ersetzt, dachte Oksman.

»Sie haben sicher die Kontaktdaten der Angehörigen?«, erkundigte sich Linda.

»Selbstverständlich. Ich gebe sie Ihnen beim Hinausgehen«, antwortete die Heimleiterin.

Oksman sah erneut aus dem Fenster. Der Regen war in feinen Nieselregen übergegangen.

»Wir würden gern den Ort sehen, an dem der Überfall stattgefunden hat«, sagte Oksman.

»Natürlich«, antwortete sie.

Als sie ins Freie kamen, stellten sie fest, dass der Regen ganz aufgehört hatte. In den Pfützen spiegelte sich der Schein der Laternen. Die Luft war klar und voller Sauerstoff, es dufte nach Gras. Inkeri führte sie zum Rand des Parks, Kangasharjus Rollator lag dort noch immer umgekippt am Rande der Rasenfläche.

»Seit wann ist diese Laterne kaputt?«, erkundigte sich Linda und zeigte auf den Mast.

»Keine Ahnung. Ist mir vorher nicht aufgefallen«, antwortete Inkeri.

Linda ging in die Hocke, hob einige Glasscherben auf und zeigte sie Oksman. Er nickte. Dann hob er ein abgebranntes Streichholz auf und steckte es in einen durchsichtigen Beweismittelbeutel. Linda machte mit dem Handy Fotos von der kaputten Laterne, dem Rollator und der Umgebung.

»Können Sie die Angreifer näher beschreiben? Wie groß waren sie?«, fragte Linda.

»Es war dunkel und alles ging so schnell, aber sie waren nicht besonders groß oder alt. Ich habe sofort den Notruf gewählt und mit der Wiederbelebung begonnen. Die Rettungssanitäter meinten, dass ich ihm wahrscheinlich das Leben gerettet habe.« Bei den letzten Worten zitterte ihre Stimme leicht.

»Haben die Angreifer etwas gesagt? Oder miteinander gesprochen?«

Inkeri schüttelte den Kopf.

»Aber Sie sind sich sicher, dass es zwei Männer waren.«

»Da bin ich mir sicher.«

»Und die Hautfarbe.«

»Ich glaube, sie waren weiß.«

Die Heimleiterin wollte Alberts Rollator aufheben, doch Linda hinderte sie daran. »Bitte nicht weitergehen. Das hier ist ein Tatort.«

Die Frau blickte sie verletzt und beschämt an. Linda und Oksman knipsten ihre Taschenlampen an und entdeckten zwei Furchen im Rasen, die ihrer Vermutung nach von Kangasharjus Absätzen stammten. Etwa drei Meter weiter lag ein lederner Männerschuh im Gras. Oksman fotografierte ihn. Das Blitzlicht durchschnitt die Dunkelheit. Weitere drei Meter entfernt befand sich der Ort, an dem die Angreifer von dem alten Mann abgelassen hatten. Das Gras war heruntergedrückt, und die Spuren der Rettungssanitäter waren noch zu erkennen.

Der Tatort sah nicht sehr vielversprechend aus, aber mit etwas Glück würde es Raunela und seinem Team trotzdem gelingen, zumindest eine kleine Spur ausfindig zu machen, die sie zu den Tätern führen konnte.

»Wir sollten den Ort mit Hunden absuchen«, schlug Linda vor.

Oksman richtete den Strahl seiner Taschenlampe auf die umstehenden Bäume, überwiegend hochgewachsene Eschen, Ulmen und Ahornbäume.

»Was ist dort in der Richtung?«, fragte Oksman und zeigte in die Dunkelheit.

»Ein Kindergarten und die Straße«, antwortete Linda.

Sie folgten dem Strahl von Oksmans Taschenlampe einige Meter. Das Gras war feucht, das nasse Laub durchweichte ihre Strümpfe, und Linda verfluchte im Stillen die Wahl ihrer Schuhe. Plötzlich strich Oksmans Lichtstrahl über etwas und blieb dann darauf stehen.

Sprachlos hielten sie inne. Neben einer riesigen Ulme mit dicken Ästen stand ein kleiner Holzhocker. Vom Ast darüber hing ein zur Schlinge geknotetes Seil, von dem kleine Wassertropfen herabfielen.

Oksman schaltete die Taschenlampe aus und ging mit Linda zurück zu Inkeri und der Heimleiterin. Den beiden war offensichtlich kalt, sie zitterten.

»Haben Sie etwas gefunden?«, fragte die Frau.

Oksman war ein paar Meter zur Seite getreten und telefonierte.

Statt einer Antwort sagte Linda: »Keiner darf in den Park. Das gesamte Gebiet ist ein Tatort und wird umgehend abgesperrt.«

4

Es wurde nur langsam hell. Die herbstliche Natur bereitete sich auf die Ankunft des Winters vor. Nur langsam kletterte das Morgenlicht die Fassaden hinauf. Schnatternd zog eine Schar Graugänse über das Polizeipräsidium.

Paloviita erschien als Letzter zur Besprechung. Auf seiner Nase saß ein dicker Verband, das linke Jochbein war geschwollen und die geplatzte Oberlippe mit einem Klammerpflaster zusammengeflickt worden. Bevor jemand einen Kommentar loslassen konnte, sagte er gepresst, als wäre seine Nase verstopft: »Sieht schlimmer aus, als es ist. Das Nasenbein ist gebrochen, sonst nur blaue Flecke.«

»Ich kann keinen Unterschied erkennen«, meinte Linda. »Aber warum hast du so eine brummige Stimme?«

Paloviita lächelte, obwohl es ihm Schmerzen bereitete. »Damit ich dich besser anmaulen kann.«

»Du solltest in Ähtäri vorstellig werden«, fuhr sie fort.

»Warum?«

»Soweit ich weiß, ist im Zoo dort bei den Pandas noch ein Platz frei.«

Alle lachten, auch Paloviita. »Ihr könnt mich alle mal.«

Obwohl Susanna Manner, die Leiterin des Ermittlungsteams, bereits eine Zusammenfassung der nächtlichen Ereignisse gegeben hatte, schilderte Paloviita sie noch einmal aus seiner Sicht. Alle lauschten schweigend.

»Du hast dem alten Mann wahrscheinlich das Leben gerettet«, sagte Manner. »Es hätte dich auch erwischen können.«

»Wie geht es Kangasharju?«, erkundigte sich Linda.

»Was glaubt ihr denn. Der Mann ist fast hundert und wiegt höchstens fünfzig Kilo. Zwei Mordversuche innerhalb eines Abends. Ehrlich gesagt tippe ich darauf, dass wir es bald mit einer Mordermittlung zu tun haben«, sagte Paloviita. »Er war bisher noch nicht wieder bei Bewusstsein.«

»Vor seinem Zimmer steht jetzt ein Polizist«, gab Manner bekannt. »Vielleicht versuchen es die Täter ein drittes Mal.«

Dann war Linda an der Reihe, ihren Besuch im Pflegeheim und im Park zu schildern. Paloviita war überrascht, denn er erfuhr erst jetzt von der Galgenschlinge und dem Hocker.

»Seid ihr sicher, dass die Schlinge für Kangasharju bestimmt war? Vielleicht ist es ein Zufall, ein dummer Streich oder so?«

Oksman schüttelte den Kopf. »Direkt daneben befindet sich ein Kindergarten. Die Schlinge muss während der Dunkelheit dort angebracht worden sein.«

»Was ist bloß los mit dieser Welt?«

»Einen Raub können wir auf jeden Fall ausschließen. Es handelt sich um einen Mordversuch«, stellte Manner fest.

»Eine der Laternen im Park ist beschädigt worden, und die Schlinge befand sich in direkter Linie dazu weiter hinten im Park«, ergänzte Linda.

»Ihr habt gesagt, Kangasharju hatte die Angewohnheit, jeden Abend eine Runde durch den Park zu machen. Das heißt, die Täter müssen das gewusst haben. Wer also wusste alles davon?«

»Zumindest das Personal des Pflegeheims, ein Teil der Bewohner und vielleicht noch einige andere«, sagte Oksman.

Manner nickte. »Damit fangen wir an. Gestern Abend hat es heftig geregnet. Die Täter mussten sich sicher sein, dass Kangasharju nicht einmal bei so einem Wetter seinen Spaziergang ausfallen lassen würde.«

Paloviita führte ihren Gedanken weiter. »Vielleicht haben sie extra auf den Regen gewartet. Dann ist es noch dunkler, und es sind keine anderen Spaziergänger unterwegs.«

»Und der Regen verwischt die Spuren«, ergänzte Oksman.

»Okay, lasst uns zum Kern der Sache kommen«, sagte Linda. »Warum sollte jemand einen alten Mann erhängen, der ohnehin bald stirbt? Warum geht jemand so ein Risiko ein, verkleidet sich als Arzt und versucht es in einem gut überwachten Krankenhaus sofort ein zweites Mal?«

»Weil Kangasharju die Täter kennt. Sie wollten sichergehen, dass er wirklich stirbt. Die Frage ist nur: Warum?«

»Vielleicht hat er unbeglichene Schulden?«, schlug Oksman vor.

»Wofür sollte er das Geld gebraucht haben? Seit vier Jahren wohnt er im Pflegeheim, für das der Großteil seiner Rente draufgeht«, warf Paloviita ein.

»Laut seiner persönlichen Pflegerin besaß Kangasharju mal ein Schuhgeschäft und war zum Schluss Bankdirektor. Vielleicht wollte ein Unternehmer, der Konkurs anmelden musste, es ihm endlich heimzahlen?«

»Warum erst jetzt? Seit der Wirtschaftskrise sind fast zwanzig Jahre vergangen.«

»Kangasharju ist alt. Die Täter wussten, dass ihnen nicht mehr viel Zeit blieb. Wenn sie sich rächen wollten, musste es jetzt geschehen.«

Lindas Vermutung war logisch, und keiner widersprach ihr.

»Bankdirektor wird man nicht einfach so. Das ist eine hohe gesellschaftliche Stellung. Und man sagt, hinter jedem bedeutenden Vermögen verbirgt sich ein Verbrechen«, fügte Paloviita hinzu.

»Laut der Leiterin des Pflegeheims war Kangasharju nicht besonders vermögend, aber das müssen wir natürlich noch überprüfen. Vielleicht verfügt er anderswo über Besitz.«

»Außerdem ist er ein Kriegsveteran«, sagte Oksman. »Er hat eine stattliche Sammlung Ehrenzeichen in der Schublade.«

»Die Pflegerin hat ausgesagt, dass es zwei Täter waren. Du hast einen von ihnen gesehen«, sagte Manner und schaute Paloviita an. »Kannst du ihn beschreiben?«

Paloviitas Blick richtete sich auf eine Ecke des Zimmers, als er sich den Kampf noch einmal in Erinnerung rief. »Größer als ich, vielleicht eins fünfundachtzig. Jung. Eher dreißig als vierzig. Kurze Haare, dunkle Bartstoppeln, dichte Augenbrauen. Zweifellos im Ausland geboren. Vielleicht ein Türke oder Araber, oder nein, keines von beiden. Am linken Handgelenk trug er eine goldene Uhr, unter dem Arztkittel schwarze Kleidung und dunkle Turnschuhe.«

Manner nickte zufrieden. »Du musst zusammen mit Raunela ein Phantombild erstellen.«

»Noch etwas. Ich habe ihn am Mund getroffen. Ich bin sicher, dass seine Lippe aufgeplatzt ist.«

»Sehr gut. Das ist ein gutes Erkennungszeichen, wenn wir ihn zur Fahndung ausschreiben. Hat er etwas gesagt?«

Paloviita schüttelte den Kopf. »Als ich ihn noch für den Arzt hielt, habe ich mich nach Kangasharjus Befinden erkundigt, aber er hat nicht geantwortet. Zuerst dachte ich, der Arzt hat einfach keine Lust zu reden, weil er Nachtdienst hatte, aber er wollte natürlich einfach nicht, dass man seine Stimme hörte.«

»Oder er hat die Frage nicht verstanden, weil er kein Finnisch spricht.«

»Auch das ist möglich.«

»Wie machen wir also weiter?«, fragte Linda.

»Hoffentlich kommt Kangasharju wieder zu Bewusstsein und erholt sich. Er ist unser Hauptzeuge. Raunelas Leute haben den Park untersucht und gehen gerade die Aufzeichnungen aus den Überwachungskameras im Krankenhaus durch. Wir müssen den Bericht der Kriminaltechnik abwarten. Kangasharjus Angehörige müssen informiert werden. Und zwar bevor sie von dem Vorfall aus der Zeitung erfahren.«

»Hat das Krankenhaus sie nicht informiert?«

»Stellt euch mal die Schlagzeilen vor, wenn die Medien ausschlachten, dass jemand versucht hat, einen hoch dekorierten und angesehenen Kriegsveteranen zu lynchen«, sagte Linda.

»Ganz zu schweigen davon, wenn publik wird, dass die Täter möglicherweise einen ausländischen Hintergrund haben«, ergänzte Paloviita.

»Ich habe die Adressen der beiden Töchter von Kangasharju. Sie sind ebenfalls schon in Rente. Ich kann zu ihnen fahren, aber es wäre schön, wenn jemand mitkommt«, schlug Linda vor.

»Ich komme mit«, beeilte sich Paloviita zu sagen.

»Vielleicht ist es besser, dass Henrik mitfährt«, widersprach Manner und deutete auf ihr Gesicht. »Dein Äußeres … könnte sie verstören.«

1941

5

28. April 1941

Das Rad holpert die Kalevankatu in Helsinki herunter, der Rahmen vibriert. Albert Nousiainen steigt aus dem Sattel, lehnt sich nach vorn über den Lenker und steuert das Rad so über das Kopfsteinpflaster. Er wird immer schneller, die Schöße seines aufgeknöpften Soldatenmantels bauschen sich im Wind. Auf halber Höhe muss er den Sitz seiner Feldmütze korrigieren, damit sie ihm nicht vom Kopf flattert. Die Kalevankatu mündet in die Hauptstraße. Albert wird langsamer und lässt die vorbeirauschende Elektrische passieren. Mit einer Leichtigkeit, wie sie nur einem Neunzehnjährigen eigen ist, springt er aus dem Sattel. Eine Frau mit Kinderwagen winkt ihm zu, und Albert erwidert den Gruß, indem er die gestreckten Finger der rechten Hand an die Stirn legt. Gegenüber wird eine riesige Grube ausgehoben. Männer schaufeln die Erde auf die Ladefläche eines Lastwagens. Die Spuren der Bombardierung im Winter 1939 sind noch überall zu sehen, wie Narben im Gesicht eines Menschen. Mancherorts sind Straßen gesperrt, woanders stehen Baugerüste, an anderen Orten werden Fundamente gegossen.

Albert schwingt sich wieder in den Sattel.

Die Frühlingssonne wärmt schon. Der Tag ist heiter, und obwohl es erst Ende April ist, wirkt es schon fast sommerlich. Viele grüßen ihn. Und jedes Mal grüßt er streng militärisch zurück.

Dann lässt er das zerstörte Zentrum hinter sich, zwischen den Häusern stehen jetzt immer mehr Bäume. Der Wind weht vom Meer. Wechselnde Gerüche steigen ihm in die Nase, eine Bäckerei, Treibstoff, etwas Verkohltes. Albert biegt von der Hauptstraße in eine der Seitenstraßen ab, die auf beiden Seiten von hohen Ulmen gesäumt wird. Vor einem zweistöckigen Einfamilienhaus lehnt er sein Rad gegen die Weißdornhecke. Sein Herz klopft, und Albert verharrt kurz, bis er sich ein wenig beruhigt hat. Dann schiebt er seine Mütze keck nach hinten, setzt einen möglichst unbeschwerten Gesichtsausdruck auf und tritt mit betont lässigen Schritten durch das Gartentor.

Auf den Stufen vor der Tür geht ein kurzes, nervöses Zucken durch sein Gesicht, doch er holt tief Luft und klopft gegen die Tür, tritt dann ein paar Schritte zurück und wartet, die Hände tief in den Manteltaschen vergraben. Der Vorhang hinter dem Küchenfenster bewegt sich, Schritte kommen näher, und schließlich wird das Schloss geöffnet. In der Tür steht ein schwarzhaariger Mann, der deutlich größer ist als Albert. Sie sehen sich in die Augen. Der Mann ist etwa fünfzig Jahre alt, sein Mund ein schmaler Strich, die Brauen buschig. Unter seinem Arm klemmt eine zusammengefaltete Zeitung.

»Ist Leena zu Hause?«, fragt Albert mit betont tiefer Stimme, die dennoch unsicher klingt.

Die Falte auf der Stirn des Mannes vertieft sich, und er kneift die Lippen noch fester zusammen. Er mustert Albert von Kopf bis Fuß, bis der die verschwitzten Hände aus den Taschen zieht und die Handflächen öffnet. Der Mann sagt immer noch nichts, starrt ihn bloß an, dreht sich dann widerwillig um und ruft nach seiner Tochter. Wenige Sekunden später erscheint eine junge Dame hinter ihm. Sie trägt ein blumiges Sommerkleid, das von einer Schleife zusammengehalten wird. Ihr langes Haar ist kastanienbraun und am Hinterkopf zu einem Zopf zusammengefasst. Widerstrebend gibt ihr Vater die Tür frei. Die junge Frau nestelt nervös an der Schleife. Albert zieht die Mütze, streicht seine Haare glatt und lächelt. Sie erwidert das Lächeln.

Nebeneinander, aber mit einer Armlänge Abstand zwischen sich, gehen sie zum Tor. Albert schnappt sich sein Fahrrad und schiebt es zwischen ihnen. Leenas Vater schließt die Tür erst, als die jungen Leute aus seinem Blickfeld verschwunden sind. Zahlreiche Vögel sitzen auf den Bäumen, über den Himmel ziehen vereinzelte Wolkenstreifen.

Sie laufen die Straße hinunter und biegen in einen Park ein. Viele Menschen genießen hier das Frühlingswetter, Kinder spielen Ball, eine junge Frau kommt ihnen entgegen, die einen Mann im Rollstuhl schiebt. Dem Mann fehlt ein Unterschenkel, das Hosenbein schlenkert leer, sein Gesicht ist zur Hälfte mit Brandnarben bedeckt. An der Stelle des linken Ohrs klafft ein Loch. Der Mann ist nicht einmal dreißig. Albert und Leena geben ihnen den Weg frei. Der Mann würdigt die jungen Leute keines Blickes, aber die Frau, die nicht viel älter ist als Albert, schaut ihm direkt in die Augen.

Sie verlassen den Weg und gehen einen flachen, grasbewachsenen Hang hinauf. Kurz lassen sie ihren Blick über die zerstörte Silhouette der Stadt streifen, gehen dann auf der anderen Seite wieder hinunter und in ein kleines Laubwäldchen. Hier folgen sie schweigend einem ausgetretenen Weg, bis Albert sein Rad gegen den Stamm einer dicken Linde lehnt und seinen Mantel darunter ausbreitet. Sie setzen sich darauf, Leena mit angezogenen Beinen. Sie schlingt ihre Arme um die Knie, und Albert rutscht neben sie, bis ihre Körper sich berühren.

Er zieht ein Blatt Papier aus der Tasche und faltet es auseinander.

»Wenn ich dir ein Geheimnis verrate, musst du versprechen, dass du es niemandem verrätst, nicht einmal deinen Eltern.«

Leena sieht ihn verwundert, beinahe erschrocken an.

»Versprichst du es?«

Sie nickt. Dann reicht er ihr den Brief und lässt sie in Ruhe lesen.

Marschbefehl
Hiermit teilen wir Ihnen mit, dass Sie zum Reichsarbeitsdienst herangezogen werden. Hierzu haben Sie sich am 29. April 1941 um 9.30 Uhr im Haus der Studentenverbindung Ostrobotnia einzufinden. Bei späterem Eintreffen Ihres Zuges in Helsinki melden Sie sich um 11.00 Uhr in unserem Büro.
Mitzunehmen sind Reisegepäck, einmal Wechselunterwäsche sowie Wasch- und Rasierzeug. Es wird von Ihnen erwartet, dass Sie sich auf der Reise von Ihrem Heimatort nach Helsinki absolut diszipliniert verhalten. Jeglicher Alkoholkonsum ist untersagt. Bei Anreise mehrerer Männer aus demselben Ort ist ein Mann zu bestimmen, dessen Befehlen unbedingt Folge zu leisten ist. Gepäck kann am Bahnhof von Helsinki zur Aufbewahrung abgegeben werden.
Sollten Sie den Arbeitsdienst nicht antreten können, teilen Sie uns bitte schriftlich mit, ab wann Sie einsatzbereit sind.
Männer jünger als 21 Jahre müssen eine Einverständniserklärung der Eltern oder des Vormunds vorlegen.

Ingenieurbüro Ratas

Leena gibt ihm den Brief zurück. Er steckt ihn mit kaum verhülltem Stolz zurück in die Brusttasche und knöpft sie zu.
»Ein Marschbefehl?«
Albert lächelt und sagt dann, als erklärte er einem kleinen Kind die simpelste Sache der Welt: »Ich gehe nach Deutschland, wie damals die finnischen Jäger, die sich 1915 im deutschen Kaiserreich ausbilden ließen und später im Befreiungskrieg den Weißen in Finnland zum Sieg verholfen haben. Und jetzt sind es über zweitausend, die nach Deutschland wollen – und ich wurde ausgewählt.«

»Aber der Brief ist doch von irgendeinem ...«

»Das dient nur der Tarnung. Über das Ingenieurbüro werden verdeckt Soldaten angeworben. Russland hat seine Spione überall. Deswegen ist es wichtig, dass du niemandem davon erzählst.«

»Ihr trefft euch schon morgen, und du hast mir nichts davon gesagt.«

»Wir hatten bis jetzt auch keine Informationen. Ich hätte es dir gar nicht erzählen dürfen.« Albert legt seine Hand auf Leenas Knie und spürt, wie diese erschaudert. Auch er fühlt ein Kribbeln im ganzen Körper. »Das ist kein Abschied für immer. Die Ausbildung dauert zwei Jahre, dann komme ich zurück.«

»Zwei Jahre!« Leena reißt sich los und bricht in Tränen aus. Sie verbirgt ihr Gesicht in den Händen. Albert lässt sich nichts anmerken, aber er fühlt sich von ihrer Reaktion geschmeichelt. Er rückt näher und legt seinen Arm um ihre Taille.

»Wir bekommen auch Urlaub. Und wenn die Ausbildung beendet ist, führe ich dich vor den Altar.«

Leena trocknet ihre Tränen und wendet ihm ihr verweintes Gesicht zu. »Hast du gerade um meine Hand angehalten? Vater wird nie ...«

Albert beeilt sich zu sagen: »Nein, noch nicht, aber wenn ich zurückkomme und für dich sorgen kann – für dich und für eine Familie.«

Albert legt seinen Finger unter Leenas Kinn und dreht ihr Gesicht zu sich.

»Ich liebe dich«, zwingt er sich zu sagen. Er versteht nicht, warum es so schwer ist, diese Worte auszusprechen. Er hat Leena wirklich gern, aber Liebe klingt zu gewaltig, zu endgültig. Doch in dieser Situation bleibt ihm keine andere Wahl. Und vielleicht liebt er Leena ja wirklich. Woher soll er auch wissen, wie sich Liebe anfühlt.

»Im Moment ist in Finnland wieder Frieden, aber was, wenn es erneut Krieg gibt? Jetzt, wo die Sowjetunion Polen, Estland und die baltischen Länder bereits eingenommen hat. Vater sagt, dass der Russe schon mehr als tausend Geschütze und zwanzig Divisionen Soldaten in Karelien zusammengezogen hat, und die Grenze dort ist nach dem Winterkrieg doch gerade erst neu vereinbart worden.«

»Die glauben, sie könnten uns Angst einjagen, damit wir ihnen unser Land überlassen. Aber da irren sie sich. Beim nächsten Mal werden wir unsere Grenze nicht allein verteidigen müssen, dann wird das mächtige Deutschland an unserer Seite stehen.«

6

Sein Vater gibt Albert den Brief zurück.

»Ihr versammelt euch also im Ostrobotnia-Haus? Dieser Ort atmet den Geist der Geschichte. Am selben Ort begann damals auch unsere Reise als finnische Jäger!«

Er nimmt das Messer mit dem Griff aus verziertem Silber und schneidet ein Stück von der Scheibe Schweinebraten auf seinem Teller, tunkt es mit der Gabel in die Soße und führt es zum Mund. Nachdem er zu Ende gekaut hat, legt er Messer und Gabel auf den Teller, wischt sich die Mundwinkel mit der Serviette ab, faltet sie mit leicht zitternden Bewegungen und legt sie wieder auf den Tisch.

»Damals, 1915, als wir uns aufmachten, wurden die Grenzen streng kontrolliert. Wir tarnten unsere Reise als Pfadfinderausflug. Zuerst ging es nach Stockholm, dort übernachteten wir allein oder zu zweit in Familien, und dann ging es mit den gefälschten Pässen weiter nach Deutschland.«

Albert drückt ein Stück Brot in die Soße und steckt es in den Mund. Seine Mutter ihm gegenüber beeilt sich, ihm noch etwas aufzutun, doch er wehrt höflich ab.

»Danke dir, aber ich bin satt.«

»Ich weiß, es ist nicht so gut gelungen, aber es war einfach keine Butter zu bekommen. Nicht mal auf dem Schwarzmarkt.«

»Das ist das Schmackhafteste, was ich in letzter Zeit gegessen habe.« Alberts Worte zaubern ein Lächeln auf das Gesicht seiner Mutter, als sie sich umdreht, um in die Küche zu gehen. »Ich glaube, wir reisen mit dem Schiff, aber alles andere wird geheim gehalten. Ich weiß nicht einmal, von welchem Hafen es losgeht oder wie das Schiff heißt.«

»Als ich gehört habe, dass sie Männer anwerben«, sagt sein Vater, »habe ich sofort gewusst, dass jetzt die Reihe an dir ist. Für mich war es im Jahr fünfzehn so weit. Familientradition verpflichtet!«

Albert nickt und lauscht den Geräuschen aus der Küche. Seine Mutter mahlt Bohnen und stellt den Kaffeekessel auf den Herd. Immer wieder gleitet sein Blick zu der Standuhr, die in der Ecke tickt. Mutter bemerkt seine Nervosität, sagt aber nichts.

Sein Bruder legt das Besteck ab, bedankt sich für das Essen und bringt seinen Teller in die Küche. Dann verschwindet er im Flur, und als er zurückkommt, hat er Alberts Soldatenmütze auf. Albert greift nach einem unsichtbaren Gewehr, zielt auf seinen kleinen Bruder und zieht den Abzug. Sebastian fasst sich mit der Hand ans Herz, schwankt, fällt gegen den Türrahmen und sackt zu Boden. Aus seinem Mund dringt ein lang gezogenes Röcheln. Ihr Vater knurrt und wirft ihnen einen missbilligenden Blick zu.

»Lass den Jungs doch ihren Spaß«, sagt seine Mutter.

Vaters finsterer Blick hellt sich auf, die Falten auf der Stirn glätten sich, als er sich an Albert wendet. »Sebastian ist genau wie du damals. Immer nur Krieg spielen. Alles war ein Gewehr. Ich habe schon damals gesagt, aus dir wird einmal ein General.«

Albert nickt und lächelt. Er kann sich nicht daran erinnern, dass er Soldat werden wollte oder jemals mit einem der Holzgewehre gespielt hätte, die ihm sein Vater ohne Unterlass schnitzte. Vielmehr kann er sich daran erinnern, wie er Tierforscher gespielt und in einer Holzkiste seine Schätze gesammelt hat: Schlangenhäute, Vogeleier, Federn, seltene Steine. Er wollte immer zur Universität, doch dann kam der Herbst neununddreißig und die Mobilmachung. Mit gerade einmal siebzehn Jahren meldete er sich freiwillig, in der Tasche ein Empfehlungsschreiben seines Vaters. Der Brief eines Oberstleutnants des finnischen Jägerbataillons hatte offensichtlich Gewicht, denn kurz darauf fand er sich auf dem Hof der Hennala-Kaserne in Lahti wieder, um dort bei eisigem Frost zu exerzieren. Die Ausbildung war kurz, aber intensiv. Bereits Anfang März des Jahres 1940 wurde seine Kompanie an den Frontabschnitt an der Wiborg-Bucht verlegt, der schon damals löchrig und schlecht befestigt war. Zu Kampfhandlungen kam es dort nicht mehr, nur einen großen Bombenangriff auf den Bahnhof von Wiborg hatte er miterlebt. Der ganze Himmel war von einem in der Sonne glitzernden Geschwader bedeckt. Die Motoren brummten, dann fielen die Bomben und die Erde begann zu beben. Bäume knickten um wie Zahnstocher, Erdklumpen und Steine regneten auf sie herab. Albert weiß noch, wie er versuchte, sich in den Schnee zu graben – die blanke Angst im Genick, noch nie zuvor hatte er so etwas gefühlt. Nach dem Ende des Winterkrieges, Mitte März 1940, blieb er bei der Armee, bis er von seinem Vater hörte, dass Freiwillige für die Ausbildung bei der Waffen-SS in Deutschland gesucht wurden, um die an Russland verlorenen Gebiete zurückzuerobern.

Albert gibt sich gelassen, obwohl sein Blick immer wieder zur Uhr huscht. Seine Mutter serviert Kaffee, Vater holt die Flasche Kognak aus dem Wohnzimmer und gießt sich und Albert ein Glas ein. Mutter wirft Vater einen Blick zu, doch der beachtet sie gar nicht, hebt das Glas und verkündet voller Pathos:

»Auf die Waffenbrüderschaft zwischen Finnland und Deutschland. Lasst uns gemeinsam den Bolschewismus vom Erdboden vertilgen!«

Sie gehen ins Wohnzimmer und setzen sich einander gegenüber in die Sessel. Das ist das erste Mal, dass sie das tun. Vater nimmt sich eine Zigarette und bietet auch Albert eine an, der jedoch ablehnt, obwohl er schon zwei Jahre zuvor zu rauchen begonnen hat. Aber er raucht lieber heimlich, ohne dass seine Eltern es mitbekommen. Vater nippt an dem kupferfarbenen Getränk und verkündet in nachdenklichem Ton:

»Die Deutschen werden den Russen wie eine Laus zerquetschen. Der Nichtangriffspakt wurde geschlossen, um gebrochen zu werden. Beim nächsten Mal weht ein anderer Wind als im Winter neununddreißig, als der Russe uns so hinterrücks überfiel. Die Heeresführung und die Ausrüstung der deutschen Wehrmacht sind unerreicht. Der Krieg in Europa hat gezeigt, dass nicht die Anzahl Soldaten Voraussetzung für eine erfolgreiche Kriegsführung ist, sondern ihr Können, moderne Waffen und eine überlegene Taktik.«

»Denkst du, Deutschland wird die Sowjetunion überfallen?«

Vater lächelt sein halbseitiges Lächeln, denn seit ihn im Frühjahr 1918 im finnischen Bürgerkrieg bei der Eroberung von Tampere eine Gewehrkugel am Hals verletzte, ist seine linke Gesichtshälfte gelähmt.

»Das wird schneller geschehen, als irgendwer es erwartet. Der Russe ist ein Koloss auf tönernen Füßen. Hitler weiß das, und bald weiß es auch die ganze Welt. Was bedeutet schon die reine Anzahl an Divisionen, wenn man nicht versteht, sie zu führen? Das ganze faule Gebilde wird in sich zusammenstürzen, sobald nur jemand die Tür eintritt.«

Albert entscheidet sich für ein Nicken, trinkt von seinem Kognak und schaut sicher zum zehnten Mal innerhalb der vergangenen Stunde zur Uhr.

»Als wir im Winterkrieg allein dastanden, war das reine Großmachtpolitik. Nicht mehr und nicht weniger. Doch dieses Mal werdet ihr Jungen, die ihr nach Deutschland fahrt, um in die Fußstapfen der Jäger zu treten, dafür sorgen, dass beim nächsten Mal die Front auf die gleiche Weise verläuft: gegen Osten und gegen die dahinter lauernde eisige Gefahr des Bolschewismus.«

Albert leert sein Glas und erhebt sich. »Ich muss gehen.«

»Du willst noch einmal weg? Heute Abend noch? Kannst du nicht zu Hause bleiben?«, fragt seine Mutter, die das ganze Gespräch mitangehört hat und ins Wohnzimmer gekommen ist.

»Ich habe es den Kameraden versprochen …, aber ich komme heute Nacht nach Hause …« Er greift im Flur nach dem Mantel und knöpft ihn zu. Dann zieht er Sebastian zu sich heran, nimmt ihm die Mütze vom Kopf und fährt ihm durch das viel zu lang gewachsene Haar. Sebastian windet sich zum Schein in Alberts Griff und lässt das brüderliche Knuffen über sich ergehen.

»Nun lass den Jungen doch gehen«, sagt Vater zu Mutter. »Den letzten Abend in Zivil muss man schließlich feiern.«

Mutter drückt ihn lange, Albert erwidert die Umarmung und fühlt Tränen in sich aufsteigen. Vater reicht ihm die Hand. Der Händedruck ist fest, Worte werden nicht gewechselt, ein kurzes Nicken genügt. Dann wendet sich Albert zur Wohnungstür, drückt die Klinke herunter und wirft einen letzten Blick zurück auf seine Familie.

Als das Haus hinter den anderen Gebäuden verschwunden ist, wird ihm leichter. Gedanken schießen ihm durch den Kopf: Gedanken an Mutter und Vater, an seinen kleinen Bruder, an die Aufnahmeprüfung zur Universität, die bevorstehende Reise nach Deutschland und die Verpflichtung zur Waffen-SS. Vor allem aber denkt er an Leena. Und die Gedanken an Leena verwirren ihn am meisten.

7

Als Albert am Tähtitorninmäki ankommt, beim Sternwartenhügel unweit des Hafens, hat sich bereits eine Gruppe Rekruten des Freiwilligen-Bataillons versammelt und lässt eine Flasche kreisen. Die meisten von ihnen kennt er nicht, ein paar hat er zuvor schon bei der Musterung im Ingenieurbüro Ratas gesehen, als sie sich ausziehen und splitterfasernackt vor den SS-Ärzten antreten mussten, die zu diesem Zweck aus Deutschland hierhergeschickt worden waren. Die Prozedur war beschämend und aufregend zugleich, denn bei der Auswahl der Freiwilligen gingen die Ärzte gnadenlos vor. Schon ein schlechter Zahn konnte ein Grund zur Ablehnung sein. Nichtarische Züge – wie auch immer die sich zeigen mochten – führten ebenso zur Ausmusterung.

Albert gesellt sich zu den anderen, schiebt sich eine Zigarette in den Mundwinkel und schaut in die Runde. Etwas abseits steht eine vierköpfige Gruppe, Albert kennt die jungen Männer von früher. Er tritt zu ihnen und reicht jedem die Hand. Klaus Halminen, der Kleinste in der Gruppe – in voller Aufrichtung erreicht er gerade so die geforderten eins siebzig –, steht mit leicht gegrätschten Beinen in der Mitte, die Hände hat er in den Taschen vergraben. Nach dem Winterkrieg, als Albert als Ausbilder in die Hennala-Kaserne zurückkehrte, diente Klaus dort zeitweise als Unterfeldwebel. Albert und Klaus standen sich nicht sehr nahe, aber hier im Ingenieurbüro hatten sie sich gleich wiedererkannt und waren miteinander ins Gespräch gekommen. Ein einziges bekanntes Gesicht zwischen all den fremden Männern genügte, um Alberts Anspannung zu lindern, auch wenn Klaus in Hennala eher als schonungsloser Schleifer verschrien gewesen war.

Er betrachtet den finster dreinschauenden Kerl mit den groben Zügen und den ein wenig zu weit auseinanderstehenden Augen und zweifelt keine Sekunde an der Richtigkeit dieses zweifelhaften Rufs.

Der Größte und Breitschultrigste in der Gruppe ist Martti Granlund, und er ist das komplette Gegenteil von Klaus. Immer fröhlich und zu einem Scherz aufgelegt. Ihn kennt Albert schon aus der Volksschule, wo er die Parallelklasse besuchte. Martti ist vielleicht nicht der Hellste, aber mit Sicherheit der warmherzigste und hilfsbereiteste von ihnen – und stark wie ein Stier. Beim Speerwurf oder beim Kugelstoßen warf Matti immer doppelt so weit wie alle anderen.

Die anderen beiden in der Gruppe sind Virkkala und Ylikylä, die gemeinsam aus Österbotten nach Helsinki gekommen sind. Beide gehören der Vaterländischen Volksbewegung an und brennen dafür, in die SS aufgenommen zu werden. Vor allem Virkkalas übertriebenes Geschwätz von der Überlegenheit der Deutschen ringt Albert und den anderen nur mehr ein schwaches Lächeln ab. Glaubt man Virkkala, dann ist Hitler nicht nur ein unfehlbarer Stratege und mächtiger Politiker, ein begnadeter Diplomat und eine fesselnde Persönlichkeit, sondern auch ein meisterhafter Koch, Dichter und Sportsmann erster Güte.

Sie stehen etwas abseits von den anderen und schwelgen im Bewusstsein ihres unausgesprochenen Sonderstatus. Alle fünf sind sie Veteranen des Winterkrieges und stehen somit über den anderen. Albert hat tunlichst vermieden, die anderen darüber aufzuklären, dass er in Wiborg keinesfalls an vorderster Front, sondern lediglich als Verstärkung im Hinterland gestanden hat.

Stattdessen bemüht er sich, möglichst locker und selbstbewusst aufzutreten, die Soldatenmütze hat er lässig aus der Stirn geschoben, die Zigarette wippt im Mundwinkel. Er hat die Hände so in die Taschen gesteckt, dass die Schöße seines Mantels hinter den Ellenbogen liegen, ganz so, wie er es ab und zu bei den älteren Männern beobachtet hat.

»Na, auch schon da?«, fragt Klaus. »Wollte die Mama dich nicht gehen lassen?«

Albert prustet los, als wäre das ein wirklich guter Scherz, und wendet sich an Ylikylä und Virkkala. »Und, habt ihr was bekommen?«

Virkkala holt eine Flasche Hochprozentiges hervor, aus der schon etwas fehlt, und reicht sie Albert. Dieser dreht den Verschluss auf, riecht daran und vergewissert sich, dass die Flasche auch enthält, was sie soll, dann kippt er sich einen Schluck in den Rachen. Er verzieht das Gesicht etwas mehr als nötig und hält die Flasche Martti hin, der sie, ohne daraus zu trinken, an Klaus weiterreicht. Klaus trinkt, verzieht keine Miene und wischt sich mit dem Ärmel über den Mund.

»Wir auch«, ruft jemand aus dem größeren Kreis.

»Besorgt euch euer eigenes Zeug«, schnauzt Albert zurück.

»Die hier wurde mit Veteranenblut auf der Karelischen Landenge erkämpft!«, grölt Ylikylä, der offensichtlich schon einen in der Krone hat.

Sie rauchen und trinken. Albert ist feierlich zumute, er fühlt sich männlich und stark, aber gleichzeitig erfasst ihn Wehmut und ein Gefühl der Hilflosigkeit. Sie alle eint ein Geheimnis, sie sind unterwegs zu einem unbekannten Ziel, zu einem Abenteuer. Aber sie lassen auch alle Sicherheit hinter sich, und er fühlt sich klein und einsam bei diesem Gedanken.

Eine Gruppe Mädchen geht vorbei, sie rufen ihnen hinterher und bekommen ein Kichern zur Antwort. Zwei aus der Gruppe um sie herum versuchen, mit ihnen ins Gespräch zu kommen, ohne Erfolg.

»Mit so einem Gesicht ganz sicher nicht!«

Die Flasche kreist eifrig in ihrer Runde und leert sich zügig. Nur Martti verzichtet jedes Mal auf seinen Schluck, die anderen jedoch sind bald ziemlich angeheitert. Die Gruppe ist lauter geworden, von Zeit zu Zeit ist schallendes Gelächter zu hören. Selbst auf Klaus' Gesicht zeichnet sich ein dünnes Lächeln ab, wenn jemand einen besonders derben Witz reißt, ansonsten ist er nur Beobachter.

Irgendwann kommen sie auch auf den Krieg zu sprechen, der im übrigen Europa wütet.

»Deutschland wird angreifen, das ist sicher. Ganz Rovaniemi ist schon voll deutscher Soldaten.«

»Urlaubstransporte nach Norwegen«, sagt Martti.

»Das glaube, wer will! Es wird Krieg geben, merkt euch, wer das gesagt hat. Noch vor dem Sommer wird sich ein Panzerkeil Richtung Moskau schieben!«, wiederholt Virkkala bestimmt schon zum zehnten Mal an diesem Abend.

»Halts Maul! Hier hat alles Ohren.«

»Hitler wird ja wohl nicht so einfältig sein und einen Zweifrontenkrieg beginnen.«

»Wenn es zu einem Krieg zwischen Finnland und der Sowjetunion kommt, kehren wir sofort nach Finnland zurück. So ist es ausgemacht«, wirft Martti ein.

»Wo steht das?«

»Ist doch egal, wo der Russe krepiert. Ob in Archangelsk oder in Afrika«, meint Klaus.

»Gib die Flasche her! Aah! Ich würde ja zu gern eine Budjonowka vor die Flinte bekommen.«

»Quatscht die Vaterländische Front schon wieder vom Krieg?«

»Schnauze, ihr Rotgardisten!«

Eine weitere Flasche macht die Runde, die kleine Gruppe wird immer lauter, bis auch die Umstehenden auf sie aufmerksam werden. Außer Martti scheint nur noch Klaus einigermaßen nüchtern zu sein, aber er wird immer finsterer und stiller.

»Was ist denn mit Halminen los?«, fragt Virkkala.

Albert zuckt mit den Achseln. Auch er wundert sich über

Klaus, aber er kann nicht leugnen, dass ihn dennoch eine schwer zu beschreibende charismatische Aura umgibt.

»Du warst doch mit ihm in Hennala.« Virkkala lässt nicht locker. »Ein Kamerad hat erzählt, dass Halminen im Krieg zwei unbewaffnete Gefangene exekutiert haben soll: an die Wand gestellt und in den Rücken geschossen. Meinst du, das stimmt?«

»Ach was, glaub nicht gleich jeden Mist, der dir aufgetischt wird«, sagt Albert. Doch wenn er Klaus so betrachtet, ist er sich gar nicht so sicher. Klaus ist genau der Typ, der jemandem ohne mit der Wimper zu zucken in den Rücken schießen könnte.

»Ich muss los«, stammelt Albert, als er merkt, wie betrunken er ist.

»Wo will der Mann denn um diese Zeit noch hin?«, will Martti wissen.

Albert grinst, zwinkert ihm zu und sorgt auch sonst dafür, dass sein Aufbruch keinem entgeht.

»Pass auf, dass du ihr kein Kind machst«, ruft jemand aus der Gruppe.

Albert winkt ihnen zu und stolpert den Abhang hinunter. Ein Flimmern an den Rändern seines Blickfelds, es duftet intensiv nach Frühling. Seine Gedanken schweifen ab. Er muss gut aufpassen, wo er die Füße hinsetzt, um nicht aus dem Rhythmus zu kommen.

Die Straßen vor ihm sind leer, ein zerstörtes Wohnhaus steht am Weg.

In seinem Kopf hört er das Bombardement, das er in Wiborg erlebt hat: das Brummen der Flugzeugmotoren am Himmel, das Beben der Erde und das Krachen von Ästen. Nie zuvor hat er solch besinnungslose Angst empfunden. Wenn das schon Krieg war, wie soll er es dann erst an vorderster Front aushalten, ohne daran zu zerbrechen?

Doch das ist nicht die einzige Frage, die ihm im Kopf herumschwirrt.

Wie es wohl sein würde, in der Waffen-SS zu dienen? In Hitlers Elitetruppe? Als sein Vater nach Deutschland aufbrach, war er noch jünger als er jetzt. Er war nach Finnland zurückgekehrt, um im Freiheitskrieg zu kämpfen, und eine Kugel hatte seinen Hals getroffen. Nur einen Zentimeter weiter nach links, und sein Vater hätte nicht überlebt. Dann wäre Albert nie geboren worden. Nach dem Ersten Weltkrieg lag die Führung der neu gegründeten finnischen Streitkräfte überwiegend in den Händen der Jäger. Und wer nicht wie Vater im Militärdienst blieb, stieg in bedeutende gesellschaftliche Positionen auf. Und diese Möglichkeit bietet sich jetzt auch uns, dachte Albert. Zwei Jahre sind keine lange Zeit, und er würde als Sieger, als erfahrener Elitesoldat nach Finnland zurückkehren.

Als er Leenas Haus erreicht, ist es schon nach zehn. Er steht nicht mehr sicher auf den Beinen. Sein Sehvermögen hinkt dem Verstand leicht hinterher, und Albert nimmt plötzlich alles deutlich wahr – zum ersten Mal hat er das Gefühl, alle Einzelheiten so zu sehen, wie sie in Wahrheit beschaffen sind.

In den Fenstern der Häuser brennt Licht – ein Zeichen für Frieden. Es ist noch nicht lange her, dass es in ganz Finnland eine Verdunklungspflicht gab, wenn die sowjetischen Bombengeschwader über die Städte hinwegbrausten, die sie eine nach der anderen in Brand setzten. Albert bleibt einen Moment vor dem Haus stehen und denkt voller Geringschätzung, dass es ziemlich klein und wenig repräsentativ ist. Er hat Vaters Worte im Ohr, dass alle Häuser in dieser Gegend Schacherern, Schiebern oder Halsabschneidern gehören – dreckige Juden allesamt.

Er weiß nicht sehr viel über Leena. Albert und sie haben dieselbe Schule besucht und bei Ausbruch des Krieges ihre Adressen ausgetauscht, obwohl sie bis dahin kaum ein paar Worte miteinander gewechselt hatten. Später, als er in der Hennala-Kaserne und in der Nachschubkompanie war, schrieben sie sich Briefe, und der Ton zwischen ihnen wurde vertrauter. Es ist leichter, »Schatz«

oder »Liebes« zu schreiben, als es einander zu sagen. Als Albert aus dem Winterkrieg zurückkam, streiften Leena und er durch Helsinkis Straßen, sahen die Spuren der Bomben und sprachen über ihre Träume. Albert erzählte ihr, dass er an der Universität studieren und Naturforscher werden wolle. Leena wollte gerne Architektin werden, jetzt, wo dies auch Frauen gestattet ist.

Die Sonne ist untergegangen. Im Schutz der einbrechenden Dunkelheit schleicht Albert an der Hecke entlang zur Hinterseite des Hauses. Das Licht aus den Fenstern wirft lange Schatten über den Rasen. Er ist jederzeit bereit, zum Spurt anzusetzen, sollte sich unvermittelt eine Tür oder ein Fenster öffnen. Leenas Zimmer liegt im Obergeschoss, in ihrem Fenster brennt Licht. Die Vorhänge sind zugezogen. Albert stellt sich unter das Fenster und wirft ein Steinchen. Es trifft die Wand neben dem Fenster und springt zurück. Sofort wirft er ein zweites, das den Fensterrahmen trifft. Das Geräusch ist so laut, dass sich Albert in den Schatten der Hecke flüchtet. Er wartet ab, und als sich nichts regt, wirft er ein drittes und ein viertes Mal. Jetzt trifft er die Scheibe, und es klirrt leise zweimal kurz nacheinander. Ein Schatten erscheint, der Vorhang wird zur Seite gezogen, das Fenster geöffnet. Leena sieht erschrocken aus, als sich ihre Blicke begegnen. Albert lächelt sein charmantestes Lächeln.

»Komm raus!«

»Du bist verrückt.«

»Komm raus, bitte«, wiederholt Albert.

»Vater und Mutter schlafen noch nicht.«

»Und wenn schon?«

»Sie lassen mich so spät nicht mehr aus dem Haus.«

»Na dann, bis in zwei Jahren!«, sagt Albert und dreht sich um.

»Warte!«

Albert bleibt stehen.

»Unter dem Baum, auf der anderen Straßenseite, in fünf Minuten.«

Leena schließt das Fenster und zieht den Vorhang zu. Das Licht im Zimmer erlischt. Albert läuft langsam zurück zum Tor, geht über die Straße und bleibt unter dem Ahornbaum gegenüber stehen. Das Außenlicht geht an, Albert tritt tiefer in den Schatten des Baumes. Die Haustür wird geöffnet. Leena und ihr Vater diskutieren heftig miteinander, dann wird die Tür zugeschlagen und schnelle Schritte nähern sich.

»Hier!«

Er sieht, wie Leena über die Straße geht. Ihre Augen schimmern feucht. Albert schließt sie in die Arme. Er drückt sie fest und hebt sie hoch. Ihre Füße lösen sich vom Boden. Auch Leenas Umarmung ist fest. Albert setzt sie wieder ab und will sie küssen. Aber Leena schiebt ihn zurück.

»Du hast getrunken.«

»Die Jungs haben einen ausgegeben, sie wären enttäuscht gewesen, wenn ich abgelehnt hätte.«

»Du weißt, dass ich das nicht mag.«

Nebeneinander laufen sie die Straße hinunter. Albert bietet ihr seinen Arm an, und als sie vom Haus aus nicht mehr zu sehen sind, hakt Leena sich bei ihm unter. Sie schmiegt sich an seinen Oberarm, und Albert wird von einer warmen Welle durchströmt. Er kann den süßen Duft ihrer Haare riechen und ihre Wärme an seiner Seite fühlen. Ist er wirklich bereit, das alles zurückzulassen? Noch ist es nicht zu spät, noch kann er umkehren.

Dann setzen sie sich auf eine Bank. Albert nimmt Leenas Hand in die seine und drückt sie.

»Du hast so kleine Hände. Wie ein Spatz.«

»Geh nicht«, flüstert sie und lehnt sich noch enger an ihn.

»Ich komme wieder.«

»Aber es wird Krieg geben.«

»Kann sein, aber diesmal ist es anders. Er wird in wenigen Monaten vorbei sein, und dann bekommen alle Soldaten der SS Land in der Sowjetunion. Das hat Hitler versprochen.«

»Vater sagt, Hitler ist nicht bei Sinnen. Die Nazis zerstören die Synagogen in Deutschland, sie rauben den Juden ihr Eigentum. Die Deutschen hassen uns, sie wollen unser Volk vernichten. Einige von uns wurden bereits misshandelt.«

Albert rückt ein wenig von ihr ab. »Du musst nicht alles glauben, was geredet wird. Hitler ist kein schlechter Mensch. Er ist Europas einzige Hoffnung gegen den Kommunismus, der sich wie die Pest in jeden Winkel ausbreitet. Sie alle reden nur schlecht über Hitler, weil sie seine Macht fürchten. Aber das deutsche Volk liegt ihm zu Füßen, denn nur er kann das Land wieder aufrichten, er wird die Franzosen und Briten ins Meer treiben.«

»Hitler nennt uns Juden Ratten. Bin ich deiner Meinung nach eine Ratte?«

Albert sieht Leena an, ihr Gesicht ist vor Ärger gerötet, ihre Augen glühen. Er schreckt innerlich zurück – nicht vor ihrem Zorn, sondern vor ihren Worten. Er weiß, was man über die Juden sagt. Über ihre Gier und ihre Absicht, die Weltwirtschaft in den Abgrund zu treiben. Im Frühjahr hatte die Zeitschrift der Vaterländischen Bewegung, die sich *Ajan suunta*, *Richtung der Zeit*, nennt, einen Artikel über die Judenfrage veröffentlicht. Ein Teil seines Gehirns befiehlt Albert, unverzüglich aufzustehen und zu gehen, doch ein anderer Teil hält ihn dort, als wäre er festgenagelt. Erneut greift er nach Leenas Hand.

»So einer bin ich nicht. Du weißt, dass es mir ganz egal ist, ob du Christin oder Jüdin oder sonst was bist. Ich liebe dich.«

Albert staunt, wie leicht ihm die Worte über die Lippen kommen. Leenas Augen werden erneut feucht.

»Bitte geh nicht. Bitte bleib«, flüstert sie.

Alberts Rausch hat nachgelassen. Sie stehen auf und gehen weiter. Es ist still. Er führt sie durch den Park zum Schatten unter den Bäumen. Dort zieht er seinen Mantel aus und legt ihn wie schon einmal an diesem Tag als Decke auf die Erde. Sie setzen sich, und er nimmt Leena in den Arm. Und als sie sich küssen, legt

Albert eine Hand auf ihren Oberschenkel, schiebt langsam ihren Rocksaum hinauf. Doch Leena zieht den Rock wieder glatt und schiebt Alberts Hand weg.

»Ich liebe dich«, sagt Albert und beugt sich herab, um sie erneut zu küssen. Leena weicht zurück.

»Nicht jetzt. Nicht hier. Später.«

»Wann?«

»Wenn du zurückkommst und wir heiraten.«

Eine Welle schwarzer Wut durchströmt Albert. Er greift nach ihr und zieht sie ungestüm zu sich heran. Zuerst wehrt sie sich, doch dann gibt sie nach. Er presst seine Lippen auf ihre. Seine Hand umfasst ihre Brust, durch die Bluse hindurch spürt er ihr Gewicht und ihre Festigkeit. Leena zuckt zurück, lässt ihn dann aber gewähren.

»Und wenn ich nicht zurückkomme. Wenn es Krieg gibt und ich falle«, sagt er keuchend.

»Sag so etwas nicht!«

»Vielleicht ist das unser letzter Abend. Ich liebe dich so sehr!«

Albert legt seine Hand wieder auf ihr Bein, und dieses Mal schiebt sie sie nicht weg. Er kann ihre warme, weiche Haut spüren, was seine Begierde vollends entfacht. Seine Hand wandert weiter hinauf, spürt den Spitzensaum ihres Höschens. Sein Atem geht jetzt stoßweise, er muss schlucken. Noch einmal versucht Leena, sich freizumachen, doch Albert drückt sie mit seinem ganzen Gewicht auf den Mantel und legt sich auf sie. Mit einer Hand öffnet er die Schnalle seines Koppels. »Ich liebe dich«, stöhnt er. »Ich liebe dich.«

2019

8

Am Morgen war es noch grau, doch dann wurde der Tag schön und sonnig. Gegen Mittag riss der Himmel auf, und am Nachmittag war er so ultramarinblau wie ein Himmel nur sein konnte. Die tief stehende Sonne warf scharfe Schatten auf die Wände der Gebäude. Das Autothermometer stieg auf zwanzig Grad.

»Das ist vielleicht der letzte warme Tag. Schade, dass wir arbeiten müssen«, sagte Linda zu Oksman, der hinter dem Lenkrad saß. Er antwortete nicht. Aber das hatte Linda auch nicht erwartet, längst hatte sie sich an Oksmans steifes Wesen gewöhnt. Anfangs war sie genervt gewesen von seiner Wortkargheit, ja geradezu wütend war sie geworden, doch später verstand sie, dass er nicht aus Bosheit schwieg. Er war einfach so. Also sprach sie ihre Gedanken einfach laut aus, auch wenn sie wusste, dass er nicht darauf reagierte. Manchmal schien es ihr sogar, als fände Oksman Gefallen daran, ihre Stimme zu hören.

Trotz seiner Verschlossenheit, seiner Bakterienphobie und anderer Seltsamkeiten schätzte sie ihn als Polizisten. Er war der scharfsinnigste Ermittler, den sie je getroffen hatte. Oksman gab nicht so leicht auf. Noch nie war Linda ein solch beharrlicher – Paloviita nannte es sturer – Mensch begegnet. Trotzdem hätte sie auf dem Weg zu Albert Kangasharjus Familie lieber Paloviita an ihrer Seite gehabt. Oksman würde ihr beim Überbringen der unerfreulichen Neuigkeiten keine große Hilfe sein.

Kangasharjus ältere Tochter Raija wohnte im Randbezirk

Toejoki in einem Haus mit Rauputzfassade aus den Siebzigern, dessen Garten üppig und moosbewachsen war. Sie mussten den Wagen an der Straße stehen lassen, denn auf dem Grundstück standen schon zwei Autos. Zwei ältere Frauen und ein jüngeres Ehepaar mit Kindern hatten sich hinter dem Haus versammelt. Die Älteren saßen um einen Terrassentisch, die Jüngeren standen etwas abseits neben einem kleinen Hochbeet. Alle erstarrten in ihren Bewegungen, als die beiden Polizisten in Zivil erschienen.

Ein etwa vierzigjähriger Mann rief die fünf- bis sechsjährigen Kinder zu sich. Die Frauen am Tisch erhoben sich. Linda vermutete, dass es Kangasharjus Töchter waren. Eine von ihnen griff nach ihrem Gehstock, und Linda merkte, wie es sie überraschte zu sehen, dass Alberts Töchter natürlich auch schon betagt waren.

Linda und Oksman stellten sich vor. Neben den beiden älteren Damen war auch der Sohn der jüngeren Schwester Marjatta mit Familie anwesend.

»Möchten Sie einen Kaffee?«

»Gern«, antwortete Linda. Oksman schüttelte den Kopf.

»Ich habe meinen Sohn Timo gebeten zu kommen, um mich in dieser Situation zu unterstützen«, erklärte Marjatta.

Linda warf einen Blick auf den Mann, der bei den Kindern stand und vom Körperbau her mit der Beschreibung übereinstimmte, die Alberts Altenpflegerin und Paloviita ihnen vom Angreifer gegeben hatten. Linda beschloss, sich über den Mann zu informieren: seinen Beruf, mögliche Verbindungen zu Straftaten, Schulden. Nur für alle Fälle.

»Am Telefon sagten Sie, es gehe um unseren Vater. Das Krankenhaus rief an und informierte uns, dass er aus dem Pflegeheim dorthin verlegt worden sei. Sie haben uns aber nicht gesagt, was vorgefallen ist. Wir sollten uns gedulden, später würden wir Genaueres erfahren.«

»Leider haben wir keine guten Nachrichten.«

»Herr im Himmel! Was ist denn passiert? Ist Pertti etwas zugestoßen?«

»Pertti?«, fragte Oksman dazwischen.

»Wir haben zu Albert immer Pertti gesagt«, erklärte Raija. »So hat er sich auch selbst genannt.«

»Albert … Pertti … befindet sich in einem kritischen Zustand.«

Die Kinder tobten über den Rasen, ohne Schuhe und Strümpfe, sie lachten und kreischten. Die Eltern versuchten diese Energie nach Kräften zu zügeln. Welch ein Segen es doch war, dachte Linda, dass Kinder noch nicht das Gewicht der ganzen Welt schultern mussten. Je älter man wurde, umso schwerer wurde die Lebenslast, die man zu tragen hatte. Albert Kangasharju befand sich in der einen Waagschale, seine Urenkel in der anderen.

»Er wurde gestern Abend überfallen.«

»Im Pflegeheim? Von einem Bewohner?«

Linda und Oksman sahen sich an. »Genauer gesagt, ereignete sich der Vorfall im Park neben dem Pflegeheim.«

»Im Park? Am Abend?«

»Etwa gegen elf Uhr abends.«

»Mitten in der Nacht? Was hat Vater denn um Himmels willen um diese Zeit im Freien gemacht? Hat es gestern Abend nicht auch geregnet?«

»Ihr Vater hat eine Pflegerin gebeten, ihn zu einem Spaziergang zu begleiten. Bei diesem Spaziergang ist er von zwei Männern überfallen worden.«

Marjatta hielt sich erschrocken die Hand vor den Mund, aus ihren Augen sprach Entsetzen.

»Ihr Vater lebt und ist in guten Händen. Genaueres wissen wir über seinen Zustand zurzeit allerdings auch nicht.«

»Konnten die Täter gefasst werden?«, fragte der Enkel Timo.

»Die Fahndung läuft«, erwiderte Linda und wechselte einen Blick mit Oksman. Zögernd fuhr sie fort. »Da ist noch etwas …

Wir ermitteln wegen versuchten Mordes. Wir haben Grund zu der Annahme, dass die Angreifer Ihren Vater nicht nur verletzen, sondern töten wollten. An einem Baum in der Nähe haben wir eine Galgenschlinge und einen Hocker gefunden. Wir gehen davon aus, dass die Männer die Absicht hatten, Ihren Vater zu erhängen.«

»Mein Gott! Wer tut denn so was! Vater ist fast hundert. Da muss ein Irrtum vorliegen.«

»Leider nein. Im Krankenhaus gab es einen weiteren Versuch, Ihren Vater zu töten. Es war pures Glück, dass ein Kollege von uns vor Ort war, der es verhindern konnte. Leider konnte der Täter entkommen, aber wir haben jede Menge Aufnahmen aus Überwachungskameras von ihm. Die Schuldigen werden nicht weit kommen.«

Auf der Terrasse herrschte vollkommene Stille. Genau wie bei ihrer Besprechung im Polizeipräsidium. Das Unbegreifliche war schwer zu verdauen. Erst das fröhliche Kreischen der Kinder rief sie in die Realität zurück.

»Wir müssen ins Krankenhaus«, ergriff Raija das Wort und erhob sich schwerfällig. Linda griff nach ihrer Hand.

»Er wird rund um die Uhr von einem Polizisten bewacht. Aber natürlich können Sie ihn besuchen. Wir können Sie ins Krankenhaus bringen, nicht wahr, Henrik?«

Der Gefragte nickte.

»Zuvor würden wir gern noch zwei Dinge wissen, die uns helfen könnten, die Täter zu ermitteln. Zunächst geht es um das Motiv. Warum hat jemand innerhalb von wenigen Stunden gleich zweimal versucht, Ihren Vater umzubringen? Hier geht es nicht um Raub.«

Die Töchter und der Enkel sahen sich an.

»Hatte Albert Feinde, ist er früher einmal bedroht worden?«, half ihnen Oksman.

»Feinde? Warum sollte Vater Feinde haben?«

»Er hatte ein Geschäft und war Bankdirektor. Kann es möglich sein, dass die Taten etwas mit seinem Berufsleben zu tun haben?«

»Vater ist seit dreißig Jahren in Rente. Wenn er Feinde gehabt hat, dann hätten sie doch schon vor langer Zeit etwas unternommen«, entgegnete Raija. »Vater hat im Pflegeheim sehr bescheiden gelebt, wer sollte ihn denn umbringen wollen?«

»Erzählen Sie von Ihrem Vater«, forderte Oksman sie auf.

»Ich weiß nicht, wo ich anfangen soll … Pertti war ein guter Vater – ist ein guter Vater. Liebevoll.«

Sie warteten, bis Raija fortfuhr:

»Als wir klein waren, war Vater oft unterwegs. Auf Geschäftsreisen quer durch Finnland oder in Italien, von dort hat er Schuhe importiert. Er wollte immer eine große Schuhgeschäft-Kette gründen, aber daraus ist nichts geworden. Ich weiß noch, dass Vater deswegen ziemlich lange recht verbittert war. Er und Mutter waren fast siebzig Jahre verheiratet … Das klingt jetzt vielleicht etwas pathetisch, aber ich kann mich nicht erinnern, dass er je mit uns geschimpft hätte. Wenn sie uns zurechtweisen oder uns etwas auftragen wollten, dann musste das Mutter übernehmen. Oder Vater hat irgendwie vermittelt.«

»Er war Schuhhändler?«

»Er hatte ein Schuhgeschäft in der Isolinnankatu. Ein schickes Geschäft. Es heißt zwar, Schusterkinder tragen die schlechtesten Schuhe, aber in unserem Fall traf das nicht zu. Er hat uns die feinsten Schuhe mit nach Hause gebracht. Wir wurden immer von unseren Mitschülern darum beneidet.«

»In den Achtzigern hat er dann das Geschäft verkauft. In meiner Erinnerung hat es uns an nichts gefehlt, und das Geld hat immer gereicht. Erst später habe ich begriffen, dass es nicht so war. Vaters Geschäft lief nicht immer gut, aber wenn wir etwas wollten, hat er nie Nein gesagt. Mutter war der Meinung, Vater verwöhne uns zu sehr – und wahrscheinlich hatte sie damit recht.«

»Ihre Mutter ist verstorben?«

»Ja, Hilkka starb vor vier Jahren. Sie litt lange an Demenz und war recht krank. Vater hat sie bis zum Schluss gepflegt, obwohl er selbst schon über neunzig war. Als er ins Pflegeheim zog, war das für uns alle eine große Erleichterung, auch für ihn. Ihr gemeinsames Haus im Stadtteil Vanhakoivisto steht noch immer leer. Vater hat nie eingewilligt, es zu verkaufen, obwohl wir viel Geld und Arbeit hineinstecken müssen.«

»Wäre es möglich, dass wir uns das Haus ansehen?«, fragte Oksman.

»Das Haus? Warum?«

»Vielleicht haben die Angreifer etwas gesucht, das sich dort befindet.«

»Dort sind nur alte Sachen, aber natürlich können Sie es sich ansehen, wenn es für Sie wichtig ist«, sagte Raija und kramte in ihrer Handtasche, aus der sie einen Schlüssel mit einem großen, kunstvoll geschnitzten Schlüsselanhänger hervorzog, der offensichtlich Handarbeit war. Sie reichte ihn Linda.

»Wir geben ihn selbstverständlich zurück.«

»Das hat keine Eile. Wir haben mehrere Schlüssel.«

»Albert Kangasharju war während der großen Rezession! Anfang der Neunzigerjahre Bankdirektor. Ist in dieser Zeit irgendetwas vorgefallen?«, fragte Oksman.

Die Töchter überlegten.

»Auf jeden Fall war Vater in dieser Zeit schweigsamer als sonst«, sagte Marjatta. »Wir hatten unsere Familien und unser eigenes Leben. Damals habe ich es nicht gesehen, erst später ist mir klargeworden, wie sehr Vater sich das damals alles zu Herzen genommen hat. Also, dass Firmen bankrottgingen und er als Gläubiger fungieren musste.«

»Hat er mit Ihnen mal über diese Zeit gesprochen?«

»Damals nicht, aber später«, antwortete Marjatta. »Vater hat erzählt, dass es da ein paar Unterlagen gab, die er hatte unterschreiben müssen. Es ließ ihn nicht los. Papiere, durch die Menschen alles verloren haben, obwohl es nicht an ihnen als Unternehmer lag, sondern an der allgemeinen wirtschaftlichen Situation und der Überhitzung der Märkte. Das hat ihn gequält.«

»Was fällt Ihnen noch ein?«, fragte Oksman. Linda kramte Stift und Notizheft hervor, aber Oksman verschränkte nur die Hände auf dem Tisch und konzentrierte sich auf das Gespräch.

»Ich weiß nicht, was Sie wissen wollen. Das alles muss ein Irrtum sein. Vater ist Kriegsveteran. Ein Granatsplitter hat sein Knie getroffen, er ist sein Leben lang gehumpelt. Seine besten Jahre hat er auf dem Schlachtfeld vergeudet.«

»Können Sie sich daran erinnern, ob Ihr Vater je mit jemandem Streit hatte?«

»Ich wüsste nicht, fällt dir etwas ein?«

Auch die jüngere Tochter schüttelte den Kopf. »Vater hatte viele Freunde. Er war aktiv am Vereinsleben beteiligt, war immer im Veteranenverein und hat auch im Veteranenchor gesungen. Außerdem war er Mitglied bei den Rotariern und im Lions-Club, aber da ist er nach seinem achtzigsten Geburtstag ausgetreten. Zu der Zeit, als es Mutter immer schlechter ging.«

»Erzählen Sie uns von den Freunden Ihres Vaters.«

Die Töchter warfen sich einen überraschten Blick zu.

»Einige Fragen mögen Ihnen merkwürdig erscheinen, aber wir suchen nach einem möglichen Motiv und tappen hier, ehrlich gesagt, noch völlig im Dunkeln.«

»Was hat ein Mensch schon für Freunde? Bekannte aus dem Berufsleben, mit den gleichen Interessen. Die meisten sind sicher schon tot.«

»Hatte Ihr Vater Ersparnisse?«

»Vater hat noch nie richtig sparen können. Er und Mutter sind viel gereist, später ist viel Geld für Mutters Pflege draufgegangen. Unsere Eltern hatten in Senegal eine Patentochter, zweimal sind sie auch hingeflogen, um sie zu treffen. Sie schickt uns heute noch jedes Jahr eine Weihnachtskarte. Zudem hat Vater regelmäßig jeden Monat an zahlreiche Wohltätigkeitsorganisationen gespendet. Nach seinem Umzug ins Pflegeheim mussten diese Spenden eingestellt werden. Das war eigentlich das einzige Mal, dass ich ihn wirklich wütend gesehen habe. Diese Zuwendungen waren ihm sehr wichtig.«

Oksman zuckte zusammen, als ein kleines Mädchen mit gebräuntem Gesicht und wilden Haaren ihn am Ärmel zog. Reflexartig wollte er den Arm wegziehen, besann sich aber, als er das Mädchen sah.

»Bist du Polizist?«, fragte sie, und jetzt gesellte sich auch der Junge dazu. Die beiden Kinder begutachteten Oksman mit schiefgelegten Köpfen.

Oksman bekam nicht gleich einen Ton heraus. »Ja, bin ... sind wir«, stammelte er. Das Mädchen drückte seinen Arm noch fester.

»Fangt ihr Räuber?«

»Das ist unsere Aufgabe, ja«, antwortete Linda und lächelte.

Das Mädchen reichte Oksman seine Barbie-Puppe, der vorgab, sie genau zu betrachten.

»Das ist Aschenputtel, die hat auch so ein Kleid.«

»Schön.«

»Magst du Kleider?«

»Ja.«

»Aber Männer mögen doch keine Kleider!«, sagte das Mädchen.

»Ich finde, Kleider sind schön.«

Plötzlich kletterte das Mädchen auf seinen Schoß. Er schaute ratlos drein. Weil er nicht wusste, wohin mit seinen Händen, ließ er sie links und rechts neben dem Stuhl herunterhängen.

»Hast du eine Pistole?«, fragte das Mädchen weiter.

»Ja, aber die habe ich nicht dabei«, antwortete Oksman.

»Dann bist du ja gar kein richtiger Polizist. Richtige Polizisten haben immer eine Pistole dabei. Hat Papa gesagt. Hast du schon viele Räuber erschossen?«

»Ich habe noch nie auf jemanden geschossen. Polizisten erschießen keine Menschen.«

Oksman hoffte, dass das Mädchen wieder herunterspringen würde, aber es dachte offensichtlich nicht daran. »Kannst du Hoppe, hoppe, Reiter spielen?«, fragte sie und schlang Oksmans Arme um sich. »Du musst mit den Knien hüpfen.«

Oksman wippte mit den Knien auf und ab, das Mädchen hüpfte und juchzte: »Doller! Hüa hott, Pferdchen lauf Galopp!«

Oksman wippte stärker, bis sich das Mädchen losmachte, herunterrutschte und zu seiner Mutter lief.

»Ich denke, wir werden uns noch einmal unterhalten müssen. Wenn Sie wollen, können wir Sie jetzt ins Krankenhaus fahren«, sagte Linda und erhob sich.

»Das ist nicht nötig«, antwortete die ältere Tochter und stand ebenfalls auf, indem sie sich auf dem Tisch abstützte. »Wir fahren selbst.«

»Eine Frage noch«, sagte Oksman. »Warum hatte Ihr Vater auf dem Nachttischchen das Buch *Das kleine Mädchen mit den Schwefelhölzern* liegen?«

Die Töchter warfen sich einen Blick zu, die jüngere antwortete: »Das ist Vaters Lieblingsbuch. Er hat es uns immer vorgelesen, als wir klein waren. Als er ins Pflegeheim umzog, hat er extra darum gebeten, dass wir ihm dieses Buch mitgeben.«

»Wissen Sie, warum?«

»Er liebt diese Geschichte. Warum fragen Sie?«

»Raucht er?«

»Er hat in den Sechzigern damit aufgehört.«

»Warum hat er ein Dutzend Streichholzschachteln in seiner Kommode?«, fuhr Oksman fort, und jetzt horchte auch Linda auf. Oksman fragte nie etwas ohne triftigen Grund.

»Vater achtete immer darauf, dass er Streichhölzer dabeihatte. Von Zeit zu Zeit hat er eines angezündet und zugesehen, wie es erlosch.«

»Zugesehen, wie es erlosch?«

»Ich glaube, er macht es, wenn er gestresst ist. Wenn er zu Hause oder auf Arbeit Sorgen hatte, hat er so lange Streichhölzer angezündet, bis das Problem gelöst war. Manchmal, als wir noch Kinder waren, ist er auf die Terrasse verschwunden, zum Nachdenken, und hat eine ganze Schachtel Streichhölzer angezündet, eins nach dem anderen, und hat dabei zugesehen, wie sie abbrannten.«

»Ich hatte immer das Gefühl, er versucht in den Flammen etwas zu erkennen«, ergänzte die andere Tochter.

»So wie das Mädchen mit den Schwefelhölzern?«, fragte Linda.

Die Tochter zuckte die Achseln. Offensichtlich wollten sie schnellstmöglich ins Krankenhaus. Linda und Oksman hielten sie nicht länger auf. Das Mädchen mit der Aschenputtel-Barbie in der Hand winkte Oksman zum Abschied zu, und Oksman lächelte zurück.

9

Am Eingang des Krankenhauses blieb Paloviita stehen. Er war außer Atem und fluchte innerlich. Er war lediglich den flachen Anstieg hinaufgegangen, der hinter ihm lag. Für einen Polizisten war er in einem erbärmlichen Zustand. Nach der Geburt seiner Kinder hatte er Jahr für Jahr zwei Kilo zugelegt, und sein ehemals flacher Bauch gehörte längst der Vergangenheit an. Die Waage im Bad bescheinigte ihm fünfzehn Kilo Übergewicht. Terhi hatte nie ein Wort über seine Gewichtszunahme verloren, aber ihn selbst störte sie ungemein, denn mittlerweile zeigte sie sich auch im Gesicht. Er kam nicht umhin sich einzugestehen, dass er diesen falschen Arzt vor zehn Jahren sicher noch gefasst hätte, statt nur seinen Kittel zu erwischen. Er versprach sich hoch und heilig, wieder mit dem Fitnesstraining zu beginnen, sobald seine Nase verheilt war.

Sein Telefon klingelte.

Er zögerte zunächst, den Anruf anzunehmen, da er von einer unbekannten Nummer kam. Andererseits jedoch besaßen nicht viele Menschen die Nummer seines Diensthandys, und so entschloss er sich ranzugehen. Und bereute es sofort.

»Jari, hey, wie geht's, wie steht's?«

Obwohl die Anruferin sich nicht vorstellte, wusste Paloviita sofort, mit wem er sprach: Es war Raakel Kallio, Journalistin bei der *Satakunta-Morgenzeitung*, die hin und wieder auch über Kriminalfälle berichtete. Raakel und er hatten zusammen Abitur am Gymnasium West-Pori gemacht und teilten die eine oder andere gemeinsame Erfahrung, Partys und ausgelassene Feten mit Freunden. Garantiert hatte keiner von ihnen jene Afterafterparty nach der Penkkarit-Feier zum Abschluss ihrer Schulzeit vergessen, auf der sie Karaoke gesungen, miteinander geschmust und im Morgengrauen Schnaps aus derselben Flasche getrunken hatten.

Paloviita hatte Raakel ein paar Mal einen Tipp gegeben, und im Gegenzug hatte Raakel der Polizei geholfen und deren Pressemitteilungen in Artikeln untergebracht. Paloviita wusste, dass ein direkter Draht zur Presse für die Polizei Gold wert war, aber auch, dass solche Verbindungen äußerst fragil und für keine Seite umsonst waren. Als Gegenleistung für Raakels Dienste musste er ihr hin und wieder etwas stecken. Raakel war alles andere als eine schlechte Journalistin. Allerdings war der Fall Albert Kangasharju so speziell, dass nicht das kleinste Fünkchen davon an die Öffentlichkeit gelangen durfte – zumindest nicht in dieser Phase der Ermittlungen.

»Ich habe einen Tipp bekommen. Ein Kriegsveteran soll letzte Nacht misshandelt worden sein, und du bist mit von der Truppe? Genau genommen mittendrin?«

Paloviita setzte sich auf eine Bank, vergewisserte sich, dass er allein war, und sagte mit gesenkter Stimme: »Du weißt, dass ich noch nichts dazu sagen kann.«

»Es stimmt also. Ich habe gehört, du hast eins auf die Nase bekommen. Bist du in Ordnung?«

»Nichts Ernstes. Danke der Nachfrage.«

»Nach meiner Information sind die Täter Ausländer. Du musst nichts sagen, schweig einfach, dann ziehe ich meine eigenen Schlüsse.«

»Raakel ...«

»Verstehe. Kannst du wenigstens bestätigen, dass es sich um Raub handelt?«

»Du weißt, dass ich es dir sagen würde, wenn es möglich wäre, aber im Moment geht das noch nicht.«

»Aus ermittlungstaktischen Gründen?«

Paloviita lachte. »Warum denn sonst. Hör zu, ich halte dich auf dem Laufenden. Ich verspreche dir, sobald ich etwas sagen darf, erfährst du es.«

»Nur ich?«

»Exklusiv!«

»Danke. Was machen die Kinder?«

»Wachsen in Windeseile.«

»Ich rufe dich morgen wieder an.«

»Da bin ich mir sicher.«

Paloviita beendete das Gespräch und schaltete das Telefon ganz aus. Er erhob sich und schüttelte lächelnd den Kopf. Er und Raakel sprachen immer in diesem leicht flirtenden Ton miteinander – schon damals in der Schulzeit. Offensichtlich stimmte die Chemie zwischen ihnen immer noch. Er fand es gut, dass er eine Journalistin zu seinen Bekannten zählte, und hoffte, Raakel würde in der gleichen Weise von ihm denken. Eine vertrauensvolle Beziehung war für beide Seiten wertvoll.

Im Krankenhaus war es still. Paloviita nahm Kurs auf die Intensivstation. Eine Gruppe Handwerker wechselte gerade die Tür aus, die Paloviita mit dem Feuerlöscher eingeschlagen hatte. Die Geschehnisse der letzten Nacht erschienen ihm wie ein Traum, doch die Handwerker und die zerborstene Tür bestätigten, dass dies alles wirklich geschehen war. Er überprüfte die Ausweispapiere der Monteure und ging weiter den Flur hinunter. Auf einer Bank saß ein Polizist und las Zeitung. Kangasharju war in das Zimmer gegenüber dem Überwachungsraum verlegt worden.

»Ist Kangasharju wieder bei Bewusstsein?«, fragte Paloviita den Polizisten, der daraufhin die Zeitung zusammenfaltete.

»Mit mir hat hier den ganzen Morgen noch keiner ein Wort gesprochen. Im Zimmer war es ruhig.« Er betrachtete Paloviitas Gesicht. »Wie ich hörte, hat es gestern eine ordentliche Auseinandersetzung gegeben?«

Paloviita fasste sich an den Verband. Darunter pulsierte es

heftig, als stampfte ein Dieselkolben in seiner Nase im Rhythmus des Herzschlages auf und ab. »Unterlegen nach Punkten.«
Dann ging Paloviita zu dem Aquarium, klopfte an die Tür und trat ein.

»Ich bin ...«

»Ich weiß«, unterbrach ihn eine der Schwestern. »Der Held, der letzte Nacht den Patienten gerettet hat.«

Er wurde rot. Held klang in seinen Ohren nicht schlecht. »Ich würde gern mit dem behandelnden Arzt sprechen.«

»Sie steht gerade im OP. Um zwölf macht sie ihre Runde. Sie können im Flur bei Ihrem Kollegen warten.«

Paloviita ging zurück in den Flur und nahm neben dem Polizisten Platz. Sie unterhielten sich leise. Eine Frau schob einen Blutabnahmewagen auf die Station, steuerte aber ein anderes Zimmer an, und die Polizisten entspannten sich. Sie schmunzelten über ihre Nervosität. Die Monteure hatten die Tür fertig eingebaut und gingen.

Punkt zwölf erschien die Ärztin. Sie kam gleich zu den Polizisten. Paloviita schätzte, dass sie mindestens zehn Jahre jünger war als er selbst.

»Allem Anschein nach sind Sie der Held, über den alle sprechen«, sagte sie, und Paloviita errötete zum zweiten Mal innerhalb von zwanzig Minuten. Mit einem prüfenden Blick auf sein Gesicht stellte sie fest: »Der Verband muss gewechselt werden. Kommen Sie.«

Paloviita folgte ihr in ein Behandlungszimmer und setzte sich auf die Liege, die mit Schutzpapier von einer großen Rolle bedeckt war. Die Ärztin löste vorsichtig die Pflaster und den Nasenverband und betrachtete die Verletzung genau.

»Das wächst gerade zusammen. Wir müssen nur aufpassen, dass die Nasengänge sich nicht verengen. Die Schwellung hält noch ein paar Wochen an, sieht aber schlimmer aus, als es ist. Sie können es kühlen. Haben Sie Schmerzen?«

»Mein ganzes Gesicht schmerzt, als ob ein Specht darauf herumhackt.«

»Ich verschreibe Ihnen ein starkes entzündungshemmendes Schmerzmittel. Das erleichtert Ihnen das Einschlafen.« Die Ärztin säuberte die Wunde und legte mit routinierten Bewegungen einen neuen Verband auf. Den blutgetränkten Verband und ihre Handschuhe warf sie in den Behälter für medizinischen Sondermüll. »Der Verband muss täglich gewechselt werden«, sagte sie und packte Wundkompressen und Verbandsmaterial in eine Plastiktüte, die sie Paloviita reichte.

»Danke.«

»Das ist das Mindeste, was ich tun kann. Am Morgen gab es eine Krisensitzung für das Personal. Die Situation im Krankenhaus hat sich in den letzten Jahren verändert. Das Pflegepersonal fühlt sich ohnehin zunehmend bedroht, und nach so einem Vorfall natürlich besonders. Es vergeht kein Tag, an dem nicht ein männlicher Patient eine Schwester angeht. Hoffentlich fassen Sie den Täter.«

»Das werden wir. Hat sich Kangasharjus Zustand verändert?«

»Er ist immer noch ohne Bewusstsein, was allerdings im Moment an den sedierenden Medikamenten liegt, die wir ihm verabreicht haben. Sein Organismus braucht jetzt vor allem Ruhe. Auf den Aufnahmen waren keine Blutungen, inneren Verletzungen oder Knochenbrüche zu erkennen.«

»Wann wird er das Bewusstsein wiedererlangen?«

»In dem Alter … der Sauerstoffmangel … wir müssen abwarten. Er kann jeden Moment aufwachen, es kann aber ebenso gut sein, dass sein Zustand sich plötzlich verschlechtert.«

Paloviita schürzte die Lippen. Sein neuer Verband spannte. »Wenn es recht ist, warte ich, für den Fall, dass er aufwacht.«

»Selbstverständlich. Den Kaffeeautomaten kennen Sie ja bereits.«

Paloviita folgte der Ärztin hinaus auf den Flur und setzte sich wieder neben den Polizisten. Die Ärztin begann ihre Runde, und Paloviita fühlte sich plötzlich uralt. Seine Gedanken wanderten zu seinem Vater und seiner Mutter, die immer noch zu zweit in seinem Elternhaus aus den Fünfzigerjahren im Stadtteil Liinaharja wohnten. Beide waren schon über siebzig und noch gut in Schuss, aber das konnte sich jederzeit ändern, und dann würde die Verantwortung für ihre Pflege bei ihm, ihrem einzigen Kind, liegen.

Als er so auf der Bank saß, beschloss er nicht nur, dass er sein Fitnessprogramm wiederaufnehmen wollte, sondern auch noch eine andere Sache: Er würde seine Eltern besuchen. Zu viele Jahre war er ihnen aus dem Weg gegangen, eigentlich sein ganzes Leben lang, doch die Zeit verrinnt wie Sand in einer Sanduhr, und wenn er ihr Verhältnis wieder in Ordnung bringen wollte, so musste er damit jetzt beginnen.

Gegen halb eins erschienen Kangasharjus Töchter und die Familie des Sohnes der älteren Tochter und bestürmten die Ärztin mit Fragen. Die beiden älteren Damen waren beinahe hysterisch, ihre Stimmen unnötig laut. Paloviita fand es besser, für einen Augenblick zu verschwinden. Ihm kamen die Zigaretten in den Sinn, die er im Handschuhfach versteckt hatte. Draußen war es sonnig und klar, wärmer als an so manchem Sommertag, obwohl es schon Herbst war. Er schlenderte hinunter zum Parkplatz, holte die Schachtel hervor und steckte sich eine Zigarette an, wobei er sich umblickte wie damals als Zwölfjähriger, als er mit seinem besten Freund Antti heimlich im Wald geraucht hatte. Sein Verhalten amüsierte ihn selbst, ein erwachsener Mann versteckte eine Schachtel Zigaretten vor seiner Frau wie ein Teenager.

Sein Blick strich über den Parkplatz, auf dem nur wenige Fahrzeuge standen. Einige von ihnen offensichtlich schon die ganze Nacht, Spuren getrockneten Regens waren auf ihnen zu sehen. An einem nagelneuen Avensis klebte ein Strafzettel. Mit einem Mal hatte Paloviita das Gefühl, beobachtet zu werden. Er wusste nicht, woher es kam, aber das Gefühl senkte sich auf ihn wie ein schwerer Teppich. Langsam drehte er sich um die eigene Achse, konnte aber niemanden erkennen. Er musterte den Parkplatz, den Hang hinauf zum Haupteingang, zuletzt den Schulhof gegenüber. Keine Menschenseele.

Er drückte den Zigarettenstummel an der Schuhsohle aus und wandte sich zum Eingang um. Die Ermittlungen liefen auf Hochtouren, und er verplemperte hier seine Zeit. Er sollte im Präsidium sein und die Fahndung nach den Tätern koordinieren, streng genommen sollte er zu Hause sein und sein Gesicht ausheilen lassen. Die Blutergüsse um die Augen färbten sich langsam dunkel, jetzt sah er wirklich aus wie einer der Pandabären im Zoo von Ähtäri. Am meisten wurmte es ihn, dass die Kollegen mindestens noch ein paar Wochen über ihn lästern würden.

Da blieb sein Blick an einem Wagen hängen, der auf Höhe des Taxistandes am Straßenrand parkte, ein schwarzer Volvo mit verdunkelten Scheiben. Obwohl reichlich Parkflächen frei waren, hatte das Auto so gehalten, dass man aus dem Fahrerfenster den ganzen Platz überblicken konnte. Das Kennzeichen war finnisch.

Paloviita wechselte die Richtung und ging schnellen Schrittes über den Parkplatz. Trotz der dunklen Scheiben erkannte er schon von Weitem, dass auf dem Fahrersitz eine Person saß. Er näherte sich dem Wagen und klopfte an die Scheibe, die mit einem Surren herunterfuhr. Paloviita musterte den Mann, der gerade telefonierte und ehrlich überrascht schien. Sonnengebräunt, schwarze Bartstoppeln, Sonnenbrille. Als Erstes checkte Paloviita die Lippe des Mannes. Sie wies keine Verletzung auf.

Er zog den Polizeiausweis aus der Tasche.

»*Sorry, I call you back*«, sagte der Mann, legte das Telefon auf die Mittelkonsole und wartete.

»*Please take off your sunglasses.*«

Mit ruhigen Bewegungen nahm er die Brille ab und schaute Paloviita gelassen an. Obwohl in der Nacht alles sehr schnell gegangen war, war sich Paloviita sicher, dass er nicht mit diesem

Mann hier gekämpft hatte, auch wenn er ihm ähnlichsah. Irgendetwas an ihm war ungewöhnlich. Er war zu lässig, keine Spur der sonst üblichen Nervosität oder Unsicherheit, wenn ein Mensch plötzlich mit der Polizei zu tun hatte. Nicht einmal Paloviitas geschundenes Gesicht schien Eindruck auf ihn zu machen.

»*How can I help you?*«, fragte er in einem fast perfekten Englisch, das nur einen winzigen Akzent aufwies, den Paloviita allerdings nicht einordnen konnte.

Paloviita runzelte die Stirn. Ein schneidender Schmerz fuhr in die Nase. »*Papers, please.*«

Der Mann beugte sich zum Handschuhfach, Paloviita war hellwach und entspannte sich erst, als er ihm einen Pass hinhielt. Ohne den Mann aus den Augen zu lassen, schlug er den Pass auf, dann las er:

Hadar Amir Rosenblat, geb. 11. 11. 1987, Tel Aviv, Israel.

Pass und Foto waren weniger als ein Jahr alt. Es bestand kein Zweifel, dass der Mann auf dem Foto der Fahrer des Wagens war.

Paloviita blätterte im Pass, der fast keine Stempel enthielt. »Dienst- oder Urlaubsreise?«

»Im Urlaub. Ich warte auf einen Bekannten.«

»Wie heißt Ihr Bekannter?«

Paloviita nahm sein Handy zur Hand und machte ein Foto des Passes. Dann ging er hinter den Wagen und fotografierte auch das Kennzeichen. In dem Moment klingelte sein Telefon mit lautem Schrillen, er hielt es ans Ohr. Der Anrufer war der Polizist, der Kangasharjus Zimmer bewachte.

»Er ist aufgewacht. Hier herrscht der reinste Trubel.«

Paloviita unterbrach das Telefonat und gab dem Fahrer den Pass zurück.

»*Is everything okay?*«, fragte er.

Paloviita murmelte etwas zur Antwort und eilte dann zurück. Am Eingang drehte er sich noch einmal um, der Volvo stand immer noch seelenruhig an seinem Platz.

Trubel war ein arg beschönigender Ausdruck für das Treiben, das auf der Intensivstation herrschte. Schwestern und Ärzte eilten über den Flur, dazwischen Kangasharjus Verwandtschaft, die lautstark verlangte, in sein Krankenzimmer gelassen zu werden. Der wachhabende Polizist war mit der Situation offensichtlich überfordert und wusste nicht, wen er wohin lassen durfte. Seinem Gesicht war die Erleichterung anzusehen, als er Paloviita entdeckte, der sich einen Weg zu ihm bahnte.

Jetzt wurde auch die Tür zum Krankenzimmer geöffnet, und die Ärztin trat auf den Flur. Sofort wurde sie von Kangasharjus Töchtern belagert und mit Fragen bombardiert. Am Ende eines recht heftigen Wortgefechts breitete sie ergeben die Arme aus und ließ die Angehörigen ins Zimmer. Als sie Paloviita entdeckte, der offensichtlich als Nächster Zugang zum Zimmer haben wollte, seufzte sie hörbar.

»Der Patient hat also das Bewusstsein wiedererlangt?«, fragte Paloviita die Ärztin.

»Gut kombiniert, Watson.«

»Hat er etwas gesagt? Kann er sprechen?«

Die Ärztin fixierte ihn unter den Brauen hervor. Paloviita legte seinen treuesten Dackelblick auf und hatte damit Erfolg, ihr Gesichtsausdruck wurde weicher und sie erläuterte ihm die Lage:

»Er steht unter starkem Medikamenteneinfluss und ist benommen, aber ja: er kann sprechen.«

Paloviita wartete und schaute sie weiter bettelnd an. Die Ärztin lächelte.

»Sie sind hartnäckiger, als ich dachte. Albert Kangasharjus Angehörige sind jetzt kurz an seinem Bett, aber nicht lange. Danach werde ich ihn erneut untersuchen, eventuell können Sie im Anschluss versuchen, mit ihm zu sprechen.«

Paloviita versuchte ein Lächeln, auch wenn es höllisch schmerzte.

»Ich sagte *eventuell*.« Mit diesen Worten entfernte sie sich.

Paloviita warf einen Blick auf die Uhr an der Wand und nahm wieder neben seinem Kollegen Platz.

Fünfzehn Minuten später rauschte die Ärztin erneut an ihnen vorbei und in Kangasharjus Zimmer. Paloviita hatte inzwischen zwei Kaffee aus dem Automaten geholt und reichte seinem Kollegen einen Becher. Zu diesem Zeitpunkt hatte er den Volvo auf dem Parkplatz und seinen Fahrer schon komplett vergessen.

Kurz darauf strömten die Verwandten auf den Flur, die Töchter tupften sich die Augen. Die ältere bemerkte Paloviita und lief auf ihn zu. Paloviita erhob sich. Sie reichte ihm die Hand und stellte sich vor:

»Ich habe gehört, dass Sie letzte Nacht meinem Vater das Leben gerettet haben. Ich weiß nicht, wie ich Ihnen danken kann.«

»Ich habe nur meine Arbeit getan. Schade nur, dass mir der Täter entkommen ist.«

»Sind Sie schwer verletzt?«

Paloviita machte eine abwehrende Handbewegung. »Nur ein blaues Auge. Das wird wieder.«

»Fassen Sie die Männer!«

»Das werden wir. Schon aus persönlichen Gründen.«

Während sie sprachen, fiel Paloviitas Blick auf den Mann, offensichtlich der Sohn einer der Töchter, der sich mit der Ärztin unterhielt, dabei aber immer wieder in seine Richtung schaute. Als sich ihre Blicke kurz trafen, wendete der Mann sich schnell ab. Paloviita schätzte ihn auf sein Alter, vielleicht war er ein paar Jahre älter, aber mit Sicherheit fitter als er. Breite Schultern, keine Spur von Bauchansatz. Er hatte schwarzes Haar und dichte Augenbrauen. Paloviita versuchte ihn mit seinem nächtlichen Gegner zu vergleichen, fand aber außer dem drahtigen Körperbau keine Übereinstimmungen.

Als die Verwandten verschwunden waren, trat die Ärztin zu Paloviita.

»Sie bekommen fünf Minuten.«

»Danke.«

Paloviita betätigte die Sprühflasche und desinfizierte sich die Hände, bevor er das Krankenzimmer betrat. Die Jalousien ließen etwas Tageslicht herein, und Paloviita betrachtete Kangasharjus Gesicht. Die Haut wirkte wie Pergament, die Augen lagen tief in ihren Höhlen, auf der Stirn zeichneten sich große Leberflecke ab. Alles an ihm schien dünn zu sein, doch seine Haare waren stahlgrau und dicht wie eine Löwenmähne. Er hatte die Augen geöffnet und sie richteten sich sofort auf Paloviita, als er eintrat. Eine Nackenkrause verhinderte, dass er den Kopf Richtung Tür drehen konnte.

Paloviita zog sich einen Stuhl heran und nahm neben dem Bett Platz.

»Mein Name ist Jari Paloviita. Ich bin von der Kriminalpolizei. Sicherlich hat man Ihnen schon gesagt, was passiert ist, und warum man Sie ins Krankenhaus gebracht hat, dass Sie gestern Abend überfallen wurden und seither ohne Bewusstsein waren.«

Und als ihm einfiel, wie er selber aussah, ergänzte er: »Ich habe auch eins auf die Nase bekommen.«

Der Greis blinzelte mit seinen graublauen Augen, die wach wirkten, auch wenn er ansonsten müde aussah.

»Können Sie sprechen?«

Kangasharjus Lippen bewegten sich, er befeuchtete sie mit der Zunge, dann löste sich aus seiner Kehle ein Krächzen, das Paloviita als positive Antwort deutete.

»Sie haben viel durchgemacht. Bisher konnten die Täter noch nicht gefasst werden, aber wir werden alles dafür tun, um sie so schnell wie möglich dingfest zu machen. Deswegen ist es wichtig, dass Sie mir ein paar Fragen beantworten.«

Wieder bewegten sich seine Lippen, in seinen Augen stand der Schrecken. Paloviita beugte sich näher zu ihm.

»Z-zwei…«

»Ja, es waren zwei Männer. Haben Sie sie erkannt?« Paloviitas

Herz schlug schneller, er rückte noch etwas näher an Kangasharju heran und zog seinen Notizblock hervor.

»Die Männer ... aus der Dunkelheit.«

»Ja. Es ist am Abend passiert. Im Dunkeln. Sie wurden während Ihres Abendspaziergangs überfallen. Zwei Männer.«

»Martti ... und ich ... wir waren jung ... dann war ich allein.«

»Sagten Sie Martti? Hieß einer der beiden Angreifer Martti? Hat er Sie überfallen?«

Er hustete und verzog das Gesicht. Paloviita war sich schon sicher, dass er wieder das Bewusstsein verlieren würde, stattdessen kniff Albert die Augen zusammen, öffnete sie wieder und sagte:

»Martti ... ist tot ... jetzt ... bin ich an der Reihe.«

»Wer ist Martti? Wissen Sie, wer die Angreifer waren?«

Wieder hustete er. Es war offensichtlich, dass ihm das Sprechen schwerfiel. Seine Lippen zitterten, die nächsten Worte waren mehr ein Hauchen.

»*Vorwärts. Noch einmal.*«

Paloviita brauchte einen Moment, bevor er begriff, dass Albert Kangasharju gerade Deutsch gesprochen hatte. Er hatte nie Deutsch gelernt, und als er die Worte wiederholen wollte, klangen sie komplett anders. Schnell nahm er den Notizblock zur Hand und versuchte, die Worte so gut wie möglich festzuhalten. Kangasharjus Stimme war kräftiger und schärfer, als er weitersprach:

»*Richt euch! In Reihe – antreten!*«

»Ist das Deutsch? Waren die Männer Deutsche? Wollen Sie mir das damit sagen? Dass die Männer Ausländer waren?«

»*Feuer!*«

»Leider kann ich Sie nicht verstehen ...«

»Wald ... Monastyrsk ... Dnjepropetrowsk ... die Frau auf dem Foto ... kein Gesicht ... das Gesicht ... ich muss das Gesicht sehen.«

Auch den Ortsnamen versuchte Paloviita zu Papier zu bringen, auch wenn er sich jetzt nicht mehr sicher war, ob Kangasharju Deutsch, Russisch oder irgendeine andere Sprache benutzte. Paloviita verfluchte sich, dass er sein Telefon ausgeschaltet hatte, bevor er auf die Station gekommen war, sonst hätte er die Worte aufzeichnen können.

»Ich verstehe nicht, was Sie mir sagen wollen ...«

Paloviita wurde klar, dass der Alte schon längst wieder in seinen eigenen Sphären weilte. Er hatte die Augen zur Decke gerichtet, sie glänzten wie im Fieber. Sein Atem ging schwer. Der Monitor zeigte an, dass sein Puls erhöht war und die Sauerstoffsättigung schwankte. Es sah ganz so aus, als ob er jeden Augenblick wieder das Bewusstsein verlieren konnte. Doch dann krallte er seine Hand an Paloviitas Schulter, die knochigen Finger bohrten sich in seinen Oberarm. Er richtete seinen glasigen Blick auf Paloviita und für einen Augenblick sah er das blanke Entsetzen in Kangasharjus Augen. Paloviita wurde panisch, fürchtete, der Mann könnte sterben, nahm an, das, was in seinem Gesicht stand, wäre Todesangst – ein letztes Festklammern am Leben, bevor die Seele den Körper verließ. Die Finger bohrten sich jetzt in sein Fleisch wie die Klaue eines Greifvogels.

»Frau und Kind ... sie kommen ... in den Keller. Müssen fliehen ... Klaus erzählen ... finden ...«

Ärztin und Schwester kamen ins Zimmer gestürmt. Die Monitore piepten, Adrenalin strömte durch Paloviitas Körper, sodass er den Alarm kaum registrierte. Er und der Alte starrten sich noch immer an. Endlich riss Paloviita sich los, schwankte zurück und machte Platz für die Schwester.

»Was haben Sie getan?«, fragte die Ärztin Paloviita aufgebracht, doch dieser konnte nicht antworten. »Raus hier!«

Verwirrt stolperte Paloviita rückwärts in den Flur. Sein Herz schlug immer noch schnell, er musste sich eingestehen, dass er Angst hatte. Aber er wusste nicht, ob er sich davor fürchtete, dass der Alte vor seinen Augen starb oder vor diesem blanken Entsetzen, das plötzlich den ganzen Raum ausfüllte. Er ging das

Gespräch noch einmal durch, konnte aber keinen vernünftigen Anknüpfungspunkt finden, nur, dass Kangasharju den Angriff in gewisser Weise erwartet hat.

Die Männer aus der Dunkelheit.

Paloviita steckte den Notizblock ein, schielte zur Uhr an der Wand und stellte fest, dass er seit gestern Abend kaum geschlafen und nichts gegessen hatte. Er informierte Manner darüber, dass Kangasharju aufgewacht war, das Gespräch aber nichts ergeben habe. Dann fuhr er auf Umwegen nach Hause, hielt unterwegs zweimal, um zu rauchen, um sein Eintreffen hinauszuzögern. Zu Hause hatte er sich in letzter Zeit immer eingeengter gefühlt. Zu Hause erwartete ihn der Alltag mit seinen endlosen Problemen, und es fehlten ihm schlichtweg die Kraft und die Möglichkeiten, sie zu lösen.

10

Linda Toivonen stoppte das Video an der Stelle, an der das Gesicht des Mannes der Kamera am nächsten war, und vergrößerte den Ausschnitt. Im Geiste dankte sie den digitalen Technologien und den modernen 360-Grad-Panorama-Überwachungskameras. Die DNA-Analyse hatte die Kriminaltechnik revolutioniert, aber die Digitalisierung war mindestens ebenso bahnbrechend gewesen. Vorbei waren die Zeiten, in denen sie Überwachungsbänder auf VHS-Kassetten anschauen und versuchen mussten, mehr als nur das Geschlecht und die Farbe der Kleidung zu erkennen. Heutzutage lieferte so gut wie jede Überwachungs- und Verkehrskamera Aufnahmen in HD-Qualität, die sich leicht kopieren und bearbeiten ließen. Die Polizeiarbeit hatte sich gewaltig verändert, seit Linda hier angefangen hatte. Neben einer Armee von fest installierten Kameras konnten sie auf die Auswertung von Mobilfunkdaten, Gesichtserkennung, Gewebeanalysen, biologische und chemische Untersuchungen und unterschiedlichste Datenregister zurückgreifen. Im heutigen Finnland war es extrem schwierig, ein Kapitalverbrechen zu begehen und nicht gefasst zu werden.

Weil die Krankenhausflure nachts nur spärlich beleuchtet waren, hatte die Kamera automatisch stärker belichtet und so wirkten die meisten Farben wie ausgeblichen. Das spielte aber im vorliegenden Fall kaum eine Rolle.

Linda und Oksman schauten zu, wie das Gesicht des Mannes Pixel für Pixel auf dem Bildschirm erschien. Superscharf war es nicht, aber es genügte, um ihn zu erkennen. Jung, um die dreißig. Schwarze Haare, schwarze Augenbrauen, starker Bartwuchs, schlank und durchtrainiert.

Oksman und Linda beugten sich näher zum Monitor. Als sich ihre Gesichter dabei überraschend nahekamen, richteten sie sich beide verlegen wieder auf.

»Was denkst du?«, fragte Linda.

Oksman fixierte den Bildschirm. »Sieht nicht aus wie ein gebürtiger Finne. Nur schade, dass sich sein Bild in keinem Register findet, ebenso wenig wie seine Fingerabdrücke.«

»Ist es nicht seltsam – ja sogar dumm –, dass er ins Krankenhaus eindringt, ohne sich um die Kameras zu scheren, und dass er sich nicht einmal die Mühe macht, Handschuhe anzuziehen?«

»Wahrscheinlich weiß er, dass seine Daten nirgends gespeichert sind.«

»Aber jetzt haben wir etwas. Wer bitte geht in ein Krankenhaus und nimmt ein derartiges Risiko in Kauf? Das hat doch schon etwas Überhebliches an sich. Hat Raunela die Bilder schon an die Flughäfen geschickt?«

Oksman nickte. Sie ließen das Video weiterlaufen. Keiner von ihnen sprach ein Wort, als sie die wütende Verfolgungsjagd des blutüberströmten Paloviita durch das Krankenhaus betrachteten. Kein Zweifel, Paloviita hatte bei der Jagd durch die verwinkelten Flure alles gegeben. Zeitungsständer waren umgekippt, Türen und Krankenhausbetten hin- und hergeflogen. Dann sahen sie zum dritten Mal die Aufnahmen vom Parkplatz, wo der Flüchtende in einen weißen Toyota Hiace sprang, der sofort Gas gab und Richtung Sportzentrum davonpreschte. Den Wagen konnten sie über einige Kilometer verfolgen, doch im Stadtteil Musa verloren sich seine Spuren.

»Das Kennzeichen ist abgedeckt«, stellte Linda fest. »Sind also doch keine Vollidioten.«

»Warum werde ich das Gefühl nicht los, dass an diesem Fall alles faul ist«, erklärte Oksman.

»Was meinst du damit?«

»Wir wissen noch nicht einmal die Hälfte.«

»Meinst du das Motiv?«

»Keine Chance, den Fall zu lösen, ohne das Motiv zu kennen. Es sei denn, die Männer gehen uns irgendwo durch Zufall ins Netz, aber ich vermute, das passiert eher nicht. Das Ganze wirkt organisiert. Außerdem denke ich, dass sie es wieder versuchen werden. Vielleicht nicht sofort, aber möglicherweise dann, wenn Kangasharju sich erholt hat. Er ist von nun an wahrscheinlich in ständiger Lebensgefahr.«

»Ist er das nicht ohnehin?«

»Die häufigsten Motive für einen Mord sind Hass, Eifersucht oder Geld. Meistens eine Kombination aus allem. Es ist ein Fakt, dass sich Opfer und Täter fast immer vorher kannten und es zwischen ihnen eine Beziehung gab. Verwandte, Partner, Freunde, Geschäftsfreunde.«

Linda nickte. Alles, was Oksman da sagte, stimmte.

»Hast du eine Theorie?«

»Nein. Das heißt, ja ... ich bin mir nicht sicher. Der Enkel von Kangasharju, ich komme nicht mehr auf seinen Namen ..., passt von Alter und Körperbau her auf die Beschreibung des zweiten Täters im Park.«

»Okay. Und welches Motiv sollte er haben, seinen eigenen Großvater aus dem Weg zu räumen?«

»Geld. Das Erbe. Vielleicht hat er Schulden? Er hat Familie und kleine Kinder. Vielleicht brauchen sie dringend Geld?«

Linda deutete auf den Bildschirm. »Und wer ist dann dieser lockige dunkelhäutige Mann?«

»Ach, ich weiß auch nicht. Es war nur ein Gedankenspiel.«

Es wurde still im Zimmer. Linda schloss daraus, dass Oksman von seiner Theorie selbst nicht sonderlich überzeugt war. Die ganze Sache stank zum Himmel, und sie wussten in der Tat nicht einmal die Hälfte.

»Die Sache ist total verrückt. Wenn jemand Kangasharju töten wollte, warum ist derjenige dann nicht einfach ins Pflegeheim marschiert und hat ihn in seinem Zimmer umgebracht. Die Türen dort sind tagsüber nicht verschlossen. Warum hockt sich jemand mit einem Seil im Park in den Regen und wartet, bis es dunkel wird, wenn er kurz darauf dann doch im Krankenhaus frischfröhlich vor die Kameras läuft?«

»Der Schlüssel ist das Erhängen«, sagte Oksman. »Es ging explizit darum, Kangasharju zu erhängen, und weil das fehlgeschlagen ist, haben sie beschlossen, die Sache schnell im Krankenhaus zu Ende zu bringen.«

»Warum Erhängen?«

Oksman zuckte die Schultern. Sie starrten wieder auf das Gesicht auf dem Bildschirm.

»So verrückt ist es vielleicht doch nicht…«, sagte Oksman und klickte mit dem Kugelschreiber.

1941

11

6. Mai 1941

Fünf Busse fahren am Hafen vor. Eine gut einhundert Mann starke Truppe ergießt sich auf den Kai und strömt eilig in das bereitstehende deutsche Frachtschiff *Adler*, das für Truppentransporte umgebaut worden ist. Es ist mitten am Tag, die Sonne scheint sengend heiß zwischen dünnen Wolkenfeldern. Albert wirft sich seinen Tornister auf den Rücken und steigt mit den anderen die schmale Rampe empor zum Schiff.

Sobald die Busse leer sind, fahren sie ab, als ob sie nie hier gewesen wären. Über das Hafengelände senkt sich Stille. Außer einer einsamen, älteren Frau, die neben einer Lagerhalle steht und das Geschehen verfolgt, scheint die Einschiffung von mehr als hundert jungen Männern mitten am Tage niemanden zu interessieren. An Bord der *Adler* stellen sich die Männer in Reihen auf, und Ingenieurkapitän Backberg, dessen beide Söhne ebenfalls unter den Männern sind, hält im Namen des Freiwilligenkomitees eine kurze Abschiedsrede. Dann wird das Lied auf den Soldateneid gesungen: *Kuullos pyhä vala,* höre unseren heiligen Eid, geliebtes Vaterland. Albert, der sonst nicht so gern singt, grölt den Text aus voller Kehle mit. Er bekommt Gänsehaut. Der Gesang verleiht dem ansonsten eher schmucklosen Aufbruch etwas Feierliches. Albert wird von großem Stolz erfüllt. Wenn doch nur Leena ihn jetzt so sehen könnte.

Das Dampfschiff tutet und entfernt sich langsam von der Anlegestelle. Über den Männern kreisen und schreien die Möwen. Die Motoren werden hochgedreht, schwarzer Rauch dringt aus dem Schornstein. Die Männer lehnen sich über die Reling, rauchen Zigaretten und sehen zu, wie sie sich langsam vom Ufer entfernen. Einige der Männer sind schweigsam, doch die meisten überspielen ihre Anspannung mit Lachen und Scherzen. Für die meisten ist es die erste Reise, nie zuvor haben sie ihr Heimatdorf verlassen. Albert steht auf dem Bugdeck. Von hier hat er einen guten Blick auf die Burg Turku, die an der Stelle steht, an der der Aurajoki in die Ostsee mündet. Blickt er nach Westen, sieht er endlose Inselketten, so weit das Auge reicht. Irgendwo dort, hinter den felsigen Schären, wartet eine ungewisse Zukunft auf ihn, in der Uniform eines fremden, kriegsführenden Staates.

In den Fußstapfen der Jäger, denkt Albert und steckt sich eine Zigarette an. Der Fahrtwind reißt die Rauchwirbel in Fetzen. Leenas Gesicht und die Erinnerung an den letzten Abend drängen sich ihm auf. Seine Gedanken wirbeln wild durcheinander. Was, wenn Leena schwanger ist, was soll er dann tun? Darf er dann nach Finnland zurückkehren? Und wenn er gar nicht mehr wiederkommt? Wenn es auch in Finnland wieder Krieg gibt? Und was, wenn er zurückkommt, wird Leena auf ihn warten? Warum hat er sich überhaupt freiwillig gemeldet? Vielleicht denken die anderen ja auch wie er? Er kennt ihre Ziele und Motive nicht.

Albert schnipst die Kippe ins Meer und schaut sich nach Klaus, Martti, Virkkala und Ylikylä um, die auf einer Kiste mit Schwimmwesten sitzen, alle außer Martti spielen Karten. Als Einsatz dienen kleine Scheine, Zigaretten und Münzen. Sie laden Albert ein mitzuspielen, doch er begnügt sich mit der Rolle des Zuschauers. Klaus dreht sich eine Zigarette, Martti blättert in einem zerlesenen *Neuen Testament* im Taschenformat. Nach ein paar Zeilen schlägt er das Buch zu und steckt es in die Außentasche seines Tornisters.

»Und hast du die Wahrheit zwischen den Buchdeckeln gefunden?«, fragt Albert grinsend. Auch er hat seine Konfirmandenbibel dabei, allerdings nimmt er sie nur zur Hand, wenn keiner es sieht.

Martti, an Spott gewöhnt, lächelt und erwidert: »Gottes Wort würde euch Glücksspielern auch nichts schaden.«

»Ist das nicht widersinnig?«, fragt Ylikylä und schaut von den Karten auf. »Wir sind auf dem Weg, um in Deutschland das Töten zu lernen, und du regst dich auf, weil wir Karten dreschen?«

»Es werfe den ersten Stein … und so weiter.«

»Steht da nicht auch irgendwo ›Auge um Auge‹? Das ist es, woran ich glaube.«

Klaus schleudert seine Karten auf den Tisch und streicht den Einsatz in seine Hand. Ylikylä und Virkkala knirschen vor Ärger mit den Zähnen. »Himmler schert sich nicht um den christlichen Glauben. Bei der SS gibt es keine Kriegspfarrer, und Gefallene erhalten keinen Segen, neben der Straße werden sie vergraben, etwas Erde auf die Fresse gestreut, Birkenäste als Kreuz und der Helm drangehängt.«

»Wie war das noch mal, die in der Schlacht gefallenen deutschen Soldaten kommen nach Walhalla?«, fragt Virkkala und gibt neu aus.

Martti schaut hinaus aufs Meer. »Spottet ihr nur, aber auf der Karelischen Landenge, als man vor lauter Eisen in der Luft die Hand vor Augen nicht sah, hat niemand gelacht, wenn einer der Jungs aus der Bibel vorgelesen hat.«

Auch Albert hält den Blick aufs Meer gerichtet. »Es heißt, die Engländer haben die ganze Ostsee vermint. Die Sprengkörper sollen so dicht liegen wie Zinken in einem Läusekamm.«

»Pah! Britenpropaganda! U-Boote beherrschen die Meere! Davon abgesehen, die Deutschen verfügen über die besten Minenräumboote der Welt!«, eifert sich Virkkala.

»Wenn ein Schiff auf eine Mine fährt, ist es besser, gleich bei der Explosion zu sterben. Ertrinken soll die schmerzvollste Art zu sterben sein, weil man alles mitbekommt. Das Gehirn schlägt Alarm bei Sauerstoffmangel.«

Klaus lächelt zum ersten Mal seit ihrem Aufbruch. Albert kennt dieses Lächeln, das etwas Finsteres an sich hat, als ob auf dem Boden seiner Augen eine schwarze Glut schwelt. »Ich verspreche euch, dass es schlimmere Arten gibt zu sterben«, sagt er ohne weitere Erklärungen.

Eine Mantelmöwe, die dem Schiff gefolgt ist, lässt sich ein paar Meter von den Männern entfernt auf der Reling nieder und betrachtet sie mit schiefgelegtem Kopf. Martti zieht ein in Wachspapier gewickeltes Brot hervor, bricht ein Stück ab und wirft es in die Luft. Die Möwe schwingt sich in die Luft, stürzt dem Brotstück hinterher und schnappt es, kurz bevor es ins Wasser fällt. Mit dem Brot im Schnabel gleitet sie neben dem Bug her.

»Vielleicht ist das ein Spion, der nachzählen wollte, wie viele Männer aus Finnland nach Deutschland unterwegs sind.«

»Immerhin war sie bestechlich.«

»Dann ist sie mit Sicherheit ein Helfershelfer der Russen.«

Sie lachen.

»Du hast den Feind gefüttert. Das ist Hochverrat«, erklärt Klaus mit ernster Miene und zündet sich eine neue Zigarette an. Sie lachen noch lauter, doch ihre Heiterkeit wird jäh unterbrochen, als auf dem Deck ein Pfiff ertönt, und alle, die gerade noch lässig an Bord herumlungerten, sind mit einem Mal auf den Beinen.

»Luftalarm!«

»Luftalarm«, wiederholen die Männer und starren verwundert zum Himmel hinauf. Doch niemand hört die Motoren eines Flugzeugs oder sieht Metall in der Sonne blitzen.

Der Mannschaftsoffizier tritt auf das Deck und schreit Kommandos. Von den Männern versteht so gut wie keiner Deutsch, ein finnischer Leutnant übersetzt. Es ist nur eine Übung für den

Fall eines Flieger- oder U-Boot-Angriffs. Ertönt ein Pfiff, müssen alle die Schwimmwesten anlegen und sich sofort unter Deck begeben. Bei zwei Pfiffen muss sich jeder bereit machen, das Schiff zu verlassen.

Nach dem Mittagessen bleiben die Männer in der Messe sitzen, viele schreiben Tagebuch oder Briefe. An einigen Tischen bilden sich Spielergrüppchen, an einem Ecktisch messen sich die Männer im Armdrücken. Ein breitschultriger junger Kerl ist offensichtlich bisher ungeschlagen. Sein Kinn sieht aus, als wäre es mit der Hippe aus einem Holzkanten gehauen. Der Reihe nach besiegt er jeden, der versucht, es mit ihm aufzunehmen, und auf dem Tisch türmen sich die Einsätze. Vor dem mit dem kantigen Kinn liegt bereits ein ordentlicher Haufen Geld und Zigaretten.

»Na«, sagt Virkkala und stößt Martti in die Rippen.

Martti hebt den Blick von dem Briefbogen, der vor ihm liegt.

»Der Kerl starrt dich an, seit wir hier sind.« Sie drehen sich um, und tatsächlich schaut der mit dem kantigen Kinn gerade in ihre Richtung. Doch Martti zuckt nur mit den Schultern und wendet sich wieder seinem Brief zu. Zwei Männer kommen vom Ecktisch zu ihnen herüber.

»Väinö möchte gegen den da Arm drücken.«

Ylikylä haut Martti auf den Rücken. »Nun, großer Junge, dann geh und zeig ihm, wie der Hase läuft!«

Martti lächelt scheu, schüttelt den Kopf und schreibt in seinem langsamen Tempo weiter.

Albert und Virkkala stimmen in den Chor ein. »Guck dir den doch mal an. Der reinste Höhlenmensch. Hier geht es um die Ehre der Kämpfer vom Ladogasee!«

Gemeinsam zerren sie Martti hoch, schieben ihn zum Tisch in der Ecke und drücken ihn auf die Bank, wo sein Gegner mit dem kantigen Kinn schon auf ihn wartet. Aus der Nähe betrachtet sieht Kantenkinn beinahe furchterregend aus. Das ärmellose Hemd gibt den Blick auf seine stark geäderten Arme frei, sein Nacken ist kräftig und behaart wie bei einem Wildschwein, die Sehnen am Hals sind dick wie Gartenschläuche. Kantenkinn misst Martti mit einem Blick aus seinen leicht auseinanderstehenden Augen. Es ist nicht zu übersehen, dass der mit dem kantigen Kinn schon zahlreiche Kämpfe bestritten hat. Seine Nase ist platt, und im Mundwinkel zeichnen sich dünne Narben ab.

Es regnet Einsätze auf den Tisch, die meisten für den Mann mit dem kantigen Kinn. Virkkala und Ylikylä setzen auf Martti, Albert ebenso. Martti lächelt unsicher und setzt den Ellenbogen auf den Tisch. Kantenkinn tut es ihm nach, sie verschränken die Hände ineinander. An Kantenkinns Oberarm treten die Adern jetzt noch deutlicher hervor, eine Ader über der Stirn pulsiert.

Ein Kampfrichter legt seine Hand auf die umschlungenen Hände, zählt bis drei und lässt los.

Der Tisch wackelt, als das Armdrücken beginnt. Kantenkinn hat die Arme all seiner Gegner umgelegt wie die Kurbel einer Seilwinde, an Marttis Arm aber scheitert er, als wäre er ein Stahlseil an einer Brücke. Er spannt sein Gesicht an, presst die Zähne aufeinander, drückt das Kinn auf die Brust. Martti dagegen schaut mit einem leichten Grinsen ins Publikum, dann zu seinem Gegner, dem Speicheltropfen aus dem Mund fliegen.

»Mach ihn fertig!«, feuert Albert ihn an.

Da haut Martti, der bis jetzt die Kräfte seines Gegners nur getestet hat, den Arm von Kantenkinn so unvermittelt und heftig auf die Tischplatte, dass die Münzen auf den Boden springen. Der Stuhl wackelt, und fast stürzt der Unterlegene vom Stuhl.

Das Publikum bricht in grölenden Jubel aus und klatscht, anerkennend klopfen die Anwesenden Martti auf Schultern und Rücken.

»Stark! Beachtlich! Ein wahrer Herkules!«

Albert und Virkkala schieben die Einsätze vor Martti auf dem Tisch zusammen. Kantenkinn fährt hoch wie von der Tarantel gestochen. Sein Gesicht ist wutverzerrt. Einer seiner Kumpel legt ihm die Hand beruhigend auf den Arm und wird zur Seite geschleudert wie ein altes Spielzeug.

»Betrug!«, presst er knirschend hervor.

Martti erhebt sich, auch seine Miene verdunkelt sich. »Das war ein ehrlicher Sieg«, entgegnet er.

Die Zuschauer stellen sich hinter ihn.

»Ein gerechter Kampf!«

»Gib das Geld zurück!«, kläfft Kantenkinn.

Albert und Virkkala schaufeln das gewonnene Geld in ihre Taschen.

»Elender Betrüger!« Kantenkinn schubst zwei Männer aus dem Weg und packt Martti am Hemd. Überrascht über den plötzlichen Wutausbruch lässt Martti sich ein paarmal schütteln.

»Zeig's ihm!«, brüllt Albert.

Martti braucht eine Weile, bis er die Situation begreift, doch als der andere ihn zu Boden werfen will, umklammert er dessen Unterarm wie mit einer Zange. Der Griff ist so fest, dass der andere Augen und Mund wie zu einem stummen Schrei aufreißt. Er versucht sich loszureißen, muss aber feststellen, dass seine Füße den Boden nicht mehr berühren. Martti hat ihn mit der freien Hand am Hals gepackt und ihn einfach hochgehoben. Kantenkinn zuckt mit den Beinen wie ein Fisch auf dem Trockenen.

»Herr im Himmel!«, stößt Martti hervor und schleudert den anderen durch den Raum. Kantenkinn schlittert mit dem Rücken über den Tisch, auf dem sie gerade noch ihre Kräfte gemessen haben, die Beine des Tisches geben nach und er bricht in sich zusammen.

»Was ist denn mit dem Gebot, auch die andere Wange hinzuhalten?«, witzelt Klaus.

In dem Augenblick ertönt ein Pfiff. »Alarm!«

Die Männer in der Messe stürmen in Richtung Tür. Schon wieder eine Übung?

»U-Boot voraus!«

Schlagartig ändert sich die Stimmung.

»Alle Mann unter Deck, auf Beobachtungsposten!«

In der Messe leuchtet ein rotes Licht auf. Die Männer drängen sich vor den Bullaugen. Einige sehen sich nach den Kisten mit den Schwimmwesten um. Allen ist klar, dass ein deutsches Frachtschiff Freiwild für die Unterseeboote der Westalliierten ist. Die Motoren verstummen, und das Schiff wird langsamer.

»Besatzung bereit zum Verlassen des Schiffes!«

Doch in der Zwischenzeit verbreitet sich bereits die erleichternde Flüsterbotschaft: »Russen! Gefahr vorüber. Es ist ein Russe!«

Die Boote gleiten aneinander vorbei und tauschen den üblichen Flaggengruß.

Die Sonne steht bereits tief im Westen und wirft letzte Strahlen auf ihr Heimatland, ehe beide am Horizont verschwinden. Auch die letzten jungen Männer gesellen sich jetzt zu den anderen in der Messe, in der es Bier für zweiundzwanzig Pfennig gibt. Viele sind bereits leicht angeheitert. Albert versucht gleichfalls sein Heimweh in Alkohol zu ertränken, doch er verschlimmert seine Schwermut nur. Vor der Nachtruhe geht er noch einmal an Deck und betrachtet das schwarz schimmernde Meer und den Sternenhimmel, der sich darüber wölbt. Seine ehemals so klaren Vorstellungen und Pläne sind plötzlich einer ungewissen Zukunft gewichen, und dieser Zukunft sieht er in der Uniform eines fremden, Krieg führenden Landes entgegen.

Am Morgen nach der zweiten Nacht werden sie von Sirenen geweckt. Sie schlagen ihre Decken zurück und reiben sich die Augen. Albert streckt sich, reibt sich das Kinn, kleidet sich schnell an und klettert an Deck. Ihr Schiff fährt gerade in die Danziger Bucht ein. Zwei deutsche Focke-Wulf-Jagdflugzeuge brausen im Tiefflug über das Schiff hinweg, eines grüßt sie, indem es mit den Flügeln wackelt.

Als sich ihr Schiff dem Kriegshafen Gotenhafen nähert, gleiten dutzende U-Boote an ihnen vorbei Richtung offenes Meer, um die englischen Seerouten zu blockieren. Im Hafen herrscht lautstarker Trubel. Am Hafenkai haben in einer Reihe mehrere Zerstörer und Minenboote festgemacht. Am Himmel dröhnen schwere Seeaufklärer.

Überall sind die Spuren eines schweren Kampfes zu erkennen. Die Festung zum Schutz des Hafens wurde beim Einmarsch der Deutschen in Polen im Herbst 1939 durch Sturzkampfbomber und schwere Artillerie vollständig zerstört. Albert gesellt sich zu Klaus und Martti, die am Bug stehen und von dort das Anlegemanöver verfolgen. An Land steht eine dichte Reihe Flakbatterien, die mit Sandsäcken geschützt sind. Der Krieg ist unversehens wieder einen Schritt näher gekommen.

2019

12

Oksman fuhr den Laptop hoch. Eigentlich war er kein großer Freund von Computern, weil sie eine Unmenge Informationen über Menschen sammelten, aber bei der Polizeiarbeit waren sie von Nutzen. Auch wenn die Ermittlungsarbeit vor Ort nach wie vor wichtig war, erledigte sich der Großteil der Recherchen heute mithilfe von Transistoren und Schaltkreisen. Insbesondere die verschiedenen Register, deren Abgleich früher Unmengen an Zeit verschlungen hatte, waren nun innerhalb weniger Sekunden allen Ermittlern zugänglich.

Die Menschen hinterließen jede Menge Spuren, häufig ohne es zu wissen. Eine Telefonnummer konnte bis in das Geschäft zurückverfolgt werden, in dem der Handyvertrag abgeschlossen worden war. Überall gab es Überwachungskameras, in Einkaufszentren bis hin zu Tankstellen. Zugriffsdaten und Logdateien wurden jahrelang gespeichert, Textnachrichten und E-Mails konnten aus alten Geräten rekonstruiert werden. Über Bank- und Bonuskarten konnte der private Geldverkehr nachverfolgt werden. Erlaubte man Google den Zugriff auf die Standortbestimmung seines Smartphones, etwa beim Navigieren, konnten die Bewegungen des Handys später metergenau nachvollzogen werden. Außerdem gab es inzwischen eine Technik zur Gesichtserkennung in Echtzeit.

Natürlich barg die Digitalisierung auch Risiken. Über die Sicherheitslücken bei der Polizei wurde nicht erst seit gestern diskutiert. Wenn internationale Hacker in der Lage gewesen waren, die US-Wahl zu manipulieren, warum sollte ihnen das nicht auch bei den Datenbanken der Polizei gelingen? Daneben gab es Menschen, die ihre Dienst-PCs und dienstliche Unterlagen mit nach Hause oder in ihre Sommerhäuser nahmen und ihre Passwörter im Handy speicherten.

Susanna Manner hatte sofort am Morgen nach dem Überfall beim zuständigen Amtsgericht eine Funkzellenabfrage beantragt, und nur wenige Stunden später hatten sie die Genehmigung, bei den Anbietern die Personalien der Personen abzufragen, deren Handys sich in den umgebenden Verbindungsmasten eingeloggt hatten. Ihr IT-Guru Salminen vom technischen Ermittlerteam hatte sich ins Zeug gelegt und aus der großen Zahl an Nummern jene herausgefiltert, die interessant sein konnten.

Es waren mehr als genug.

Zum Tatzeitpunkt hatten sich mehr als tausend Handys eingeloggt, und selbst auf Salminens Liste standen noch über achtzig.

Oksman stand auf und schloss die Tür seines Dienstzimmers, bevor er sich durch die Liste scrollte. Um sich alle Namen und Telefonnummern einzuprägen, brauchte er drei Minuten.

Schon in jungen Jahren war ihm aufgefallen, dass sein Gedächtnis außergewöhnlich war. Wenn er etwas las, konnte er sich das Gelesene Wort für Wort auch nach Jahren noch in Erinnerung rufen. Er hatte diese besondere Fähigkeit allerdings nie an die große Glocke gehangen und nahm zu Besprechungen immer Papier und Stift mit. In der Schule hatte er vorgegeben, ein langsamer Leser zu sein und Dinge mit Absicht falsch wiedergegeben, weil er sich nicht mehr als ohnehin schon von den anderen unterscheiden wollte. Zudem war er sich sicher, dass so mancher seine Fähigkeit für die falschen Zwecke benutzt hätte, allen voran sein Vater.

Sie suchten zwei Männer um die dreißig. Davon gab es auf der Liste reichlich. Oksman verglich Telefonnummern mit Adressen und Namen und machte sich an die Arbeit. Er rief die Polizeidatenbank auf und begann mit dem Strafregister. In der gesuchten Altersgruppe gab es vierzehn Namen, die einen Vermerk im Strafregister hatten. Dabei handelte es sich um Festnahmen, Ingewahrsamnahmen und Verurteilungen. Die Bandbreite reichte von kleineren Diebstählen und Vandalismus bis hin zu Betrug und Trunkenheit am Steuer. Fünf waren wegen Körperverletzung verurteilt worden, wobei der jüngste Fall schon einige Jahre zurücklag. Obgleich sie kein Profil der Täter hatten, gewann Oksman zunehmend den Eindruck, dass die Gesuchten nicht auf dieser Liste standen. Er schrieb einige Namen, Adressen und Telefonnummern aus dem Gedächtnis auf ein kariertes Blatt Papier und ging damit in Lindas Büro.

Linda saß auf ihrem Platz und beugte sich über einen vergrößerten Stadtplanausschnitt des Gebiets Vähärauma. Sie hatte alle in Frage kommenden Fluchtwege aus dem Park des Pflegeheims Kuusipuu mit verschiedenen Farben markiert. Auch die Verkehrsüberwachungskameras waren eingezeichnet sowie alle Überwachungskameras, die zu Läden oder Geschäftsräumen in der Gegend gehörten, und teilweise auch den Straßenbereich erfassten. Die Aufzeichnungen hatte sie bereits einsammeln lassen, sie wurden in der Kriminaltechnik gerade von Raunela und Salminen gesichtet.

Linda hob den Blick und nahm ihre Lesebrille ab. Als sie ihn anlächelte, brachte ihn das fast aus dem Konzept.

»Nun schau dir bloß diese Karte an«, seufzte sie.

Oksman folgte ihrer Aufforderung und sah sofort, was sie meinte. Vähärauma war eine dicht bebaute Fünfziger-Jahre-Gegend mit engen Straßen und engstehenden, mehrstöckigen Häusern. Heim und Park lagen mittendrin.

Die farbig markierten Fluchtwege führten über die gesamte Karte, kreuzten sich hier und da, sodass ein Gebilde wie ein Spinnennetz entstand. In diesem Wirrwarr hatten die Angreifer praktisch jeden Weg nehmen können, wenn sie nicht über die Hinterhöfe entkommen waren, auch hier gab es endlos viele Möglichkeiten. Mit ein bisschen Glück waren sie von irgendeiner Kamera eingefangen worden, und die Polizei konnte zumindest einen Teil ihres Weges nachverfolgen. Andererseits war es ebenso gut möglich, dass die Männer hier irgendwo wohnten. Dann könnte der Abgleich mit den Verbindungsdaten die Ermittlungen vielleicht ein entscheidendes Stück voranbringen.

»Ich gebe zu, das sieht unübersichtlich aus«, bekannte Oksman und hielt ihr das karierte Papier hin. »Hier ist die Hälfte der Namen, die wir überprüfen müssen. Ich übernehme die andere Hälfte.«

Linda warf einen Blick auf die Liste, stöhnte und nickte. Überprüfen hieß dutzende Telefonate, Datenbankrecherchen und möglicherweise sogar Hausbesuche. »Wie schätzt du unsere Chancen ein?«

Oksman dachte einen Augenblick nach, ehe er ehrlich antwortete: »Ich denke nicht, dass sie ihre Handys dabeihatten.«

Linda nickte wieder. Sie kannte Oksmans pedantisches Naturell. Wenn er eine Vermutung laut äußerte, war sie nie aus der Luft gegriffen.

»Die Täter hatten nicht die Absicht, ihn auszurauben, sie wollten einen geplanten Mord ausführen. Sie wissen um die Möglichkeiten der Polizei, ein Handy zu orten«, führte er aus. »Ich bin mir recht sicher, dass sie auf keiner Verkehrs- oder Überwachungskamera zu sehen sind.«

»Nun, das werden wir bald wissen. Was hilft's, ran an die Arbeit!«

Oksman nickte und wollte gerade gehen, als Lindas Telefon klingelte.

»Warte, es ist Raunela.«

Oksman blieb an der Tür stehen und wartete, bis sie das Gespräch beendete.

»Auf keiner der Aufzeichnungen sind Männer zu sehen, die auf die Beschreibung passen. Auch kein weißer Transporter taucht auf. Ganz wie du vermutet hast«, teilte ihm Linda mit.

»Und der Hocker?«

»Finnische Produktion. Stammt aus einer Fabrik in Janakkala in Mittelfinnland, von dort wird das Modell in ganz Finnland sowie ins Ausland vertrieben. Laut Raunela ist der Hocker neu, und die Chancen stehen gut herauszukriegen, wo er gekauft wurde.«

»Und das Seil?«

»Auch das war unbenutzt, und auch hier kennen wir den Hersteller. Seil von der Sorte wird praktisch in jedem Baumarkt oder Laden für Bootszubehör verkauft. Wenn wir Glück haben, wurden Seil und Hocker zur selben Zeit und am selben Ort gekauft. Dann entdecken wir sie vielleicht doch noch auf einer Überwachungskamera, eventuell sogar auch das Autokennzeichen oder Fingerabdrücke. Über kurz oder lang wird es einen Treffer geben, und dann haben wir eine Spur.«

»Raunela hat auch den Knoten erwähnt«, fuhr Linda fort.

»Was ist damit?«

»Die Art, wie das Seil geknotet war. Er meinte, dass sei sehr speziell gewesen.«

»Was heißt das?«

Linda zuckte die Schultern. »Das wusste er auch nicht. Er sagte nur, dass er noch nie so einen Knoten gesehen hat. Und dass er sich als Nächstes darauf konzentriert.«

»Gut. Wir werden schon etwas finden.«

»Wie immer«, sagte Linda und lächelte. »Wie immer.«

13

Als Lindas Telefon wieder klingelte, war es nicht die Kriminaltechnik, sondern die Passausgabestelle. Sie hörte sich die Ausführungen mit gerunzelter Stirn an und sagte dann:
»Bitten Sie sie zu warten, ich komme.«
Als sie die Treppe herunterkam, sah sie durch die Glastür ihre Mutter, die im Wartebereich auf einer Bank saß. Sie trug einen grauen Wintermantel, eine Jeans und schmutzige Winterstiefel. Ihr schön ergrautes langes Haar war am Hinterkopf zu einem Zopf gebunden. Ihre Lippen und die verhärmten Wangen waren grellrot geschminkt. Ihre Finger kneteten die Handtasche auf ihrem Schoß.
Linda blieb kurz hinter der Tür stehen. Sie konnte sich nicht erinnern, wann sie zuletzt mit ihrer Mutter gesprochen hatte. Möglicherweise im Sommer, vielleicht war es auch im Frühling gewesen. Die Zeit verging so schnell. Kurz erwog sie umzukehren, öffnete dann aber die Tür. Mutters Lippen formten sich zu einem Lächeln und gaben die vom Rauchen gelblich verfärbten Vorderzähne frei. Sie stand auf, um ihre Tochter zu begrüßen.
»Was willst du?«
Ihre Mutter sah sich um, in der Halle herrschte reger Betrieb. Polizisten, die umherliefen, Menschen, die auf ihren Pass warteten. »Können wir irgendwo in Ruhe reden?«
Linda verzog den Mund. »Willst du eine rauchen?«
»Warum nicht.«
Linda führte ihre Mutter durch den Flur zum Parkplatz hinter dem Gebäude. Sie stellten sich auf die Raucherinsel. Linda holte eine Schachtel hervor, zündete erst ihrer Mutter und dann sich

eine Zigarette an. Sie rauchten schweigend. Linda betrachtete ihre Mutter forschend. Sie war einmal genauso hochgewachsen gewesen wie sie, aber inzwischen war sie etwas kleiner. Sie hatte immer eine schlanke Figur gehabt, doch jetzt erschien sie ihr geradezu abgemagert. Die Falten im Gesicht waren tiefer geworden, die Wangen eingefallen. Die Finger, die die Zigarette hielten, knochig und gelb vom Nikotin. Mehr als ihr verblichenes Äußeres interessierte Linda jedoch, wie viel ihre Mutter getrunken hatte.

Sie bemerkte Lindas Blick und erriet ihre Gedanken sofort.

»Ich bin seit August trocken.«

Linda erwiderte nichts.

»Glaubst du mir nicht?«

»Bist du gekommen, um mir das zu erzählen?«

»Warum müssen wir immer streiten?«

Linda wartete.

»Ich habe eine Wohnung in der Neustadt in Pihlava bekommen. Das ist so eine Sozialwohnung im Plattenbau, aber ganz nett.«

»Was ist mit deiner alten Wohnung passiert?«

»Die hat die Stadt verkauft. Das Haus soll abgerissen werden.«

Linda drückte ihre Zigarette aus und merkte erst jetzt, wie kalt ihr war. Sie hatte ihre Jacke nicht mitgenommen.

»Das ist mir jetzt unangenehm, aber ich bräuchte ein bisschen Geld.«

Linda grinste verächtlich, hatte sie es sich doch gedacht.

»Nicht für Alkohol. In der neuen Wohnung gibt es nichts, keine Vorhänge, nicht einmal eine Bratpfanne. Und das Geld von der Stütze kommt erst am Monatsende.«

»Wie viel?«

»Ich zahl es dir zurück.«

Linda schnaubte spöttisch.

»Es ist noch was«, fuhr ihre Mutter fort und holte tief Luft.

»Ich war im August zur Vorsorgeuntersuchung. Ich habe ein Melanom.«

Linda war, als hätte jemand einen Eimer eisigen Wassers über ihr ausgeschüttet.

»Was hast du?«

»Der Arzt sagt, dass ich es schon lange habe und dass sich schon im ganzen Körper Metastasen gebildet haben.«

»Was redest du da, was soll das heißen?«

Mutter nimmt einen letzten Zug, schnipst die Glut ab und lässt die Kippe auf die Erde fallen.

»Dass es das war.«

»Was heißt das nun schon wieder, dass es das war? Was genau hat der Arzt gesagt?«

»Was soll er einer alten Säuferin schon sagen. Er sagt, es tut ihm leid.«

Linda war fassungslos. Plötzlich dachte sie, dass sie ihre Mutter gern in den Arm genommen hätte, aber das konnte sie einfach nicht. Zu viele Erinnerungen stürmten auf sie ein. Aus ihrer Teenager-Zeit, als sie versucht hatte, sich auf ihre Hausaufgaben zu konzentrieren, was ihr aber nicht gelang, da sich in der Küche irgendeine von Mutters Säuferrunden versammelt hatte und die Flasche kreisen ließ. Oder vor ungefähr zehn Jahren, als sie ihre Mutter zum dritten Mal innerhalb eines Jahres aus einer Entziehungskur abgeholt hatte und ihre Mutter schon an der ersten Kreuzung bettelte, sie beim Alkoholladen rauszulassen. Doch irgendwo war da auch die Erinnerung an jenen Ausflug – sie war etwa sieben –, bei dem sie beide gemeinsam mit dem Zug nach Helsinki gefahren waren und die Zoo-Insel Korkeasaari besucht hatten.

»Du erfrierst noch«, sagte ihre Mutter.

Linda merkte, dass sie zitterte, als hätte sie einen schweren Schüttelfrost, aber kalt war ihr nicht.

»Wie viel brauchst du?«

»Ich zahle es dir bestimmt zurück.«
Nebeneinander gingen sie zurück zum Hinterausgang.
»Wie geht es Linnea?«
»Gut. Sie ist schon ein großes Mädchen. Die pfiffigste in ihrer Klasse.« Linda zögerte und musste sich überwinden fortzufahren: »Willst du nicht mal zum Kaffee kommen? Wenn Linnea bei mir ist. Ich könnte dich auch abholen.«
Mutter lächelte. »Das wäre großartig.«
Linda holte das Portemonnaie aus ihrem Büro und gab ihrer Mutter alle Scheine und Münzen, die sich noch darin befanden. Viel war es nicht, aber besser als nichts. An der Eingangstür umarmten sie sich, und Linda konnte sich nicht erinnern, wann sie das zuletzt getan hatten. Sicher seit Jahren nicht. Sie stand noch so lange an der Tür, bis ihre Mutter hinter einer Häuserecke verschwunden war. Dann ging sie zur nächstgelegenen Toilette, setzte sich auf den geschlossenen Deckel, presste ihre Hände vors Gesicht und weinte herzzerreißend wie ein kleines Kind.

14

Oksman holte seine Waffe hervor, stieg hinab in den Keller des Polizeigebäudes und musste feststellen, dass an der Tür zum Schießstand ein Schild hing, hier wurde also bereits trainiert. Er nahm Ohrenschützer und Schutzbrille aus dem Rucksack, setzte sie auf und trat ein.

Vier Schüsse fielen. Zwei Pistolen waren kurz nacheinander auf den hinteren Schießbahnen abgefeuert worden. Oksman kannte die beiden Polizeiwachtmeister, ein langjähriges Team. Sie waren regelmäßig gemeinsam auf dem Schießstand anzutreffen. Im Frühjahr hatte er sich auf einen Wettkampf mit ihnen eingelassen. Eine Weile schaute er ihnen zu, ihre Schüsse waren sauber ausgeführt. Er selbst hatte das Schießtraining viel zu lange schleifen lassen. Vernachlässigte man das Training, rächte sich das irgendwann auch im Job, es konnte zu Fehlern führen und man riskierte, dass andere verletzt wurden oder gar starben. Früher war er fünfmal in der Woche auf dem Schießstand gewesen, jetzt im besten Fall noch zweimal. Aber das würde sich ändern, sobald es bei der Arbeit wieder ruhiger wurde.

Er ging zu den beiden hinüber, um ihre Ergebnisse sehen zu können. Beide hatten ausgezeichnet geschossen. Die Zielscheiben in zehn Meter Entfernung waren exakt in der Mitte durchlöchert, nur einige wenige Schüsse waren nicht ins Schwarze gegangen. Aber das ließ sich nicht vermeiden, wenn man möglichst viele Schüsse in möglichst kurzer Zeit abgab.

Die beiden Polizisten legten ihre Waffen auf die Ablage und nahmen den Gehörschutz ab. Erst jetzt bemerkten sie Oksman. Sofort huschte ein Grinsen über ihre Gesichter, das etwas Herausforderndes hatte und Oksman verunsicherte. Er war nicht daran gewöhnt, dass ihn jemand anlächelte. Zumindest nicht auf diese Art – das konnte nichts Gutes verheißen.

»Dass man dich auch mal wieder hier sieht«, sagte die Polizistin Sanni Ketonen und strich sich die schweißverklebten Haare aus der Stirn.

»Wir feuern hier jeden Tag zwei Serien ab, direkt nach dem Dienst«, fuhr ihr Kollege Mikko Jauhojärvi fort. »Seit, na sagen wir seit März. Und du warst in der ganzen Zeit nicht einmal hier. Wir dachten schon, du kommst nicht mehr – weil du dich nicht traust.«

»Und wozu braucht ihr mich hier, was sollte ich mich nicht trauen?«, fragte Oksman zurück.

Die beiden warfen sich einen vielsagenden Blick zu.

»Das letzte Mal, als wir uns trafen, hast du es uns so richtig gezeigt. Das wurmt uns immer noch, vor allem, weil wir gegen einen von der Kripo verloren haben. Also haben wir beschlossen, dass uns das nicht noch mal passiert, und haben seitdem fleißig trainiert. Jetzt sind wir bereit für eine Revanche. Hier geht es um die Ehre der gesamten uniformierten Polizei.«

»Ihr wollt mit mir um die Wette schießen?«

»Auf diesen Moment haben wir lange gewartet. Es ist deine Pflicht, uns eine neue Chance zu geben. Wenn du ablehnst, werten wir das als Feigheit«, sagte Mikko und grinste so breit, dass seine weißen Zähne blitzten.

Noch bevor Oksman antworten konnte, wurde die Tür geöffnet und Pasi Jaakola trat mit Ohrenschützern auf dem Kopf herein. Alle drehten sich zu ihm um. Er hob zum Gruß die Hand, setzte die Ohrenschützer ab und ließ seine Tasche auf den Boden fallen.

Pasi war einer der ganz wenigen Polizisten, mit denen Oksman mehr als nur die üblichen Floskeln gewechselt hatte. Hin und wieder gingen sie im Fitnessraum des Polizeipräsidiums zusammen boxen, und seit Kurzem drängte ihn Pasi, auch zusammen laufen zu gehen. Bisher war es Oksman jedes Mal gelungen, sich unter diesem oder jenem Vorwand aus der Affäre zu ziehen, aber oft konnte er das nicht mehr tun.

Pasi war ein durch und durch liebenswerter Mensch, trotzdem zog Oksman es vor, ihn zu meiden. Er fühlte sich in Pasis Gesellschaft immer seltsam plump und unbehaglich, so wenig gewöhnt war er daran, dass jemand aufrichtiges Interesse für seine Ansichten zeigte. Auch jetzt wurde er rot und hoffte, dass es bei dieser indirekten Beleuchtung keiner merkte.

»Hab ich richtig gehört? Hier startet ein Wettkampf?«, fragte Pasi. »Ich bin dabei.«

»Zuerst die Einsätze«, sagte Ketonen.

»Was für Einsätze?«, fragte Oksman.

»Bei jedem Wettkampf geht es doch um einen Einsatz. Wer sollte sich denn sonst anstrengen«, erwiderte Mikko immer noch mit diesem rätselhaften Grinsen auf dem Gesicht. »Wenn du gewinnst, versprechen wir, dass wir dein Auto ein Jahr lang einmal in der Woche waschen und wachsen.«

»Und wenn ich verliere?«

»Dann wirst du Mitglied in der Boxmannschaft der Polizei und trainierst mit uns für die finnischen Meisterschaften im Dezember. Dort wird auch entschieden, wer in die finnische Auswahl für die Polizei-Weltmeisterschaft aufgenommen wird, die nächstes Jahr in Boston stattfindet.«

Oksman wollte sofort widersprechen. Allein der Gedanke daran, in einer Mannschaft zu trainieren, war ein Unding, aber bevor er auch nur den Mund auftun konnte, legte ihm Pasi die Hand auf die Schulter und schüttelte ihn leicht.

»Abgemacht«, antwortete Pasi an Oksmans Stelle. »Scheint so, als könnte es bei diesem Wettkampf nur Gewinner geben.«

Oksmans Schulter kribbelte unter der Berührung wie unter Strom, und er drehte sich schnell weg.

»Drei gegen einen«, versuchte es Oksman vergeblich. »Ist das nicht ein bisschen unfair?«

»Hast du Schiss?«, fragte Pasi und grinste.

Oksman dachte kurz nach, dann sagte er: »Also gut. Gewinne ich, dann wachst ihr mein Auto jede Woche für die kommenden ZWEI Jahre UND außerdem nimmt jeder von euch im nächsten Mai am Marathon in Yteri teil.«

Das Lächeln seiner Gegner erstarb, jetzt war es Oksman, der von einem Ohr zum anderen grinste.

»Nun, die Einsätze stehen, also schlagt ein«, sagte Ketonen und hielt ihre Hand hin.

Sie schlugen ein, auch Oksman. Dann ging Oksman auf die Schießbahn, nahm seine Waffe heraus, ölte und reinigte sie und setzte sie dann wieder zusammen. Dann lud er das Magazin, setzte Ohrenschützer und Brille auf, fuhr die Klappziele nach hinten und zielte auf die Schießscheibe in zehn Metern Entfernung. Er gab drei Probeschüsse ab, justierte das Visier nach, schoss noch dreimal und war mit der Position des Korns zufrieden. Als auch Pasi seine Waffe eingeschossen hatte, konnte der Wettkampf beginnen.

Die Regeln waren klar. Jeder würde fünf Schuss auf das Ziel in zwanzig Meter Entfernung abgeben. Der mit den wenigsten Treffern schied aus, die übrigen kamen in die nächste Runde. In der letzten Runde schossen die beiden Besten gegeneinander, und zwar so lange, bis der Sieger feststand. Dann losten sie die Reihenfolge aus, und jeder stellte sich an seinen Tisch. Als Titelverteidiger durfte Oksman als Letzter schießen.

Pasi, der das kürzeste Streichholz gezogen hatte, fing an. Er schoss ruhig und konzentriert. An jeder seiner Bewegungen sah man, dass er ein routinierter Schütze war. Auch sein Ergebnis war beachtlich: eine Zehn, dreimal die Neun und eine Sieben, über die Pasi lauthals fluchte, als er die Ohrenschützer absetzte.

»Verdammt, beim letzten habe ich verzogen. Ich wusste sofort, dass der in die Hose geht.«

»Na, als Vorlage ganz ordentlich«, tröstete Ketonen. »Es sieht ganz so aus, als müssten wir uns wirklich anstrengen.«

Mikkos Schießstil war komplett anders. Seine Schüsse fielen im Sekundenabstand, das Ergebnis konnte sich trotzdem sehen lassen: zweimal die Zehn und drei Neunen. Gleichwohl verzog er das Gesicht, als hätte er schon verloren.

»Immerhin dürfte ich eine Runde weiter sein.«

Ketonen ließ sich Zeit. Ruhig und überlegt schoss sie fünfmal die Zehn. Keiner hatte bisher so breit gelächelt wie sie, als sie an Oksman übergab.

Oksman fühlte Nervosität in sich aufsteigen. Nicht aus Angst vor der Herausforderung, sondern weil er nicht gern im Mittelpunkt stand. Wie immer in Pasis Nähe, fühlte er sich auch dieses Mal plump und ungeschickt. Sein Herz schlug schneller, eine einzelne Schweißperle rann ihm den Rücken herunter. Er legte die Waffe vor sich auf den Tisch, setzte die Ohrenschützer auf und schloss für einen Moment die Augen. Er holte tief Luft, griff nach der Waffe und zielte. Den Ablauf hatte er tausende und abertausende Male trainiert, die Bewegungen wurden eher über sein Rückenmark gesteuert als über das Gehirn. Er fokussierte das Korn und drückte ab. Alles geschah völlig automatisch, völlig frei von Gefühlen oder Gedanken. Immer wenn er schoss, versank alles um ihn herum in einem eigenartigen traumähnlichen Nebel. Er dachte weder an den Schießrhythmus noch ans Zielen. Vielmehr wusste er einfach, wann die Waffe richtig ausgerichtet war und wann er den Abzug betätigen musste. In den Ohren der anderen knallten die Schüsse in übernatürlich schneller Folge wie bei einer Automatikwaffe.

Oksman legte die Waffe auf den Tisch. Das Ergebnis ließ die anderen verstummen. Wie ein einziger Einschuss waren alle Treffer in die Zehn gegangen.

»Na, dann können wir ja schon mal anfangen, für den Marathon zu trainieren«, sagte Pasi gespielt enttäuscht.

Mikko lachte. »Du kriegst die Tür nicht zu! Das war magisch!«

Oksman zuckte die Schultern, ja, es fühlte sich gut an, aber nicht, weil die anderen ihn lobten oder er in den Augen der anderen bestanden hatte, sondern weil er nicht so viel von seiner Fertigkeit eingebüßt hatte wie befürchtet.

»Erst mal abwarten«, warf Ketonen ein. »Das Spiel ist noch nicht aus.«

In der nächsten Runde verbesserte Mikko sein Ergebnis auf drei Zehnen und zwei Neunen, nichtsdestotrotz schüttelte er den Kopf.

»Das reicht nicht.«

Ketonen erzielte fünf Zehnen und grinste von einem Ohr zum anderen.

Pasi knuffte Oksman scherzhaft in die Seite. »Wir besorgen dir ein Paar ordentliche Wettkampfhandschuhe.«

Oksman schoss als Antwort auf Ketonens Leistung ebenfalls fünf Zehnen. Damit stand das Finalpaar fest. Oksman war zwar nach wie vor der Favorit, aber bei einer Disziplin wie dem Schießen waren die Unterschiede oft nur hauchdünn. Kleinigkeiten konnten entscheiden wie in jedem Spitzensport, egal in welcher Sportart.

Und so begann der Wettkampf eigentlich erst jetzt. Zwölf Runden lang schossen Ketonen und Oksman fünfmal ins Schwarze. Pasi musste zwischendurch neue Patronen aus dem Munitionsschrank holen. Beide schossen noch dreimal fehlerfrei. Dann landete Ketonen einen Schuss knapp auf der Neun. Sie scharten sich um die Zielscheibe, aber es bestand kein Zweifel: Das Loch war zum größeren Teil auf dem Ring der Neun.

Mikko ließ den Kopf hängen und stöhnte. »Es sind doch nur zweiundvierzig Kilometer«, tröstete ihn Pasi.

»Und hundert Flaschen Wachs«, erinnerte ihn Mikko an die Abmachung. »So ein athletischer Twen wie du hat leicht reden.«

»Warten wir es ab, noch ist der Wettkampf nicht zu Ende.

Wir sollten die Startnummern nicht zu früh vergeben«, meinte Ketonen.

Alle drehten sich zu Oksman um, der seine Waffe ausdruckslos wie ein Roboter lud, zielte und dem bekannten Muster folgte: Augen schließen, zweimal tief Luft holen, Waffe hochnehmen. Dann eine schnell abgefeuerte Fünf-Schuss-Serie, mit einer fast unmerklichen Verzögerung zwischen den letzten beiden Schüssen. Oksman verzog das Gesicht und drehte den Kopf zur Seite. Während die anderen zur Zielscheibe stürzten, nahm er seine Waffe auseinander, als würde er das Ergebnis bereits kennen.

»Unglaublich!«, rief Mikko. »Achtundvierzig!«

»Eine Neun, aber das hier ist klar eine Zehn«, meinte Ketonen.

»Dann war deine Neun auch eine Zehn. Genau auf der Linie, nur auf der falschen Seite. Sag du auch mal was, Henrik.« Der Angesprochene schaute nicht einmal in Richtung Zielscheibe, sondern trocknete weiter den Schlitten seiner Pistole.

Pasi entschied den Streit, indem er sagte: »Da gibt's nichts zu diskutieren, laut den Regeln ist das eindeutig eine Neun, und das heißt, der alte König wurde vom Thron gestoßen und Ketonen ist die neue Siegerin. Tut mir leid, Henrik.«

»Und was das Wichtigste ist, wir müssen uns nicht auf der Aschebahn schinden oder in der Garage mit dem Polierschwamm«, sagte Mikko und wischte sich theatralisch über die Stirn.

»Nein, das Wichtigste ist, dass wir einen neuen Star in unserer Boxmannschaft haben und damit zum ersten Mal eine echte Chance auf die Polizeimeisterschaft!«, triumphierte Pasi.

Ungerührt reinigte Oksman seine Waffe, und weil die anderen dachten, der Ochse blase Trübsal, ließen auch sie das Spötteln bleiben und packten ihre Sachen zusammen. Wenig später waren nur noch Pasi und Oksman im Raum.

Pasi legte Oksman die letzte Zielscheibe hin.

»Manchmal hängt es an Kleinigkeiten«, sagte Pasi. »Das

kommt in den besten Kreisen vor. Ab und an passiert es sogar mir – wenn auch ausgesprochen selten.«

Oksman sagte noch immer nichts.

»Nun sag schon«, fuhr Pasi fort. »Mich lässt die letzte Serie nicht los. Was ist passiert?«

»Ich habe vorbeigeschossen«, antwortete Oksman.

»Du hast vorbeigeschossen. Ist das alles?«, Pasi legte den Kopf schräg und sah ihn an. »Würdest du mir einen Gefallen tun?«

»Kommt auf den Gefallen an. Du hast mich seit dem Sommer mit dieser Boxmannschaft genervt. Bist du immer noch nicht zufrieden?«

»Darum geht es doch gar nicht. Würdest du noch eine Serie schießen?«

Oksman hob den Kopf. »Und wieso das?«

»Würdest du? Tu's für mich, bitte!«, bettelte Pasi und sah ihn mit großen Augen an. Oksman schwieg. Pasi betrachtete das als Zeichen der Zustimmung und holte ein Kartenspiel hervor. Er zog eine Kreuz Fünf heraus, hängte sie an die Stelle der Zielscheibe und drückte auf den Knopf der Rollbahn. Die Karte fuhr bis auf Maximalweite in dreißig Meter Entfernung. Von ihrem Schießtisch aus war nicht viel mehr als ein weißer Fleck zu sehen.

Oksman warf Pasi einen Blick zu, setzte Schutzbrille und Ohrenschützer wieder auf und lud seine Waffe. Fünf Schüsse in nur drei Sekunden, und wieder stieg ihnen der Korditgeruch, der sich zwischenzeitlich bereits verflüchtigt hatte, in die Nase.

Pasi drückte auf den Knopf der Rollbahn, und schweigend warteten sie, bis die Zielscheibe langsam zu ihnen gezuckelt kam. Pasi nahm die Karte und hielt sie gegen das Licht. Die fünf Kugeln hatte jeweils ein Kreuz durchbohrt.

Grinsend hielt Pasi Oksman die Karte hin. Oksman grinste zurück, was äußerst selten geschah, und sagte:

»So was kommt vor – ab und an sogar bei mir, wenn auch ausgesprochen selten.«

15

Am Abend nahm Paloviita seinen Verband ab und betrachtete sich im Spiegel der Toilette. Alles war noch dick und blau. Ein Auge war fast zugeschwollen, die Nase erinnerte an eine zermatschte Kartoffel.

Terhi stellte sich neben ihn und musterte das Spiegelbild ihres Mannes mit besorgter Miene. Dann glättete sich ihre Stirn und sie sagte:

»Du hast dich nicht sehr verändert seit unserer Hochzeit.«

Paloviita fasste sich an den Bauch und wackelte damit. »Soso, vielleicht bin ich ein paar Kilo schlanker geworden?«

Da mussten beide lachen. Paloviita hielt sich das Gesicht vor Schmerzen.

»So, wie du aussiehst, kannst du doch nicht arbeiten gehen.«

»Ich komme gerade von der Arbeit, keiner hat etwas bemerkt.«

Paloviita las in der Küche Zeitung und stellte zufrieden fest, dass von den Überfällen auf Kangasharju noch nichts bekannt geworden war. Auch wenn ihn das wunderte, im Krankenhaus zumindest musste sich die Nachricht doch sicher in Windeseile herumgesprochen haben. Auf jeden Fall mussten sie sich vorbereiten und eine Pressekonferenz abhalten. Der Mordversuch an einem Kriegsveteranen würde keinen Journalisten kaltlassen. Gott sei Dank war er nicht mehr der Chef, und es war Manner, die vor der Presse schwitzen musste.

Er sagte Sini und Sara, die in ihren Zimmern spielten, Hallo. Sie durften seine Blessur betasten, und er erzählte ihnen, dass er mit Räubern gekämpft habe. Dann kühlte er sein Gesicht mit einem Kühlpack, ging duschen und legte einen neuen Verband an. Sie würden die Kinder gleich ins Bett bringen. Er zog seine Flanell-Pyjamahose an, konnte es aber nicht lassen, sich noch einmal an den Laptop zu setzen. Er öffnete Google und gab die russischklingenden Buchstabenkombinationen, die er sich im Krankenhaus aufgeschrieben hatte, in das Suchfeld ein.

Als Erstes »neprotovks«. Google fragte, ob er Dnipropetrowsk meinte, und verwies auf eine Region in der Ost-Ukraine. Paloviita klickte auf den Wikipedia-Artikel zu Dnipro und sah Bilder einer schönen Stadt mit Kirchen, einem Fluss und Parks. Mit »monatyrski« hatte er weniger Glück und wollte gerade aufgeben, als ihm einfiel, dass Kangasharju von einem Wald gesprochen hatte. Er ergänzte »forest« und Google schlug ihm den Wald von Monastyrskiy in der Nähe von Dnipro vor. Auch der Wald war wunderschön.

Paloviita lehnte sich zurück und sah abwechselnd auf den Bildschirm und auf seine Notizen. Als er das Krankenzimmer betreten hatte, war er sich sicher gewesen, dass der alte Mann ihn verstanden hatte. Aber dann war irgendetwas passiert, und Kangasharju hatte sich in seine Gedankenwelt zurückgezogen. Er hatte plötzlich Deutsch gesprochen und etwas von einer ukrainischen Stadt und einem Wald fantasiert. Natürlich war der Patient gerade erst zu sich gekommen und stand unter starkem Medikamenteneinfluss, aber dennoch, seine Worte ließen Paloviita nicht los. Er hatte auch gesagt, dass Martti tot und jetzt die Reihe an ihm sei. Die Männer aus der Dunkelheit seien gekommen, um ihn zu holen. Und dann hatte ihn diese Höllenangst gepackt.

Wer waren Martti und Klaus, von denen Kangasharju geredet hatte? Und was in aller Welt brachte ihn dazu zu denken, dass die Reihe jetzt an ihm wäre?

Paloviita war sich sicher, dass Kangasharju nicht bloß wirres Zeug geredet hatte, weil er unter Medikamenteneinfluss stand, sondern weil der Überfall ihn zutiefst erschüttert hatte. Paloviita hielt es sogar für möglich, dass er wusste, wer hinter dem Überfall steckte, zumindest aber schien er zu wissen, was der Grund dafür war. Er schüttelte den Kopf. Es gab wohl wirklich keine andere Möglichkeit, als zu warten, bis Kangasharju sich soweit erholt hatte, dass sie ihn erneut befragen konnten.

Terhi ging am Arbeitszimmer vorbei, sah, dass er im Dunkeln vor dem Bildschirm saß, und trat hinter ihn. Sie massierte seine verspannten Schultern.

»Ich sehe doch, dass dich etwas beschäftigt. Denkst du an den Kampf im Krankenhaus?«

»Auch«, antwortete er und reichte ihr seinen Notizblock. »Du hattest doch Deutsch in der Schule. Kannst du mir sagen, was das hier bedeutet?«

Terhi betrachtete die Wörter. »Die sind zwar alle falsch geschrieben, aber, warte mal. Das hier könnte ›Richt euch‹ heißen, aber das macht keinen Sinn …?«

»Meinst du das Wort ganz oben?«

»Nein, das darunter. Das oben könnte ›vorwärts‹ heißen …«

»Okay, ›vorwärts‹. Und die unteren?«

Terhi sah sich an, was er im Krankenhaus hingekritzelt hatte. Wenn sie nachdachte, schürzte sie die Lippen auf eine Weise, die Paloviita schon immer wahnsinnig sexy gefunden hatte. Sie sagte: »Das Wort ganz unten heißt ›Feuer‹, du hast es fast richtig geschrieben. Und in der Mitte steht etwas mit ›Linie‹ oder so.«

»In Linie antreten, vielleicht?«

»Ja, das könnte sein.«

»Könnte ›Richt euch‹ vielleicht heißen, dass man sich in einer Reihe aufstellt?«, überlegte Paloviita.

»Ja, das könnte sein.«

»Das sind militärische Befehle: ›In Linie antreten, Richt euch, Feuer‹.«

Terhi reichte ihm den Block zurück, und Paloviita legte ihn neben den Laptop. »Das ganz unten klingt Russisch. Das Einzige, was ich gefunden habe, das irgendwie passen könnte, sind eine

Stadt und ein Wald.« Paloviita scrollte auf der Seite nach unten und zeigte ihr die Bilder vom Wald und von der Stadt.

»Wie alt war der Mann noch mal, hundert? Und er ist krankenhausreif geschlagen worden? Wahrscheinlich fantasiert er nur.«

»Vielleicht«, sagte Paloviita und lehnte sich zurück.

»Ich kenne dich doch«, sagte Terhi. »Irgendetwas lässt dich nicht los. Ich sehe es dir an. Du bist ein guter Polizist. Wenn an dem Fall irgendetwas faul ist, dann solltest du deine Intuition ernst nehmen.«

Er lächelte. Von allen Menschen auf der Welt war Terhi immer noch diejenige, die ihn am besten kannte und deren Lob sich am besten anfühlte, auch wenn sie in letzter Zeit immer wieder gestritten hatten. Sie waren seit über zwanzig Jahren ein Paar, und vielleicht war das in Zeiten der Doppelbelastung ganz normal: In einem Alltag mit zwei kleinen Kindern, beruflichem Stress und ständigen Geldsorgen war der Funke in ihrer Beziehung erloschen. Es war lange her, dass sie auf der Welle gesurft waren, und wenn sie nicht untergehen wollten, mussten sie gegensteuern. Das begann mit kleinen Dingen, Berührungen und ein wenig Fürsorglichkeit. So wie Terhis Schultermassage vorhin. Paloviita fasste einen weiteren Entschluss: Er würde nicht nur abnehmen und wieder regelmäßig Sport treiben, er würde zukünftig auch mehr für ihre Beziehung tun, und für die Kinder, und für seine Eltern. Es stünden also große Veränderungen in seinem Leben bevor. Wie er das alles durchziehen wollte, wusste er noch nicht, aber verdammt, was soll's, er würde alles tun, um sein Leben in Ordnung zu bringen.

»Was hältst du davon, wenn wir mal wieder ins Kino gehen? Es läuft gerade der neue Film von Tarantino«, schlug er spontan vor.

Der Gedanke fühlte sich gut an. Zeit zu zweit war genau das, was ihnen fehlte. Er konnte sich nicht erinnern, wann sie zuletzt als Paar gemeinsam und ohne die Mädchen etwas unternommen hatten.

»Und woher kriegen wir einen Babysitter? Deine Eltern scheiden ja aus.«

Die Spitze entging ihm nicht und traf ihn heftig. Er wollte sich jedoch nicht provozieren lassen, in letzter Zeit hatten ihn diese Kleinigkeiten aus Terhis Mund immer häufiger gestört. Genau das musste sich ändern.

»Ich kümmere mich darum«, versprach er, ohne auch nur den blassesten Schimmer zu haben, wie er eine Betreuung für die Kinder auftreiben sollte.

»Denk dran, dass meine Eltern uns am Wochenende zum Essen eingeladen haben.«

»Klar«, erwiderte Paloviita und fluchte innerlich. Das hatte er komplett vergessen. Seine gute Stimmung war verflogen. Der Besuch würde zu einer einzigen Qual werden. Wenn es einen Menschen auf der Welt gab, mit dem Paloviita sich total verstritten hatte, dann war es sein Schwiegervater, der ihn seit Jahren ständig kritisierte, unablässig tyrannisierte und gegen ihn stichelte.

»Gut. Und nächste Woche Dienstag habe ich dann eine Weiterbildung, also musst du die Mädchen in den Kindergarten bringen und sie auch abholen.«

»Aber das haben wir doch schon lange ausgemacht«, grummelte Paloviita. Genaugenommen war er sich sicher, zum ersten Mal davon zu hören. »Was war das gleich noch mal für eine Weiterbildung, und wo findet sie statt?«

Terhi lächelte und kniff ihn leicht in die Schultern. »Was ist denn mit deinem Elefantengedächtnis? Die Stadt hat eine neue Schulsoftware angeschafft. Die Schulung findet in der Volkshochschule in der Gallen-Kallela-Straße statt. Tero holt mich morgens ab.«

»Tero?«, fragte Paloviita stirnrunzelnd. »Der Tero, der dich auch zur Weihnachtsfeier abgeholt hat?«

Terhi lachte und fuhr ihm zärtlich durch die Haare. »Du bist sexy, wenn du eifersüchtig bist.«

Paloviita schniefte, als wäre er verletzt, das löste die Spannung. Terhi ging und ließ ihn allein im dunklen Zimmer zurück. Die einzige Lichtquelle war der Monitor seines Laptops, der seinen Oberkörper in bläuliches Licht tauchte. Paloviita starrte auf den Bildschirm und tippte entschlossen die folgenden Wörter ins Suchfeld: »Monastyrskiy Forest War«.

Jetzt bekam er völlig andere Ergebnisse. Es waren keine Fotos mehr, die für einen Urlaub in Dnipro warben. In der Ukraine tobte seit Jahren ein Krieg zwischen Separatisten und Regierungstruppen. Es überraschte ihn, wie schnell er das vergessen hatte. Zuerst hatten alle Medien darüber berichtet, dann kaum noch jemand. Im Jahr 2019 waren die Leichen auf den Straßen ukrainischer Städte keine Nachricht mehr wert, die neue Handtaschenkollektion von Kim Kardashian dagegen schon.

Er fügte der Suche »Germany« hinzu, wählte die Bildersuche aus und klickte sich durch Schwarz-Weiß-Fotos, auf denen Leichenberge und rauchende Ruinen zu sehen waren. Dnjepropetrowsk war wie so viele andere Städte und Dörfer auf dem Gebiet der ehemaligen Sowjetunion einer der Schauplätze des Zweiten Weltkrieges nach dem Überfall Deutschlands im Sommer 1941.

Terhi kam noch einmal ins Zimmer und beugte sich über seine Schulter. Selbst unter dem Verband konnte er den Apfelsinenduft der Nachtcreme seiner Frau riechen. Den Bildschirm füllte ein Bild von einer Schlucht, auf deren Boden bergeweise nackte Leichen lagen. Drei völlig entkleidete Menschen standen mit dem Rücken zur Grube, vor ihnen ein Erschießungskommando mit Gewehren im Anschlag. Obwohl das Bild ziemlich körnig war, konnte man erkennen, dass die Personen, die am Rand der Grube standen, alle weiblich waren. Eine Frau und zwei Mädchen.

»Um Gottes willen. Sind das Menschen?«

Paloviita klappte seinen Laptop zu und erhob sich. »Lass uns schlafen gehen. Ich bin müde.«

»Hast du schon dein Schmerzmittel genommen?«

1941

16

Albert liegt auf der Pritsche und starrt an die Wand. Die Schuhe hat er abgestreift und den Mantel aufgeknöpft. Ihr Quartier war früher ein Krankenhaus, und das Zimmer, in dem er zusammen mit elf anderen Finnen untergebracht ist, befindet sich offenbar auf der ehemaligen Kinderstation. Ringsum an den Wänden verläuft kurz unter der Decke eine blaue Bordüre, auf der Hasen fröhlich einander nachjagen. Auch sonst unterscheidet sich dieses Zimmer deutlich von den Soldatenstuben, in denen er früher untergebracht war. Es ist hell und gemütlich, in der Vase auf dem Tisch duften frische Blumen.

Bereits am 10. Mai sind sie nach einer Zugfahrt, die die ganze Nacht dauerte, in Stralsund angekommen und zur nahegelegenen SS-Kaserne marschiert. Er ist müde, sein Kopf schmerzt, und im Bauch rumort es. Natürlich haben sie im Waggon wieder die Flasche kreisen lassen, und am Bahnhof, sobald der Zug gehalten hatte, sind sie in die Mitropa gestürmt, um dort die Bier- und Weinflaschenvorräte leer zu trinken.

Albert nimmt Block und Stift aus dem Rucksack, dreht sich auf den Bauch und fängt zwei Briefe an. Den ersten richtet er an seine Eltern, schildert knapp die Etappen ihrer Reise und erklärt, es kaum erwarten zu können, dass die Ausbildung in Deutschland beginnt. Er schreibt weiter, dass die Verpflegung der SS-Truppen erstaunlich gut ist, verglichen mit der Pampe, die der finnischen Armee vorgesetzt wird. Zu guter Letzt richtet er noch Grüße an

Sebastian aus und verspricht, ihm ein echtes Hitlerjugend-Fahrtenmesser mitzubringen, das er einem SS-Rottenführer in Danzig abgekauft hat.

Den zweiten Brief zu schreiben, dauert bedeutend länger. Angefangen hat er ihn mit *Liebe Leena*, weiter ist er noch nicht gekommen. Er tippt mit der trockenen Füllerfeder auf das Papier. Er blickt von den beiden Wörtern auf, und sein Blick gleitet durch die Stube mit all den Männern, von denen er die meisten nicht kennt. Er ist in einem unbekannten Land in fremder Gesellschaft in einer Stadt, deren Straßenschilder er nicht lesen kann. Die vor ihm liegenden zwei Dienstjahre kommen ihm wie eine Ewigkeit vor. Er schaut wieder auf den Block, und denkt an die Briefe, die er Leena und seinen Eltern aus dem vorigen Krieg geschrieben hat. Damals hat er ihn immer mit den Worten »Viele Grüße aus dem Irgendwo« begonnen, und weil die Worte immer noch Kraft besitzen, verwendet er sie auch jetzt, obwohl er innerlich spürt, dass dieses Mal alles anders ist als im Winterkrieg 1939.

Liebe Leena. Viele Grüße aus dem Irgendwo. Wir sind mittlerweile in Stralsund in Deutschland. Die Stadt ist sehr schön, allerdings liegt unsere Kaserne etwas außerhalb. Das Frühjahr ist hier schon viel weiter als in Finnland, die Bäume bereits voll ergrünt. Eigentlich fühlt es sich schon wie Sommer an. Wir dürfen uns hier ein paar Tage ausruhen, dann geht die Reise weiter. Jemand meinte, in Richtung Alpen, wo wir unsere Ausbildung erhalten sollen, aber genau weiß ich es nicht. Uns wird nicht viel gesagt, und weil ich kein Deutsch verstehe, muss ich immer andere fragen. Da fühle ich mich manchmal etwas als Außenseiter, aber insgesamt war die Aufnahme hier sehr großzügig und freundlich! Ich habe schon viele Bekanntschaften geschlossen, einige kenne ich auch von früher aus der Schule oder aus der Armee. Morgen sollen wir unsere deutsche Uniform und die Ausrüstung erhalten, die wir von da an tragen müssen. Unsere Zivilkleidung wird nach Hause geschickt. Stell dir vor, da weht uns der Atem der Geschichte ins Gesicht: Seit dem Ersten Weltkrieg hat kein Finne mehr in einer deutschen Armeeuniform gesteckt! Irgendein Uffz hat in der Nachbarstube rumgebrüllt, dass auch allen die Haare geschnitten werden. Die SS-Soldaten tragen alle einen Scheitel, das werden sie mit uns also wohl auch so machen.

Ich sehne mich sehr nach Dir. Schon auf dem Schiff war ich kurz davor, über die Reling zu springen und zurück ans Ufer zu schwimmen. Unser letzter Abend lässt mich nicht los, ich weiß nicht, was in mich gefahren ist. Deine Schönheit und Dein Lächeln haben mich überwältigt, doch das, was ich Dir an dem Abend immer wieder gesagt habe, ist wahr. Und wenn ich zurückkomme, dann führe ich Dich vor den Altar, falls Du einwilligst.

In Liebe, Albert

Albert faltet das Briefpapier, steckt es in einen Umschlag und schreibt Leenas Namen und Adresse darauf. Er dreht sich wieder auf den Rücken, und wie er so die sich haschenden Häschen betrachtet und hinaussieht, wundert er sich, warum die Fenster der Kinderstation vergittert sind.

Klaus, Martti und Virkkala kommen von ihrem Ausflug in die Stadt zurück. Es wurde ihnen erlaubt, hinauszugehen, um Einkäufe zu erledigen. Martti trägt zwei gewaltige, in Papier geschlagene Vierkantbrote unterm Arm sowie einen Korb mit einem Käselaib, Butter und gepökeltem Schweinefleisch. Albert kann nicht aufhören, sich zu wundern, wie es in einem Land, das Krieg führt und in dem die Lebensmittel rationiert sind, möglich ist, einfach so in einen Laden zu marschieren und einen ganzen Käse und sogar Fleisch zu kaufen. Deutschland muss einfach großartig sein.

»Wie ist das Befinden?«, fragt Martti schadenfroh.

Albert setzt sich auf, streckt seine Hand vor und dreht sie hin und her wie ein schlingerndes Flugzeug. Die Männer in den benachbarten Betten schnarchen, lesen in Zeitungen, die sie aus Finnland mitgebracht haben, oder halten die Ereignisse der Reise in Tagebüchern fest. Klaus befördert seinen Rucksack auf das Bett und holt seine Beute daraus hervor. Hauptsächlich sind es Schnapsflaschen und Tabakpäckchen. Ihre Mitbringsel erregen auch die Aufmerksamkeit der anderen Männer auf der Stube, und bald sind sie von einem aufgeregten Stimmengewirr umringt. Vor allem Tabak und Alkohol haben viele Kaufinteressenten, und das Handeln beginnt. Auch Martti wird belagert, jeder möchte ein Stück Käse und Brot probieren. Und Martti schneidet mit seinem Messer großzügig jedem ein Stück ab.

Albert schüttelt den Kopf. Schon einige Male hat er der Freigebigkeit des Freundes Einhalt gebieten müssen. Doch jetzt mag er sich nicht einmischen, soll er doch seinen Proviant teilen, mit wem er möchte.

Martti, der Alberts Gedanken errät, sagt erklärend: »Was denkst du, wäre geschehen, wenn Jesus die zwei Fische und fünf Brote allein gegessen hätte, anstatt sie mit anderen zu teilen?«

»Dann hätte er sicher mehr auf den Rippen gehabt, als der Jesus, den wir kennen«, entgegnet Albert lachend.

Klaus nimmt ein Päckchen Kaffee heraus, und Albert erhascht einen Blick auf den Inhalt des Rucksacks: Auf dem Boden funkelt eine schwarze Mauser.

»Hast du deine Pistole mitgenommen?«, fragt er entgeistert.

»Halt den Mund!«, zischt Klaus.

»Bist du verrückt? Was, wenn das einer der Ausbilder sieht? Die Deutschen schicken dich zum Teufel. Uns alle werden sie wegschicken.«

»Mann, kannst du nicht dein Mundwerk halten!«

»Verstehst du denn nicht …?«

Mit einem Mal nimmt Klaus die Mauser in die Hand, lädt durch und steht mit einem Satz vor ihm. Albert versucht sich aufzurichten, aber Klaus drückt ihn plötzlich mit Wucht gegen das

Bett. Mit einem Rumms donnert das Kopfteil gegen die Wand, und Klaus hält die Pistole unter Alberts Kinn. Mit der anderen Hand kneift er ihn in die Wange.

»Klaus, was um Himmels willen …?!«, ruft Martti erschrocken.

Alle Bewegung in der Stube erstirbt. Aus Klaus' Augen schießen weiße Blitze. »Halt dein Maul, oder ich verpasse dir ein zweites!« Die Pistole bohrt sich tiefer in Alberts Kinn. Seine Augen sind vor Schreck weit aufgerissen.

»Ich trage diese Waffe seit dem Krieg und werde sie auch weiterhin tragen. Das geht weder dich noch irgendjemand sonst etwas an. Verstanden?«

»Klaus …«, mischt sich jetzt auch Virkkala ein und geht vorsichtig zwei Schritte auf Klaus zu. »Nimm die Waffe weg. Versau nicht alles, die stecken dich ins Lager.«

Zwei weitere Männer, ebenfalls Veteranen aus dem Winterkrieg, kommen langsam näher. Albert schluckt. Er sieht in Klaus' Augen deutlich, dass er, ohne mit der Wimper zu zucken, schießen würde. Dann, ebenso plötzlich, wie die Wut über ihn gekommen ist, erlischt sie wieder. In seine Augen kehrt der gewohnte, kalt abschätzende Blick zurück, und ein Mundwinkel hebt sich zu einem halben Grinsen. Endlich zieht er auch die Waffe zurück und sichert sie. Er steckt die Pistole in die Tasche, entdeckt den Brief auf dem Bett und schnappt ihn sich.

Albert reibt sich das Kinn, auf dem ein roter, kreisrunder Abdruck zu sehen ist. Erst als Klaus den Brief aus dem Umschlag nimmt, bemerkt er, was im Gange ist. Er springt auf und versucht, Klaus den Brief aus der Hand zu reißen, aber der dreht sich schnell weg.

»Gib ihn her!«

Albert angelt weiter nach dem Brief und versetzt Klaus einen Stoß, doch dessen kleiner, muskulöser Körper schwankt nicht einmal. Als Klaus anfängt, den Brief mit lauter Stimme vorzulesen, presst Albert ihm den Arm um den Hals, bis er keinen Laut mehr von sich geben kann. Klaus schleudert den Brief zur Seite, Albert lässt ihn los und stürzt dem Brief hinterher. Er faltet das zerknitterte Papier und steckt es zurück in den Umschlag. Jetzt sprühen Alberts Augen vor Wut. Auf Klaus' Gesicht zeichnet sich wieder jenes grimmige Lächeln ab, das Albert schon kennt. Grimmig, ohne jede Regung, vollkommen kalt.

»Du Mistkerl!«, stößt Albert hervor.

»Wohnt diese Leena nicht in der Nähe der Malminkatu? Ist das nicht die Gegend, wo die Juden hausen? Weißt du etwa nicht, dass es in Deutschland verboten ist, eine Jüdin zu heiraten? Gerade für einen SS-Soldaten ist es unentschuldbar, die arische Rasse zu beflecken. Wer einer Jüdin beiwohnt, landet im Umerziehungslager. Vergiss das nicht, wenn du das nächste Mal über meine Pistole quatschen willst.«

Albert steckt den Brief in seine Brusttasche und bemerkt erst jetzt, dass alle sie anstarren.

»Ach, lass mich doch!«

Klaus stiert ihn unverwandt an. Albert versucht, den Blick zu erwidern, muss jedoch als Erster die Augen abwenden. Aus Klaus' leblosen Echsenaugen spricht ein Grinsen, als er sagt: »Es heißt, wer es mit einer Jüdin treibt, dem fällt der Schwanz ab. Hast du deinen noch, du Judenficker?«

»Männer, kommt, wir schlagen uns lieber mit den Russen, wenn es so weit ist«, sagt Ylikylä versöhnlich, legt Klaus die Hand auf die Schulter und geleitet ihn zu seiner Pritsche. Jeder auf der Stube widmet sich wieder seiner eigenen Beschäftigung. Albert setzt sich auf sein Bett und sieht Klaus dabei zu, wie er wütend seinen Rucksack zuschnürt.

Martti setzt sich neben Albert und reicht ihm ein Stück Käse, welches er sich sofort in den Mund steckt. »Du bist ein wahrer Freund.«

»Mach dir nichts draus. Er ist nun mal ein extremer Hitzkopf.«

Albert kaut und nickt. Er weiß, was Martti damit meint. Es gibt Momente, da ist Klaus ganz erträglich, und dann gibt es wiederum Tage, an denen man sich lieber nicht in seiner Nähe aufhält. Trotzdem hat Albert schon oft gedacht, dass wohl jeder von ihnen, ohne zu zögern, Klaus als Wachkameraden im Schützenloch wählen würde. Er zumindest täte es.

Er schielt noch einmal zu Klaus hinüber, der sich hingelegt und eine Ausgabe der *Ajan suunta* hervorgeholt hat.

Martti spricht mit gesenkter Stimme weiter: »Ich habe gehört, dass man Klaus einmal das Kommando über eine Nachtpatrouille übertragen hat, die die Aufgabe hatte, die Nachbarstellungen gewaltsam zu erkunden. Allerdings hatten sie von den Pionieren versehentlich eine falsche Karte bekommen. Klaus hat die sechs Männer auf ein Minenfeld der eigenen Truppen geführt. Alle sechs starben, und die Leichen sind bei den Russen geblieben. Der Kompaniechef hat Klaus daraufhin zur Schnecke gemacht und ihn beschuldigt, die eigenen Leute vorsätzlich in den Tod geführt zu haben. Seitdem soll er so sein, aber ich weiß nicht, ob das stimmt.«

Als Martti wieder gegangen ist, nimmt Albert noch einmal beide Briefe zur Hand. Er leckt den Briefumschlag für die Eltern an und klebt eine Briefmarke in die Ecke. Den Brief an Leena zerreißt er und lässt die Schnipsel auf dem Weg in den Speiseraum in einem Papierkorb verschwinden.

17

17. Mai 1941

Der Truppenübungsplatz Heuberg befindet sich in rund eintausend Meter Höhe auf einem Hochplateau in der Schwäbischen Alb. Am Bahnhof Ebingen wurden die Finnen in das Regiment »Westland« der Division Wiking aufgenommen und marschieren jetzt zur Kaserne hinauf. Hier oben umgeben sie Berge, so weit das Auge reicht, und in der Ferne schimmern die schneebedeckten Gipfel der Alpen. Der Weg ist nur wenige Kilometer lang, aber die Luft ist dünn, der Anstieg steil und die vollen Rucksäcke sind so schwer, dass sie vor Anstrengung keuchen. Auf dem Kamm des Bergrückens halten sie einen Moment inne und bewundern den Anblick des Geländes, das für zwei Jahre ihr Zuhause sein wird.

»Mein lieber Herr Gesangsverein«, meint Martti bewundernd.

»Sieht besser aus als bei uns in Finnland. Schaut mal, die Unmengen an Lastkraftwagen!«

Rings um die Baracken, die dreißigtausend Soldaten Platz bieten, liegen die Truppenübungsplätze. Daneben wurde ein Lager für die französischen Kriegsgefangenen errichtet, das von Stacheldrahtzaun und Wachtürmen umgeben ist.

Sie marschieren durch das Tor und quartieren sich in den muffig riechenden Baracken ein.

»Heiliger Strohsack, das ist ja saukalt hier. Schmeißt sofort den Ofen an!«

Martti beginnt auf der Stelle damit, Holzscheite in den Ofen zu schichten, als der SS-Hauptscharführer der Kompanie im Türrahmen erscheint, ein finsterer Mann mit buschigen Augenbrauen und einem eingefrorenen Grinsen im Gesicht. Ein Befehl ertönt, und die Fersen klacken, als die Männer Haltung annehmen. Das Heizen muss warten, zunächst werden die Baracken und Spinde geschrubbt, was bis spät in die Nacht dauert. Gelegentlich kontrolliert der Hauptscharführer das Ergebnis, mit dem er nie zufrieden ist. Aus reiner Willkür befiehlt er ihnen, weiter zu putzen und zu scheuern.

»Verdammt, dem würde ich gern eine reinhauen!«

Geweckt wird um halb fünf. Die Männer springen von ihren Pritschen auf. Albert hat das Gefühl, kein Auge zugetan zu haben. Der Tag beginnt mit der Stubenkontrolle, überall finden sich Mängel. Und so wird die Stube weiter geschrubbt, bis alle schweißgebadet sind.

Rasieren, Nägel schneiden, Kontrolle. Sogar die Schuhsohlen müssen glänzen.

»Das ist ja die reinste Schikane. Viel schlimmer als in Finnland!«

Während der ersten Tage wird die Kompanie kreuz und quer über den Platz gescheucht, stundenlang wird das Marschieren geübt. Dem Hauptscharführer ist nichts recht. Abends sind sie so müde, dass sie aus ihren Schuhen geradewegs ins Bett kippen und einschlafen, noch bevor ihre Köpfe die Kissen berühren.

Am Abend des vierten Ausbildungstages verlassen die Finnen völlig erschöpft die Kantine und begeben sich in ihre Baracke. Den ganzen Tag wurden sie gedrillt, mussten rennen und unzählige Hockstrecksprünge machen. Ylikylä zieht seinen Mantel aus, fällt auf seine Pritsche und ist im gleichen Moment eingeschlafen, als der Unteroffizier vom Dienst unangekündigt ihre Stube betritt. Er sieht die schmutzigen Schuhe des schlummernden Rekruten und brüllt den Weckbefehl. Ylikylä fährt hoch, reibt sich die Augen und sieht einen schmächtigen Unteroffizier vor seinem Bett stehen, der ihn lautstark in einer Sprache anbrüllt, von der er kein

Wort versteht. Ylikylä schaut ihn apathisch an, er rührt sich nicht, ihm fehlt einfach die Kraft zu gehorchen.

»Auf den Boden!«, befiehlt der Ausbilder. Ylikylä hat keinen Bock auf Zirkusspielchen und starrt den fuchsteufelswilden Unterscharführer einfach nur an.

»Auf den Boden, habe ich gesagt! Du elender Hund!«

Erst als er die ernsten Gesichter um sich herum sieht, wird Ylikylä klar, in welcher Situation er sich befindet. Doch dann erscheint ein schiefes Lächeln auf seinem Gesicht, und er schaut den Deutschen erneut an.

»Du hast drei Sekunden! Eins, zwei, …«

»Drei!«, schreit Ylikylä und packt den Mann mit eisernem Griff an der Gurgel. Der Deutsche reißt verblüfft die Augen auf, aus seinem Mund fliegen Speicheltropfen. Sein erschrockener Ausruf erstickt, und als Ylikylä ihn mit Wucht Richtung Wand stößt und seine Schulterblätter gegen die Bretter donnern, rumst es laut. Dann zieht Ylikylä sein Messer, und der Deutsche wird grau im Gesicht. Ylikylä drückt ihm die Klinge an die Wange und ritzt die Haut. Ein schmaler Blutstreifen rinnt über das Gesicht des Deutschen.

»Spiel dich hier nicht so auf«, faucht Ylikylä und drückt sein Messer noch fester gegen die Wange. »Nicht mit uns Finnen!«

Dem Deutschen wird klar, dass er es übertrieben hat. Er traut sich kaum zu zwinkern. Da lässt Ylikylä ihn los. Er stößt ihn weg, lacht verächtlich und wischt das Blut auf der Klinge an seinem Hosenbein ab. Dann kehrt er zu seiner Pritsche zurück und schließt die Augen.

Zehn Minuten später wird die Tür zu ihrer Stube erneut aufgerissen. Fünf Mann von den Feldjägern betreten hinter dem UvD die Stube. Dieses Mal lässt Ylikylä das Messer stecken. Seine Füße berühren nicht einmal den Boden, als sie ihn hinaus- und zu den Arrestzellen der Kaserne bringen.

»Dreißig Sekunden Zeit zum Abliefern sämtlicher Waffen.

Wenn ich hier auch nur eine einzige Nagelfeile finde, kehren Sie auf der Stelle nach Finnland zurück. Verstanden?«

Der Hauptscharführer stiert die Männer, die vor ihm angetreten sind, mit zurückgelegtem Kopf an. Auf ihren Gesichtern steht der Schweiß, denn sie wissen, dass sie sich jetzt auf noch größere Schikanen gefasst machen können.

Einer nach dem anderen tritt vor und wirft sein Messer vor dem Diensthabenden auf den Boden. Als sich zu den Finnenmessern und Puukkos auch Pistolen und Revolver gesellen, zeichnet sich ein ungläubiger Ausdruck im Gesicht des Unteroffiziers ab.

»Mein Gott! Eine unerhörte Frechheit! Ab sofort sind das Rauchen und der Kantinenbesuch gestrichen. Und zwar für alle Finnen!«

2019

18

Der Morgen dämmerte grau und verregnet, und Paloviita beglückwünschte sich innerlich, dass er an den Regenschirm gedacht hatte. Linda erwartete ihn im Eingangsbereich des Krankenhauses.

»Ich finde, du solltest vor Kangasharjus Zimmer sitzen und es bewachen«, meinte Linda.

»Ich? Weil ich in einem außergewöhnlichen und heldenhaften Einsatz bewiesen habe, welch ausgeprägte Nahkampffähigkeiten ich besitze?«

»Nein, weil du das perfekte Äußere für eine verdeckte Ermittlung hast. Du bist kaum von den Patienten zu unterscheiden.«

Paloviita lachte.

Er hatte sich am Morgen im Spiegel betrachtet und war ehrlich gesagt ziemlich besorgt. Die Schwellung war alles andere als zurückgegangen, und die Blutergüsse wurden immer dunkler. Vielleicht blieben ja doch bleibende Schäden zurück. Die Vorstellung von einer schiefen Nase behagte ihm gar nicht. Besonders attraktiv war er zwar nie gewesen, aber eine ramponierte Nase würde es sicherlich nicht besser machen.

»Hast du die Zeitung gelesen?«, fragte Linda.

»Ja. Ich war erstaunt, dass es nur so eine kleine Meldung war. Ich hatte einen viel größeren Medienrummel erwartet.«

»Den gibt es sicher noch, sobald die Reporter die Gelegenheit bekommen, Mitarbeiter des Krankenhauses zu interviewen.

Es gibt immer jemanden, der seine Schweigepflicht für ein paar Hunderter vergisst. Auch bei der Polizei.«

»Ich habe den Fehler gemacht, die Kommentare zu lesen.«

»Lass mich raten, es ging ausschließlich um die Frage, ob Migranten oder Finnen die Täter sind?«

»Niemanden scheint zu interessieren, ob Kangasharju noch am Leben ist oder wie es ihm geht. Die meisten interessieren sich nur für Hautfarbe und Religion der Täter.«

Paloviita führte Linda durch die Flure zur Intensivstation. Viele der Krankenhausmitarbeiter, die ihnen entgegenkamen, grüßten ihn. Offensichtlich verbreiteten sich Gerüchte im Krankenhaus noch schneller als Keime. Er fühlte sich durchaus geschmeichelt. Obwohl der Fast-Mörder entkommen konnte, hatte Paloviita doch immerhin ein Menschenleben gerettet.

»Ach so«, sagte Linda und kramte einen Schlüssel mit einem großen Anhänger aus der Tasche, den sie Paloviita gab.

»Was ist das?«

»Der Schlüssel zu Kangasharjus Haus im Stadtteil Vanhakoivisto.«

»Warum gibst du ihn mir?«

»Ich dachte, du könntest mal hinfahren.«

»Na, vielen Dank auch«, entgegnete Paloviita und grinste breit, wobei seine Nase empfindlich schmerzte. Er steckte den Schlüssel ein und beschloss, bei nächster Gelegenheit in dem Haus vorbeizuschauen, nur zur Sicherheit.

Dieses Mal hielt eine Polizistin Wache, die mit einer Tasse Kaffee in der Hand bei den Schwestern im Glaskasten stand. Sie hatten offensichtlich Spaß, doch als sie Paloviita und Linda erblickten, verstummten sie. Jetzt war er sogar schon auf diese ihm unbekannte Polizistin neidisch, es war ein ganz ähnliches Gefühl, wie er es seit geraumer Zeit auch seiner Frau gegenüber empfand. Er verstand sich selbst nicht mehr und hatte zunehmend den Eindruck, abseits zu stehen und zuzuschauen, wie sein Leben an ihm vorüberglitt. Bei den anderen schien immer alles zu stimmen: Sie hatten Zeit für sich, Geld und gesunde Liebesbeziehungen und unternahmen Reisen ins Ausland. All das, was ihm nicht gelang.

Kangasharju hatte man schon wieder in ein anderes Zimmer verlegt. Wie clever, dachte Paloviita, so werden mögliche Eindringlinge verwirrt. Doch als sie das Zimmer betraten, erkannte er den wahren Grund: Platzmangel. Außer Kangasharju befanden sich noch zwei weitere Patienten in dem Raum, von denen einer schlief und der andere mit entblößter behaarter Brust Rätsel löste. Als Paloviita und Linda hereinkamen, legte er das Rätselheft auf den Nachttisch, schlüpfte in seine Pantoffeln und verließ ohne ein Wort samt Infusionsständer das Zimmer.

Albert Kangasharju lag halb aufgerichtet im Bett, seine Lesebrille hatte er in die Stirn geschoben. Auf einem Tablett stand ein unberührter Teller Fleischsuppe mit Brot. Nur das Wasserglas war leer. Sein Nachttischchen quoll über vor Blumen, Schokolade, Obst und Karten mit Genesungswünschen, sogar ein Kognakfläschchen war dabei. Es war deutlich zu erkennen, wie viel Besuch er hatte und dass sich viele Menschen um ihn Sorgen machten.

Seine Halskrause hatte man ihm abgenommen, und so konnte er bei ihrem Eintritt vorsichtig den Kopf drehen. Das wächserne, an eine Leiche erinnernde Faltenbündel war zu einem lebendigen Menschen aus Fleisch und Blut geworden. Seine unnatürlich stahlblauen Augen waren klar und glänzten.

Sie gaben sich die Hand. Paloviita fand, dass es sich anfühlte, als schüttele er einen abgekochten Hühnerknochen.

»Guten Morgen«, sagte Linda.

»Guten Morgen, Engel«, erwiderte Kangasharju. Ihre Blicke kreuzten sich, und Paloviita spürte sofort, dass zwischen Kangasharju und Linda eine Verbindung bestand.

»Bin ich etwa schon im Himmel?«

»Bedauere, wir sind von der Polizei«, flachste Linda zurück.

»Besser als von der Inquisition.«

»So alt sind Sie nun auch wieder nicht«, stimmte Paloviita ein.

Sie setzten sich neben sein Bett. Lindas Blick fiel auf das Buch, an das sie sich aus dem Pflegeheim erinnerte und das jetzt hier neben dem Essenstablett lag: *Das Mädchen mit den Schwefelhölzern.* Eine der Töchter hatte es ihm wohl gebracht. Etwas daran rührte Linda zutiefst. Ein Märchenbuch für Kinder auf dem Nachttisch eines Greises.

»Mein Name ist Jari Paloviita. Wir sind uns schon zweimal begegnet, aber vermutlich können Sie sich an keines der beiden Male erinnern.«

»Sie sind der Polizist, der mich gerettet hat. Ich schulde Ihnen mein Leben. Haben Sie große Schmerzen?«

»Zum Glück, nein«, bekannte Paloviita. »Erinnern Sie sich an das, was passiert ist?«

»Kaum. Ich weiß nur das, was man mir erzählt hat.«

Linda gab eine Zusammenfassung der Ereignisse vor dem Pflegeheim und im Krankenhaus. Der Alte lauschte aufmerksam und nickte vereinzelt.

»Das Motiv für die Tat ist völlig unklar. Haben Sie eine Ahnung, warum Sie überfallen wurden und wer dahinterstecken könnte?«, fragte sie.

Sein Blick wanderte zwischen ihnen hin und her. »Ehrlich gesagt, kann ich mir keinen Reim darauf machen, wer das war. Ich bin genauso irritiert wie alle anderen.«

Linda zeigte ihm das Foto des falschen Arztes, aus dem Überwachungsvideo. »Erkennen Sie den Mann?«

Er nahm ihr das Foto aus der Hand und betrachtete es lange. Die Falten auf seiner Stirn vertieften sich, er presste die Lippen zusammen, sodass sie einen schmalen Strich bildeten. Dann schüttelte er den Kopf. »Habe ich noch nie gesehen.«

»Sind Sie sicher? Versuchen Sie, sich zu erinnern. War er möglicherweise mal zu Besuch im Pflegeheim?«

»An einen Mann dieses Aussehens könnte ich mich erinnern. Das ist kein Finne.«

Paloviita und Linda sahen sich an.

»Haben Sie gar keine Erinnerungen an den Abend selbst?«

»Das kommt darauf an, was Sie meinen. Ich habe Abendbrot gegessen, es wurde mir aufs Zimmer gebracht. Danach wollte ich hinausgehen, aber ich bin eingeschlafen. Ich weiß noch, dass ich geklingelt und mich angezogen habe, ab da kann ich mich an nichts mehr erinnern.«

»Es hat geregnet«, warf Paloviita ein.

»Regen hat mich noch nie aufgehalten. An Routinen muss man festhalten, sonst bricht alles zusammen. Ich habe mich entschieden, jeden Abend eine Runde im Park zu drehen. Lasse ich die auch nur einmal aus, weil es regnet, reicht beim nächsten Mal schon ein nichtigerer Grund.«

»Wer wusste alles von Ihrer Gewohnheit?«

Er überlegte. »Meine Töchter und die Kinder. Alle Pfleger im Heim natürlich. Die meisten waren nicht bereit, mich hinauszubegleiten, weil es gegen die Regeln verstößt. Ich mache ihnen keinen Vorwurf. Es gibt sowieso zu wenig Personal, und alles Zusätzliche ist … nun, zu viel. Glücklicherweise gibt es in jeder Schicht eine vertraute Pflegekraft, mit der ich heimlich eine Vereinbarung getroffen habe. Sie bringen mich raus und bekommen dafür meine Schokolade.«

Bei diesen Worten zuckte um seinen Mund ein Lächeln, und seine Augen funkelten schelmisch.

»Inkeri war eine von ihnen?«

Er wurde wieder ernst und sagte voller Wertschätzung: »Inkeri ist meine persönliche Pflegerin. Nein, sie ist mehr. Sie ist eine Freundin.« Er tätschelte sein Herz.

»Also die Pflegekräfte. Wer noch?«

»Ich habe ein paar Freunde im Pflegeheim. Sie wissen auch, dass ich immer einen Abendspaziergang mache.«

»Timo ... der Sohn von Marjatta«, sagte Linda vorsichtig. »Was ist er für einer? Welchen Beruf hat er?«

Albert wusste sofort, worauf sie hinauswollte, und lachte gutmütig. »Timo war es auf jeden Fall nicht. Mein guter Timo. Warum sollte er so etwas tun?«

»Es ist unsere Aufgabe ... manchmal müssen wir auch unangenehme Fragen stellen.«

»Timo ist IT-Ingenieur bei Cimcorp in Ulvila. Die stellen Robotersysteme her. Er ist ein guter Mensch und Vater. In seiner Jugend vielleicht ein bisschen wild gewesen, aber er ist erwachsen geworden. Seltsam, auch er ist schon vierzig. Mir wurde ein ungewöhnlich langes Leben geschenkt.«

»Warum, glauben Sie, wurden Sie überfallen?«

»Es ging natürlich um Geld. Warum denn sonst?«

»Bei einem Raubüberfall wird das Opfer aber meistens nicht erhängt«, sagte Paloviita. »Und ein Räuber dringt auch in nicht in ein Krankenhaus ein, um die Sache zu Ende zu bringen.«

Alberts Miene wurde ernst.

»Sie wissen sehr gut, dass es sich hier nicht um einen gescheiterten Raubüberfall handelt. Die Ermittlungen laufen unter dem Tatvorwurf des versuchten Mordes«, erklärte Paloviita.

»Haben Sie Feinde? Gibt es jemanden, der Ihnen etwas übelgenommen hat?«, hakte Linda nach.

Kangasharju schaute an die Decke und dann wieder fest den Polizisten in die Augen. Sein Blick war klar und stahlhart. »Ich war Geschäftsmann. Ich war immer bemüht, ehrlich zu handeln und Wort zu halten. Das war eine Frage der Ehre. Natürlich gab es Menschen, die mir etwas missgönnt haben. Die gibt es immer. Aber sie sind alle schon vor langer Zeit gestorben.«

»Bevor Sie in Rente gegangen sind, waren Sie Direktor einer Bank. Ist es möglich, dass in dieser Zeit etwas vorgefallen ist, das die Ereignisse erklären könnte? Wer Konkurs anmelden muss, ist lange verbittert.«

»Die Leitung einer Bank war nichts für mich. Ich weiß nicht, warum ich mich überhaupt darauf eingelassen habe. Zu Beginn lief alles wie am Schnürchen. In den Siebzigern und Achtzigern wurde Großartiges in Finnland auf die Beine gestellt. Ganze Städte wurden gebaut. Doch dann kamen die Neunziger. Die finnische Mark wurde zu einer frei floatenden Währung, und die Zinssätze ausländischer Devisenkredite schossen raketenartig in die Höhe. In meinen letzten Jahren als Bankdirektor habe ich faktisch nur noch Zahlungsaufforderungen an säumige Schuldner unterschrieben. Doch das ist dreißig Jahre her. Ich glaube nicht, dass mir jemand die Schuld an der Rezession gibt.«

Paloviita dachte an seinen eigenen überteuerten Hauskredit und die Briefe, die ihnen ihre Bank regelmäßig schickte. Welcher Name darunter stand, war völlig irrelevant.

Linda wurde einen Ton schärfer, so unvermittelt, dass selbst Paloviita innerlich zusammenzuckte. Aber Linda konnte überraschend die Taktik wechseln, sie war eine brillante Vernehmerin.

Die beste, dachte Paloviita.

»Wissen Sie was, Pertti? Die ganze Sache stinkt zum Himmel. Sie wissen mehr, als Sie zugeben. Sie schützen irgendjemanden. Und wir werden herauskriegen, wer das ist!«

Paloviita beobachtete den Alten genau, aber sein Gesicht blieb ausdruckslos. Er ließ sich absolut nichts anmerken. Linda legte noch nach:

»Es ist zwecklos zu lügen. Für alles gibt es einen Grund. Sind Sie in etwas verwickelt? Wen schützen Sie?«

Kangasharjus Augen wanderten von einem zum anderen. Paloviita hielt den Blick fest auf den Alten gerichtet. Die Haut dünn, die Lippen aufgesprungen, die Zähne gelblich verfärbt. Er war fast hundert und hilflos wie ein Baby bei der Geburt. Ihm das Genick zu brechen, bedurfte keiner größeren Kraft, als einen Zweig zu knicken. Es war das reinste Wunder, dass er beide Angriffe überlebt hatte.

»Wenn jemand die Absicht hat, mich umzubringen, bitte, hier bin ich. Ich gehe nirgendwohin und kann mich auch nicht mehr wehren. Ich fürchte den Tod nicht. Wenn ich wüsste, wer mir nach dem Leben trachtet und weshalb, wieso sollte ich es dann nicht sagen? Was habe ich noch zu verlieren?«

Zum ersten Mal glaubte Paloviita, etwas im Gesicht des alten Mannes zu erkennen. Er hatte hunderte Menschen vernommen und gelernt, auf Mikroexpressionen zu achten: die Stellung der Lippen, Bewegungen der Augen, ein Hüpfen des Adamsapfels, Nasereiben. Häufig spricht die Mimik eine komplett andere Sprache als die Worte, die aus dem Mund kommen – und eben, als Kangasharju sagte, er habe nichts zu verlieren, da hatte er gelogen.

Irgendetwas weißt du. Erzähl es uns.

»Ich habe keine andere Erklärung, die Täter müssen sich geirrt haben.«

Dann verschwand der Ernst aus seinem Gesicht, und verschmitzt fuhr er fort. »Natürlich kann es sein, dass ein eifersüchtiger Jüngling sich an mir rächen will, weil ich ihm seine Braut ausgespannt habe.«

Linda lächelte, und auch Paloviita konnte es sich nicht verkneifen. Kein Wunder, dass dieser Greis die Altenpflegerinnen um den Finger wickeln konnte und sie eingewilligt hatten, ihn Abend für Abend in den Park zu begleiten. Kangasharju gehörte zu jenen Menschen, denen man nichts abschlagen konnte.

»Die Täter haben Sie also verwechselt?«

»Eine andere Erklärung habe ich nicht. Es wäre nicht das erste Mal.«

»Was meinen Sie damit?«

»Im Juni 1992, eine Woche vor Mittsommer, klingelte es an unserer Tür. Hilkka machte auf. Vor unserem Haus stand ein Betrunkener, der wissen wollte, ob ich zu Hause sei. Und als ich an die Tür kam, zückte er seine Pistole und zielte auf mich. Ich habe auf ihn eingeredet, die Waffe wegzustecken, und für einen Moment schien er das auch in Erwägung zu ziehen, doch dann hat er sich den Lauf in den Mund gesteckt und abgedrückt.«

»Schrecklich«, warf Linda ein.

»Aus welchem Grund?«

Kangasharju zuckte die Schultern. »Er war nicht tot. Die Kugel hatte seine Wange durchdrungen, und er hatte Brandwunden im Gesicht. Glück des Betrunkenen, oder wie man es sehen will. Alles wurde von der Polizei untersucht und vor Gericht gebracht. Der Mann war psychisch krank und litt an Wahnvorstellungen. Er dachte, ich sei jemand anders.«

»Für welche Person hat er Sie denn gehalten?«

»Das weiß ich nicht. Er behauptete, ich hätte seinen Vater und seine Schwester getötet, was natürlich vollkommen absurd ist. Er hat auch der Polizei nicht mehr erzählt. Für Hilkka war das ein Schock. Seither traute sie sich nicht mehr, allein die Tür zu öffnen.«

»Und Sie waren nicht schockiert?«

Er sah sie an. »Natürlich, aber Sie müssen wissen, es war nicht das erste Mal, dass ich in den Lauf einer Waffe geschaut habe.«

»Sie waren im Krieg«, stellte Linda fest.

Er nickte. »Das ist lange her.«

»Wissen Sie, ob dieser Mann noch lebt?«

»Er ist vor etlichen Jahren gestorben.«

»Kam jemals heraus, für wen er Sie gehalten hat?«

»Wie ich schon sagte, der Mann war psychisch krank.«

»Der Angriff auf Sie kann also nicht mit dem Fall von damals in Zusammenhang stehen?«

»Das kann ich mir absolut nicht vorstellen.«

»Um ehrlich zu sein, wir haben im Moment kaum Anhaltspunkte. Die im Krankenhaus sichergestellten Fingerabdrücke sind nicht erfasst. Inkeri hat nur zwei Männer gesehen, kann sie aber nicht näher beschreiben. Von einem haben wir ein Foto, das uns aber bisher auch nicht weitergebracht hat. Sie sind unser einziger Trumpf.«

Albert lächelte. »Es ist unnötig, mich zu töten. Das macht keinen Sinn. Wenn jemand meinen Tod wünscht, braucht er nicht mehr lange zu warten. Dann kann er kommen und auf mein Grab pissen.«

»Befürchten Sie nicht, dass die Täter es erneut versuchen werden, sobald Sie das Krankenhaus verlassen haben?«

»Dann werden sie ihr blaues Wunder erleben«, erwiderte er schmunzelnd. »Beim nächsten Mal bin ich vorbereitet, und glauben Sie mir, in diesen Knochen steckt noch Kraft!«

Seine gute Laune steckte auch Linda und Paloviita an.

»Waren Sie mal in Deutschland?«, fragte Paloviita schließlich.

»In Deutschland?«, Alberts Lächeln erstarb. »Nein, noch nie. Warum fragen Sie?«

Paloviita und Linda sahen sich an. »Gestern, als ich bei Ihnen war, haben wir uns kurz unterhalten. Sie waren gerade aufgewacht und hatten Ihre Töchter gesehen. Danach bin ich in Ihr Zimmer gekommen, erinnern Sie sich?«

Er schüttelte den Kopf.

»Da haben Sie Deutsch gesprochen. Haben Sie das mal gelernt?«

»Ich kann höchstens bis zehn zählen.«

»Gestern klang es recht fließend.« Paloviita zog sein Notizheft hervor, las die Worte so gut er konnte auf Deutsch vor und übersetzte sie ins Finnische.

»Sie haben gesagt: Vorwärts, noch einmal. Und dann. Richt euch, in Reihe antreten, Feuer.«

Albert Kangasharju wirkte ratlos, beinahe nervös. Er öffnete und schloss die Lippen, suchte vergeblich mit dem Blick nach etwas, woran er sich festhalten konnte. Paloviita registrierte die Veränderung im Wesen des Alten.

»Es sind Kommandos«, fügte Linda hinzu.

»Ich bin sprachlos«, antwortete Albert. »Wenn das stimmt, begreife ich nicht, wie das möglich ist. Ich kann auf Deutsch nicht einmal ein Bier bestellen.«

»Sie waren gerade aufgewacht und sehr verwirrt. Sie haben außerdem von einer Frau gesprochen und einem Wald – und von Männern, die gekommen sind, um Sie zu holen. Die Männer aus der Dunkelheit, haben Sie gesagt. Ich denke, dass Sie mehr wissen, als Sie uns sagen.«

Jetzt sah er Paloviita direkt in die Augen. In seinen Worten war kein Zögern mehr. »Frau, Wald, Männer? Das ist alles sehr bizarr. Ich soll Deutsch gesprochen haben? Wahrscheinlich habe ich fantasiert.«

»Sie können also kein Deutsch?«

»Keine zwei Worte.« Jetzt lächelte er wieder. »Es ist mir ein absolutes Rätsel – aber gleichzeitig auch faszinierend. Ist es möglich, dass man aus dem Unterbewusstsein heraus plötzlich eine fremde Sprache sprechen kann?«

»Wer sind Klaus und Martti?«

»Wer? Wer soll das sein?«

»Das frage ich Sie.«

»Ich weiß nicht, von wem Sie sprechen.«

»Wo liegt der Wald von Monastyrsk?«, fragte Paloviita weiter.

»Was?«

»Ich kann es Ihnen sagen, er liegt in der Ukraine, unweit der Stadt Dnipro. Waren Sie mal dort?«

Kangasharju runzelte die Stirn. »Ein Wald in der Ukraine? Ich verstehe kein Wort. Ich war noch nie in der Ukraine. Was soll das alles? Ich dachte, Sie wollten herausfinden, wer versucht hat, mich umzubringen. Stattdessen fühlt sich das hier eher wie ein Verhör an, fast so, als ob Sie mich verdächtigen!«

Sein Puls beschleunigte sich, der Überwachungsmonitor reagierte mit einem Alarmton. Paloviita und Linda bekamen einen Schreck und beeilten sich, Kangasharju zu beruhigen.

»Nur nicht aufregen, dafür gibt es nicht den geringsten Grund«, beschwichtigte Linda. »Ihnen wird nichts zur Last gelegt. Wir suchen nach dem Motiv für den Überfall, ohne Motiv tappen wir vollkommen im Dunkeln.«

Alberts Gesicht entspannte sich. »Ich bitte um Entschuldigung. Natürlich helfe ich der Polizei nach Kräften. Das ist alles nur ... sehr verwirrend.«

»Das Wichtigste ist erst einmal, dass es Ihnen besser geht«, fuhr Linda fort. »Denken Sie noch einmal in Ruhe über alles nach. Vielleicht finden Sie einen Grund für das, was geschehen ist. Wir müssen die Männer fassen, bevor sie es zum dritten Mal versuchen. Beim nächsten Mal haben Sie vielleicht nicht so viel Glück.«

Als sie das Krankenhaus verließen, regnete es immer noch. Sie blieben kurz unter dem Vordach stehen, bis der Regen nachließ. Es roch nach Herbst und nassen Blättern, nach absterbendem Rasen. Paloviitas Telefon klingelte. Auf dem Display blinkte der Name Raakel Kallio. Linda entfernte sich ein paar Schritte und steckte sich eine Zigarette an, obwohl es von Rauchverbotsschildern nur so wimmelte. Paloviita ging an sein Handy.

»Morgen«, sagte eine forsche Stimme.

»Morgen.«

»Ich habe gesagt, dass ich mich melde.«

»Eine Frau, ein Wort.«

Er drehte Linda den Rücken zu, die selbst ihr Smartphone in der Hand hielt. Er wusste genau, warum Raakel eine gute Journalistin war, und rief sich ins Gedächtnis, dass er mit einer Medienvertreterin und nicht nur mit einer Jugendfreundin sprach.

»Gibt es etwas Neues im Veteranenfall?«

»Ehrlich gesagt, nein. Wir haben ein Foto vom Täter aus einem Überwachungsvideo.«

»Waren es nicht zwei?«

»Warum fragst du nicht deinen Informanten?«

Raakel lachte. »Das tue ich doch gerade. Ich rufe dich doch nicht aus Vergnügen an. Stimmen die Gerüchte, dass die Täter einen ausländischen Hintergrund haben?«

»Kein Kommentar.«

»Und das Motiv. Seid ihr da schon weiter?«

»Sagen wir so, wir haben mögliche Theorien, aber noch keine Bestätigung.«

»Haltet ihr es für möglich, dass es sich um Rache handelt?«

»Rache, wofür?«

»Nach unseren Informationen war Kangasharju Geschäftsmann.«

»Wir ermitteln in alle Richtungen.«

»Ich bekomme also nichts Neues von dir.«

»Tut mir leid, aber so läuft es nun mal. Aber ich verspreche dir ...«

»Exklusiv.«

Jetzt lachte Paloviita. »Versprochen. Exklusiv, *just for you.*«

»Ich hoffe, du denkst dran. Du wirst es bereuen, wenn du dein Wort nicht hältst.«

»Ich weiß, das würde ich nie wagen.«

»Ich rufe dich morgen wieder an. Dann willst du mir bestimmt etwas sagen, das den Eindruck erweckt, die Polizei tut ihre Arbeit ...«

»Autsch, du bist wirklich garstig. Na dann, bis morgen.«

Paloviita beendete das Telefonat. Linda schnippte ihre Kippe auf die Straße, wo sie zischend erlosch. Sie spannten den Regenschirm auf und gingen hinunter zum Parkplatz, sorgfältig darauf bedacht, den Pfützen auszuweichen.

»Presse?«

»Eine Journalistin, die ich schon lange kenne. Sie ist sehr hartnäckig.«

Linda nickte. »Der Fall ist ziemlich speziell.«

»Ich fürchte, das nimmt zu«, meinte Paloviita. »Die Welt wird immer verrückter. Selbst vor dem Alter hat keiner mehr Respekt.«

»Kangasharju wirkt aufrichtig. Die Töchter haben erzählt, dass er regelmäßig an Wohltätigkeitsvereine gespendet hat, ohne daraus eine große Nummer zu machen.«

»Vielleicht hat er ein schlechtes Gewissen und wollte mit den Spenden etwas wiedergutmachen.«

»Was meinst du damit?«

Paloviita schüttelte den Kopf. »Nichts. Aber eins ist sicher: Die Tat war sorgfältig geplant, und als es schiefgelaufen ist, haben sie nicht gezögert, es ein zweites Mal zu probieren. Sie wollen wirklich, dass Kangasharju mit dem Leben bezahlt.«

Es regnete immer noch, und sie entschlossen sich, das Gespräch im Auto weiterzuführen.

»Vielleicht liegt die Lösung genau da«, meinte Linda.

»Wo?«

»Dass die Täter nicht gezögert haben, es ein zweites Mal zu probieren.«

Paloviita wartete, dass Linda fortfuhr, und gab ihr Zeit, die Gedanken zu ordnen.

»Vielleicht … vielleicht wussten sie, dass sie nur eine Chance hatten, wenn sie es sofort wieder versuchten, weil …«

»… weil ihnen klar war, dass die Polizei schnell reagieren würde«, beendete Paloviita den Satz. Sie sahen sich an, wie schon unzählige Male zuvor, bei denen sie gemeinsam nach der Lösung für ein Problem gesucht hatten. Dieses gemeinsame Spekulieren über mögliche Theorien hatte sie schon oft weitergebracht. Und jedes Mal, wenn Paloviita sie dabei ansah, dachte er, wie schön Linda doch war.

»Wenn die Täter bereit waren, es ein zweites Mal zu probieren, was hindert sie dann an einem dritten Versuch?«

»Der Polizist, der vor Kangasharjus Zimmer Wache hält«, sagte Paloviita.

»Ja, aber später. Im Pflegeheim gibt es keine Bewachung mehr.«

»Gut, nehmen wir einmal an, die Täter beabsichtigen, die Sache zu Ende zu bringen. Was tun sie dann im Moment? Sich auf einen neuen Versuch vorbereiten?«

»Sie warten«, vermutete Linda. »Sie wissen, dass wir auf der Hut sind. Beim nächsten Mal ist das Risiko, gefasst zu werden, noch viel größer.«

Paloviita nickte.

»Du hast mit einem von ihnen gekämpft«, sagte Linda.

»Wie man sieht.«

»Du bist ein erfahrener Polizist. Trotzdem ist es ihm gelungen, dir zu entkommen.«

Seine gute Laune verflog.

»Versteh mich nicht falsch. Das ist keine Kritik. Du hast alles richtig gemacht. Du hast mutig und ohne zu zögern gehandelt. Du hast ihn fast erwischt, trotzdem konnte er fliehen.«

»Er war schnell … und ich hatte die ganze Zeit das Gefühl, er war Herr der Situation, obwohl es eigentlich umgekehrt hätte sein sollen. Ich musste mehrere Male zuschlagen, bevor die Tür nachgab, trotzdem drückte er das Kissen einfach weiter auf Kangasharjus Gesicht, als ich ins Zimmer kam. Entweder ist er der kaltblütigste Killer, dem ich je begegnet bin, oder total verrückt. Als ich mich auf ihn stürzte, hat er mich sofort gepackt, als ob er sich sicher war, es mit mir aufnehmen zu können. Das ist schwer zu beschreiben. Ich war ihm von Anfang an unterlegen.«

Linda kniff die Lippen zusammen.

»Sag, was du denkst«, forderte Paloviita sie auf.

»Ein verrückter Gedanke, aber es hat mich von Anfang an nicht losgelassen. Kann es sich bei den Tätern um Profis handeln?«

»Meinst du, dass jemand einen Auftragskiller engagiert hat, um Kangasharju zu töten?«

Linda zuckte die Achseln. »Alles scheint so durchorganisiert. Angefangen mit der eingeworfenen Parklaterne. Dass es mehrere

Täter waren. Und was hatte es mit der fertig geknüpften Schlinge auf sich?«

»Der Mann im Krankenhaus war kein Finne«, fügte Paloviita hinzu.

»In Finnland gibt es kein Überangebot an Auftragsmördern.«

»Bisher bin ich ihnen nur in amerikanischen Actionfilmen begegnet. Ohne die Szene zu kennen, vermute ich mal, dass Dienstleister dieses Gewerbes nicht so leicht aufzutreiben sind und nicht in der Zeitung inserieren.«

»Ich habe mal von einem Fall in den Neunzigern gelesen, bei dem ein Finne einen Mann aus Wiborg angeheuert hatte, damit er seine Frau töten sollte. Das Kopfgeld war nicht sehr hoch, aber der Killer war auch kein Profi. Seinen Auftrag hat er ausgeführt, aber so stümperhaft, dass er schnell gefasst wurde.«

Der Regen wurde wieder stärker und trommelte aufs Autodach, gelbe Blätter wurden in die Kanalisation gespült.

»Vielleicht ist die Theorie nicht so weit hergeholt, wie es zunächst klingt«, fand Paloviita. »Aber es ändert nichts an der Tatsache, dass uns immer noch das Motiv fehlt.«

»Geld. Es muss um Geld gehen. Wir müssen das noch einmal genau unter die Lupe nehmen. Theoretisch hätte Kangasharju sein Geld ja auch waschen können in der Zeit, als er Bankdirektor war. Vielleicht hat er sich auch an irgendwelchen dunklen Immobilien- oder Spekulationsgeschäften beteiligt, für die er jetzt noch bezahlen muss?«

»Wenn Kangasharju Geld beiseitegeschafft hätte, würde er jetzt nicht in einem spartanischen Pflegeheim wohnen, sondern in einer Luxusanlage auf den Bahamas.«

»Noch etwas«, sagte Linda. »Wenn hier wirklich Profis im Spiel sind, würden sie dann nicht das Krankenhaus und uns beobachten?«

Sie ließen ihre Blicke über den regennassen Parkplatz gleiten. Ein Nissan Primera rollte an ihnen vorbei, in dem eine ältere Frau saß, der Fahrer war ein jüngerer Mann. An der Bushaltestelle bibberte eine Frau im Regenmantel.

Weitere Personen waren nicht zu sehen.

»So wie ich das sehe, haben wir zwei Möglichkeiten«, sagte Linda. »Entweder wir rollen uns ein wie ein Igel, um Kangasharju zu schützen, oder wir ziehen in den offenen Kampf.«

»Lass uns fahren«, sagte Paloviita.

»Wohin?«

»Einen Schlachtplan entwerfen.«

19

Albert Kangasharju lag im Bett. Die Jalousien waren geschlossen, schmale Lichtstreifen huschten über die Wand und verschwanden an der Decke. Der Patient gegenüber schlief noch immer und würde allem Anschein nach auch nicht mehr aufwachen. Zumindest meinte er, das aus den gedämpften Worten des Arztes herausgehört zu haben. Wieder würde der Tod jemanden zu sich holen. Das dritte Bett war leer. Der Mann war nach einer Herzoperation auf die Normalstation verlegt worden.

Der Monitor auf dem Beistelltisch piepte im Abstand von ein paar Minuten, um zu signalisieren, dass er noch lebte.

Die Schatten sind hier, dachte Albert. Die Schatten unter den Bäumen, die ihm sein ganzes Leben lang gefolgt waren. In den Laden, zur Arbeit, beim Einschlafen. Sie hatten in der Kirche unter den Gästen gesessen, als Hilkka und er getraut wurden. Sie hatten hinter ihm gestanden, als er seine Töchter das erste Mal auf dem Arm hielt und als er ihnen später allabendlich einen Gutenachtkuss auf die Wange gedrückt und sie zugedeckt hatte.

Die Schatten waren immer da, immer nah, aber jetzt waren sie Fleisch geworden.

Albert war sein ganzes Leben lang vor ihnen geflohen und hatte doch immer gewusst, dass sie ihn früher oder später kriegen würden. Er hatte zu lange gelebt, und jetzt waren sie hier, nun, da er zu schwach war, um sich zu verstecken oder zu verteidigen.

Sie stürzten sich auf ihn aus dem Schutz der Bäume, in dem sie all die Jahrzehnte auf ihn gewartet hatten.

Die stummen Rufer.

Die Lichtstreifen der Jalousie machten an der Decke einen

Knick. Das Licht zuckte, wurde heller und erlosch. Zwischenzeitlich lag das Zimmer im Dunkeln, und die Streifen verschwanden. Schwer rollte sich der Traum über ihn.

Albert schloss die Augen und öffnete sie sofort wieder. Sein Monitor piepte, der von gegenüber piepte zurück, als unterhielten sie sich.

Augen zu, auf, zu.

Er stand im Wald. Die schwarzen Stämme waren gewaltig und verloren sich zwischen den dunstigen Wolkenschwaden am Himmel. In seinem Traum war es totenstill, doch tatsächlich war der Wald voller Stimmen, schrill und grell, die seinen Kopf zum Bersten brachten.

Zwischen den Baumstämmen stand eine Frau mit einem Kind auf dem Arm. Lautlos, schauend.

Sie trug einen hellen Rock, dessen Saum vom Schmutz dunkel gefärbt war. Die Füße waren nackt, obwohl der Boden mit Raureif bedeckt war. Ein Schatten huschte über ihr Gesicht, das Albert nicht erkennen konnte. Er wollte einen Schritt nach vorn machen, Augen und Lippen erkennen, doch der Traum nagelte ihn an seinem Platz fest.

Hunderte Schattenmenschen schwankten hinter den Bäumen. Stumm. Leidend. Anschuldigend.

Ich muss ihr Gesicht sehen. Ich muss es einmal sehen, bevor ich sterbe.

Augen auf. Die weiß gestrichene Decke, das Fenster, die Jalousie. Die piepende Maschine, Schläuche auf seinem Handgelenk.

Kangasharju tastete über die Bettdecke, bis er die Ruftaste gefunden hatte. Einige Sekunden später betrat eine Schwester das Zimmer.

»Sie haben mich gerufen?«

Kangasharju lächelte. »Meine Töchter ... sie haben mir Dinge von zu Hause mitgebracht. Ich kann sie auf dem Nachttisch nirgends finden.«

Die Schwester ging um das Bett herum zum Nachttisch, auf dem zwischen Blumenvasen, Pralinenschachteln und Genesungswunschkarten das Buch *Das kleine Mädchen mit den Schwefelhölzern* lag.

»Nehmen Sie die Schokolade und teilen Sie sie im Schwesternzimmer auf«, sagte Kangasharju.

»Auf gar keinen Fall. Das ist Ihre.«

»Ich habe Schokolade noch nie gemocht. Trotzdem schleppt jeder sie an.«

»Sie versuchen aber nicht, uns zu bestechen?«

»Das käme mir nicht in den Sinn«, lächelte Albert. »Andererseits ..., Sie könnten mir einen Kognak einschenken.«

Die Schwester lachte. »Zwecklos. Vielleicht nehme ich lieber die Flasche mit und lasse Ihnen die Schokolade.«

»Na, Sie sind mir ja eine!«

»Was genau suchen Sie denn?«

»Eine kleine Schachtel. Die muss in einem der Schubfächer sein.«

Die Schwester zog die Schubladen auf. »Diese hier?«

Kangasharju nickte. »Darin ist ein Medaillon. Würden Sie es mir geben?«

Sie öffnete die Schachtel, zog das Medaillon vorsichtig an der Kette heraus und reichte es Albert, der es aufklappen ließ.

»Darf ich?«, fragte die Schwester und beugte sich über das Bett, als Albert nickte. »Wunderschön. Ihre Frau?«

»Die Frau meiner Träume.«

1941

20

2. Juni 1941

Albert betrachtet sich im Spiegel, wendet Kopf und Oberkörper und schaut so grimmig wie möglich. Fast hätte er eine Grimasse gezogen und geknurrt wie früher als Kind, wenn er Pirat spielte. Aber er kann sich beherrschen. Die SS-Schützen-Uniform sitzt tadellos. Anders als in Finnland, konnte man Kleidung und Schuhe hier in Deutschland anprobieren.

Die Insignien der SS-Totenkopf-Division sind von den Ärmeln entfernt worden. Am Kragenspiegel prangen zwei zuckende Blitze, die Lederstiefel glänzen so, dass man sich fast darin spiegeln kann. Albert setzt sich keck die graue Feldmütze schief auf den Kopf, auf der der Hakenkreuzadler und darunter die Totenkopf-Kokarde funkeln. Voller Übermut wischt er sich imaginären Staub von den Epauletten. Seine Gedanken wandern zu Leena. Es ist jetzt fast einen Monat her, dass er Finnland verlassen hat. Was würde Leena sagen, wenn sie ihn jetzt in dieser Uniform sehen könnte? Wäre sie stolz auf ihn?

Er zieht Leenas Brief aus der Tasche und liest ihn zum wiederholten Mal.

Lieber Albert,
jeden Tag, seit Deinem Abschied, warte ich auf einen Brief von Dir. Schließlich erhielt ich von Deiner Mutter eine Adresse, an die

ich Dir schreiben kann. Von ihr habe ich auch erfahren, dass Du Deinen Eltern geschrieben hast. Sie sagte mir, dass es Dir gut geht und alles in Ordnung ist. Ich habe den ganzen Tag geweint, weil ich nichts anderes annehmen kann, als dass ich Dir nicht mehr wichtig bin. Damals, an diesem letzten Abend vor Deiner Abreise, hast Du versprochen, mich ewig zu lieben, und ich habe Dir ebenfalls mein Wort gegeben. Bitte versprich mir, gleich zu antworten, sobald Du diesen Brief erhalten hast. Ich weiß nicht, was ich machen soll, wenn ich nie wieder etwas von Dir höre.

Deine Leena

Albert steckt den Brief wieder ein, schaut noch einmal bewundernd in den Spiegel und verlässt den Toilettenraum. Als er aus der Baracke tritt, warten Klaus, Martti, Virkkala und Ylikylä schon. Sie rauchen und lachen. Ylikyläs Auge ist seit der Behandlung durch die Feldjäger immer noch blau verfärbt.

Die Sonne versinkt hinter den Bergen und taucht die Gipfel in goldene und orangefarbene Töne. Kurz halten sie inne, um den Anblick zu genießen, dann gehen sie weiter Richtung Haupttor.

»Ich dachte schon, du hörst gar nicht mehr auf zu pinkeln«, lacht Martti.

An der Pforte legen sie ihren Ausgangsschein vor, die Schranke wird geöffnet und sie ziehen die Straße entlang Richtung Ebingen, um dort ihren freien Abend zu verbringen. Es ist sommerlich warm, die Bergbäche plätschern, die Wiesen blühen.

»Ich habe die sichere Information erhalten, dass die Wiking-Division nach Nord-Afrika geschickt wird. Die Sowjetunion hat dem Transport durch ihre Länder nach Iran zugestimmt. Von dort greift Deutschland den Irak an und marschiert weiter nach Afrika zur Unterstützung von Rommel«, sagt Virkkala.

»Wikinger in der Wüste«, macht Martti sich lustig. »Da werden die finnischen Jungs aber weit weggeschickt. Was werden die wohl zu Hause sagen, wenn sie eine Postkarte aus Bagdad bekommen?«

»Werden die uns wirklich auf Briten schießen lassen?«

»Ist doch egal, wo wir kämpfen, wenn es nur endlich losgeht!«

Alle haben sie auf den Stuben oder Fluren der Kaserne schon das eine oder andere Gerücht über die Verlegung in den Iran gehört. Gestützt werden die Gerüchte durch Karten und Bücher über Vorderasien, Irak, Iran und die Ost-Türkei, die seit Neuestem am Verkaufstisch in der Kantine ausliegen. Vor ein paar Tagen hat der Regimentsarzt ihnen einen Vortrag über Tropenkrankheiten gehalten, und es wurden Sonnenbrillen mit Seitenschutz ausgeteilt, mit denen auch Rommels Afrikakorps ausgestattet ist. Ende Mai sind Unmengen Transportfahrzeuge im Ausbildungszentrum eingetroffen, ein sichereres Zeichen für den bevorstehenden Aufbruch kann es nicht geben.

»Mist verdammter, dass sie uns keine Unteroffiziersstreifen gegeben haben, obwohl es uns in Finnland versprochen wurde«, sagt Martti. »Sonst wäre es mir ja egal, aber so ist der Tagessold nur halb so hoch.«

»Wir haben uns bereits beschwert.«

Der Weg führt leicht abwärts, wird schmaler und verliert sich zwischen den Häusern. Die Stadt besteht aus niedrigen, an den Hang gedrückten weißgekalkten Häusern, zwischen denen sich enge Kopfsteinpflasterstraßen schlängeln. Viele der ihnen entgegenkommenden Offiziere haben eine junge Dame untergehakt. Vollkommen fremde Menschen drücken ihnen die Hand und schenken ihnen Zigarren- oder Zigarettenpäckchen.

»Deutschland liebt seine Soldaten wirklich. Ganz anders als in Finnland«, bekennt Albert und streicht über den Schirm seiner Totenkopfmütze.

Sie biegen in eine schmale Seitengasse ein und holen die Flachmänner heraus. Sie verweilen kurz und setzen ihren Weg erst fort, als sie spüren, wie die berauschende Wirkung des Alkohols in

Glieder und Kopf aufsteigt. Vor einer Wand eines Steinhauses am Markt, an der Propagandaplakate kleben, bleiben sie stehen. Auf einem ist der Reichskanzler vor einer großen Menschenmasse zu sehen, die die Arme zum römischen Gruß erhebt. Darunter steht: Ja! Führer, wir folgen dir!

Daneben hängt ein Filmplakat, das einen Mann mit schmalem Gesicht und langer Hakennase, buschigen Augenbrauen und vollen Lippen zeigt. Der Name des Filmes lautet: *Der ewige Jude. Filmbeitrag zum Problem des Weltjudentums.*

»Vielleicht sollten wir uns den anschauen«, meint Virkkala halb im Scherz. »Dann wüssten wir wenigstens, gegen wen hier gekämpft wird.«

»Hat jemand von euch schon mal einen echten Juden gesehen?«, fragt Ylikylä.

Keiner von ihnen antwortet, aber die Blicke von Albert und Klaus kreuzen sich kurz.

»Die Juden sind schuld am Zustand der Welt, an Kriegen und Seuchen«, fährt Virkkala fort. »Sie nehmen den Völkern die Luft zum Atmen und behindern die Weltwirtschaft, um dem Kommunismus zur Macht zu verhelfen. Lest die *Protokolle der Weisen von Zion*, wenn ihr mir nicht glaubt. Ohne die Einmischung der Juden hätte Deutschland den Weltkrieg gewonnen. Dann wäre Europa heute ein vollkommen anderer Ort.«

Sie lächeln müde zu Virkkalas Tirade, mit der er sie schon während der ganzen Reise traktiert. Albert macht sich nicht die Mühe, ihn darauf hinzuweisen, dass die Protokolle schon vor geraumer Zeit als Fälschung entlarvt worden sind. Virkkala liest jeden Abend Veröffentlichungen der Vaterländischen Volksbewegung Finnland und gibt wieder, was er gelesen hat, als wären es seine eigenen Gedanken. Weil er weder als Soldat noch körperlich besonders hervorsticht, glänzt er in den SS-Propagandastunden, die von Beginn an Teil des Deutschunterrichts sind.

»Hitler hasst die Juden auf jeden Fall abgrundtief«, sagt Klaus.

»Vom Genotyp her sind die Juden gar keine Menschen. Sie sind biologisch gesehen eine andere Rasse«, fährt Virkkala fort.

»Und wie sieht dein Darwinismus die Finnen?«, fragt Martti.

»Als Affen oder Herrenrasse?«

»Seit wann glaubt ein Frömmler an die Evolution?«

Als Virkkalas Einwurf bei den anderen ungehört verhallt, gibt er auf, und sie ziehen weiter. Im ersten Gasthaus, an dem sie vorbeikommen, kehren sie ein.

Der Gastraum ist voller deutscher Soldaten. Unter der Decke hängt der Tabakrauch in bläulichen Schwaden. Auf einem Podest spielt ein kleines Orchester. Die Sängerin ist eine schöne junge Frau mit lockigem Haar und körperbetontem roten Kleid. Die Tische biegen sich unter Flaschen, Bierkrügen und Gläsern, Kellnerinnen jonglieren eilig Tablette zwischen den Tischen hindurch. Die Finnen suchen sich einen Weg zu einem freien Tisch in der Ecke.

Nicht lange danach häufen sich auch auf ihrem Tisch die leeren Krüge, Kognak- und Schnapsgläser. Sie werden immer lauter und erregen bald die Aufmerksamkeit der umstehenden Tische, werden argwöhnisch beäugt. Zwei deutsche Frauen fragen, ob bei ihnen noch Platz sei, und eilig werden zwei weitere Stühle an den Tisch gestellt. Eine holt Zigaretten hervor und steckt sich eine zwischen die grellrot geschminkten Lippen. Albert beugt sich vor, um ihr Feuer zu geben.

»Wie sind denn die finnischen Frauen so?«

Ylikylä formt mit den Händen einen voluminösen, kurvenreichen Körper und bringt damit alle zum Lachen. Sie bestellen den Damen etwas zu trinken. Bald überwinden sie die Sprachprobleme und reden mit Händen und Füßen.

Eine Gruppe deutscher Offiziere, die sie schon seit geraumer Zeit missbilligend beobachtet, stimmt einen vielstimmigen Gesang an, in den bald auch die Nachbartische einfallen. Und obwohl sie so betrunken sind, klingt ihr Marschlied harmonisch und voll, so wie sie es gelernt haben, während der Ausbildung zum deutschen Soldaten.

»Himmelarsch, jetzt wird zurückgeschmettert wie einst in Karelien«, sagt Virkkala, donnert seinen Humpen auf den Tisch und fordert die anderen auf, sich zu erheben. Die Finnen antworten mit einem Lied von der Front: *Elämää juoksuhaudoissa, Vom Leben in den Schützengräben*. Schiefe Töne werden mit gesteigerter Lautstärke kaschiert. Virkkala und Ylikylä schreien mehr, als dass sie singen, mit versteinerter Miene und starrem Blick. Als sie enden, ist es still im Gasthaus. Alle starren die schwankenden Finnen an.

»Teufel noch eins, wir haben den Fritz in Grund und Boden gesungen!«

Das Orchester setzt wieder ein, und bald herrscht im Gasthaus erneut ein fröhliches Stimmengewirr. Am Nachbartisch erheben sich zwei Männer, die Rangabzeichen am Kragenspiegel weisen den einen als SS-Untersturmführer und den anderen als einen SS-Obersturmführer aus. Sie kommen an den Tisch der Finnen.

»Ich möchte die Herren höflich ersuchen, das Lokal zu verlassen«, sagt der ebenfalls schon sehr angetrunkene deutsche Offizier. Sein Gesicht ist aufgedunsen und gerötet, sein Verhalten trotzdem würdevoll und beherrscht.

»Himmel Arsch! Wir gehen nirgendwohin!« Klaus schlägt mit der Faust auf den Tisch, dass die Gläser klirren. Die Damen versuchen zu vermitteln, werden aber von den Offizieren einfach ignoriert.

»Es wäre besser für alle, wenn Sie ein anderes Lokal aufsuchen würden«, wiederholen die Offiziere ihre Aufforderung, um sich dann an die Damen zu wenden. »Und Sie sollten besser nach Hause gehen. Sie machen Ihren arischen Eltern nur Schande.«

Virkkala steht auf und streckt dem Deutschen die Hand entgegen. Beider Händedruck ist etwas unsicher. Dann legt Virkkala dem deutschen Offizier die Hand auf die Schulter und lallt:

»Werte Herren, wir Helden des Winterkriegs wollen einen – vielleicht letzten – Abend unter Freunden verbringen.«

»Raus mit euch Finnen!«

»Verdammt, wir bleiben!«, brüllt Klaus zurück.

Die anderen ziehen Virkkala am Ärmel. Schwer und mit hängendem Kinn sackt er auf den Stuhl.

»Fräulein, mehr Bier!«

Die deutschen Offiziere scheinen zu dem Schluss zu kommen, dass die Finnen zu betrunken sind, um einen Streit mit ihnen vom Zaun zu brechen, und kehren an ihren Tisch zurück.

»Verdammte Herrenrasse!«, zischt Klaus.

Der Abend geht seinen Gang. Ein Tisch nach dem anderen leert sich, das Orchester beendet sein Spiel und packt schließlich zusammen. Auch die Finnen erheben sich schwankend, die Frauen haben sich an sie geschmiegt. Die eine schlüpft unter Alberts Arm, der sie fest an sich drückt. Torkelnd treten sie vor die Tür. Es ist noch warm. Die Straßenlaternen brennen, auch in einigen Fenstern scheint Licht, die Bomben der Alliierten erreichen diesen Flecken nicht.

Die Schar läuft in Richtung Kaserne, die Absätze klackern auf dem Steinbelag. Als sie um die Ecke biegen, werden sie von acht SS-Männern erwartet, die sofort einen Ring um sie bilden.

Albert löst seinen Arm von der Frau.

»Wir haben noch eine Rechnung offen«, sagt der SS-Obersturmführer.

Die Finnen sind sofort hellwach. Sie sind in der Unterzahl und eingekesselt. Adrenalin schießt ihnen ins Blut, und ihr Rausch ist schlagartig verflogen. Die Beine suchen eine stabile Position, die Hände ballen sich zur Faust.

»Ihr solltet besser den Weg freigeben«, knurrt Klaus.

Die Worte verebben im schallenden Gelächter der Deutschen, das schlagartig erstirbt, als sie in Klaus' schwarze Augen blicken.

»Oder was? Wisst ihr eigentlich, mit wem ihr euch hier anlegt?« Der Offizier reckt fragend das Kinn und antwortet dann selbst. »Mit den Eroberern von Belgien, Holland und Frankreich.« Dabei fasst er sich an das Eiserne Kreuz 2. Klasse, das er am Bande trägt.

»Angriff«, schreit er.

Ein wildes Ringen beginnt. Betrunken wie sie sind, ist es jedoch eher ein schwerfälliges Schubsen und Ziehen. Jeder zweite Schlag verfehlt sein Ziel. Klaus rammt dem Obersturmführer seine Faust ins Gesicht. Der Schlag ist sauber ausgeführt und trifft den Gegner am Kinn. Der SS-Mann fliegt rücklings gegen eine Hauswand, schlägt mit dem Kopf gegen die Steine und verliert das Bewusstsein. Langsam rutscht er zu Boden und bleibt mit heruntergeklapptem Kinn liegen wie ein Betrunkener. Martti, der sich bis jetzt damit begnügt hat, sich die Deutschen vom Leibe zu halten, sieht, wie einer der Männer Albert die Lippe aufschlägt. Er eilt ihm zu Hilfe und hebt den Deutschen in die Luft. Seine Beine berühren die Erde erst wieder, als er nach Luft ringend auf dem Boden zusammensackt. Virkkala und Ylikylä kämpfen immer noch wie Betrunkene, müde und wirkungslos.

Dann biegen die Scheinwerfer eines Fahrzeugs um die Ecke.

»Die Feldjäger!«

Der Ruf hat die gleiche Wirkung wie ein Luftalarm. In zwei Sekunden ist die Straße komplett geräumt, abgesehen von dem zu Boden gegangenen Obersturmführer und einem zweiten Deutschen, der vergeblich versucht, auf die Beine zu kommen. Als der Kübelwagen der Feldjäger mit quietschenden Bremsen neben ihnen hält, sind die Finnen schon über alle Berge. Arm in Arm laufen sie etliche Straßen weiter nebeneinander und schmettern schief ein Marschlied.

An einer Hauswand laufen sie erneut an dem Filmplakat *Der ewige Jude* vorbei, und Albert entsinnt sich des Briefes von Leena in seiner Brusttasche. Er knöpft seine Uniformjacke auf und zerknüllt ihn. Als sie die Stadt hinter sich lassen und zur Kaserne hinaufgehen, schmeißt er ihn in einen Bach, der unter dem Weg hindurchfließt.

Eine Gruppe deutscher SS-Soldaten kommt ihnen entgegen. Auch sie sind angetrunken und offensichtlich bester Stimmung. Als sie auf einer Höhe sind, jubelt einer der Deutschen:

»Habt ihr schon gehört? Die Mobilmachung ist ausgerufen!«

2019

21

Das Fenster im Wohnzimmer gab einen malerischen Blick aufs Meer frei. Im Garten zwischen Ufer und Villa wuchsen alte Apfelbäume und ausufernde Beerensträucher, deren Blätter sich bereits verfärbten. Der Garten wurde an beiden Seiten von Wald gesäumt und durch einen breiten Kiesweg in zwei Hälften geteilt. Der Kiesweg führte auf einen Wellenbrecher aus grauem Granit, der sich wie ein ausgestreckter Finger in den Meerbusen schob.

Klaus Halminen rollte quer durch den Raum ans Fenster. Nur eine einzige kahle Felsschäre ragte aus dem Meer und zeichnete einen schmalen Strich an den Horizont. Die Sonne ging gerade unter. Klaus verfolgte, wie sie erst langsam hinter der Schäre verschwand und dann im Meer versinkend den Himmel feuerrot färbte. Die mit einem Dämmerungsschalter ausgerüsteten Außenlichter schalteten sich ein. Sein Atem ging rasselnd.

Als die Sonne ganz untergegangen war, wendete er den Rollstuhl und fuhr in die Küche. Er war schon immer recht klein von Statur gewesen, aber die Zeit hatte an seinen breiten Schultern genagt und nichts von seiner einst respekteinflößenden Erscheinung übrig gelassen. Unter seiner dünnen ledrigen Haut stachen die Knochen hervor wie Gräten. Seine dreißig Jahre jüngere Frau Ulla hantierte in der Küche. Er rollte sich an den Küchentisch und blätterte in der Tageszeitung. Ulla stellte ihm eine Tasse schwarzen Kaffee, ein Glas Wasser sowie ein mit Marmelade bestrichenes

Toastbrot, ein hart gekochtes Ei und eine kleine Dose mit verschiedenfarbigen Tabletten hin.

Klaus drückte einen Knopf an dem Synthesizer um seinen Hals: »Danke, Schatz.«

Er steckte sich die Tabletten in den Mund, griff nach dem Wasserglas und hob es mit zitternden Händen zum Mund. Dann blätterte er in der *Satakunta*-Morgenzeitung und blieb an einem kurzen Artikel hängen, den er immer und immer wieder las:

Ein siebenundneunzigjähriger Frontveteran des Winter- und des Fortsetzungskrieges ist am späten Montagabend im Park des Pflegeheims Kuusipuu überfallen worden. Zwei Männer misshandelten den alten Mann, der in Begleitung einer Altenpflegerin einen Abendspaziergang unternahm und anschließend ins Krankenhaus eingeliefert werden musste. Die Polizei macht derzeit keine Angaben zum Motiv des Übergriffs oder dem Namen des Opfers. Die Täter konnten bisher nicht ermittelt werden. Der verdiente, mit zahlreichen Ehrenmedaillen ausgezeichnete Kriegsveteran befindet sich weiterhin auf der Intensivstation. Laut Informationen der Polizei ist sein Zustand kritisch.

»Du liest das jetzt zum zehnten Mal«, sagte Ulla und trat neben ihn. Sie beugte sich herunter, um das Foto des Pflegeheims zu betrachten. »Ein Bekannter von dir?«

Das Festnetztelefon im Flur klingelte schrill. Beide zuckten zusammen und schauten sich an. Ihre Nummer war geheim und nur einer Handvoll Menschen bekannt.

»Wer ruft denn um diese Zeit an? Nicht, dass etwas mit Jaana oder Ari ist ...«

Ulla ging in den Flur und hob den Hörer ab. »Halminen ... hallo. Können Sie mich hören? Halloooo?«

Sie legte wieder auf und kam zurück in die Küche. »Keiner dran. Bestimmt hat sich jemand verwählt.«

Klaus fasste sich an den Hals und sagte: »Wir müssen los.«

Vor acht Jahren waren ihm im Zuge einer Krebstherapie der Kehlkopf entfernt und ein Zugang für eine Stimmprothese gelegt worden.

»Los? Wohin?«, fragte Ulla. »Wir können nicht einfach so los.« Sie sah ihren Mann besorgt an.

»Sie holen mich.«

Ulla blickte ihn immer noch fragend an.

»Wer kommt dich holen? Wovon sprichst du überhaupt? Du machst mir Angst. Denkst du, dass das eben am Telefon die Männer waren, die diesen Veteranen überfallen haben?«

»Ruf deine Schwester an. Sag ihr, dass wir vorbeikommen und ein paar Tage bleiben. Natürlich begleichen wir die Unkosten.«

»Jaana wohnt in Oulu. Wir haben sie seit zehn Jahren nicht besucht. Ari, ihr Mann liegt im Krankenhaus. Davon ganz abgesehen … was ist mit dir … die Dialyse … So eine Reise ist für dich viel zu anstrengend.«

»Ruf Jaana an! Wir fahren in einer Stunde. Bestell ein Taxi. Pack nur das Nötigste ein. Die Medikamente und das Dialysegerät.«

»Aber …«

Klaus' Miene verfinsterte sich, und für einen Moment funkelte in seinen Augen etwas von jener frenetischen Kraft, die ihn einst ausgezeichnet hatte. Sein zerbrechlicher Körper zitterte. »Ruf sie an!«

Als Ulla den Ausdruck in seinem Gesicht sah, begann sie sofort mit den Vorbereitungen. Zuerst eilte sie in den Flur, hob den Telefonhörer ab, legte ihn aber unverzüglich zurück auf die Gabel und sah Klaus entgeistert an.

»Kein Freizeichen. Die Leitung ist tot. Mein Gott, was geht hier vor sich?«

»Pack die Sachen!«, brüllte Klaus. »Sofort!«

Ulla eilte in die Kammer, riss zwei Koffer vom Regal und stopfte Kleidung und Medikamente hinein.

»Gib mir das Telefon!«, befahl Klaus.

Ulla packte ein paar Dinge im Schlafzimmer zusammen und kam mit dem Handy in der Hand zurück.

»Du machst mir Angst. Der Artikel in der Zeitung. Ich habe ihn gelesen. Du ... glaubst du, dass diese Männer kommen und auch dich holen? So kenne ich dich ja gar nicht. Warum redest du nicht mit mir? Ich ...«

Scheinwerferlicht streifte durch den Raum. Ulla stürzte zum Fenster, Klaus rollte an ihre Seite. In der Einfahrt, direkt neben dem Carport, hielt ein rabenschwarzer Volvo.

»Wer ist das?«, fragte Ulla mit zitternder Stimme. »Kommen sie jetzt, diese Männer? Rede mit mir!«

Die Scheinwerfer strahlten direkt ins Zimmer und blendeten sie. Beide Vordertüren wurden geöffnet, doch sie konnten nicht erkennen, wer ausstieg. Zwei dunkel gekleidete Männer liefen auf ihre Haustür zu. Sie trugen Wollmützen, und hohe Kragen bedeckten das Kinn und die untere Gesichtshälfte. Auf der Lippe des einen Mannes klebte ein Pflasterstrip.

Klaus drehte mit einer raschen Bewegung seinen Rollstuhl um, rollte mit zwei kräftigen Schüben zur Küchenkommode und zog eine Schublade auf. Tastend streckte er den Arm hinein.

»Was suchst du?«, fragte Ulla, ohne den Blick vom Fenster abzuwenden. Die Männer verschwanden hinter der Hausecke.

Doch Klaus hatte gefunden, was er gesucht hatte: seine Luger.

Das Schrillen der Türklingel durchschnitt die Stille. Ulla und Klaus sahen sich an. Klaus schloss seine Finger fester um den Griff der Pistole.

»Nicht aufmachen!«

»Was geht hier vor sich? Wer sind die? Red mit mir!«

Es klingelte zum zweiten Mal. Darauf folgte eine lange Stille. Die Pistole klackte, als Klaus sie entsicherte.

»Das Licht!«, forderte Klaus sie mit seiner Stimmprothese auf.

Ulla schaltete das Licht in der Küche aus. Sie lauschten. Klaus' Atem rasselte. Die Sekunden wurden zu Minuten.

Ein lauter Knall, und Türschloss und Klinke fielen klirrend zu Boden. Holz splitterte. Die Tür fiel aus den Angeln und ein Schatten schlich ins Haus.

Klaus schoss sofort. Mündungsfeuer blitzte auf. Der Knall ließ Fenster und Regale erzittern. Die Kugel traf splitternd den Türrahmen. Im gleichen Moment huschte ein zweiter Schatten herein. Klaus drückte erneut ab. Diesmal traf er die Zwischenwand, Gipsstaub und Dämmwolle stoben in die Luft.

Ulla schrie hysterisch. Den dritten Schuss feuerte er blind in die Dunkelheit. Der Schuss erhellte das Zimmer wie der Blitz einer Kamera. Ulla stand in einer Ecke, das Brotmesser vor die Brust gedrückt. Dann wurde es still. Nur wenn Klaus atmete, rasselte es. Ullas Schreien war in ein leises Wimmern übergegangen.

Dann wurde Klaus an den Handgelenken gepackt, jemand entriss ihm die noch rauchende Waffe. Das Licht ging an. In der Küche standen zwei schlanke Männer. Der mit dem Strip auf der Lippe tastete Klaus routiniert ab und nickte seinem Kumpan zu. Er hielt eine kleine Pistole in der Hand, die in einem Lederhandschuh steckte. Kein einziges Wort war gefallen.

Ulla schrie auf und stürzte mit erhobenem Messer zu ihrem Mann. Der Mann mit der Pistole drehte sich um, entwendete ihr mühelos das Messer, schob sie unsanft zur Seite und richtete die Pistole auf sie.

Klaus tastete nach dem Knopf an seinem Hals: »Leb wohl.«

Der Mann mit dem Strip fasste die Griffe des Rollstuhls und schob Klaus zur Haustür. Ulla stieß ein qualvolles Heulen aus und musste hilflos mitansehen, wie ihr Mann nach draußen in den dunklen Herbstabend geschoben wurde. Durch die offene Tür hörte sie einen Schlag und ein Scheppern, der Motor wurde gestartet und der Wagen fuhr mit knirschenden Reifen über den Schotterweg davon.

Ulla stürmte sofort nach draußen. Sie sah noch, wie die Rücklichter des Wagens im Wald verschwanden, dann sackte sie auf die Knie. Klaus' Rollstuhl lag umgekippt vor dem Haus und glitzerte im Schein der Lampen draußen. Eines der Räder drehte sich noch.

22

»Wo sind meine Laufschuhe?«, rief Paloviita aus dem Flurschrank, wo er den Kopf unter den Regensachen und Matschhosen der Kinder vergraben hatte. »Hörst du nicht? Hast du sie weggeschmissen?«

Terhi kam mit vorgebundener Schürze in den Flur. »Deine Laufschuhe? Die waren zuletzt im oberen Regal in der Kammer.«

»Wieso sind die da?«, schimpfte Paloviita.

»Ich habe sie weggeräumt. Sie waren im Weg. Und schrei nicht so, die Mädchen schlafen.«

»Warum, bitte, hast du mir das nicht gesagt?«

»Beruhige dich. Du hast sie mindestens ein Jahr lang nicht benutzt. Was willst du damit?«

»Joggen.«

»Joggen?«, fragte Terhi verblüfft. Der verhohlene Spott war nicht zu überhören, genau genommen war er sogar ziemlich offensichtlich. In letzter Zeit hatte Terhi ihn eher mit Bier und Schinkenbrötchen auf dem Sofa hockend gesehen.

»Ich laufe bis nach Liinaharja und zurück. Unterwegs schaue ich bei meinen Eltern vorbei.«

Dieses Mal lag echte Überraschung in ihrer Stimme. »Ist etwas passiert?«

»Man wird ja wohl noch seine Eltern besuchen dürfen. Sie sind über siebzig. Gut möglich, dass es sie nicht mehr lange gibt.«

»Ich dachte ja nur. Du warst ewig nicht bei ihnen. Und schon gar nicht joggend.«

»Der Konditionstest bei der Polizei steht an. Ich muss wieder etwas tun.«

»Deine Eltern könnten uns auch mal wieder besuchen. Die Mädels erinnern sich kaum noch an Oma und Opa.«

Terhi holte ihm die Schuhe. Paloviita hatte sie vor zwei Jahren gekauft, und sie sahen ziemlich unbenutzt aus, ehrlich gesagt hatte er völlig vergessen, wie sie aussahen. Rot! Terhi hatte sich an die Wand gelehnt und verfolgte amüsiert, wie er sich ächzend die Schnürsenkel zuband. Draußen drehte er sich noch einmal um, Terhi stand hinter dem Fenster und sah ihm nach. Irgendwie machte ihn heute auch das wütend. Er würde ihr zeigen, dass er noch Schwung besaß. Locker federnd lief er los und verschwand um die Ecke hinter dem Nachbarhaus. Schon nach den ersten Schritten war ihm klar, dass ihm eine wahre Via Dolorosa bevorstand. Vor der Geburt von Sini und Sara hatte er jede Woche mit Kumpeln Unihockey gespielt, war ins Fitnessstudio gegangen und regelmäßig gejoggt. Nun konnte er sich nicht einmal mehr daran erinnern, wann er zuletzt Sport getrieben hatte. Seine Schritte waren alles andere als leicht und federnd.

Er lief fünfhundert Meter, dann musste er die Geschwindigkeit drosseln. Seine Füße fühlten sich an wie Betonklumpen, seine Oberschenkel brannten, die Waden spannten. Seine Lunge schien nur noch aus abgestandener Luft zu bestehen. Er zwang sich, noch ein paar hundert Meter weiter bis zur Suntinoja-Brücke zu laufen, dann begann er wieder zu gehen. Er ärgerte sich maßlos, dass er so lange nichts für seine Fitness getan hatte. Bei jedem Herzschlag verzog er schmerzvoll das Gesicht.

Er versuchte, einen Rhythmus aufrechtzuerhalten, indem er nach jeder zweiten Straßenlaterne bis zur nächsten joggte. Von Zeit zu Zeit zischten athletisch gebaute Typen an ihm vorbei, die auf ihre Pulsmesser starrten. Am Gartentor seiner Eltern schaute er auf die Uhr. Es war fast neun. Für drei Kilometer hatte er ganze achtundzwanzig Minuten gebraucht. Der Weltrekord beim Zehntausend-Meter-Lauf betrug sechsundzwanzig Minuten, dachte er entnervt.

Er drückte den Klingelknopf und wartete eine ganze Weile, bevor ihm bewusstwurde, wie albern er sich verhielt. Dann drückte er die Türklinke herunter. Die Tür war nicht verschlossen. Er betrat den Windfang und stand im Flur seinen Eltern gegenüber.

»Einen schönen Abend, ich war gerade in der Gegend joggen und dachte mir, ich guck mal vorbei …«

Die Blicke, die seine Eltern sich zuwarfen, entgingen ihm nicht. Er streifte die Schuhe ab und hängte seine Joggingjacke an die Garderobe. Seine Sachen waren bis auf die Unterwäsche durchweicht, und noch immer rann ihm der Schweiß aus allen Poren.

»Möchtest du ein Glas Wasser?«

»Gern.«

Er setzte sich an den Küchentisch. Seine Mutter stellte ihm ein Glas Wasser hin. Er trank es in einem Zug aus und gab es ihr zurück. Seine Mutter füllte es erneut. Sein Vater saß ihm gegenüber, die Lesebrille hatte er in die Stirn geschoben. Er trug ein Polohemd, so wie er es in Paloviitas Erinnerung schon immer getragen hatte. Paloviita fand, die Zeit war gnädig mit seinem Vater umgegangen. Sein Haar war dünner und grauer geworden, und er hatte ein paar Kilo zugelegt, aber er hielt sich noch immer gerade und strotzte vor Gesundheit. Auch seiner Mutter schien es an nichts zu fehlen.

»Hattest du einen Unfall?«, fragte sein Vater.

Paloviita fasste sich an den Verband. »Eine Rangelei im Job.«

»Ich dachte, Hauptkommissare prügeln sich nicht mit Gangstern«, warf Mutter ein.

»Ich bin kein Hauptkommissar mehr. Das war nur vertretungsweise.«

Langsam hörte er auf zu schwitzen, und seine Unterwäsche fing an zu jucken.

»Wie geht es den Mädchen?«

»Gut. Sini ist jetzt in der Vorschule. Kommt doch mal wieder vorbei. Die Kinder werden so schnell groß.«

Vater und Mutter sahen sich an. »Wir haben gut zu tun. Du weißt ja, Rentner haben niemals Zeit. Aber natürlich kommen wir gerne mal vorbei. Sara hat doch bald Geburtstag.«

»Im Dezember. Wie geht es euch?«

»Gut soweit«, antwortete Mutter. »Wenn in unserem Alter nichts wehtut, ist man nicht mehr am Leben.«

Paloviita bemerkte die aufgeschlagene *Satakunta*-Morgenzeitung auf dem Tisch, zog sie zu sich heran und blätterte darin.

»Großvater war auch im Krieg, oder?«, fragte er seinen Vater.

»Warum fragst du?«

Auf der aufgeschlagenen Seite fand Paloviita den Artikel mit der Überschrift: SIEBENUNDNEUNZIGJÄHRIGER KRIEGSVETERAN IN PORI KRANKENHAUSREIF GESCHLAGEN.

Er zeigte darauf und drehte die Zeitung zu seinen Eltern um.

»In dem Fall ermitteln wir.«

»Habe ich gelesen. In welche Richtung entwickelt sich diese Welt nur?«

»Ich weiß es nicht. In keine gute, so viel steht fest. Wir haben mit den Kollegen über den Krieg gesprochen, aber ich kann mich partout nicht erinnern, wo Großvater Mauno gedient hat.«

»Am Ääninen-See. Im Karelien-Korps. Dort, wo auch der Kriegsroman *Der unbekannte Soldat* spielt.«

»Ich kann mich nicht erinnern, dass Opa je darüber gesprochen hat.«

»Da bist du nicht allein.«

»Willst du damit sagen, dass er auch dir gegenüber nie vom Krieg gesprochen hat?«

»Kein Wort. Nicht mit mir und auch mit keinem anderen.«

»Wie lange war er an der Front?«

»Vom ersten bis zum letzten Tag. Insgesamt fünf Jahre.«

»Fünf Jahre, und kein einziges Wort über diese Zeit? Woher weißt du dann so viel darüber?«

»Sein Bruder Tauno war auch im Krieg. Er wiederum hat von

nichts anderem gesprochen. Von Explosionen und Flugzeugen und Bombenangriffen. Als ich klein war, haben meine Cousins und ich seinen Kriegserzählungen immer begeistert gelauscht.«

»Ein Bruder redet, der andere nicht. Woran mag das liegen?«

Sein Vater zuckte die Schultern. »Sie waren auch sonst sehr verschieden. Vater hat nie viel geredet, mein Onkel hingegen war der reinste Geschichtenerzähler. Aber vielleicht lag es auch daran, dass Tauno in der Artillerie gedient hat und Vater als Schütze an vorderster Front. Da sah man die Dinge definitiv anders als hinter den Linien.«

»Oder tat andere Dinge.«

»Auch das«, bestätigte Vater. »Ich glaube, diese Generation zu verstehen ist unmöglich. Die jungen Männer kamen als Verlierer aus dem Krieg zurück, gedemütigt und kaputt, und am nächsten Tag gingen sie zur Arbeit, als wäre nichts geschehen. Viele waren für den Rest ihres Lebens körperlich beeinträchtigt, andere psychisch für immer gezeichnet. Manche haben geschwiegen, einige haben über ihre traumatischen Erlebnisse geredet, und viel zu viele haben sich mit Alkohol betäubt. Trotzdem mussten sie in einen normalen Alltag zurückkehren, eine Ausbildung machen, arbeiten gehen, eine Familie ernähren, ein Land wiederaufbauen. Das alles hat auch Mauno geleistet.«

Paloviita nickte. In seiner Erinnerung war sein Großvater ein stiller, höflicher, manchmal etwas steiferer, aber meistens liebenswürdiger Mensch gewesen, der immer Zeit hatte, seine Enkel auf den Knien zu schaukeln. Er hatte immer bedauert, dass sein Opa so früh gestorben war und er ihn als Menschen nie richtig kennenlernen durfte. Sein Opa war für ihn eher ein Spielkamerad und Gutenachtgeschichten-Vorleser. Eines aber hatten sie gemeinsam: Auch sein Opa hatte ein Hörgerät getragen. Sein Trommelfell war bei einem Granatenangriff geplatzt, Paloviitas beim Abfeuern eines Pistolenschusses direkt neben seinem Ohr.

Paloviita stand auf, ging zur Toilette und warf anschließend einen Blick ins Wohnzimmer. Es war seltsam, in einem Haus zu sein, das einmal sein Zuhause gewesen und ihm jetzt so fremd war und so fremd roch. Vor dem Bücherregal blieb er stehen und betrachtete die Fotos, die hier schon so lange standen, wie er sich erinnern konnte. Hier standen auch Fotos von ihm bei der Konfirmation und als Abiturient, das Hochzeitsbild von Terhi und ihm sowie die neuesten Fotos der Mädchen aus dem Kindergarten, die er seinen Eltern zu Weihnachten geschenkt hatte. Auf dem Regal darunter gab es auch ein Bild von seiner Schwester Tiina, nur dieses eine. Er nahm es in die Hand und wischte den Staub ab. Das Foto stammte aus dem Frühjahr des Jahres, in dem sie gestorben war. Tiina lachte darauf, ihre mandelförmigen Augen blickten direkt in die Kamera, die runden Wangen schimmerten rosig, zwei Vorderzähne fehlten. Ihm kamen die Worte seines Vaters in den Sinn, dass die Männer, als sie aus dem Krieg heimkamen, dort weitermachen mussten, wo sie gebraucht wurden. Das Gleiche traf auch auf ihre Familie zu. Dass Tiina in einem verlassenen Brunnen ertrunken war – wofür sich Paloviita immer noch die Schuld gab –, hatte ihre Familie auseinandergerissen und sie alle als Hüllen zurückgelassen, als wandelnde Kulissen.

Mutter trat neben ihn, nahm ihm das Bild aus der Hand und stellte es zurück an seinen Platz. Lächelnd sagte sie:

»Bestell Terhi und den Mädchen viele Grüße.«

»Vielleicht komme ich mal wieder vorbei.«

»Vielleicht.«

Er zog Joggingjacke und Schuhe wieder an. Draußen dämmerte es bereits, der Horizont glühte rot. Er begann wieder im Laufschritt, gab aber bald auf. Warum sollte er sich schinden? Welchen Sinn hatte das alles noch?

23

»Wie lange?«, fragte Oksman.

»Wie lange was?«, knurrte Raunela während er mit einer riesigen Spiegelreflexkamera auf den oberen Stufen einer Klappleiter hantierte.

»Wie lange ist er schon tot?«

»Bin ich Arzt?«

Oksman zuckte mit den Schultern und begab sich auf die andere Seite des Absperrbandes, das ein uniformierter und unentwegt gähnender Polizist gerade zwischen dem Weg aus Holzbohlen und der Kuhweide zog. Die Drähte des elektrischen Weidezauns waren durchtrennt worden und ragten wie eine glänzende Geißel aus dem Gras. Oksman blieb hinter der Absperrung stehen und verfolgte die Arbeit der Techniker. Raunela hatte schon so viele Leichen und Tatorte untersucht, dass er sehr wohl eine Mutmaßung über den Todeszeitpunkt hätte abgeben können, aber anscheinend war das mal wieder einer jener Vormittage, an denen Raunela nur das absolute Mindestmaß an Kooperationsbereitschaft zeigte. Sein mürrisches Wesen war allgemein bekannt, und keiner nahm es mehr persönlich. Traf man unter den schlechten Tagen allerdings auf einen sehr schlechten, war eine Zusammenarbeit mit ihm schlichtweg unmöglich.

Der Frühnebel über dem Flussdelta des Kokemäenjoki duftete nach feuchter Erde, Disteln und Kuhmist. Auf der Uferwiese weideten etwa ein Dutzend zottige Hochlandrinder, deren lange Hörner den Nebelschleier hier und da durchstießen. Der Morgen brach verhangen und stahlgrau an. Der Holzbohlenweg führte bis zu dem Beobachtungsturm am Rande eines Laubholzhains, der im Vogelschutzgebiet Teemuluoto stand und von Weitem aussah wie ein Baugerüst im Niemandsland.

Irgendwo dahinter, im Nebel verborgen, floss durch Wiesen und Schilfgürtel das kühle, trübe Wasser des Kokemäenjoki, der sich hier in zahlreiche Arme zum größten Flussdelta der nordischen Länder auffächerte.

Nur ein Baum stand auf der Weide, eine uralte, borkige Erle, an deren unterstem Ast Klaus Halminen gehängt worden war.

»Halminen saß im Rollstuhl«, sagte Linda, die wie ein Schemen neben Oksman aufgetaucht war. »Er wurde wohl vom Parkplatz bis hierher getragen.«

»Das dürfte kein großes Problem gewesen sein. Der Mann wiegt höchstens vierzig Kilo.«

»Sie brauchten eine Leiter. Halminen hatte eine Stimmprothese, also konnte er nicht um Hilfe rufen«, sagte Linda weiter.

»Seil und Knoten sind die gleichen wie im Park am Altenheim«, ergänzte Oksman. »Es sind dieselben Täter, aber diesmal waren sie erfolgreich.«

»Kangasharju war der erste, Halminen der zweite. Sie waren im gleichen Alter. Wie viele sind es wohl noch?«

Raunela mühte sich in ungünstiger Haltung ab, den Henkerstrick mit einem Messer zu durchtrennen. Endlich plumpste die Leiche in die Arme von zwei Polizisten, die sie auffingen und den federleichten alten Mann dann in den bereitstehenden Leichensack legten. Eine Kuh muhte im Nebel, eine andere weiter weg erwiderte den Ruf.

»Lass uns fahren«, sagte Oksman.

»Wohin?«, fragte Linda.

»Zu Ulla Halminen. Ihr Mann wurde gefunden.«

24

Als Oksman und Linda am Haus der Halminens ankamen, war Paloviita bereits da. Das Eigenheim, oder vielmehr die Villa, lag am Ende eines befahrbaren Waldweges auf dem Gebiet der einige Kilometer nördlich von Pori gelegenen Gemeinde Merikarvia. Ein Straßenschild gab es nicht, oder es war absichtlich abgeschraubt worden. Ohne Navigationsgerät war dieser Ort nicht zu finden. Linda überlegte, ob das Absicht war.

Obwohl die Sonne schon schien, hing noch immer ein feuchter Nebel über dem Wasser, der sich allmählich zwischen die Bäume am Ufer schob. Ein langsam zunehmender goldener Schimmer tauchte die flache Landschaft in einen gespenstisch anmutenden Glanz.

Das Erste, was sie sahen, als sie am Haus vorfuhren, war der umgeworfene Rollstuhl mitten auf dem Weg. Der Anblick erinnerte sie sofort an Kangasharjus umgekippten Rollator im Park des Pflegeheims Kuusipuu sowie an das hohe Alter beider Opfer.

Der Gedanke an einen Mörder, der Greise erhängte, war geradezu absurd.

Paloviitas Geländewagen stand zwischen zwei Polizeiautos, eines davon aus Kankaanpää, der Stadt, in der sich die nächste Polizeidienststelle befand. Die Technik war mit zwei Transportern vor Ort und bereits im Haus zugange. Die beiden Fahrzeuge standen mit offener Heckklappe direkt vor der Haustür. Linda parkte ihren Wagen am Rande des Rasens. Hinter ihnen hielt ein Zivilfahrzeug, dem eine Frau entstieg, sie trug ein Beffchen. Kurz wechselten sie ein paar Worte mit der Pfarrerin und gingen dann zur Rückseite des Hauses. Die Techniker hatten Flur und Küche schon am Abend zuvor abgesperrt, nachdem Ulla Halminen den Notruf gewählt und die Entführung ihres Mannes gemeldet hatte. Als man die Leiche am Rande des Flussdeltas fand, hatten die Techniker ihre Arbeit hier vor Ort allerdings zunächst unterbrechen müssen. Jetzt machten sie weiter, aber aus der Entführung war inzwischen ein ausgesprochen grausamer Mord geworden.

Linda und Oksman betraten das Haus durch die Terrassentür. Im Haus wimmelte es von Gestalten in weißen Schutzanzügen. Durch die Küche sahen sie einen der Techniker, der gerade dabei war, die Patronen aus Türrahmen und Wand zu pulen. Die Waffe, eine Luger aus dem Krieg, lag auf dem Boden der Küche, daneben eine weiße Tatortmarkierung.

Ulla Halminen saß im Salon auf einem gustavianischen Sofa und hatte eine Decke über den Schultern. Sie sah zu Tode erschöpft aus. Die Haare hingen ihr wie lose Fäden ins Gesicht, und Linda konnte dem Impuls, ihr eine Strähne hinter die Ohren zu streichen, kaum widerstehen. Linda blickte sich im Haus um und bewunderte seine kunstvolle, über einhundert Jahre alte Architektur. Im Gegensatz zu den aufwendig verzierten Dachsparren und den naturbelassenen Massivholzwänden war die Inneneinrichtung eher spartanisch und kühl. An den Wänden hingen Gemälde mit nautischen Motiven, auf dem Büfett stand ein Jugendbild von Klaus Halminen, neben dem eine blauweiße Kerze brannte, die üblicherweise am Unabhängigkeitstag entzündet wurde. Linda fand, dass Halminen darauf ziemlich brutal aussah. Paloviita beendete gerade sein Telefonat und kam zu ihnen.

»Ich habe der Gattin bereits die traurige Nachricht überbracht«, sagte er. »Die Gemeinde schickt eine Pfarrerin.«

»Danke«, sagte Linda, sie war Paloviita dankbar. »Sie ist gerade eingetroffen.«

Obwohl sie mit Paloviita durchaus nicht immer einer Meinung war, vor allem nicht während der Zeit, als er ihr Ermittlungsteam leitete, hatte sich zwischen ihnen ein starkes Band entwickelt. Sie vertrauten einander, und das war etwas, das man nicht kaufen konnte, sondern sich verdienen musste.

»Unser Beileid«, sagte sie an die Witwe gewandt. Die hob nur kurz den Kopf und nickte. Die Pfarrerin setzte sich neben Ulla Halminen und umschloss ihre Hand mit beiden Händen. Linda ließ die beiden Frauen in Ruhe miteinander reden und wendete sich Paloviita zu.

Der gähnte ausgiebig, bemühte sich aber darum, seine Müdigkeit nicht zu offen zu zeigen, indem er der Witwe seinen Rücken zuwandte. Wahrscheinlich war ihm außerdem klar, dass sein blauschwarzes Auge nicht gerade vertrauenserweckend wirkte.

Dann zog er seinen Notizblock hervor.

»Zwei Männer haben kurz nach Sonnenuntergang vor dem Haus gehalten und dann geklingelt. Weil das Ehepaar Halminen nicht öffnete, haben sie die Tür aufgebrochen. Nach Aussage der Technik wurde dafür wahrscheinlich sogar eine Ramme verwendet. Die Männer haben Klaus Halminen gewaltsam weggeschleppt. Klaus Halminen war achtundneunzig Jahre alt und saß im Rollstuhl. Er konnte nur unter Zuhilfenahme seiner Hände sprechen. Ulla Halminens Notruf ging um sieben nach zehn bei der Zentrale ein, konnte zurückverfolgt werden, und die erste Streife traf gegen elf ein. Was danach geschah, entzieht sich meiner Kenntnis. Vermutlich ist die Streife wieder gefahren, hat zuvor aber noch die Technik informiert. Ich wurde von Manner gegen sechs geweckt, habe mich angekleidet und bin hierhergefahren. Ich bin erst kurz vor euch hier eingetroffen.«

»Die Gattin hat offensichtlich einige Details vergessen«, sagte Linda und wies mit dem Kopf auf die Pistole am Boden.

Paloviita nickte. »Das stimmt. An dieser Sache ist etwas sehr faul. Die Telefonleitung wurde durchtrennt.«

»Wann hat dieser Vogelbeobachter den Fund der Leiche gemeldet?«

»Sechs nach sechs«, antwortete Oksman.

»Das heißt, etwa acht Stunden nach der Entführung. Von hier ins Vogelschutzgebiet Teemuluoto fährt man gut eine Stunde, eher etwas länger. Warum fährt jemand so weit, um die Leiche aufzuhängen? Hier gibt es doch Wald zur Genüge.«

»Vielleicht, um sicherzugehen, dass die Leiche schnell gefunden wird. Um diese Jahreszeit ist der Vogelbeobachtungsturm gut besucht. Oder aber sie wollten ihn vor seinem Tod noch verhören.«

»Schrecklicher Gedanke.«

»Was?«

»Halminens Beine waren gelähmt. Er konnte sich nicht bewegen und nicht sprechen. Er wurde in ein Auto gesetzt, ohne zu wissen, wohin er gebracht wird, und ohne etwas sagen zu können.«

»Vielleicht war er ja doch nicht ganz ahnungslos«, sagte Paloviita und zeigte auf die *Satakunta*-Morgenzeitung. »Die lag aufgeschlagen auf dem Küchentisch.«

Linda nahm die Zeitung in die Hand und sah, dass sie genau auf jener Seite aufgeschlagen war, auf der von dem Überfall auf Albert Kangasharjus berichtet wurde. »Hier steht aber nichts von dem versuchten Erhängen, und auch der Name des Opfers wird nicht genannt.«

»Vielleicht war Halminen trotzdem klar, worum es ging«, warf Paloviita ein.

Oksman zog eine Augenbraue hoch.

Paloviita fuhr fort: »Vielleicht wusste Halminen auch so, dass das Opfer Albert Kangasharju war. Vielleicht hatte er Angst, dass dieselben Männer auch ihn aufsuchen würden, und hat deshalb die Waffe hervorgeholt?«

»Vielleicht rede ich noch einmal mit seiner Frau«, schlug Linda vor.

»In Ordnung.«

Linda ging zurück in den Salon und setzte sich neben Ulla Halminen.

»Um die Männer zu fassen, die das getan haben, brauchen wir mehr Informationen. Können Sie uns sagen, was für ein Auto die Männer fuhren, welche Kleidung sie trugen und ob sie miteinander gesprochen haben?«

Ulla trocknete sich die Augen mit einem Taschentuch. »Das Auto war schwarz. Ein Volvo. Groß und neu.«

»Würden Sie es erkennen, wenn wir Ihnen Fotos zeigen?«

Sie nickte.

»Und die Männer?«

»Schwarz gekleidet. Mütze, Handschuhe. Groß, aber nicht korpulent. Einer hatte hier ein Pflaster.« Sie fasste sich an die Lippe.

»Haben sie etwas gesagt?«

»Kein Wort. Ich habe sie gefragt, wohin sie meinen Mann bringen, aber keiner der beiden hat mir geantwortet. Ich habe versucht, mich mit dem Messer zu verteidigen, aber der eine Mann hat es mir sofort abgenommen.«

Linda schrieb die Informationen mit. Sie war zufrieden. Die Witwe hatte sich offensichtlich wieder etwas gefangen und war ganz ruhig.

»Konnten Sie die Gesichter erkennen? Würden Sie sie wiedererkennen?«

Ihre Miene verfinsterte sich, sie kniff die Augen zusammen, auf der Stirn bildete sich eine Falte. »Ja. Es waren Ausländer.«

Wieder dieses Wort, dachte Linda. *Ausländer.*

»Können Sie sie näher beschreiben?«

Selbstsicherheit sprach aus ihren Zügen, als sie sagte: »Dieses Gesindel würde ich selbst im Dunkeln wiedererkennen. Dreckige Judenratten!«

Lindas Stift stockte mitten im Wort, kurz erwog sie, ob sie sich möglicherweise verhört hatte. Doch dann rief jemand aus dem Schlafzimmer: »Kommt bitte alle mal her!«

Linda, Oksman und Paloviita sahen sich an. Die Schwellen im Haus waren entfernt worden, jede Lampe leuchtete. Sie gingen aus dem Salon in den Flur und weiter ins Schlafzimmer. Dort waren drei Techniker. Die Türen des Kleiderschranks standen offen, alle Schubladen waren herausgezogen. Auf dem Boden zwei halbgefüllte Koffer. Zwei Techniker standen mit dem Rücken zur Tür vor dem elektrisch verstellbaren Ehebett. Von der Decke hing eine Querstange herab, auf einem Nachttisch stand ein Beatmungsgerät, daneben auf dem Boden eine Sauerstoffflasche. Die Techniker traten einen Schritt zur Seite und gaben den Blick frei auf das, was ihre Aufmerksamkeit gefesselt hatte.

Auf dem Bett lag sorgfältig ausgebreitet eine graue Uniform. Zuerst hielt Paloviita sie für Halminens alte Soldatenuniform, doch dann entdeckte er die schwarzen Kragenspiegel und er erkannte, dass dies keine Uniform der finnischen Armee war. Am rechten Kragen befand sich ein silbernes Quadrat als Rangabzeichen, am linken zwei S, in der Form von Blitzen. Weiter unten am Ärmel auf einem schwarzen Band in silbernen Buchstaben das Wort »Westland«. Einer der Techniker ließ eine schwarzgraue Schirmmütze mit dem glänzenden Reichsadler samt Hakenkreuz und dem silbernen Totenkopf darunter auf die Uniform fallen.

»Ist es das, was ich glaube?«, fragte Linda.

»Sieht ganz so aus, als ob Klaus Halminen eine Leiche im Keller hatte«, stellte Oksman fest.

25

»*Jesus spricht: Und Gott schuf den Menschen zu seinem Bilde, zum Bilde Gottes schuf er ihn; und schuf sie als Mann und Frau. Darum wird ein Mann Vater und Mutter verlassen und an seiner Frau hängen, und die zwei werden ein Fleisch sein. So sind sie nun nicht mehr zwei, sondern eins. Was nun Gott zusammengefügt hat, das soll der Mensch nicht scheiden!*«

Der Pfarrer hebt seine Hand. Das Brautpaar dreht sich zu den Gästen um. Die Orgel hallt von den steinernen Wänden der Hauptkirche in Pori. Die Gäste erheben sich und stimmen in das Lied zum Auszug ein. Albert und Hilkka laufen Hand in Hand den Gang zwischen den Bänken entlang zur Kirchentür. Obwohl nur eine Handvoll geladener Gäste der Trauung beiwohnen, ist der Kirchensaal bis zum letzten Platz gefüllt. Aber nur Albert sieht all die toten Körper, die ebenfalls gekommen sind, um seiner Hochzeit beizuwohnen.

In den Bänken sitzen nebeneinander ernst blickende Männer, Frauen und Kinder in abgerissenen, geflickten Kleidern. Eingefallene Wangen, knöcherne, von Kugeln zerfetzte Gestalten. Aller Augen sind auf Albert geheftet. Unverwandt folgen sie ihm bei jedem Schritt in Richtung Kirchentür. Hilkka drückt seine Hand, und auch Albert schließt ihre Hand fest in seine. Dann reißt er sich von dem Anblick los und betrachtet seine frisch angetraute Gemahlin, die seinen Blick erwidert.

1941

26

22. Juni 1941

In seinem Traum ist Sommer. Albert ist mit Freunden zum Hietaniemi-Strand geradelt. Das Wasser glitzert, der Strand ist voller Menschen. Der Wind weht über den Finnischen Meerbusen und liebkost seinen nackten Oberkörper. Im flachen Wasser am Ufer planschen Kinder. Albert rennt ins kühle Meer, bis es ihm zu den Knien reicht, dann geht er weiter hinein bis zur Taille und schließlich ganz, der Kopf ist jetzt ganz unter Wasser, ihn umgibt lautlose Leere.

Jäh fährt er aus dem Traum hoch und setzt sich auf. Ihm ist kalt. Badestrand und Sommer sind verschwunden. Er braucht einen Moment, um zu realisieren, dass er sich in einem Mannschaftszelt befindet und um ihn herum mehr als ein Dutzend Männer schlafen. Auch andere richten sich auf, reiben sich verschlafen die Augen. Irgendetwas hat sie geweckt. Ein seltsames Brausen erklingt aus der Ferne, das sie so noch nie gehört haben. So, als ob es unaufhörlich donnert. Sie lauschen dem sich nähernden Geräusch, das anwächst, schwankt, die Frequenz wechselt und immer mehr Männer aus dem Schlaf reißt. Albert kneift die Augen zusammen, um zu erkennen, wie spät es ist. Halb vier in der Nacht. Das Grollen schwillt an, das straff gespannte Zelttuch beginnt zu vibrieren, das außen am Marschgepäck befestigte Kochgeschirr klirrt.

Sie kriechen aus dem Zelt in die helle Juninacht. Das Dröhnen hallt in der Brust wider und kommt schnell von Westen näher, viele halten sich die Ohren zu. Dann sausen zwei Geschwader mit je vierzig Bombern über sie hinweg. Das Tosen der Motoren erzeugt Druck auf den Ohren. Sie schauen den am Nachthimmel funkelnden schwarzen Silhouetten der Flieger nach, als stünde das Weltende bevor.

Sie haben die Zelte in einem kleinen Eichenwäldchen aufgeschlagen, das irgendwo in Polen liegt. Albert hat keine Ahnung, wo genau sie sind. Die Männer legen ihre Ausrüstung an und sammeln sich an den getarnten Fahrzeugen neben der Straße. Munition und Stielhandgranaten werden ausgegeben. Keiner spricht ein Wort, alle wissen, was das bedeutet. Der SS-Untersturmführer schaltet das Radio ein. Die Männer gruppieren sich in einem Kreis, um der Kriegserklärung des Führers und Reichskanzlers des Dritten Reichs zu lauschen:

Deutsches Volk! In diesem Augenblick vollzieht sich ein Aufmarsch, der in Ausdehnung und Umfang der größte ist, den die Welt bisher gesehen hat. Im Verein mit finnischen Kameraden stehen die Kämpfer des Siegers von Narvik am Nördlichen Eismeer. Deutsche Divisionen unter dem Befehl des Eroberers von Norwegen schützen gemeinsam mit den finnischen Freiheitshelden unter ihrem Marschall den finnischen Boden. Von Ostpreußen bis zu den Karpaten reichen die Formationen der deutschen Ostfront. An den Ufern des Pruth, am Unterlauf der Donau bis zu den Gestaden des Schwarzen Meeres vereinen sich unter dem Staatschef Antonescu deutsche und rumänische Soldaten. Die Aufgabe dieser Front ist daher nicht mehr der Schutz einzelner Länder, sondern die Sicherung Europas und damit die Rettung aller. Ich habe mich deshalb heute entschlossen, das Schicksal und die Zukunft des Deutschen Reiches und unseres Volkes wieder in die Hand unserer Soldaten zu legen. Möge uns der Herrgott gerade in diesem Kampfe helfen!

Auf die Kriegserklärung folgt Goebbels Rede, in der die Sowjetunion zum Komplizen der Angelsachsen erklärt wird. Als die Ansprache endet, erklingt von Osten her ununterbrochenes Geschützfeuer. Immer neue Bombengeschwader brausen über ihre Köpfe hinweg. Das Unternehmen »Barbarossa«, Hitlers Angriff auf die Sowjetunion, hat begonnen.

27

Die Welt brennt. Eine einhundert Kilometer lange Lastwagen-Kolonne schiebt sich über die staubige Landstraße. Die Männer sitzen auf der Ladefläche, die Gewehrläufe zeigen gen Himmel. Es ist drückend heiß. Viele haben ungeachtet des überall eindringenden Staubes die oberen Knöpfe ihrer Waffenröcke geöffnet.

Sie fahren an zerstörten, zum Teil noch brennenden Dörfern vorüber und sehen etliches unbrauchbares Kriegsgerät, das vom Feind zurückgelassen wurde: Geschütze, Überreste von Lastwagen, ausgebrannte Panzer – und unzählige verwesende Leichen. Die Landschaft um sie herum ist, so weit das Auge reicht, flach und baumlos. Gäule sind noch im Geschirr hängend krepiert, an ihre aufgedunsenen Bäuche gelehnt ihre einstigen Besitzer.

Die Männer rauchen und lachen. Gesichter und Kleidung sind vom Staub ganz grau, ihre Rachen brennen. Wenn sie sich schnäuzen, ist der Schleim von bräunlichen Schlieren durchzogen. Albert lehnt sich an die Rückseite des Fahrerhauses und betrachtet die dreißig Männer, die um ihn herumsitzen. Er ist der einzige Finne auf diesem Laster, die anderen sind Niederländer, Dänen, Deutsche, Rumänen oder Norweger. Klaus und Martti sitzen auf dem Fahrzeug hinter ihm, Virkkala und Ylikylä auf einem anderen der hundert Lastwagen, die sich als Kolonne durch die verbrannte Gegend schlängelt. Beim Aufbruch vom Truppenübungsplatz Heuberg wurden die Finnen in Rekruten und solche mit Kriegserfahrung aufgeteilt. Albert hat sich nach kurzem Zögern mit Klaus und Martti in die Reihe der erfahrenen Soldaten gestellt. *Sisu*, sein finnischer Stolz, gestattete es ihm nicht zuzugeben, dass er im Winterkrieg nicht einen einzigen Schuss aus seiner Waffe abgegeben hat. Die jungen Soldaten setzten ihre Ausbildung auf dem Truppenübungsplatz fort, diejenigen mit Kampferfahrung wurden auf die Wagen beordert. Während sich die Kolonne durch die baumlose Steppe schiebt, hadert er mit seiner Entscheidung, nicht in Heuberg geblieben zu sein. Immerhin wäre er dann wenigstens mit Kameraden zusammen, die seine Sprache sprechen. Obwohl man ihnen etwas anderes zugesagt hatte, wurden die Finnen auf die Regimenter Westland und Nordland aufgeteilt, und den Unteroffizieren wurden immer noch nicht die entsprechenden SS-Ränge verliehen.

Wie ein schwarzer Teppich fliegen über ihnen am Himmel Geschwader aus Stukas und Jagdbombern. Von Zeit zu Zeit sehen sie heftige Luftkämpfe und verfolgen gespannt, ob es den Fliegern gelingt, sich mit dem Fallschirm zu retten.

»Guckt mal dort, Russen!«, ruft einer der Männer und springt auf. Die anderen folgen ihm und drängen sich an die Seitenwände des Wagens. Neben der Kolonne marschieren tausende Kriegsgefangene in erbärmlichem Zustand. Ungeordnet schleppen sie sich voran, begleitet nur von einigen wenigen mit Maschinenpistolen ausgerüsteten Soldaten.

»Na, sollen wir Stalin Grüße von euch ausrichten?«

»Wie viele Kilometer sind es noch bis Moskau?«

Das ausgelassene Rufen währt nur kurz, schon bald zwingt der Staub die Männer, sich wieder zu setzen. Der Zug der Gefangenen endet erst nach Stunden. Es sind einfach zu viele, als dass Albert sie zählen könnte.

Obwohl es noch gut hundert Kilometer bis zur Front sind, können sie das ununterbrochene Dröhnen der Kämpfe hören. Abends ist der Horizont vom Feuer glutrot. Im Radio wird jeden Abend die Liste der eingenommenen Dörfer und Städte verlesen. So und so viele feindliche Panzer zerstört, so viele Flugzeuge abgeschossen, eine wachsende Zahl Kriegsgefangener. Manchmal erscheint es fast wie ein Kinderspiel. Nichts kann den Vormarsch der Deutschen aufhalten.

Die Kolonne schlängelt sich durch ein von Bomben zerstörtes Fabrikgelände. Der Teer auf den Dächern brennt noch, und dicker, schwarzer Rauch steigt gen Himmel. Russen, die die Fabrik verteidigt haben, sind in ihren Stellungen gefallen. Verbrannte, zerschossene Leiber liegen überall zwischen den Trümmern.

Einer der Männer donnert mit der Faust gegen das kleine Fenster in der Rückwand des Fahrerhauses und brüllt: »Gebt Gas, damit wir auch noch Russen erschießen können, bevor der Krieg zu Ende ist!«

Als der Abend anbricht, schlagen sie am Rande eines kleinen Dorfes ihr Lager auf, das beim Abzug der Russen nicht in Brand gesteckt wurde. Sie strecken ihre Glieder aus, die vom stundenlangen Sitzen ermüdet sind. Die Finnen stehen an eine graue Scheune gelehnt und rauchen. Eine schier unendliche Reihe Wehrmachtssoldaten marschiert auf dem Weg an ihnen vorbei, die Gesichter von der extremen körperlichen Anstrengung verzerrt. Zwischen den Marschierenden sind Pferde zu sehen, die Geschütze, Feldküchen und Munitionswagen ziehen. Dann und wann feuert eine Flugabwehrbatterie in der Nähe eine Serie ab.

»Im Radio haben sie gesagt, dass Minsk eingenommen ist und Feldmarschall von Kluge dort dreihunderttausend Russen gefangen genommen hat«, sagt Klaus.

»Das ist ja die Hälfte der Kampfstärke der finnischen Armee!«

»Hitler hatte wieder einmal recht. Ein Tritt gegen die Tür genügt, und das ganze morsche Gebilde stürzt zusammen«, meint Virkkala. »Schaffen wir es überhaupt noch rechtzeitig? Es wäre doch peinlich, ohne durchlöcherte Pilotka nach Hause zurückkehren zu müssen.«

»Ehrlich gesagt sollten wir lieber in Finnland kämpfen«, sagt Albert, während er sich eine Zigarette ansteckt und das Dorf betrachtet, in dem es von Soldaten in grauen Uniformen nur so wimmelt. Zivilisten sehen sie keine, sie sind in die Stuben oder Keller geflüchtet. Den Geräuschen nach zu urteilen, werden bereits die Türen der Häuser eingetreten und das Plündern ist in vollem Gang.

»Ist doch egal, wo wir Russen erschießen. Ob auf dem Balkan oder in Murmansk. Wir kämpfen gegen einen gemeinsamen Feind«, entgegnet Virkkala. »Hitler hat versprochen, vor Ende des Sommers Moskau einzunehmen. General Guderian ist mit seiner Panzergruppe bereits auf dem Weg dorthin. Wenn Smolensk fällt, ist der Weg nach Moskau frei.«

Ein Tropfen trifft Albert an der Stirn. Er schaut zum Himmel, über den dunkle Wolken ziehen. Als er die Hand ausstreckt, fällt ein weiterer Tropfen darauf. Er schnipst die Zigarette weg, erhebt sich und läuft zum Dorfbrunnen. Als er den Eimer hochzieht, schreit Ylikylä, »Nicht trinken! Verdammt, das ist vielleicht vergiftet!«

Albert hält kurz inne, dreht dann die Winde weiter. Er greift nach dem Wassereimer, setzt ihn an die Lippen und trinkt gierig. Das Wasser läuft ihm aus den Mundwinkeln auf die Uniform. Grinsend sieht er seine Kameraden an. Urplötzlich reißt er die Augen weit auf. Der Eimer entgleitet seinen Händen und fällt polternd zu Boden. Albert greift sich an den Hals, sackt zusammen, seinem Mund entweicht ein Krächzen, Spuckfetzen fliegen.

Die anderen eilen ihm zu Hilfe. »Albert? Albert!«

Schalk blitzt auf in seinen Augen, und er lächelt schadenfroh. Martti stößt ihm gegen die Schulter, verärgert und erleichtert zugleich. »Du alter Schelm!«

Alle füllen ihre Feldflaschen. Jetzt fallen immer mehr Tropfen, und sie suchen Schutz. Am Dorfrand werden Zelte aufgestellt.

»Ich geh mal nachsehen, ob ich in den Häusern noch etwas zu Essen finde«, sagt Albert und läuft die Dorfstraße entlang. Ein Soldat kommt ihm entgegen, der sich ein Huhn unter den Arm geklemmt hat, das mit den Flügeln flattert, ein anderer presst ein in Leinen gewickeltes Vierpfundbrot an sich. Die Haustierpferche sind leer, alle Türen verriegelt, die Fensterläden geschlossen. Der Regen nimmt zu, und die deutschen Soldaten flüchten sich ins Trockene. Albert kümmert der Regen nicht, er geht weiter durch ein schmales Gässchen, das an Misthaufen und Plumpsklos vorbei zu den Äckern führt. Am Rande des Dorfes, etwas abseits von den anderen, steht ein kleines Häuschen. Albert lenkt seine Schritte dorthin, der Regen wird immer stärker und hat den Pfad aufgewühlt und schlammig gemacht.

An der Tür zögert Albert, soll er einfach eintreten oder anklopfen? Er entscheidet sich für Letzteres, öffnet aber vorsichtshalber den Knopf seines Pistolenhalfters. Als er keine Antwort bekommt, drückt er gegen die Tür. Sie ist unverschlossen. Gebückt tritt er durch den niedrigen Türrahmen in eine halbdunkle Stube, die nur von einer verrußten Sturmlaterne spärlich erhellt wird. Er zieht die Tür hinter sich zu und verharrt auf der Schwelle. Im schwachen Schein, den die Lampe und das Licht verbreiten, das durch das Fenster fällt, kann er eine hochschwangere, schwarzhaarige Frau erkennen, die am Tisch sitzt. Sie blickt ihm direkt in die Augen, der matte Lichtschein erzeugt flackernde Schatten auf ihrem Gesicht. Alberts Aufmerksamkeit richtet sich auf den Tisch, auf dem zwei Emaille-Tassen stehen, in denen Tee dampft. Doch die Frau ist allein in der Stube.

Er geht einen Schritt weiter, die Frau schreckt zusammen, doch Albert bedeutet ihr, dass er nichts Böses im Schild führt. Er nimmt die Mütze vom Kopf, streicht seine Haare glatt, dann deutet er auf den Mund und fragt:»Ljeb?«

Sie braucht einen Moment, bevor sie versteht, was er meint, dann schüttelt sie den Kopf.»Njet khleb. Kein Brot.«

Albert zieht sein Portemonnaie aus der Tasche und reicht ihr ein paar deutsche Scheine. Wieder zeigt er auf seinen Mund. Zögernd erhebt sie sich, nimmt den Deckel von einem über dem

Feuer köchelnden Topf und schöpft dünne Hühnerbrühe auf einen Teller. Die Frau stellt den Teller auf den Tisch, und Albert setzt sich. Er spürt, wie ihr Blick auf ihm ruht. Die Suppe ist die erste warme Mahlzeit seit drei Tagen, und Albert verschlingt sie gierig. Als er gegessen hat, dankt er ihr und erhebt sich. Er hält ihr die Scheine hin, die sie schnell in ihren Ausschnitt steckt. Sie schlägt Eier, ein Glas Gurken und in Wachspapier gewickeltes Fruchtgelee in ein Tuch.

Vor dem Fenster rinnt der Regen in schmalen Bächen vom Dach.

»Wie ist dein Name?«, fragt Albert auf Deutsch, aber sie schüttelt nur den Kopf. Stotternd will er es auf Russisch versuchen, zeigt aber dann auf sich und sagt: »Albert.«

Um ihren Mund spielt ein Lächeln, und trotz des grauen Lichts in der Stube wird Albert klar, dass er vor der schönsten Frau steht, die er je gesehen hat. Ihre schwarzen, glänzenden Haare fallen über die Schultern und ihre von der Schwangerschaft schweren Brüste. Um den Hals trägt sie ein silbernes Medaillon.

»Zofia.«

Albert will etwas erwidern, als draußen jemand mürrisch deutsche Befehle brüllt. Ihr Lächeln erlischt, ihre Augen weiten sich erschrocken. Albert nickt Richtung Tisch. Sie versteht, was er meint, und stellt das Geschirr in die Waschschüssel. Die Stimmen kommen näher.

Sie pustet die Petroleumlampe aus und ist nur noch als Schatten gegen das Fenster erkennbar. Albert geht zur Tür, öffnet sie und tritt in den Regen. Eine sechsköpfige Gruppe SS-Männer, die Armbinden mit dem Totenkopfsymbol tragen, kommt auf ihn zugerannt. Ohne auf ihn zu achten, rennen sie an dem Häuschen vorbei.

Der Regen hat den Weg in eine Schlammwüste verwandelt. Er steckt das Päckchen, das ihm die Frau gegeben hat, unter sein Hemd. Aus dem Dorf sind Schreie zu hören. Albert beschleunigt seine Schritte. Trotz des Regens haben sich noch mehr Männer um den Brunnen versammelt. Auf dem Platz stehen zwei Pritschenwagen, die nicht zur Wiking-Division gehören. Weitere Totenkopftrupps stürmen in die Häuser. Sie haben Hunde bei sich, die an den Leinen zerren und ununterbrochen mit gebleckten Zähnen bellen. Albert entdeckt Klaus und die anderen Finnen, die unter der Traufe eines Kuhstalls stehen.

»Was geht hier vor sich?«

»Einsatzkommando«, sagt Klaus lapidar, als handele es sich um eine tägliche Routine.

»Was tun die?«

»Die suchen Partisanen und Politoffiziere – Juden.«

Die Soldaten treten Türen ein. Als Albert sieht, wie einer der Soldaten eine alte Frau, deren Rücken gebeugt ist, an den Haaren aus einem Haus zerrt, will er dazwischengehen, aber Martti und Klaus halten ihn zurück.

»Das ist doch kein Politruk!«

»Wer dem Feind hilft, wird hart bestraft.«

»Partisanen und Kommissare der Roten Armee werden ohne Gerichtsverfahren erschossen«, sagt Martti. »Du kennst den Befehl.«

In Alberts Brust tobt ein Sturm. »War das etwa ein Politkommissar? Was sagt denn die Bibel darüber, Unschuldige zu erschießen?«

Immer mehr Menschen werden auf den Dorfplatz geschleift. Schmutzbefleckte Landbewohner in geflickten Kitteln und zerfetzten Schuhen. Die meisten von ihnen junge Männer, doch auch Frauen und Alte sind darunter. Ein Mann reißt sich aus dem Griff eines SS-Unterscharführers los und rennt zwischen die Häuser. Ein schneller, präzise ausgeführter Schuss macht der Flucht ein Ende. Die Pfütze unter dem Toten färbt sich rot und breitet sich aus. Die Dorfbewohner schreien, schluchzen, beten.

Neben dem Brunnen wird aus Balken und Brettern ein Galgen

errichtet. Ein junger, glattwangiger SS-Oberscharführer wirft drei Schlingen über den Querbalken und stellt unter jede einen Hocker. Dann werden die ersten Zivilisten aufgefordert, sich auf die Hocker zu stellen. Ihnen werden die Hände auf dem Rücken gefesselt, Schlingen um ihre Hälse gelegt. Ein Fotograf stellt sich auf, um den Augenblick für die Nachwelt festzuhalten. Als alles fertig ist, tritt der SS-Oberscharführer die Hocker einzeln weg. Gegen den letzten muss er dreimal treten, und als er immer noch nicht umfällt, schubst er den Mann einfach herunter wie ein Wasserglas vom Tisch. Der Mann zappelt lange, die Beine strampeln wild, das Rotieren und Gurgeln dauert an, bevor es endlich ein Ende hat. Die Leichen werden abgenommen und auf einen Haufen an einem Nebengebäude gestapelt. Die Hocker werden wieder aufgestellt und die nächsten Männer herangeführt. Keiner sagt ein Wort, keiner leistet Widerstand, keiner wehrt sich. Der Fotograf kommt mit seiner Kamera unter die Dachtraufe und verscheucht die Wiking-Soldaten von ihrem Platz.

Aus den Reihen der Zivilisten, die zum Zuschauen verdammt sind, ist Schluchzen und Wehklagen zu hören. Die im Kreis stehenden Totenkopfsoldaten rauchen, lachen und lassen eine Schnapsflasche kreisen, ohne sich um den Regen zu scheren.

Das Erhängen geht weiter.

Als die letzten drei an der Reihe sind, unter denen auch die bucklige Alte ist, posieren die Männer des Erschießungskommandos vor den hängenden Menschenbündeln für ein Gruppenbild. Sie recken das Kinn, ihre Gewehre glänzen. Der alten Frau haben sie ein Schild umgehängt, auf dem sie davor warnen, mit dem Feind zu kollaborieren.

Das Einsatzkommando packt ein. Der Leichenberg und das Galgengerüst bleiben. Feuer färbt den Horizont glutrot, und das Donnern an der Front, das jetzt schon seit Wochen anhält, ist auch durch den Regen hindurch zu hören. Von Zeit zu Zeit zischt ein helles Licht über den Himmel, wenn ein großes Geschoss abgefeuert wird, und kurz darauf, nachdem das Licht erloschen ist, ist nicht weit davon entfernt eine Detonation zu hören, und der Himmel färbt sich wieder feuerrot.

Der Regimentskommandeur erscheint und beordert die Kompaniechefs zur Befehlsausgabe. Der Befehl ist kurz und eindeutig: Morgen erfolgt der Angriff auf das Dorf Nowosilki. Es ist von den Russen zu säubern, die sich dort verschanzt haben.

»Also bekommst du doch noch deine Pilotka«, sagt Martti voller Sarkasmus zu Virkkala. »Wer weiß, vielleicht sogar das Eiserne Kreuz.«

»Falls wir nicht in einer Holzkiste nach Hause zurückkehren«, meint Ylikylä und betrachtet den lodernden Horizont.

Albert kann den Blick nicht von den Leichen der Erhängten abwenden, die sich leise im Wind drehen. Die Seile knarzen. Das Gesicht der alten Frau ist blauschwarz angelaufen.

»Auf nach Walhalla, oder wie?«

2019

28

»War Klaus Halminen ein Nazi?«, fragte Linda.

Das Ermittlerteam saß im Büro von Susanna Manner, das nach und nach zu ihrem Besprechungsraum geworden war. Zu Heinonens Zeiten wäre das nicht in Frage gekommen, und Paloviita musste sich eingestehen, dass Manner eine viel bessere Vorgesetzte war, als er es jemals hätte sein können. Die Erinnerung an seine Zeit als Chef wurmte ihn längst nicht mehr so wie früher.

Er sah aus dem Fenster, durch das man einen Blick auf den Kreisverkehr vor dem Polizeipräsidium hatte. Oksman stand wie gewohnt an den Rahmen gelehnt in der Tür, und Manner saß im Sessel und wippte mit dem übergeschlagenen Bein.

»Nicht unbedingt«, warf Oksman ein.

»Aber er hatte eine Naziuniform in seinem Schrank.«

»Eine Uniform der Waffen-SS«, korrigierte Oksman. »Das heißt nicht unbedingt, dass er auch ein Nazi war.«

Linda runzelte die Stirn. »Hat nicht gerade die SS Juden umgebracht und die Konzentrationslager verwaltet?«

»Stimmt«, gab ihr Oksman recht. »Die Schutzstaffel hatte eine Schlüsselposition beim Völkermord an den Juden. Sie war für den Transport zuständig sowie für die Bewachung der Konzentrationslager und ist für Massenhinrichtungen in ganz Europa verantwortlich. Aber Klaus Halminens Uniform ist nicht die Uniform eines KZ-Wachmanns, sondern die eines Gruppenführers der Waffen-SS, genau genommen die eines SS-Scharführers.«

»Und warum hatte Halminen so etwas im Schrank? War er ein Sammler?«

Oksman und Paloviita sahen sich an. Kurz vor der Besprechung hatten sie an Paloviitas Computer eine schnelle Recherche im Internet durchgeführt. Oksman antwortete:

»Halminen hat im Zweiten Weltkrieg in den Reihen der Waffen-SS gekämpft. Seine Witwe hat das bestätigt.«

»Bei den Deutschen?«

»Finnland hat in der Zeit des sogenannten Zwischenfriedens, in der Zeit zwischen März 1940 und Juni 1941, als es keine Kampfhandlungen zwischen Finnland und der Sowjetunion gab, Soldaten zur Ausbildung nach Deutschland geschickt. Halminen war einer von den 1400 Freiwilligen.«

»Warum habe ich davon noch nie etwas gehört?«

Manner unterbrach sie. »Sollte die Presse Wind davon bekommen, dass das Opfer eine SS-Vergangenheit hat, stehen sie Kopf. Ganz gleich, ob es irgendetwas mit dem Mord zu tun hat, eine Uniform im Schrank reicht denen als Beweis.«

Keiner sagte etwas. Allen war klar, dass Manner recht hatte. Die Presse schrieb immer, was sie wollte, damit hatten sie sich längst abgefunden, aber ein Medienrummel solchen Ausmaßes würde ihre Ermittlungen beeinträchtigen, ob sie wollten oder nicht. Für den oberflächlichen Betrachter war SS gleichbedeutend mit Völkermord. Die Kommentarspalten würden explodieren, wie schon so oft in der Vergangenheit. Aber dieses Mal würden nationalgesinnte Gruppen und Holocaustleugner dem Ganzen ihr eigenes Gepräge verleihen.

»Also gut, wie gehen wir vor?«, fragte Paloviita.

Alle richteten ihren Blick auf Manner, und auch jetzt war Paloviita froh, nicht mehr auf dem Chefsessel zu sitzen.

Manner lehnte sich zurück, ihr Fuß wippte jetzt nicht mehr. Sie ließ eine kurze Pause entstehen, bevor sie sagte:

»Wir müssen schneller sein als die Medien. Es wird nicht lange dauern, bis einer von denen anruft und Genaueres wissen will. Natürlich geben wir noch keine Erklärung ab. Soll die Presse spekulieren, was sie will. Wir geben nichts zu und streiten nichts ab.«

Dann schaute sie zu Linda. »Krieg heraus, wer in Finnland der Experte Nummer eins in Sachen SS ist, und hol ihn ans Telefon. Finde alles heraus, was zu den Finnen in der SS bekannt ist, und leg es mir vor. In erster Linie interessiert mich das in Bezug auf Halminen. Und falls auch Albert Kangasharju einer von denen war, will ich auch alles über ihn wissen.«

»Kangasharju kann Deutsch, obwohl er es abstreitet«, warf Linda ein.

»Falls sich das bestätigt«, meinte Paloviita, »dann haben wir ein mögliches Motiv. Und eine Verbindung zwischen den beiden Opfern.«

»Dann ist die Hölle los«, stellte Oksman fest.

Jetzt schaute Manner Oksman an. »Du, Henrik, sprichst mit den Leuten von Raunela und trägst alles zusammen, was die Technik über die Angreifer herausgefunden hat.«

»Soweit ich weiß, ist die Rekonstruktion der Ereignisse in Halminens Haus abgeschlossen. Ich bitte Raunela, uns eine Zusammenfassung zu geben.«

»Ja, gut. Am liebsten noch heute.«

»Und ich?«, fragte Paloviita.

»Du sprichst mit Halminens Witwe. In ihrem Haus gab es Himmel noch mal ein Feuergefecht, Halminen muss gewusst haben, dass sie gekommen sind, um ihn zu holen. Danach nimm dir noch einmal Kangasharju vor. Er gibt den unschuldigen alten Mann, aber irgendetwas verheimlicht er uns.«

Paloviita nickte und fand, dass sie wirklich eine hervorragende Chefin hatten. Falls er je Zweifel gespürt hatte, waren sie spätestens bei dieser Besprechung verflogen. Wenn die Presse in absehbarer Zeit über sie herfiel, würde Manner keinen Zoll schwanken.

»Gibt es noch etwas?«

»Eine Sache noch. Kangasharju hat erwähnt, dass im Jahr 1992 ein unbekannter Mann vor seiner Tür stand, gedroht hat, ihn zu erschießen, und dann versucht hat, sich umzubringen. Allerdings hat er auch behauptet, der Mann habe sich einfach nur in der Tür geirrt.«

»Wir müssen uns die Unterlagen von damals anschauen. Wer übernimmt das?«

»Ich kümmere mich darum«, sagte Oksman.

29

»Die Rekonstruktion vom Mordabend in Halminens Haus ist abgeschlossen, und wir haben ein recht genaues Bild vom Ablauf der Ereignisse«, begann Raunela und erhielt die ungeteilte Aufmerksamkeit aller, die im Auditorium saßen.

Auf die Leinwand war der Grundriss von Halminens Haus und Grundstück zu sehen, auf dem auch der Weg verzeichnet war, der auf das Haus zulief.

»Zunächst muss festgestellt werden, dass alle Beweise, die im Haus gefunden wurden, Ulla Halminens Darstellung der Ereignisse stützen und es keinen Grund gibt, an ihrer Aussage zu zweifeln. Vielmehr hatte sie großen Anteil an der erfolgreichen Rekonstruktion.«

Raunela fuhr mit dem Laserstift über die Zufahrt, fuhr den Schotterweg entlang und verharrte dort.

»Die Ereignisse begannen um 21.56 Uhr, als bei Halminens der Festnetzanschluss klingelte. Ulla Halminen ging dran, aber als sich keiner meldete, legte sie wieder auf. Vermutlich haben die Täter angerufen, um sicherzugehen, dass sich das Ehepaar im Haus aufhält und nicht beispielsweise im Garten. Anschließend wurde die Telefonleitung durchtrennt, also wissen wir, wo sich die Täter während des Anrufs befanden.«

»Und der Anschluss, von dem aus angerufen wurde, kennen wir den?«

Über Raunelas Gesicht zog ein Lächeln, das er vergeblich zu verbergen versuchte. »Jetzt wird es interessant. Laut Funkzellenabfrage waren genau drei Handys in dem Gebiet eingeloggt, zwei davon gehören Ulla und Klaus Halminen. Weil wir die Nummer kennen, von der bei Halminens angerufen wurde, wissen wir mit Sicherheit, dass das dritte Handy den Tätern gehörte.«

Alle lauschten gespannt Raunelas Ausführungen. Der Überfall auf Albert Kangasharju war in völliger Funkstille mit ausgeschalteten Mobiltelefonen erfolgt, hier lag es anders. Doch Raunela dämpfte ihre Erwartungen:

»Nicht zu früh gefreut. Es ist eine Prepaid-Nummer.«

»Wo wurde sie gekauft?«, fragte Oksman.

»In einem R-Kiosk am Kalevanpuisto im Stadtteil Käppärä, drei Tage vor dem Angriff auf Albert Kangasharju.«

»Und sie wurde erst wenige Minuten vor der Entführung von Klaus Halminen aktiviert? Das bedeutet, es wurde einzig für diesen Anruf angeschafft«, stellte Paloviita fest.

»Die Täter haben zum selben Zeitpunkt zwei weitere Karten gekauft, aber die sind bisher nicht aktiviert worden.«

»Wir müssen sie nachverfolgen«, sagte Oksman.

»Das habe ich unverzüglich veranlasst, als ich davon erfahren habe«, sagte Manner.

Oksman nickte zufrieden. Die Mörder hatten einen Fehler gemacht. Zwar nur einen winzigen, aber auch der kleinste Fehler konnte entscheidend sein. Oksman war klar, dass die Täter nicht einfach so mehrere Prepaid-Karten gekauft hatten, sondern für einen bestimmten Zweck. Etwa, um mit einem Dritten zu telefonieren, oder um zu organisieren, auf welchem Wege sie Finnland verlassen würden. Im schlimmsten Fall konnte es auch zwei weitere Opfer bedeuten. Es war sehr wahrscheinlich, dass sie die Karten irgendwann benutzen würden, und dann konnten sie die Täter lokalisieren. Und das Beste war, dass die Mörder nicht wussten, dass die Polizei über die Herkunft der Prepaid-Anschlüsse im Bilde war.

»Salminen holt gerade die Aufzeichnungen aus der Überwachungskamera im R-Kiosk ab. Direkt gegenüber dem Kiosk gibt es einen Bankautomaten, auch der hat eine Kamera.«

»Es sieht ganz so aus, als hätten wir einen Ermittlungsansatz, dem wir folgen können«, sagte Manner.

»Der Knoten war doch auffällig«, sagte Linda. »Habt ihr dazu irgendwas rausgekriegt?«

»In der Tat«, sagte Raunela. »Das ist in der Tat ein interessantes Detail. Die Schlinge, mit der Halminen erhängt wurde, wies den gleichen Knoten auf wie die Schlinge im Park des Altenheims. Ich mache diese Arbeit schon lange und habe jede Menge Seile, Schnüre und Knoten gesehen, aber so einen noch nie. Es handelt sich um eine Kombination aus einem Schiebeknoten und dem Palstek in Verbindung mit einem Twist. Das hat mich so sehr interessiert, dass ich ein Foto an die Kollegen in Helsinki geschickt habe, und heute Morgen kam die Antwort. Der Knoten ist ein sogenannter Yosemite-Knoten, anders gesagt ein Rundtörn mit zwei halben Schlägen. Er wird beim Klettern verwendet. Er ist schnell geknüpft, einfach und sehr sicher.«

»Vielleicht ein Kletterer?«, schlug Paloviita vor.

»Das kann ich nicht sagen. Auf jeden Fall ist es interessant, dass die Täter ausgerechnet diesen Knoten gewählt haben und keinen anderen.«

»Vielleicht war es der einzige, den sie konnten und von dem sie wussten, dass er funktioniert?«, schlug Linda vor.

»Wieso sollte jemand ausgerechnet einen speziellen Kletterknoten können? Es gibt hunderte andere Möglichkeiten. Viel einfachere.«

»Ein durchschnittlicher Mensch kann in der Regel drei Knoten: einen Doppelknoten und eine Schleife sind zwei davon. Es sei denn, er hat ein Hobby, für das man weitere Knoten braucht, zum Beispiel als Pfadfinder, beim Segeln oder Klettern«, warf Oksman ein.

»Na, wie Pfadfinder-Scouts kommen die mir nicht vor«, meinte Manner. »Aber die Sache müssen wir im Hinterkopf behalten.«

Dann gingen sie die Rekonstruktion durch. Raunela erklärte,

wie die Täter die Tür eingetreten, wo Klaus Halminen seine Waffe versteckt und von welcher Stelle aus er auf die Angreifer geschossen hatte. Seine Ausführungen waren detailliert und endeten mit Ulla Halminens Notruf, der um 22.07 Uhr bei der Notrufzentrale eingegangen war.

Oksman erhob sich mit den anderen, verließ das Auditorium und trat auf den Flur hinaus. Ihn ließ der Gedanke nicht los, dass alles akribisch geplant war und sie es mit etwas zu tun hatten, dem sie nie zuvor begegnet waren.

30

Die Büros in den oberen Stockwerken des Polizeipräsidiums leerten sich zum Ende der Tagschicht, die Nachtschicht bevölkerte eher die unteren Etagen. Oksman schaltete das Licht über seinem Schreibtisch aus und stieg hinab in den Keller. Durch verwinkelte Gänge ging er zum Archiv und suchte nach den Akten zu dem Waffen-Vorfall an Albert Kangasharjus Haustür im Jahr 1992, steuerte dann die Handbibliothek neben dem Archiv an und lieh ein Buch über Knotenkunde aus.

Oksman wusste, dass der normale Mensch sich nur selten für Knoten und Schlingen interessierte, und gerade das machte die Sache so interessant. Er erinnerte sich an einen Fall aus seiner Anfangszeit bei der Polizei. Eine Leiche war aufgehängt worden, um einen Selbstmord vorzutäuschen. Damals hatte der Knoten sie auf die Spur des Täters geführt, denn sowohl das Seil als auch der Knoten hatten mit dem Segelsport zu tun und führten sie so auf die Spur eines Segelvereins.

Mehr noch als der Knoten trieb ihn allerdings die Tatsache um, dass die Angriffe auf die alten Männer so exakt geplant wirkten, wie er es in seiner bisherigen Ermittlertätigkeit noch nicht erlebt hatte. Alles war mit einer absoluten Kaltblütigkeit ausgeführt worden, und zwar in beiden Fällen. Die Täter wollten zwar eindeutig nicht geschnappt werden, aber dann wiederum hinterließen sie einfach Beweismaterial.

Das ergab keinen Sinn.

Sie würden sie wohl auf frischer Tat erwischen müssen, um sie zur Rechenschaft zu ziehen. Es war, als ob sie über all dem stünden.

Unangreifbar.

Immun.

Auch die Durchführung des Mordes war in sich widersprüchlich. Es wäre ein Leichtes gewesen, die beiden alten Männer zu töten, aber offensichtlich war es ihnen wichtig, sie zu hängen. Die Täter waren bereit, dafür ein hohes Risiko einzugehen. Bei Kangasharju waren sie deswegen sogar gescheitert.

Hängen, dachte Oksman.

Sehr symbolisch. Das mussten sie sich auf jeden Fall näher anschauen.

Die Uniform bei Klaus Halminen kam ihm in den Sinn, sie stammte nicht aus Finnland. Auch an die Ehrenabzeichen in Kangasharjus Schublade musste er denken. Sowohl die Uniform als auch die Abzeichen stammten aus dem Krieg. War das die Übereinstimmung, nach der sie suchten?

Vielleicht hatten sie die ganze Zeit in der richtigen Richtung gegraben, nur nicht tief genug.

Oksman klemmte sich das Buch und die Unterlagen unter den Arm und trat hinaus auf den Flur. Heute Abend zu Hause würde er sich mit dem Yosemite-Palstek beschäftigen und ihn üben. Vielleicht entdeckte er etwas, das sie weiterbrachte.

Auf dem Weg zum Treppenhaus kam er am Pausenraum der Schutzpolizei vorbei. Die Tür war angelehnt. Die Abendschicht hatte bereits begonnen, drei Uniformierte saßen auf dem Sofa, sahen fern und warteten auf ihren ersten Einsatz.

»Henrik!«

Oksman blieb stehen und machte zwei Schritte rückwärts, zurück zur Tür. Erst jetzt erkannte er den Mann, der ihn gerufen hatte. Pasi Jaakola winkte ihn herein. Zögernd trat Oksman über die Schwelle und hielt das Buch in die Höhe.

»Ich war kurz in der Bibliothek.«

»*Moderne Methoden der Tatortuntersuchung: Knoten, Schnüre und Seile*. Geschrieben von Kaarlo Gustafsberg und Niilo Ylimys«, las Pasi vor und grinste. »Hast du uns vielleicht etwas verschwiegen?«

Oksman lief rot an und bekam kein Wort heraus. Er hoffte, seine Verlegenheit wäre nicht allzu offensichtlich.

Die anderen Polizisten schauten ihn jetzt auch an. Eine Kollegin sagte:

»Ich habe von eurem kleinen Schießwettkampf am Stand gehört. Mein Beileid.«

»Die Bessere hat gewonnen – dieses Mal.«

»Wir haben uns eine Torte auf deine Niederlage gegönnt«, sagte der dritte im Raum. »Die Hoheit über den Schießstand ist wieder in den Händen derer, die sie innehaben sollte: bei der Schutzpolizei.«

»Nun dreht ihm nicht auch noch das Messer in der Wunde um«, beschwichtigte Pasi.

»Ich bin jederzeit bereit für eine Revanche«, entgegnete Oksman.

Daraufhin sagte keiner etwas.

Erst jetzt fiel Oksman auf, was im Fernsehen lief: Schach auf Eurosport. In einer Ecke stand, dass es sich um eine Live-Übertragung des Finales des Internationalen Schachturniers in Moskau handelte. Am Tisch saßen der amtierende Weltmeister aus Norwegen, Magnus Carlsen, und sein Herausforderer aus Russland, Sergei Karjakin. Der Kommentator im Studio gab flüsternd die Züge bekannt, und der aktuelle finnische Meister analysierte sie.

»Kaum zu glauben, Schach im Sportkanal! Die Fernsehsportart schlechthin!«, witzelte der Polizist.

»Immerhin besser als Orientierungslauf bei Nacht«, meinte die Polizistin.

»Oder Snooker«, ergänzte Pasi.

»Die Partie dauert schon über vier Stunden, und ein Ende ist immer noch nicht in Sicht«, sagte der Kollege. »Ich habe keine

Ahnung von Schach, aber es hat etwas Hypnotisches an sich. Laut Kommentator wird die Partie notfalls morgen weitergespielt.«

Oksman konzentrierte sich auf das Schachbrett und sagte: »Die Partie ist im Grunde schon entschieden. Schachmatt nach sechzehn Zügen für den Norweger, vorausgesetzt, der Russe gibt nicht vorher auf.«

Die Kollegen lachten schallend, verstummten aber, als sie realisierten, dass Oksman dies nicht als Witz gemeint hatte.

»Und woher willst du das wissen? Das ist live in Moskau!«

»Möglich ist auch ein Patt auf c7, falls der Norweger einen Fehler macht und seinen Läufer nicht schützt, aber das ist unwahrscheinlich. Der Verlust des Springers hat Karjakin das Genick gebrochen.«

»Der Kommentator meint, der Russe sei im Vorteil, weil er das Mittelfeld beherrscht, was auch immer das heißen mag«, bemerkte die Polizistin.

»So soll es aussehen. Die Situation ist eine Abwandlung der Tarrasch-Falle, bei der Carlsens linke Seite schwach aussieht, die Situation aber schnell eskaliert und Karjakin seine Königin opfern muss, um den König auf h5 zu schützen. Wäre sein Springer nicht geschlagen worden, hätte er noch eine Chance, aber so ist es zu spät. Unfassbar, dass der Russe das nicht erkannt hat – geschweige denn der Kommentator. Eigentlich kann der Russe auch sofort aufgeben.«

Die anderen im Raum lachten wieder und schüttelten belustigt den Kopf.

»Patt und Tarrasch-Falle«, murmelte der Polizist. »Was du nicht sagst ...«

Oksman sagte nichts mehr, sondern drehte sich um und ging zur Tür.

»Wollen wir am Wochenende eine Runde laufen gehen?«, rief ihm Pasi nach.

»Mal sehen«, antwortete Oksman.

1941

31

2. Juli 1941

Die Kompanie liegt neben einem Kartoffelfeld in einem flachen Entwässerungsgraben, der dicht von langem Gras und Disteln bestanden ist. Das Land ist flach, aber hier, wo sie warten, steigt es zu einem kleinen Laubwäldchen hin an. Sie wissen, dass hinter dem Hügel das Dorf Nowosilki liegt, und haben schon im Morgengrauen die Stellungen bezogen. Ihre Blicke folgen dem Kundschafter, der den Abhang hinuntergerannt kommt, im Schlamm ausrutscht, ein Stück auf dem Hintern schlittert, aber sofort wieder aufspringt und auf den SS-Sturmscharführer zurennt, der halb kniend hinter dem Graben wartet.

Eine Fliege umschwirrt Alberts Kopf und versucht beharrlich, auf seinem verschwitzten Gesicht zu landen. Er pustet, versucht sie so zu verscheuchen, doch die Fliege gibt nicht auf, krabbelt mal zur Nase, mal zum Ohr, dann zum Auge. Endlich setzt sie sich auf Alberts Handrücken, er erschlägt sie mit der anderen Hand. Er zieht den Kinnriemen fester und spürt, wie die Anspannung von seinem Körper Besitz ergreift. Der Sturmscharführer und der Kundschafter studieren die Karte, Letzterer fuchtelt mit den Händen, weist hierhin und dorthin.

»Nun entscheidet euch schon, da kriegt man ja Hunger beim Warten. Keinen Bissen den ganzen Morgen«, murmelt Ylikylä.

Endlich erheben sich Sturmscharführer und Kundschafter.

»Angriff!«

In Linie erklimmen die Männer die Anhöhe, ihre Stiefel rutschen im nassen Gras weg. Albert überprüft sicher zum zehnten Mal den Verschluss seines Gewehrs. Klaus hält seine Maschinenpistole, eine MP 40, fest umklammert, und etwas weiter seitwärts stapft Ylikylä mit den Munitionstaschen hinter Martti her, der ein Maschinengewehr MG 34 schleppt.

Oben angekommen, halten sie an und legen sich erneut auf den Bauch. Albert zieht ein Fernglas aus seiner Brottasche und betrachtet das vor ihnen liegende Dorf. Es unterscheidet sich kaum von den anderen hundert Dörfern, die sie auf ihrem Weg passiert haben. Es hat etwa hundert Einwohner, vielleicht ein paar mehr. Am Rand des Dorfes stehen die Tierpferche, Scheunen und Ställe. Dahinter überragen die Zwiebeltürme der Kirche und das Dach der Synagoge alle anderen Häuser. Als die Rote Armee sich vor den rasch vordringenden Panzerdivisionen und motorisierten Einheiten der Wehrmacht zurückziehen musste, wurden Dutzende solcher Ortschaften eingekesselt. Die Front ist weitergezogen, und die Säuberung der Dörfer wird den SS-Brigaden überlassen, deren Aufgabe es ist, das Hinterland zu sichern.

Zwischen ihrem Hügel und dem Dorf liegen gut zweihundert Meter offenes Gelände. Nirgends ist ein Mensch zu sehen, weder feindliche Soldaten noch Zivilisten. Man hat sie also bemerkt, ihr Angriff kommt nicht mehr überraschend. Albert schwenkt das Fernglas, und zwischen zwei Häusern hält er inne. In einer Einzäunung steht ein Pferd, hinter dem das Heck eines grünen Lastwagens zu sehen ist. Er reicht Klaus das Fernglas, der das Dorf genau inspiziert, bevor er es Albert zurückgibt.

»Na, Herr Nachbar ist zu Hause.«

»Warum ergeben sie sich nicht?«

»Würdest du dich ergeben? Du hast doch gesehen, was sie mit den alten Frauen und Männern anstellen. Glaubst du, Soldaten werden besser behandelt?«, warf Martti ein.

»Was hat das für einen Sinn, es mitten am Tag zu versuchen? Nicht ein einziger Baum als Schutz«, schimpfte Ylikylä. »Und wo zum Teufel bleiben die Panzer? Wir liegen hier frei zum Abschuss wie die Gänse im Kornfeld.«

Der Meldegänger läuft hinter den Linien entlang und gibt die Anweisungen des Sturmscharführers weiter. Der Plan ist einfach. Die Artillerie würde mit einem einminütigen Beschuss den Gegner in seinen Stellungen halten und sofort beim Einschlagen der ersten Granaten vorstürmen. Der Feind soll aus seinen Stellungen getrieben oder in ihnen getötet werden. Gnade wird weder erbeten noch gewährt.

»Eine ganze Minute Deckungsfeuer vergeuden sie für uns! Das ist rein gar nichts!«

Sie hören ein brummendes Motorengeräusch hinter sich. Ein Geländekübelwagen hält am Fuß des Hügels, der Fahrer steigt aus und öffnet dem Kommandeur des Regiments Westland, SS-Standartenführer Hilmar Wäckerle in Stiefelhose und Schirmmütze die Tür. Seine Stiefel glänzen fast ebenso wie die Schulterstücke.

»Auch der große Chef will sich das Schauspiel nicht entgehen lassen«, ruft Virkkala begeistert. »Jungs, lasst uns zu einem Walzer aufspielen, wie er ihn noch nicht gesehen hat!«

Die Sonne steht wieder ein Stück höher am Himmel. In der schwülen Hitze kleben ihnen die Feldblusen am Rücken. Sie warten. Die schindel- und strohgedeckten Dächer und Zwiebeltürme des Dorfes glänzen nach dem Regen wie auf einer Postkarte. Auch die Front ist jetzt gespenstisch still. Schwer vorstellbar, dass diese scheinbare Idylle gleich von einer Welle der Zerstörung und Vernichtung überrollt wird.

Das Geschützfeuer hinter ihnen setzt ein.

Dumm, du-dumm, du-dumm.

»Erste, Zweite und Dritte. Fertig!«, brüllt der Stuscha.

Albert umklammert sein Gewehr. Sein Herz pocht zum Zerspringen.

Zischend sausen die Granaten über sie hinweg.

»Zu weit!«, flucht Martti. Und in der Tat verfehlen die ersten Granaten ihr Ziel und schlagen Erde aufwirbelnd hinter dem Dorf ein. Doch die folgenden treffen mitten hinein. Die Dachschindeln eines gemauerten Kuhstalls stieben in die Luft und erfüllen die angespannten Männer mit Kühnheit.

»Das ist das Ende der Russen!«

»Vorwärts!«

Sie springen auf und stürmen in loser Linie etwa hundert Meter vor, bevor sie sich in drei keilförmige Formationen aufteilen, wie sie es während der Ausbildung gelernt haben. Die Taktik ist riskant und waghalsig, hat aber seit Beginn des Krieges immer wieder Erfolg gezeigt. Koppelschloss und Gepäck scheppern, die Männer keuchen.

Das Dorf brodelt und tost. Gewaltige Rauch- und Staubsäulen steigen vor ihnen auf. Schlagartig verstummt der Beschuss, und es wird still. Albert sieht ein Pferd, das sich losgerissen hat und in vollem Galopp aufs freie Feld hinausrennt.

Sie sind auf etwa fünfzig Meter an das Dorf herangekommen, als der Feind das Feuer eröffnet. Die etwas schwerfälligen Schüsse eines Maxim-Maschinengewehres mähen das Gras vor ihnen um. Mit nach vorn gebeugten Oberkörpern rennen die Finnen weiter, um zwischen den Häusern Schutz zu finden. Im selben Moment verteilt ein leichter Granatwerfer seine Geschosse zwischen ihnen und zerschlägt die Formation der Angreifer. Explosionen und Splitter zerreißen die Luft. Ihr Angriff wird wie von einer Mauer gestoppt.

»Haben die uns als Schlachtvieh vorgeschickt?«, flucht Ylikylä.

»Direkt in den Kugelhagel!«

Das russische Maschinengewehr rattert einen Munitionsgurt durch und pflügt den Boden vor ihnen. Als das Knattern endlich aufhört, laufen sie weiter, so lange, bis der nächste Granatregen sie wieder stoppt.

»Dort, zwischen den Häusern!«, ruft Albert und zeigt auf das Maschinengewehrnest, das mit Holzkisten und Strohballen getarnt ist. Das Mündungsfeuer verrät die Stellung.

»Schnell, bevor sie einen neuen Gurt nachladen!«

»Ich gehe. Gebt mir Feuerschutz!«, sagt Klaus, löst eine Handgranate vom Koppelriemen und rennt in Schlangenlinien über das Feld. Erdklumpen fliegen in die Luft, als die Granaten neben ihm einschlagen.

»Der Irre! Läuft direkt ins Feuer!«

»Schießt, was ihr könnt!«

Martti lässt sein Maschinengewehr heulen, auch die anderen Soldaten eröffnen das Feuer. Gebannt verfolgen sie, wie Klaus nach vorn stürmt. Von Zeit zu Zeit wirft er sich auf die Erde, wenn eine Granate an ihm vorbeizischt, springt sofort wieder auf und rennt weiter, bis er den Lattenzaun erreicht hat.

Jetzt hat der Russe einen neuen Munitionsgurt geladen, und der Lauf des Maschinengewehrs zielt direkt auf Albert. Er presst sich so flach er kann auf den Boden. Um ihn herum stiebt Erde auf.

Da erhebt sich Klaus auf die Knie und schleudert die Handgranate. Sie fliegt in einem flachen, perfekten Bogen, fällt genau an der richtigen Stelle zwischen die Strohballen und explodiert mit einem Knall. Das Maschinengewehr verstummt. Dann geht es los.

»Erste und zweite, vorwärts!«

Albert springt auf. Noch nie zuvor ist er so schnell gerannt. Kreuz und quer geschossene Gewehrpatronen rauschen an ihm vorbei und über ihn hinweg. Ein Querschläger zischt mit einem schrecklichen Heulen von irgendwoher direkt an seinem Ohr vorbei. So ein Geräusch hat er noch nie zuvor vernommen, aber im Lauf des Krieges wird er es noch viele weitere Male hören. Aus dem Augenwinkel sieht er, dass zwei deutsche Soldaten, die neben ihm laufen, getroffen werden und zu Boden stürzen, als wären sie über ein unsichtbares Hindernis gestolpert.

»Sanitäter!«

Als einer der Ersten erreicht Albert den Schutz der Gebäude und wirft sich gegen eine graue Holzwand. Er keucht schwer. Klaus, Martti und Ylikylä lassen sich neben ihn fallen. Ihre Gesichter sind verschwitzt und schmutzig. In Alberts Adern wallt das Adrenalin. Jetzt überwinden auch die letzten Männer ihres Regiments die freie Fläche. Als der letzte den Schutz der Häuser erreicht, ist das gleichsam das Signal zum Angriff. Von der Hauptstraße ist bereits das Rattern der Maschinengewehre zu hören.

Virkkala klopft Klaus auf den Rücken. »Verdammt noch mal, dein Wurf verdient ein Eisernes Kreuz!«

Eine Salve peitscht vor ihnen quer über den Weg.

»Woher kommen die Schüsse?« fragt Virkkala.

Martti weist zum Dach einer hohen Scheune. »Da würde ich mich verschanzen. Von dort überblickt man das ganze Dorf.«

Aus einer Luke unter dem Dach blitzt Feuer auf.

Der Feind hat den Rand des Dorfes verlassen und zieht sich in der Dorfmitte zusammen. Zwei Soldaten in brauner Uniform rennen etwa fünfzig Meter von ihnen entfernt plötzlich über die Straße. Ylikylä entdeckt die beiden, hebt sein Gewehr und schießt auf die Fliehenden. Der Hintere wird getroffen und fällt zu Boden.

»Jäh endet der Flug des Hühnchens!«, frohlockt Ylikylä.

Als sie die Schüsse hören, halten die Deutschen, die sich jetzt zu einem neuen Angriff sammeln, kurz inne. Immer mehr von ihnen tauchen zwischen den Häusern auf, aber sie kommen nicht voran, solange das Maschinengewehr auf der Scheune unablässig grelle Garben über ihnen ausbreitet. Einer wird ins Bein getroffen. Rufe nach dem Sanitäter ertönen.

»Wo steckt dieses Scheiß-Erschießungskommando?«, wütet Klaus. »Erledigt ihr das!«

Martti und Albert nicken und schleichen sich von hinten an die Scheune heran. Sie kommen an einem fast vollen Güllesilo vorbei und drängen sich durch ein Brennnesseldickicht.

Virkkala und Ylikylä rennen über die Straße, um dem Feind keine Gelegenheit zu geben, die Position zu wechseln. Klaus folgt ihnen mit ein paar Sekunden Abstand und schafft es gerade noch, hinter der Ecke eines Ladens Schutz zu finden, als von oben die nächste Garbe über sie hinwegfegt und die Wand durchlöchert. Martti und Albert bleiben stehen und laufen erst weiter, als sie sehen, dass alle Finnen sicher die Straße überquert haben.

Die Tür der Scheune ist angelehnt. Martti späht hinein und gibt Albert ein Zeichen, ihm zu folgen. Das Licht fällt in Streifen durch die Ritzen zwischen den Brettern auf ihre Gesichter und den Boden. In der Mitte der Scheune stehen ein Kufenschlitten und eine Egge, in einer Ecke lagert vorjähriges Heu. Von oben sind russische Wortfetzen zu hören, die immer wieder vom Rattern des Maschinengewehres übertönt werden.

Sie gehen zur Leiter. Albert fürchtet, die Sprossen könnten knarren. Der Geruch von altem Stroh und Staub steigt ihm in die Nase, im Mund der Geschmack von Eisen. Er legt den Finger um den Abzugbügel. Im oberen Stockwerk ist es heller. Vorsichtig steckt Albert den Kopf durch die Bodenluke und entdeckt zwei Russen, die vor einer schmalen Öffnung auf dem Boden liegen. In kurzen Abständen knattert eine Salve. Albert duckt sich zurück und hebt zwei Finger. Martti nickt und reicht ihm eine Stielhandgranate. Albert schraubt die Sicherungskappe ab, zieht die Abreißschnur, richtet sich auf, wirft und zieht den Kopf ein. Das Maschinengewehr verstummt, aufgeregte Worte auf Russisch, Rumpeln – und dann die Detonation. Der Knall schlägt ihnen auf die Ohren. Staub und Strohschnipsel fliegen durch die Luft und schweben langsam zu Boden. Albert springt mit gezücktem Gewehr auf den Heuboden. Er will schon schießen, als er erkennt, dass es nicht mehr nötig ist. Das Maschinengewehr ist umgekippt. Der bronzefarbene Kühlbehälter ist zerfetzt, das siedende Wasser vermischt sich mit dem Blut, das aus den toten Leibern strömt.

Einem der Russen wurde der Bauch aufgerissen, die Gedärme

quillen als verworrenes Knäuel hervor. Der zweite liegt auf dem Bauch, der Helm wurde ihm vom Kopf geschleudert und mit ihm der halbe Hinterkopf, die rosa Masse im Inneren des Schädels ist freigelegt. Albert starrt wie gelähmt auf den Anblick, der sich ihm bietet, doch Martti stürzt an ihm vorbei, stößt eine zweite Luke auf und bringt liegend seine MG 34 in Stellung.

»Albert! Russen!«

Der Ruf bringt Albert in die Wirklichkeit zurück. Der Kampflärm, der kurz nicht mehr zu hören war, dringt wieder als ununterbrochenes Knattern und Knallen an sein Ohr. Er legt sich bäuchlings neben Martti. Von der Luke können sie das ganze Dorf überblicken. Dutzende Häuser stehen in Flammen. Vereinzelt gibt es kleine Feuergefechte. Marttis MG dröhnt. Die Feuergeschwindigkeit des Maschinengewehrs ist so groß, dass es fast klingt, als zerreiße man Papier.

Albert entdeckt zwei Russen, die über das Feld fliehen wollen. Er zielt auf den Rücken des vorderen und drückt ab. Der Mann stürzt mit dem Gesicht auf den Boden. Der zweite ändert plötzlich die Richtung, um hinter einem größeren Haus Schutz zu suchen, aber Albert hat ihn schon im Visier. Der nächste Schuss erledigt auch ihn. Albert hat auf den Rücken gezielt, aber die Schläfe getroffen und dabei dem Mann den Helm vom Kopf geschleudert. Der Mann fällt hinter die Hausecke, sodass nur noch seine Stiefel zu sehen sind. Der Helm kullert über die Straße, bis auch er sich nicht mehr rührt.

»Gute Arbeit!«, lobt Martti, erhebt sich und schwingt sich das Maschinengewehr auf den Rücken. Sie gehen über den blutigen Heuboden und steigen vorsichtig die Leiter herab. Die Kampfgeräusche sind verstummt. Hier und dort fällt noch ein Schuss oder eine Salve wird abgefeuert, aber insgesamt deuten die Geräusche darauf hin, dass sie das Dorf übernommen haben und der Kampf so gut wie vorbei ist.

Ylikylä, Virkkala und Klaus treffen sie an dem eroberten Granatenwerfernest, wo sie auf Sandsäcken sitzen und rauchen. Rings um den zerstörten Granatwerfer liegen über- und untereinander Russenleichen.

»Das war ein Kampf nach meinem Geschmack!«, johlt Virkkala, als er Albert und Martti näher kommen sieht.

Die Leichen des Feindes werden auf der Schattenseite neben dem Weg gestapelt. Die Soldaten durchsuchen die Taschen der Russen und vergleichen deren Ausrüstung mit ihrer. Sie zählen zweiundzwanzig getötete Feinde, einschließlich der beiden, die Alberts Handgranate zerfetzt hat. Dazu zwölf Gefangene. Mit furchtverzerrten Gesichtern sitzen sie an der Stirnseite des Hauses und rauchen.

Immer mehr Zivilisten trauen sich aus den Häusern. Sie gesellen sich zu den Deutschen, wollen sie anfassen und verteilen Zigaretten. Junge Frauen suchen offen die Gesellschaft der SS-Herren. Die Sprachbarriere wird mit Gesten, Lächeln und Zeichen überwunden. Einige haben Blumenkränze dabei, die sie den Soldaten um den Hals hängen. Eine dunkelhaarige Frau küsst Virkkala auf die Wange und drückt ihm einen Strauß aus Wiesenblumen in die Hand.

»Finnische Helden befreien die unterdrückten und edlen ukrainischen Jungfrauen aus dem grausamen Joch des Bolschewismus!«, verkündet er.

»Solange du aufpasst, dass du nicht auch dein Gemächt befreist!«

Jemand hat die Wodka-Vorräte der Russen auf einem Laster entdeckt, und die Männer leeren die Flaschen in kleinen Grüppchen. Der Rest verschwindet in den Tornistern.

Der SS-Sturmscharführer kommt in Begleitung des Kommandeurs Wäckerle den Weg herabgeschritten. Beide tragen einen Blumenkranz um den Hals. Die Stabsoffiziere lächeln, begutachten die Spuren des Kampfes und die Waffen der Feinde. Vor dem zerstörten Granatwerfer macht der Fotograf ein Foto von ihnen.

Wäckerle drückt seinen Männern die Hand, verteilt Zigaretten und hält hier und da ein Schwätzchen, obwohl aus jeder seiner Bewegungen die den Offizieren eigene Reserviertheit spricht. Der Eindruck wird verstärkt durch den Melder, der ihm katzbuckelnd auf dem Fuße folgt.

Auf dem Dorfplatz fahren Lastwagen vor. Immer mehr Dorfbewohner treffen ein und organisieren ein Fest. Martti steht abseits von den anderen neben einem kleinen Laden. Albert tritt zu ihm und klopft ihm auf die Schulter.

»Was für ein Spektakel.«

»Ja.«

»Was ist? Nimm einen Schluck gegen die Trübsal.« Albert hält ihm die Flasche hin, doch Martti greift nicht danach. Also führt Albert die Flasche wieder an seine Lippen, er will sich schnell betrinken, um den Anblick der russischen Leichen auf dem Heuboden aus seinem Kopf zu verbannen. Der zerfetzte Schädel und der offene Bauch haben sich auf seiner Netzhaut eingebrannt.

Erst jetzt bemerkt Albert vier Leichen, die nebeneinander neben den Eingangsstufen zu dem Laden liegen.

»Nicht einmal dieses Kuhdorf gab es umsonst«, sagt Martti. »Ich meine, wenn sie uns weiter aufs offene Feld rennen lassen, ohne Panzer direkt ins MG-Feuer, werden wir noch viele Kameraden beerdigen müssen, bevor wir Baku erreichen.«

Albert betrachtet die toten SS-Soldaten. Drei Deutsche und ein Norweger. Alles junge Männer. Der Mund des Norwegers Oddvar ist aufgerissen. Die Kugel hat ihn an der Kehle getroffen. Fliegen umschwirren die leblosen Körper, krabbeln über Gesichter und Lippen. Albert muss sich abwenden. Eilig trinkt er einen Schluck Wodka und zündet sich eine Zigarette an. Seine Hände zittern. Martti bemerkt es.

»Es war das erste Mal«, sagt Albert und füllt seine Lunge mit Rauch.

»Das erste Mal?«

»Töten.«

Martti braucht einen Moment, bis er versteht, was Albert meint. Dann sagt er: »Man gewöhnt sich dran.«

»Man gewöhnt sich?«

»Ja, leider.«

Sie beobachten, wie der Sturmscharführer und der Kommandeur den Dorfbewohnern die Hände schütteln und vor den gefallenen Feinden posieren. Der Fotograf umschwirrt sie dabei mit seiner Kamera. Albert stellt sich vor, wie diese Fotos die Seiten der SS-Propagandazeitschriften zieren werden – ganz im Gegensatz zu jenen, die im vorigen Dorf vor dem Galgen geschossen wurden.

Jäh zerreißt ein Schuss die Stille zwischen den Häusern. Alle ducken sich. Auf den Schuss folgt Verwirrung. Zivilisten und Soldaten rennen durcheinander. Um den Regimentskommandeur bildet sich eine Traube. Rufe nach dem Sanitäter werden laut. Albert und Martti eilen über die Straße. Die Kugel eines Scharfschützen hat den Kommandeur an der Schläfe getroffen und beim Austritt die andere Schädelhälfte zertrümmert. Es wird noch versucht, ihn wiederzubeleben, obwohl alle wissen, dass es zwecklos ist.

Wie durch Zauberhand sind alle Zivilisten in den Häusern verschwunden. Nirgends ist noch ein Dorfbewohner zu sehen. Der Scharfschütze wird sofort gefasst und herbeigeschleift. Der Sturmscharführer geht ihm entgegen, zieht seine Pistole, hält dem Russen den Lauf an die Stirn und drückt ab.

Sein Gesicht glüht. Er zeigt auf die Gefangenen und dann auf zwei Soldaten, die in der Nähe stehen und mit Maschinenpistolen ausgerüstet sind. Einer von ihnen ist Klaus.

»Erschießt die Gefangenen!«

»Jawohl, Sturmscharführer!«

Die Gefangenen ahnen, was ihnen blüht. Sie stehen auf, Lippen und Wangen zittern, vergeblich suchen sie mit Blicken nach einem Fluchtweg. Der Deutsche schubst sie vorwärts und führt sie hinter das Gebäude mit dem Laden. Klaus blickt kurz zu Albert hinüber, der ihm bedeutet, es nicht zu tun. Doch Klaus' Gesicht ist völlig ausdruckslos. Wenig später hören sie hinter dem Laden zwei Maschinenpistolen knattern, zwei kürzere Salven folgen. Dann kehren Klaus und der SS-Mann zu den anderen zurück. Beide haben eine Kippe im Mund.

»Tod den Verrätern. Brennt das Dorf nieder!«, befiehlt der Sturmscharführer. »Brennt alles nieder. Keiner wird verschont!«

Erst am Abend ziehen die Lastwagen weiter. Die toten SS-Kameraden haben sie in Zeltplanen geschlagen und am Wegesrand begraben. Gebete wurden keine gesprochen, nur Pappelzweige zu Kreuzen gebunden, über die sie die Helme der Toten stülpen und eine Hälfte ihrer Erkennungsmarken daran hängen. Die Front im Osten dröhnt wieder. Geschützfeuer donnert wie ein fernes Gewitter. Hinter ihnen steht das Dorf Nowosilki in Flammen. Aus dem brennenden Dach der Synagoge steigt eine gewaltige Rauchsäule auf und befleckt den Himmel.

2019

32

Linda hielt am Straßenrand und verglich die Hausnummer mit der auf ihrem Zettel. Als sie sah, dass sie richtig war, öffnete sie die Fahrertür. Über die Straße fegte ein eisiger Wind. Ihre Jacke war viel zu dünn, und die Kälte drang ihr bis auf die Haut. Es wurde Zeit, die Wintersachen hervorzuholen. Sie war eine schlechte Mutter, denn Linnea ging immer noch in Sommerjacke in die Schule.

Und auch an die verschlissene Steppjacke ihrer Mutter musste sie denken, und ihre Eingeweide verkrampften sich in einer Welle von Schuldgefühlen. Nicht genug, dass sie eine miserable Mutter war, auch als Tochter versagte sie kläglich.

Noch einmal überprüfte sie die Adresse. Das Haus, vor dem sie stand, sah verlassen aus. Der Bodenfrost hatte Risse in den Sockel gefressen, die Farbe blätterte von der Hauswand, hinter den staubigen Fenstern hingen keine Gardinen. Auch das Gartentor hing schief in den Angeln. Linda schob es auf und betrat das Grundstück, auf dem seit Jahren keiner mehr gemäht hatte. Ein Trampelpfad führte zur Haustür.

Das muss die falsche Adresse sein.

Linda hatte sich beim Museumsamt der Region Satakunta nach einem Experten erkundigt, der sich mit den finnischen Freiwilligen bei der SS auskannte, und den Namen Matti Ilvonen erhalten. Die Museumsleiterin hatte ihr versichert, dass er die reinste Datenbank auf diesem Gebiet sei. Gleichzeitig hatte ihre

Stimme leicht amüsiert geklungen, und nun schwante Linda, worauf sich das bezogen hatte.

Auf dem Namensschild stand tatsächlich Matti Ilvonen.

Großer Gott, ich bin richtig.

Linda war schon so lange Polizistin, dass sie sofort alarmiert war. Die Unwirtlichkeit des Ortes und der Umstand, dass sie allein hier war, steigerten ihre Wachsamkeit. Auch wenn der Besuch bei einem Experten für Kriegsgeschichte nicht zu den gefährlichsten Aufgaben in ihrer Laufbahn gehörte.

Linda ließ den Blick über Grundstück und Haus gleiten, dann schüttelte sie den Kopf und versuchte zu klingeln. Doch der Knopf war eingerostet, also klopfte sie gegen die Tür. Schlürfende Schritte näherten sich.

»Ich komme ja schon!«

Linda trat zwei Schritte zurück. Ein Schlüssel klimperte im Schloss, und nach einer gefühlten Ewigkeit stand ein spindeldürrer Zweimetermann in der Tür. Sein Wollpullover war ihm mindestens zwei Nummern zu groß und die Anzughose viel zu weit. Sie wurde mit einem Ledergürtel an Ort und Stelle gehalten und verlieh ihm das Aussehen einer zugebundenen Tüte. Sein Gesicht war rasiert, die herausgewachsene Frisur mit Wasser zu einem Scheitel gekämmt. Trotzdem guckten vereinzelte Haare wie Grashalme daraus hervor.

»Linda Toivonen, Polizei Südwestfinnland«, stellte Linda sich vor und zeigte ihm ihren Dienstausweis.

Er beugte sich vor und studierte abwechselnd den Ausweis und Linda. Verdutzt verfolgte sie die Prozedur, die kein Ende zu nehmen schien. Endlich sagte er: »Sieht echt aus. Treten Sie ein.«

Hatten ihre Alarmglocken beim Betreten des heruntergekommenen und zugewucherten Grundstücks noch geläutet, verstummten sie jetzt auf einen Schlag. Dieser Mann um die fünfzig sah so harmlos aus wie nur irgend möglich. Sie folgte ihm ins Haus und zog die Tür hinter sich zu. Die kalte Diele stand voller

Krempel: Jacken, Rucksäcke, Schuhe und Skier. Sie gingen durch eine Zwischentür und betraten einen schmalen Flur, der genauso unordentlich war. Hier hatte seit Ewigkeiten keiner einen Staubsauger oder ein Putztuch in die Hand genommen. Obendrein war Ilvonen ein Büchernarr. Auf jeder freien Fläche am Boden, an der Wand und auf den Möbeln lagen Bücherstapel, von denen einige aussahen, als könnten sie jeden Moment einstürzen, während andere dieses Schicksal bereits ereilt hatte. Ilvonen führte Linda durch das Chaos in ein Wohnzimmer, das in einem etwas besserem Zustand war, aber dennoch in jeder Hinsicht als unordentlich eingestuft werden musste.

Durch die staubigen Fenster fiel graues, seelenloses Licht. Eine der Wände war komplett von einem Regal bedeckt, das vor Büchern, Aktenordnern und Papierstapeln überquoll. In einer Ecke stand ein wuchtiger Schreibtisch, der unter seiner Last kaum noch zu erkennen war. Ilvonen räumte einen Sessel für Linda frei, der seine besten Tage längst hinter sich hatte, und setzte sich in einen zweiten.

»Kaffee oder Tee?«, fragte er und strich sich über die stoppeligen Haare.

»Danke, nein«, antwortete Linda. Sie verzichtete lieber auf eine nähere Bekanntschaft mit seiner Kaffeemaschine. Bei dem Gedanken, Oksman mit seiner Ansteckungsphobie könnte hier sitzen, musste sie innerlich lächeln. Linda registrierte erstaunt, dass sie immer noch fror. Die Temperatur in der Wohnung betrug wohl nicht viel mehr als zehn Grad. Zudem roch es seltsam nach etwas, das Linda nicht näher benennen konnte. Nicht unbedingt unangenehm, aber auch nicht gerade gut.

»Ich entschuldige mich für die Unordnung. Der Umzug ist noch nicht ganz abgeschlossen. Es wird langsam, braucht aber seine Zeit.«

»Wann sind Sie denn umgezogen?«

»Vor sechs Jahren.«

Linda lächelte. »Sie wurden mir vom Museumsamt Satakunta als Experte zum Thema finnische Freiwillige bei der SS empfohlen.«

Wenn sie Ilvonen so anschaute, konnte sie sich den Gedanken nicht verkneifen, dass man sich einen Scherz mit ihr erlaubt hatte. Doch das Äußere konnte trügen, das hatte sie bei ihrer Arbeit schon oft erlebt.

Völlig unvermittelt bekam Ilvonen einen Lachanfall, so überraschend, dass Linda ihn total perplex anstarrte. Zuerst krümmte er sich, als hätte er heftige Bauchschmerzen, dann warf er sich gegen die Lehne, als könnte er nicht anders. So urplötzlich wie er ausgebrochen war, verebbte der Anfall wieder, und Ilvonen war wieder die Ruhe selbst.

»Nun, da liegen Sie nicht ganz falsch. Ich forsche mit Verlaub exakt zu diesem Thema«, sagte er.

»Was sind das für Forschungen?«, wollte Linda wissen.

»Ich stehe erst am Anfang und arbeite derzeit eine Gliederung aus. Ein paar Kleinigkeiten sind noch zu klären, aber dann kann ich loslegen.«

»Und seit wann forschen Sie zu dem Thema?«

»Noch nicht sehr lange, seit knapp zehn Jahren vielleicht.«

»Jedenfalls hätte ich ein paar Fragen dazu.«

»Entschuldigen Sie meine Neugier. Hängt es mit Kriegsverbrechen zusammen?«

Linda war verwirrt. »Wie kommen Sie darauf?«

Wieder brach eine unbeherrschte Lachsalve aus Ilvonen hervor, die dieses Mal allerdings schneller verebbte. Linda hatte Mühe, ernst zu bleiben, und biss sich auf die Unterlippe, um nicht selber loszulachen. Ilvonen war mit Abstand der seltsamste Mensch, dem sie je begegnet war.

»Weil das heute alle Welt interessiert. Früher hat keiner danach gefragt, heute tun es alle.«

»Wer alle?«

»Die Medien. Es ist gerade in Mode, über die Kriegsverbrechen der Finnen zu spekulieren.«

»Jetzt komme ich nicht mehr ganz mit. Könnten Sie für mich vielleicht ganz von vorne beginnen?«

Kurz sah es so aus, als drohe ein weiterer Lachanfall, stattdessen sagte er. »Selbstverständlich, bitte verzeihen Sie.«

»In meinen Geschichtskenntnissen klafft ein großes Loch, wenn es um die finnischen Freiwilligen geht. Könnten Sie kurz erläutern, was es damit auf sich hat?«

Ilvonen stand auf, schritt um seinen Schreibtisch herum, schob Gegenstände und Papierhaufen hin und her und kehrte dann mit einem dicken Buch in der Hand zurück auf seinen Platz. Den fetten Schinken reichte er Linda.

»*Panttipataljoona*, das Pfandbataillon?« Linda las den Titel laut vor.

Ilvonen schlug die Beine übereinander. Das zu kurze Hosenbein rutschte hoch und entblößte ein Stück seines Unterschenkels.

»Ich leihe es Ihnen. Das Buch wurde 1968 vom finnischen Historiker Mauno Jokipii geschrieben und schildert die Geschichte des Finnischen Freiwilligen-Bataillons der Waffen-SS.«

Linda blätterte in dem Buch. »Auf über neunhundert Seiten?«

»Es ist eine sehr umfassende und detaillierte Darstellung der Geschichte der SS-Division Wiking und der finnischen Freiwilligen, die während des Zweiten Weltkriegs dort gedient haben, es ist bis heute ein Grundlagenwerk zu diesem Thema und zeigt auf, welche politische Bedeutung der Aufbruch der Freiwilligen nach Deutschland gehabt hat, auch wenn sich die Rolle des Bataillons im Laufe des Krieges mehrfach gewandelt hat. In der Endphase war die Existenz des Bataillons eine sehr unangenehme Angelegenheit für Finnland.«

Linda sah Ilvonen in der Erwartung weiterer Erläuterungen an, sah auf die Uhr, lehnte sich in ihrem Sessel zurück und zog ihr Notizheft hervor. »Ich habe Zeit.«

»Großartig! Sind Sie sicher, dass Sie keinen Kaffee möchten?«
Linda schüttelte lächelnd den Kopf. »Absolut sicher.«

Ilvonen schien innerlich zu wachsen, als er realisierte, dass er eine interessierte Zuhörerin für einen Vortrag über sein Lieblingsthema vor sich hatte. Er holte weit mit den Armen aus, als wollte er losrudern.

»In der Zeit des sogenannten Zwischenfriedens 1940-1941 befand sich Finnland in einer sehr unsicheren Lage. Der Winterkrieg gegen die Sowjetunion war gerade zu Ende gegangen und für die Finnen eine sehr schmerzliche und traumatische Erfahrung. Finnland entging so zwar einer Besetzung durch den Gegner, musste aber zehn Prozent seines Territoriums dem Feind überlassen und vierhunderttausend Finnen verloren ihre Heimat. Der Großteil Kareliens, der Zugang zum Weißen Meer und der Ladogasee sind seither russisch. Der Zweite Weltkrieg tobte, und die drohende Gefahr eines neuen Krieges auch für Finnland lag ständig in der Luft. Denn trotz aller Sympathiebekundungen hatte Finnland nach dem Überfall durch die Sowjetunion im Winterkrieg 1939-40 praktisch allein dagestanden. Der größte Skandal war, dass Deutschland in einem geheimen Protokoll über die Aufteilung der Interessensphären Finnland an die Sowjetunion verkauft hatte. Ungeachtet des Nichtangriffspaktes plante Hitler einen Überfall auf die Sowjetunion und wandte sich im Januar 1941 mit der Bitte an Finnland, Freiwillige zur militärischen Ausbildung nach Deutschland zu schicken. Obwohl das kriegführende nationalsozialistische Deutschland alles andere als einen Traumpartner abgab, war Finnland über die Bitte enorm erleichtert, bedeutete sie doch eine diplomatische Unterstützung von dem mächtigen Deutschland gegen die Bedrohung aus der Sowjetunion.«

»Das Bataillon war also ein Unterpfand für Finnland«, fasste Linda zusammen.

Ilvonen lächelte wohlwollend. »Korrekt. Daher die umgangssprachliche Bezeichnung ›Pfandbataillon‹. Die Anwerbung in

Finnland erfolgte im Geheimen. In der ersten Welle brachen eintausendzweihundert finnische Männer nach Deutschland auf, später noch einmal zweihundert Mann als Verstärkung.«

»Ganz ähnlich wie während der Jägerbewegung im Ersten Weltkrieg, als sich finnische Männer im deutschen Kaiserreich ausbilden ließen«, meinte Linda.

»Das war es in gewissem Sinne auch. Zumindest wurde es den jungen Männern so verkauft. Die finnischen Freiwilligen wurden jedoch nicht in die deutsche Armee, also die Wehrmacht, eingegliedert, sondern in die Waffen-SS, die bewaffneten Kampfverbände der Schutzstaffel, die direkt Himmler unterstellt waren. Das wiederum war eine politische Entscheidung Deutschlands, mit der Finnland enger an die nationalsozialistische Ideologie gebunden werden sollte.«

»Einen Augenblick«, unterbrach ihn Linda. »Wodurch unterscheidet sich diese Waffen-SS von der Wehrmacht und der übrigen SS?«

Ilvonen sah Linda mit schräggelegtem Kopf an, als wollte er sichergehen, dass sie ihre Frage ernst gemeint hatte. Er kräuselte die Lippen, dann holte er tief Luft.

»Die SS wurde ursprünglich als Hitlers persönliche Leibgarde gegründet, später wurde ihr Aufgabenbereich beträchtlich ausgeweitet, auch auf militärische Aufgaben, diesen Teil der SS nannte man Waffen-SS. Die Wehrmacht blieb die offizielle Armee Deutschlands, wohingegen sich die SS ursprünglich aus Freiwilligen rekrutierte. Die Waffen-SS kämpfte an der Front Seite an Seite mit der Wehrmacht, mit dem Unterschied, dass sie über eigene Versorgungstrupps und Lazarette verfügte. Sowohl die Wehrmacht als auch die SS und damit die Waffen-SS haben sich passiv und aktiv an den Völkermorden beteiligt. Die Waffen-SS warb Freiwillige aus allen von Deutschland eroberten und besetzten Ländern an, in der Endphase wurde auch zwangsrekrutiert. Zwischenzeitlich hatte die Waffen-SS eine Stärke von beinahe einer Million Männer, als der Krieg endete, waren es noch etwas mehr als sechshunderttausend.«

»Sie sagten, die Medien interessieren sich für die Kriegsverbrechen, die von Finnen begangen wurden. Warum ausgerechnet jetzt?«

Ilvonen richtete sich auf, hustete trocken und zeigte auf das Buch in Lindas Hand. »Trotz aller Verdienste dieses Werkes muss im Licht einer neuen Studie von Lars Westerlund angenommen werden, dass Jokipii gewisse Dinge verkürzt dargestellt hat, und daran haben die Medien großes Interesse. Jokipii hatte nicht herausgearbeitet, dass ein bedeutender Teil der finnischen Freiwilligen in der SS nationalsozialistisch gesinnt war. Viele waren Mitglieder der Vaterländischen Volksbewegung *Isänmaallinen kansanliike* IKL. Eine weitere Kritik betrifft die Beteiligung an Kriegsverbrechen. Jokipii schildert, dass Finnen Zeugen von Völkermord und ethnischen Säuberungen wurden, sich an ihnen jedoch nicht aktiv beteiligten. Das ist im Licht neuerer Forschungen so nicht zu halten.«

Linda blätterte durch das umfangreiche Buch in ihrer Hand. »Warum ist die ganze Sache überhaupt verschwiegen worden?«

Ilvonen kratzte sich am Kopf, sodass noch mehr Haare abstanden.

»Ein Grund war das politische Klima nach dem Ende des Fortsetzungskrieges 1944. Finnland hatte auch diesen Krieg verloren, und trotzdem hatte die Sowjetunion Finnland immer noch fest im Griff. Der am 19. September 1944 geschlossene Waffenstillstand mit Moskau war sehr fragil. Finnland versuchte sowohl in der Geschichtsforschung als auch in der öffentlichen Diskussion den Krieg so darzustellen, dass er nichts mit dem Überfall Hitlerdeutschlands auf die Sowjetunion zu tun hatte. Da passte das Finnische Freiwilligen-Bataillon der Waffen-SS natürlich nicht ins Bild. Bereits im Jahre 1943 wurde dessen Existenz für die politische Führung des Landes zu einem so heiklen Thema, dass sämtliche Zeitungsartikel, die darüber berichteten, unter Zensur gestellt wurden. Das war für viele junge Männer, die für Ruhm und Ehre nach Deutschland gegangen waren, natürlich eine Enttäuschung. Nun waren sie nicht mehr die Helden, sondern mussten für den Rest ihres Lebens den Stempel von Bürgern zweiter Klasse tragen. Nach dem Krieg wurden viele von ihnen von der Roten Stapo verhört, dem finnischen Staatsschutz, der nach dem Krieg von Kommunisten geleitet wurde.«

»Diese Kriegsverbrechen«, sagte Linda und stellte irritiert fest, dass sie sich auch am Kopf kratzte. Sie musste lächeln. Trotz Ilvonens sonderbaren Erscheinung war es angenehm, ihm zuzuhören. Seine Stimme war nicht belehrend oder anklagend, sondern aufrichtig begeistert. Überrascht musste Linda sich eingestehen, dass sie sich in seiner Gesellschaft wohlfühlte.

»Darauf wollte ich gerade hinaus. In Wahrheit hat es nie einen Krieg gegeben, den Finnland völlig unabhängig geführt hätte. Im Juni 1941 hat Finnland an der Seite von Deutschland die Sowjetunion überfallen und dabei sogar einen Teil seines Staatsgebietes unter die militärische Führung der Deutschen gestellt. Zweihunderttausend deutsche Soldaten waren in Lappland stationiert. Wo bitte war hier die Unabhängigkeit? Finnland war sowohl wirtschaftlich als auch militärisch von Deutschland abhängig und nutzte die Waffenbrüderschaft offen für sich aus. Das Ziel der Finnen war nicht nur die Rückeroberung der im Winterkrieg verlorenen Gebiete, nicht wenige träumten von der Errichtung eines Großfinnlands, und Deutschlands schnelle Siege in Europa bestärkten sie darin. Die finnischen Freiwilligen in der SS haben nicht im luftleeren Raum agiert. Sie dienten in deutschen Streitkräften und kämpften für die militärischen und politischen Ziele Deutschlands, die Finnland gutgeheißen hatte, als es einwilligte, Freiwillige zu rekrutieren. Man weiß, dass Deutsche, Norweger, Niederländer und Dänen in der SS-Division Wiking an der Ermordung von Juden, Zivilisten und Kriegsgefangenen beteiligt waren. Es wäre naiv zu glauben, Finnen stünden moralisch über den anderen Nationen.«

»Welche Beweise für diese Kriegsverbrechen gibt es?«

»Im Falle der Finnen? Das genau war Gegenstand einer jüngeren Untersuchung, die vom Finnischen Nationalarchiv 2018 durchgeführt wurde. Auslöser war ein wissenschaftlicher Artikel von André Swanström, Dozent für Kirchengeschichte, in dem er einen Brief des finnischen SS-Freiwilligen Olavi Karpalo an den Feldseelsorger als Beweis für die Beteiligung von Finnen an der Ermordung der Juden heranzog. Karpalo schreibt in dem Brief, dass für die Hinrichtung der Juden eine weitaus geringere Treffsicherheit als die ihre ausgereicht hätte.«

»Aber Sie sagten doch gerade, die Waffen-SS war an der Front im Einsatz und nicht in den Konzentrationslagern.«

»Das Unternehmen Barbarossa war von Anfang an als Vernichtungskrieg geplant. Zu diesem Zweck wurde der Waffen-SS und der Wehrmacht befohlen, die dem Heer folgenden speziellen Vernichtungskommandos in ihrer Tätigkeit zu unterstützen. Während der ersten Phase der Operation Barbarossa zwischen Juni und Dezember 1941 sind so schätzungsweise zwischen fünf- und achthunderttausend Juden ermordet worden. Von den eintausendvierhundertacht finnischen Freiwilligen waren etwa vierhundert, meist Kriegserfahrene aus dem Winterkrieg, vom ersten Tag des Deutsch-Sowjetischen Krieges dabei und auf die verschiedenen Regimenter der SS-Division Wiking verteilt. Es ist mehr als unwahrscheinlich, dass es diesen Finnen irgendwie gelungen sein soll, all jenen Situationen, in denen Kriegsverbrechen begangen wurden, auf wundersame Weise aus dem Weg zu gehen.«

»Mit anderen Worten, es ist nicht bekannt, welche Finnen namentlich an den Grausamkeiten beteiligt waren und wer sich raushielt?«

»Das genau festzustellen, ist nahezu unmöglich. Die SS-Archive wurden am Ende des Krieges systematisch vernichtet. Nur eine Handvoll Freiwilliger der SS sind noch am Leben und bereits sehr betagt. Rund um das ganze Thema herrscht eine ausgeprägte Kultur des Schweigens. So ausgeprägt, dass sie nicht einmal bei den gegenseitigen Beschuldigungen unter SS-Männern zur Sprache kamen. Die Kriegsverbrechen sind gelinde gesagt ein Tabu.«

»Gibt es ein Verzeichnis der finnischen SS-Freiwilligen?«

»Sie halten es in den Händen.«

Erstaunt blickte Linda auf das Buch und schlug es auf. Das Personenregister befand sich am Schluss. Ihr Herz schlug schneller, als sie mit dem Finger über die Namen fuhr. Klaus Halminen war schnell gefunden, dann suchte sie weiter unter K nach dem Namen Kangasharju. Nichts.

»Suchen Sie jemand bestimmten?«

Linda nickte, schluckte und begann noch einmal.

»Ich verstehe, wenn Sie es nicht sagen wollen.«

»Kangasharju«, sagte Linda. »Albert Kangasharju.«

Ilvonen streckte die Hand aus, und Linda reichte ihm das Buch. Er sah das Personenregister durch und schüttelte den Kopf. »Ein Mann dieses Namens findet sich nicht unter den Freiwilligen.«

»Ist das Verzeichnis vollständig?«

»Ja.«

Einen Moment lang schwiegen beide, bis Ilvonen sich wieder zu Wort meldete:

»Vielleicht hat er seinen Namen geändert, viele SS-Männer haben das nach dem Krieg getan. Zum Beispiel Unto Boman, er leitete das Verbindungsbüro des Finnischen SS-Freiwilligen-Bataillons in Berlin und war nach Kriegsende für viele Jahre in einem Gulag. Danach hat er sich umbenannt in Parvilahti. Andere SS-Männer wiederum haben das Land verlassen, wie der bereits erwähnte Olavi Karpalo, der nach dem Krieg nach Venezuela auswanderte. Seiner Vergangenheit kann man auf vielerlei Art entfliehen.«

Während Ilvonen sprach, hob er den Blick nicht von den

Buchseiten. »Einen Albert gibt es hier, aber sein Nachname lautet Nousiainen. Könnte er vielleicht die von Ihnen gesuchte Person sein ... ach so, nein, wohl nicht. Dieser hier ist im Februar 1942 verschollen und später als gefallen aufgeführt worden.«

Knallend schlug er das Buch zu und reichte es Linda zurück, die sich erhob, um aufzubrechen. Ilvonen begleitete sie in die Diele. Linda gab ihm ihre Karte, die er lange in Augenschein nahm und sie dann in seiner Tasche verschwinden ließ.

»Äh ...«, begann er, brach dann aber ab. Ein unsicheres Lächeln lag auf seinem Gesicht. Wieder kratzte er sich erst am Kopf und dann am Hals. Linda wartete.

Er räusperte sich. »Also ... ich dachte nur, das heißt, es war sehr nett mit Ihnen zu plaudern ... ich würde unser Gespräch gerne einmal bei einem angenehmeren Anlass fortsetzen. Was ich meine, hätten Sie vielleicht Lust, mit mir einen Kaffee trinken zu gehen ... oder ins Kino? Sie sind selbstverständlich eingeladen.«

Linda sah ihn an. »Das ist sehr freundlich, aber ...«

Er seufzte. »Ja, ich weiß. Ich bin ein Sonderling und Sie eine Schönheit.«

»Das meine ich nicht.«

Linda wollte schon höflich ablehnen, als sie sich anders besann. Ilvonen war ganz und gar nicht ihr Typ, genau genommen das ganze Gegenteil jener Männer, mit denen sie bisher Bekanntschaft geschlossen hatte. Aber vielleicht waren all ihre Beziehungen genau deswegen schiefgelaufen, weil sie immer die falschen Männer gewählt hatte. Ilvonen war zweifelsohne ein sehr spezieller Fall, aber unterhaltsam war er allemal. Davon abgesehen, war sie schon viel zu lange allein und sehnte sich nach der Gesellschaft eines Erwachsenen.

»Wissen Sie, ich bin schon sehr lange nicht mehr um ein Treffen gebeten worden und war schon wer weiß wie lange nicht mehr im Kino. Also, warum nicht. Abgemacht, ich nehme Ihr Angebot an.«

Über Ilvonens ganzes Gesicht zog sich ein helles Lächeln, das sie so schnell nicht vergessen würde. Er geleitete sie noch bis an die Tür.

»Wenn ich herauskriegen will, ob jemand bei der Waffen-SS war, dessen Name sich nicht im Verzeichnis findet, wie stelle ich das an?«

Ein ebenso plötzlicher Lachanfall wie zuvor erfasste ihn. Erschrocken trat Linda einen Schritt zurück.

»Sie müssen ihm unter die Achsel schauen.«

»Unter die Achsel?«

»Angehörige der Waffen-SS tragen an der Unterseite des linken Armes eine Tätowierung mit ihrer Blutgruppe.«

33

»Hier ist es«, sagte Raunela und zeigte in Richtung Villa, die zwischen den Bäumen hindurch gut zu sehen war.

Oksman und Paloviita war sofort klar, dass Raunela recht hatte. Der Platz, an dem sie standen, lag in dem kleinen Wäldchen an einem von Weißwedelhirschen genutzten Wechsel. Oberhalb einer kleinen Steigung bot sich mit dem Fernglas ein ungehinderter Blick auf den Zufahrtsweg zum Haus und dessen große Salonfenster. Oksman ging in die Hocke und begutachtete die Spuren auf dem Boden. Sie ließen erkennen, dass hier ein oder mehrere Personen lange gesessen und beobachtet hatten.

»Die hier haben wir neben dem Trampelpfad gefunden«, erklärte Raunela und hielt ihnen eine Tüte mit sechs Zigarettenkippen hin. Paloviita nahm sie ihm aus der Hand. »Noblesse. Was ist denn das für eine Marke?«

Raunela zuckte die Schultern. »Noch nie gehört.«

»Das gefällt mir immer weniger.«

»Hier haben sie gesessen oder gelegen. Vielleicht haben sie das Haus über Tage beobachtet. Mit einem Fernglas oder Fernrohr sieht man deutlich, was im Haus vor sich geht, ohne selbst gesehen zu werden«, erklärte Raunela.

»Der Ort liegt außerdem so, dass man ihn unbemerkt erreichen kann«, ergänzte Oksman. »Das Auto kann man an der Abzweigung stehen lassen oder in einem Waldweg versteckt parken.«

»Letzte Woche hat es geregnet. Ist das ein Problem?«

»Das ist ein Scheißproblem«, wetterte Raunela. »Wir filzen den Platz trotzdem Millimeter für Millimeter.«

Oksman runzelte die Stirn. »Ich weiß nicht. Die Mörder erscheinen mir recht unbekümmert, wenn sie sich nicht einmal die Mühe machen, ihre Spuren zu verwischen. Fast wie im Krankenhaus, da ist auch einer der Täter trotz der Überwachungskameras einfach so hineinspaziert. Sie hinterlassen reichlich Fingerabdrücke, und von den Zigarettenstummeln haben wir auch bald eine DNA. Das grenzt schon an Arroganz.«

Sie gingen den Pfad zurück und liefen zum Grundstück der Halminens, auf dem sie ihre Autos abgestellt hatten. Raunela schloss die Haustür auf, und Paloviita fiel plötzlich ein, dass er immer noch den Schlüssel von Albert Kangasharjus Haus in der Tasche trug, den Linda ihm gegeben hatte. Das war ihm ganz entfallen. Er ermahnte sich, dort vorbeizuschauen, sobald er Zeit fände.

»Wenn die Täter dieses Haus beobachtet haben, dann haben sie doch sicher auch Kangasharju ausspioniert«, überlegte Oksman.

»Gut möglich. Auf jeden Fall wussten sie von den Abendspaziergängen. Allerdings lässt sich der Park am Altenpflegeheim auch vom Auto aus observieren.«

»Ulla Halminen ist zu ihrer Schwester nach Oulu gefahren«, sagte Raunela. »Vielleicht ist das auch besser so.«

Sie gingen in den Salon und nahmen auf dem gustavianischen Sofa dort Platz. Vom Fenster auf der Westseite aus hatte man einen herrlichen Blick auf das Meer, über dem jetzt eine graue Wolkendecke hing, als hätte jemand ein Wolltuch an den Himmel gespannt. Wie ein Gemälde, das sich Tag für Tag verändert, dachte Paloviita. Grundverschieden von dem Tümpelblick, der sich aus seinem Fenster bot.

Oksman ging zu einem anderen Fenster und versuchte, den Ort hinter den Bäumen zu erspähen, an dem sie gerade gestanden hatten.

»Hier lässt es sich aushalten«, meinte Raunela.

»Schnieker Unterschlupf.«

»War es das? Ein Versteck?«

Paloviita kramte seinen Notizblock hervor. »Klaus Halminen hat im Winterkrieg auf der Karelischen Landenge gekämpft und es bis zum Unterfeldwebel gebracht. Danach blieb er bei der Armee und hat sich als Freiwilliger zur Waffen-SS gemeldet. In ihren Reihen war er im Krieg in der Ukraine gegen die Sowjetunion im Einsatz, bis er im März 1942 vorzeitig aus dem Dienst entlassen wurde und anschließend in der finnischen Armee im Fortsetzungskrieg und im Lapplandkrieg kämpfte.«

Raunela pfiff durch die Zähne. »Das nenn ich mal ein kriegerisches Leben. Muss schon sagen, vor diesen Kerlen kann man nur den Hut ziehen. Diese Generation bestand nicht aus Weicheiern. Echte Männer waren das. Und dann kommt irgendjemand daher und hängt ihn auf?«

»Warum wurde er vorzeitig aus der Waffen-SS entlassen?«, wollte Oksman wissen.

»Das wusste seine Witwe nicht.«

»Und nach dem Krieg?«

»Das ist allerdings interessant. Nach dem Krieg ist Halminen nach Schweden ausgewandert, hat dort bis 1962 gewohnt und ist erst dann nach Finnland zurückgekehrt.«

»Was ist daran interessant?«

»Vielleicht wollte er sich dort verstecken, bevor er sich in diesem Schlupfwinkel hier mitten im Wald verkroch.«

»Das lässt vermuten, dass er dafür triftige Gründe hatte.«

»Das lässt auch vermuten, dass er recht vermögend war.«

»Halminen hatte eine gut gehende Baufirma und war ein geschickter Geldanleger. Weil er keine Kinder hatte, ist seine Witwe gerade zu einer sehr wohlhabenden Frau geworden.«

»Du verdächtigst jetzt aber nicht die Witwe?«, meinte Raunela.

»Nein. Halminen wäre sowieso in wenigen Jahren gestorben. Er musste jeden Tag mehrere Stunden an ein Dialysegerät angeschlossen werden. Ulla hat sich aufopfernd um Klaus gekümmert. Ich glaube, sie standen sich wirklich nahe.«

»Wie krank ist das denn, einen invaliden Kriegsveteranen umzubringen?«

Paloviitas Handy klingelte. Es war Terhi. Er nahm das Gespräch an und ging zum Reden in die Küche.

»Tero hier und Tero da … Ich bin nicht eifersüchtig … aber du hättest mich heute Morgen daran erinnern können. … Im Hörsaal der Volkshochschule, nicht wahr? Aber das ist doch erst in ein paar Tagen. … Na, hin und wieder merke ich mir auch was, ich bin ja schließlich noch nicht senil! Und wer holt die Mädchen dann ab, ich jedenfalls nicht, bei mir wird es spät … Was soll das heißen, abgemacht? … Beruhige dich, ja, ich kümmere mich darum … Auf keinen Fall! Deine Eltern stopfen sie wieder mit Süßigkeiten voll, und dann können sie abends nicht einschlafen … Okay, dann machen wir es so … Ja, ich dich auch.«

Als Paloviita zurück in den Salon kam, wurde ihm bewusst, dass seine Kollegen jedes Wort gehört hatten. Mist, mussten sie auch lauschen, verdammte Schnüffler.

»Ich will alles wissen, was ihr über die Zigarettenkippen herausfindet«, sagte Paloviita. »Wenn es gelingt, DNA zu isolieren, haben wir den Fall vielleicht schon bald gelöst.«

Sie verließen das Haus und hielten kurz inne, um den Blick über das Meer zu genießen. Die weite See zog sie an wie ein Magnet. Schließlich rissen sie sich los, stiegen in ihre Autos und fuhren jeder für sich zurück nach Pori.

34

Paloviita zog den Bauch ein und schaffte es, den Knopf seiner guten Jeans zu schließen, doch als er ausatmete, wölbte sich der Ansatz von Bauchspeck über den Gürtel und es kniff. Er fluchte und schlüpfte wieder in seine bequeme Chino, die er schon bei der Arbeit getragen hatte. Er wählte bewusst ein weit sitzendes Hemd, um seinen Bauch zu verdecken. Als er in den Flur kam, stand Terhi immer noch vor dem Badezimmerspiegel und schminkte sich.

»Willst du so gehen?«, fragte sie und blickte ihn durch den Spiegel hindurch an.

Paloviita war klar, was sie ihm signalisieren wollte. Das war ein als Frage verhüllter Befehl: Wechsel gefälligst die Sachen.

»Das muss reichen.«

Und ob das reichte. Warum sollte sich die ganze Familie herausputzen wie zum Empfang beim Präsidenten am Nationalfeiertag, bloß weil sie Terhis Eltern besuchten? Terhi hatte sich mindestens eine halbe Stunde lang gestriegelt, den Mädchen Zöpfe geflochten und sie in Kleider gesteckt.

Als sie endlich fertig waren und losfuhren, waren sie wieder einmal zu spät dran. Paloviita beeilte sich nicht, sondern fuhr im Gegenteil langsamer als vorgeschrieben. Zwischen Terhi und ihm herrschte im Auto eisiges Schweigen, das man mit der Sense hätte schneiden können. Je näher sie dem Haus seiner Schwiegereltern kamen, umso mehr verfinsterte sich Paloviitas Stimmung. Wie ein Ölfleck breiteten sich dunkle Gedanken in seinem Kopf aus, sein Kiefer war angespannt, die Wangenmuskeln zuckten und er wurde immer gereizter.

Seine Schwiegereltern standen in Festkleidung auf der Terrasse und erwarteten sie. Paloviita fuhr rückwärts in die Einfahrt. Sobald das Auto stand, lösten die Mädchen ihre Gurte und stürmten aus dem Auto, um Oma und Opa zu umarmen. Risto hob sie nacheinander hoch und schwenkte sie ein paar Mal durch die Luft. Die Mädchen lachten und kreischten.

Risto wurde in zwei Jahren siebzig, war aber immer noch eine bärenhafte Erscheinung. Unter seinem Brustkorb vom Umfang eines Fasses saß ein runder Bauch, er hatte die Arme eines Holzfällers, sie zeugten von der großen Kraft, die er einst besessen hatte und wahrscheinlich immer noch besaß. Paloviita betrat hinter Terhi die Terrasse. Er bemühte sich um einen schwungvollen Schritt und versuchte, einen vergnügten Ausdruck auf sein Gesicht zu zaubern. Die Freude der Kinder war in der Tat ansteckend. Egal, wie er und sein Schwiegervater zueinander standen, wichtig war, dass die Kinder ihre Großeltern sahen. Zumal es um das Verhältnis zu seinen eigenen Eltern auch nicht gerade zum Besten stand.

Das Haus von Terhis Eltern war schon in die Jahre gekommen, ließ aber mehr als deutlich erkennen, dass jemand hier eine Unmenge Geld hineingesteckt hatte. Bei nichts war geknausert worden: Die Arbeitsflächen in der Küche aus echtem italienischen Marmor, die Schwellen aus poliertem Kupfer und die Fußbodenfliesen im Kaminzimmer aus schwarzem Alabaster. Es bedurfte keines polizeilichen Instinktes, um zu erahnen, woher Terhi ihren exklusiven Geschmack hatte.

Risto war die finnische Entsprechung des amerikanischen Traums: jüngster Spross einer ärmlichen Kleinbauernfamilie mit sechs Kindern, der mit eiserner Physis, einem schier unerschöpflichen Selbstvertrauen und einem Sinn fürs Geschäft ausgestattet war. Die Geschichte, die Terhi gern bis zum Umfallen erzählte, handelte davon, wie ihr Vater im Alter von fünfzehn Jahren angefangen hatte, jeden Pfennig zu sparen, den er beim Kartoffelsetzen verdiente. Nach der Armee, als die anderen anfingen zu studieren, marschierte er zur Bank, nahm einen Kredit über fünfzehntausend finnische Mark auf und kaufte einen Bagger. Ein uraltes Modell der Marke Lokomo, an dem die Schläuche undicht waren und die Kettenglieder der Raupen andauernd brachen. Die Reparaturen fraßen Ristos ganze Ersparnisse auf, aber schon nach zwei Jahren hatte er seine Schulden abbezahlt. Dann setzte er alles auf eine Karte und machte ein Angebot für ein lukratives Entwässerungsprojekt, von dem alle glaubten, dass es für ein so junges Einzelunternehmen mehrere Nummern zu groß war. Der Rest ist Geschichte. Zehn Jahre später, Risto war gerade mal dreißig, besaß er eine Aktiengesellschaft, sechs Raupenbagger, eine eigene Kiesgrube und hatte fünfzehn Angestellte. Und als er in Rente ging und die Firma verkaufte, war es das größte Erdbauunternehmen in der Region Satakunta und hatte einen jährlichen Umsatz von über zwanzig Millionen.

Paloviita kannte sich ein bisschen aus in Sachen Wirtschaftskriminalität und war sich sicher – auch wenn er das nie laut gesagt hätte –, dass sein Schwiegervater an der einen oder anderen Stelle etwas unterschlagen hatte. Selbst mit einer gut laufenden Firma konnte man sich so einen Lebensstandard nicht leisten. Da war noch die Sommervilla auf der Ferieninsel Airisto im finnischen Schärenmeer, Anteile an Ferienappartements im lappländischen Levi und auf Zypern, eine Segelyacht im Mittelmeer und in der Garage zwei nagelneue Mercedes-Benz.

Da war sicher an der einen oder anderen Stelle Bargeld geflossen – und zwar jede Menge.

»Und das alles nur mit einem Volksschulabschluss«, pflegte Risto zu verkünden, obwohl Paloviita ahnte, dass sich hinter dem Stolz auch der Neid auf die Abschlüsse von anderen verbarg. Zu gern stichelte Risto scheinbar im Spaß gegen Paloviitas Beruf als Polizist.

Im Haus duftete es nach Braten und Ofenwurzelgemüse. Paloviita spürte, wie sein Magen knurrte. Einmal im Monat Lammbraten bei den Schwiegereltern war zu einer festen Tradition geworden, und Heli war wirklich eine wunderbare Köchin.

»Noch zehn Minuten!«, zwitscherte seine Schwiegermutter aus der Küche.

Die Mädchen stürmten schon durch die Räume und Korridore, hatten die Kiste mit dem Spielzeug hervorgekramt und den Inhalt im Wohnzimmer auf dem Boden ausgebreitet, wo die anderen jetzt am Tisch Platz nahmen, während Heli sich noch in der Küche zu schaffen machte.

»Und, hast du in letzter Zeit Fahrrad- und Benzindiebe gefasst?«, fragte sein Schwiegervater und grölte, als hätte er einen vortrefflichen Witz gerissen.

Paloviita lächelte gezwungen. »Ja, ja. Und Bonbondiebe.«

Paloviitas Erwiderung amüsierte seinen Schwiegervater nicht. Vielmehr blitzte es unheilverkündend in Ristos Augen, als er sich seiner Tochter zuwandte:

»Hast du in der Zeitung gelesen, dass Kalle zum Flughafenchef ernannt wurde? Habe ich dir schon erzählt, dass wir ins selbe Fitnessstudio gehen?«

Demonstrativ kehrte sich Paloviita ab und schaute Begeisterung vortäuschend seinen Töchtern beim Spielen zu. Die Ohren konnte er allerdings nicht abwenden. Terhis Ex-Freund Kaarle, den sein Schwiegervater nur Kalle nannte und mit dem sie während des Studiums ein paar Jahre zusammengewohnt hatte, war ein Dauerthema, mit dem Terhis Eltern ihn quälten, obwohl er und seine Frau bereits seit über zwanzig Jahren zusammen waren. Kaarles Karriere war immer ein willkommenes Thema, ebenso sein Sinn für Humor und seine Lässigkeit. Zu seiner Erleichterung bemerkte Paloviita, dass auch Terhi von den Bemerkungen genervt war und ihrem Vater zuraunte:

»Was hast du mit dem eigentlich zu schaffen?«

»Was kann ich dafür, dass wir Mitglied im selben Fitnessstudio sind. Er wohnt übrigens gleich bei euch um die Ecke, in der neuen Eigenheimsiedlung Tuorsniemi. Alles tipptopp! Sauna mit Wellnessbereich, Partybar, einfach alles schick.«

»Ist doch egal, und wenn er auf dem Mond wohnt.«

»Das Essen ist fertig!«, tönte es aus der Küche.

Der Lammbraten mundete so gut wie eh und je. Die Mädchen aßen kaum etwas außer Brot und Kartoffelbrei und sprangen dann sofort wieder auf, um zu spielen.

Zu Hause quollen die Kinderzimmerregale über vor Spielzeug, das sie kaum benutzten, und hier spielten sie mit einer uralten Holzbahn, einem einäugigen Teddy und alten Tierfiguren aus Plastik.

Risto schenkte sich das zweite Glas Rotwein ein, schwenkte das Glas und beugte sich mit gefurchter Stirn vor. Paloviita kannte diesen Ausdruck in seinem Gesicht. Jetzt blühte ihm entweder eine der unerschöpflichen Lektionen seines Schwiegervaters oder eine saftige Predigt. Er tippte auf Letzteres.

»Ich habe gehört, dass ihr es endlich hinbekommen habt, ein paar Tilgungsraten zu leisten.«

Weder Terhi noch Paloviita reagierten auf Ristos Spitze, denn sie wussten, wohin das führen würde. Als Nächstes würde Risto über ihr Haushaltsbudget herziehen, das sie mit viel Mühe und einigen Einschränkungen ein wenig stabilisiert hatten.

»Wie viel Geld bleibt euch nach Abzug aller Zahlungen eigentlich zum Leben?«, wollte Risto wissen.

»Wir kommen schon klar«, beeilte sich Terhi zu sagen.

»Ich meine ja nur, ich wart schließlich lange knapp bei Kasse. Sini und Sara sind zwar noch klein, aber es geht ratzfatz und dann sind sie groß. Man weiß ja, dass ein Kind so viel kostet wie ein Einfamilienhaus – und ihr habt zwei. Bald gehen die beiden in die Schule, dann kommen Hobbys dazu, sie brauchen Fahrräder, Turnschuhe, Schlittschuhe, später Make-up und Kosmetik, Markenklamotten und einen Führerschein. Wie stellt ihr euch das vor?«

»Papa ...«

Risto hob die Hände. »Ich meine ja nur und mache mir so meine Gedanken. Ich komme selbst aus bescheidenen Verhältnissen und bin als Junge immer in den abgetragenen Sachen und Schuhen meiner Brüder herumgelaufen. Das soll keiner mehr erleben müssen. Heutzutage werden die Kinder in der Schule doch schon aufgezogen, wenn sie nicht eine bestimmte Marke tragen oder das neueste Smartphone haben.«

»Uns geht es gut«, wiederholte Terhi. »Können wir über etwas anderes reden? Jari, wärest du so gut und würdest mir noch ein Stück vom Braten abschneiden?«

Paloviita nahm das Bratenmesser, doch sein Schwiegervater riss es ihm mit einer schnellen Bewegung aus der Hand und erhob sich. »In diesem Haus schneide immer noch ich den Braten«, verkündete er und schaute seinem Schwiegersohn tief in die Augen.

Mit einem Mal war die Wut, die Paloviita so mühsam unterdrückt hatte, mit voller Wucht zurück. Er erhob sich, fasste seinen Schwiegervater am Handgelenk, drückte, wie er es auf der Polizeischule gelernt hatte, zwischen den Fingerknöcheln zu und nahm ihm das Messer ab. Dann sah er ihm kühl in die Augen und sagte leise, mit vor Erregung zitternder Stimme:

»Wenn ich mich recht erinnere, hat Terhi mich darum gebeten.«

Paloviita schnitt eine dicke Scheibe ab, reichte sie seiner Frau auf den Teller, bedankte sich für das Essen und stand auf, obwohl die Mahlzeit noch nicht beendet war. Der Abend war dunkel, und beim Einatmen spürte er die Feuchtigkeit in der Luft. Er marschierte zum Wagen, holte die Zigaretten aus dem Handschuhfach und zündete sich eine an. Die ersten Züge rauchte er voller Zorn, bis die Kombination aus Nikotin und Kohlenmonoxid wirkte, seine Blutgefäße verengte und die Nerven beruhigte. Er dachte an den entgeisterten Blick seines Schwiegervaters und dann aus irgendeinem Grund an Linda, wie schön sie ausgesehen hatte im Regen auf dem Parkplatz des Krankenhauses.

Er schnippte die Kippe auf die Fahrbahn und lächelte innerlich. Die zweite Zigarette genoss er in ruhigen Zügen, erst dann kehrte er ins Haus zurück. Das Mittagessen war abgeräumt, gerade deckten Heli und Terhi gemeinsam den Kaffeetisch. An Terhis und Ristos Gesicht las er ab, dass Gewitterstimmung herrschte, die auf seine Kappe ging, weil er gegen seinen Schwiegervater aufgemuckt hatte und nach Zigarettenrauch roch, als er wieder hereinkam.

Paloviita ging ins Wohnzimmer und setzte sich Risto gegenüber in einen Sessel. Ein kurzer Blickwettkampf folgte, aus dem keiner als Sieger hervorging. Paloviita zog sein Diensthandy aus der Tasche. Zwei Anrufe und eine Nachricht, alle von Raakel Kallio. In der SMS stand:

Dachte ich mir, dass du nicht antwortest, wenn du die Nummer siehst. Du kleiner Schlaumeier, du! Kannst du bestätigen, dass der Mord an Klaus Halminen mit dem Überfall auf Albert Kangasharju zusammenhängt und das Ganze mit den Nazis zu tun hat? Bleibt alles anonym. J für Ja, N für Nein.

Paloviita überlegte. Es war offensichtlich, dass Kallio noch eine andere Quelle bei der Polizei hatte, wohl vom Rang etwas niedriger, sonst müsste sie ihn nicht spätabends und frühmorgens mit Anrufen bombardieren. Er war versucht, mit J zu antworten, wusste aber, wie brandgefährlich das in den Händen der Presse werden konnte. Die Nachricht würde sich wie ein Lauffeuer auch ins Ausland verbreiten. Außerdem hatten sie immer noch keine Gewissheit, welches Motiv hinter den Taten steckte, und konnten letzten Endes auch noch nicht mit Sicherheit sagen, dass die beiden Fälle zusammenhängen. Bisher war alles, was sie hatten, Spekulation und Theorie. Auch Paloviita hatte so seine Vermutungen, aber die hatten nichts in der Zeitung zu suchen.

Zumindest noch nicht.

Also tippte er:

Sorry, Babe. Ich kann noch nichts bestätigen oder dementie-

ren, aber du bekommst deine Story. Versprochen. Pfadfinderehrenwort.

Die Antwort kam nach zehn Sekunden.

Hei Guy, du wirst mir noch viel mehr versprechen müssen. Allem voran ein ausführliches Mittagessen. Mit Wein. Und du und Pfadfinder. Dass ich nicht lache :)

Paloviita musste grinsen und antwortete mit einem Smiley. Risto starrte ihn immer noch finster an.

»Die Handyüberwachung für zwei Fahrraddiebe wurde eingeleitet«, erklärte er.

Aus der Küche wurden sie zum Kaffeetisch gebeten. Paloviita verspürte Genugtuung, weil die Einzigen, die am Tisch sprachen, die Kinder waren. Die anderen schauten verdrießlich drein und schwiegen. Auch auf der Rückfahrt wechselten Terhi und er kein Wort. Erst beim Zubettgehen erinnerte ihn Terhi an ihre IT-Weiterbildung nächsten Dienstag in der Volkshochschule, an der sie gemeinsam mit Tero teilnahm. Dass sie den Namen aussprach, verstand Paloviita als Provokation, ging aber nicht darauf ein. Vielmehr drehte er sich auf die Seite und grübelte über sein Leben nach, das sich immer mehr wie ein Gefängnis anfühlte, und offenbar verdiente er das auch. Er war selbst an allem schuld. Terhi entglitt ihm immer mehr, und er hatte nicht die Kraft, die Kluft zwischen ihnen zu überbrücken. Ob er überhaupt noch den Wunsch danach verspürte, wusste er ebenfalls nicht mehr genau.

1941

35

»*Halt!*«

Der Lastwagen wird langsamer, die Bremsen quietschen. Das Auto ruckelt und schaukelt, bevor es am Wegesrand zum Stehen kommt. Die Männer erheben sich, wer eingeschlafen ist, wacht sofort auf und reibt sich die Augen. Alle schauen um sich, forschend, fragen sich, warum sie angehalten haben.

»Sind wir schon da?«

»Hat dieses Mistding schon wieder seinen Geist aufgegeben?«

»So eine Scheiße. Verdammte italienische Qualität!«

Hier wird das Gelände hügeliger, ist aber ebenso baumlos wie vordem. Hinter der nächstgelegenen Anhöhe steigt dicker Rauch empor, der mitunter sogar die Sonne verdeckt. Über den Rand des Hügels bewegt sich ein Zug aus zehn Panzern, es scheint, als schwebe er, und wirbelt eine gewaltige Staubwolke auf. In entgegengesetzter Richtung schleppen sich Flüchtlinge dahin, einzeln oder in kleinen Gruppen, sie ziehen Koffer und Haustiere hinter sich her. Der SS-Sturmscharführer springt aus der Fahrerkabine und über den Graben und hält eine Familie an, die über den Ackerrain zieht.

Der Stuscha zündet sich eine Zigarette an und bedeutet der Mutter, die einen Teppich auf der Schulter trägt, ihn abzulegen und auszurollen. Einige Küchengeräte, Teller und ein silberner Kerzenleuchter kommen zum Vorschein, den der Stuscha umgehend einzieht und in seiner Brottasche verschwinden lässt. Dann befiehlt er dem schwarzbärtigen Familienvater, seinen Koffer zu öffnen. Weil ihm das offenbar zu lange dauert, tritt er dem Mann in den Hintern, reißt ihm den Koffer aus den Händen und kippt den Inhalt auf den Boden. Er stochert mit der Stiefelspitze in der Kleidung und anderen für ihn wertlosen Dingen: Kämme, Spiegel, Fotos. Ein Gegenstand erregt seine Aufmerksamkeit. Er lächelt, bückt sich und hält eine Schafschere hoch, die Zigarettenkippe zwischen den Zähnen:

»Juden?«

»Njet Juden«, antwortet der Mann und schüttelt den Kopf.

Grinsend dreht der Stuscha sich zum Wagen um. »Was meint ihr? Sehen die wie Juden aus?«

Die Männer auf der Ladefläche brechen in Lachen aus.

»Selbst wenn man sie in Butter brät!«

Albert, Martti und Klaus beobachten die Situation. Sie haben die Grausamkeit dieses Mannes bereits kennengelernt. Vor einigen Tagen sind sie im Dunkeln einem verirrten Jungen begegnet. Er hatte Licht gesehen und wollte nachsehen. Die Wachsoldaten hatten ihn zum Verhör zum Stuscha geschleift und herausgefunden, dass er ein vierzehnjähriger Bauernsohn war, der im Dunkeln seine Familie verloren hatte. Es bestand kein Zweifel daran, dass der schmächtige, verängstigte Junge die Wahrheit sagte und kein feindlicher Spion war. Trotzdem ließ der Sturmscharführer ihn nicht gehen, sondern sperrte ihn die Nacht über in den Hühnerstall, und als das Regiment am nächsten Morgen weiterzog, banden sie ein Seil um seinen Hals, um es an der Stoßstange eines Lasters zu befestigen. Die Kolonne fuhr stockend und musste oft anhalten. Der Junge war wirklich ausdauernd und rannte über eine Strecke von mindestens fünf Kilometern mit auf dem Rücken zusammengebundenen Händen hinter dem Laster her, bis er stolperte und weitere dreißig Kilometer mitgeschleift wurde. Erst beim nächsten Tankstopp schnitt jemand das Seil durch. Der Junge, oder die Fetzen, die von ihm übrig waren, wurden in den

Graben gerollt. Niemand sprach über diesen Vorfall, und keiner machte einen Witz darüber. Dafür schwor sich so mancher, dem Sturmscharführer bei nächster Gelegenheit eine Kugel in den Rücken zu jagen.

Jetzt betrachtet der Stuscha mit geschürzten Lippen das Gesicht des Mannes, nimmt die Schafschere und schneidet ihm damit den Bart ab. Barthaare und Hautfetzen fallen zu Boden. Der Mann schreit vor Schmerzen. Seine Frau weint und hält ihre Töchter fest umklammert. Als er fertig ist, schleudert der Stuscha die Bügelschere in den Graben.

»Nicht schlecht, obwohl Eigenlob ja bekanntlich stinkt. Vielleicht sollte ich umsatteln?«

Schwere Artilleriegefechte haben die Erde umgepflügt. Neben einem Krater liegt ein aufgedunsener Pferdekadaver.

»Spaten!«, befiehlt der Stuscha. Jemand wirft ihm einen von der Ladefläche herunter, er reicht ihn an den Flüchtling weiter.

»Begrab das Pferd!«, befiehlt er.

Der Mann stellt sich in die Grube und fängt hektisch an zu graben. Der Sturmscharführer zitiert weitere Flüchtlinge heran und befiehlt ihnen mitzugraben.

»*Schneller!*«

Es gibt nur zwei Spaten, also müssen die anderen mit bloßen Händen graben. Erde fliegt, Nägel brechen. Der Sturmscharführer zündet sich eine Zigarette an und schlendert zu der Frau und den Mädchen. Er streicht ihnen über die Haare, kneift sie in die Wange, holt Schokolade hervor und schwatzt ein wenig mit den Kindern.

Als die Grube tief genug ist, schieben die Männer das Pferd hinein. Ein Schwarm Schmeißfliegen steigt in die Luft auf. Die auf der Ladefläche stehenden Soldaten halten sich zum Schutz vor dem üblen Gestank ihre Taschentücher vor die Nase.

»Verflucht, ich knipse dem Kerl das Licht aus«, murmelt Albert auf Finnisch.

Martti erwidert nichts, presst nur die Zähne zusammen und versucht, möglichst flach zu atmen.

Der Sturmscharführer zieht seine Pistole aus dem Holster, richtet sie auf den Mann, dessen Bart er abgeschnitten hat, dann auf den Kadaver.

»Hinlegen!«

Der Mann klettert zurück in die Grube und legt sich bäuchlings auf das Pferd. Der Sturmscharführer schießt ihm in den Hinterkopf. Seine Frau schreit auf, sackt auf die Knie und zieht ihre Töchter noch näher an sich heran.

»Klaus!«, brüllt er. »Die Maschinenpistole!«

Klaus springt von der Ladefläche und marschiert zu ihm, die Maschinenpistole über der Schulter. »Sturmscharführer?«

»Erledige das.«

»Jawohl, Sturmscharführer.«

Klaus stellt sich breitbeinig hin, lädt durch und drückt auf den Abzug. Die Flüchtlinge sinken zu Boden, einige an Ort und Stelle, andere rutschen mit verrenkten Gliedern in die Grube. Der Lauf raucht, die heißen Patronenhülsen rieseln ins Gras. Als alle Männer tot sind, dreht Klaus sich zu den Frauen und Kindern um und feuert eine neue Salve ab.

Der Sturmscharführer reicht Klaus Kognak und Zigarre. Dann sitzen alle wieder auf. Der Lastwagen setzt sich in Bewegung, reiht sich in die endlose Kolonne ein, die immer tiefer in die Sowjetunion hinein unterwegs ist.

2019

36

»Wo steckst du?« Linda klang aufgeregt, ihre Begeisterung war nicht zu überhören.

Paloviita rieb sich die Augen, schaute auf seine Armbanduhr, stellte fest, dass er eingeschlafen war. Er hatte sich für einen Moment auf dem Sofa im Pausenraum ausgestreckt und die Augen geschlossen. Fast eine Stunde hatte er geschlafen. Seine Nase schmerzte, sein Kopf war auf das Kissen gesackt, auf dem sich jetzt ein feuchter dunkler Speichelfleck abzeichnete.

Er richtete sich auf und grummelte: »Im Pausenraum.«

»Schön geträumt?«, fragte sie. »Komm rauf, wir haben was gefunden.«

Paloviita schaltete das Handy aus und schüttelte die Arme. Sein Brustbein knackte. Er versuchte, sich ins Gedächtnis zu rufen, wovon er geträumt hatte, erinnerte sich aber nur an eine endlos erscheinende Wüste und Hitze. Er nahm ein Glas aus dem Hängeschrank, füllte es mit Wasser und leerte es in wenigen Zügen. Er hielt es erneut unter den Wasserhahn und trank es auch dieses Mal gierig leer. Er war in einer seltsamen Stimmung aus diesem Traum erwacht. Er glaubte nicht an Astrologie, Horoskope oder Wahrsager, an Träume hingegen schon. Träume waren die Pforte zu den tieferen Schichten des Geistes.

Er nahm den Fahrstuhl, obwohl er ja abnehmen wollte. Linda und Oksman warteten vor der Tür zu seinem Büro auf ihn, beide trugen ihre Jacken.

»Schnapp dir deine Kutte, wir fahren«, sagte Linda.

Paloviita bemühte sich darum, munter zu erscheinen, wusste aber, dass er einfach nur schauderhaft aussah. »Wohin?«

»Nun nimm dein Jäcklein schon. Sagen wir dir unterwegs. Ach so, du fährst.«

»War mir klar«, sagte er und schlüpfte in seinen Lederparka.

Im Auto sagte ihm Linda, dass er zum Pflegeheim Kuusipuu fahren solle.

»Die Leitstelle hat einen Anruf von den Stadtwerken bekommen, die haben ihn an den Chef vom Dienst weitergeleitet und dieser an Manner«, führte sie aus. »Der Grund des Anrufs war ein fernlesbarer Stromzähler in einem Einfamilienhaus in Vähärauma unweit des Pflegeheims.«

Paloviita wollte gerade in die Maantiekatu einbiegen und auf die Eisenbahnbrücke fahren, als er voll auf die Bremse treten musste, weil ein Fahrzeug hinter dem Vorfahrtsschild hervorgeschossen kam. Paloviita hupte und fluchte. Das war bestimmt der zehnte Beinahezusammenstoß für ihn an dieser Stelle. Er fragte sich, wer diese chaotische Kreuzung nur geplant hatte.

»Das System hat einen Ablesefehler in einem Einfamilienhaus gemeldet, das laut den Unterlagen des Stromanbieters unbewohnt ist. Als sie den Besitzer nicht erreichen konnten – er wohnt unten im Süden, in Lohja –, haben sie einen Außendienstmitarbeiter losgeschickt, damit er nachsieht, die Strom- und Verteilerkästen befinden sich außen am Haus. Als auf das Klingeln keiner reagierte, wollte er sich an die Arbeit machen und musste feststellen, dass jemand den Zählerschrank aufgebrochen hatte.«

»Aufgebrochen?«, fragte Paloviita.

»Ja, jemand hat das Schloss geknackt«, erklärte Oksman von der Rückbank aus.

»Hoffentlich sind wir hier gerade nicht zu dritt unterwegs, um einen geknackten Stromzähler zu bestaunen.«

Sie kamen am Friedhof vorbei und an einem Eiswagen, der

um diese Jahreszeit längst geschlossen war und in der grauen Landschaft völlig fehl am Platz wirkte.

»Der Stromzähler ist sehr professionell manipuliert worden. Jemand hat ihn abgeklemmt, wusste aber nicht, dass dieses Modell jede Art von Manipulation sofort meldet. Der Außendienstmitarbeiter hat die Überbrückung entfernt und seinen Vorgesetzten informiert, damit dieser eine Anzeige wegen Stromdiebstahls erstatten kann.«

Nun war Paloviita ganz Ohr. Als sie die Kreuzung vor dem Pflegeheim erreichten, lotste Linda ihn in die entgegengesetzte Richtung. Sie hielten gegenüber einem der sogenannten Frontkämpferhäuser, von denen nach dem Zweiten Weltkrieg Tausende in ganz Finnland errichtet worden waren, um dem Wohnungsmangel zu begegnen. Ein Blick genügte, um festzustellen, dass das Haus unbewohnt war. Der Zaun war morsch und schief, der verwilderte Garten stand voller Unkraut und Disteln.

Das Grundstück war mit Absperrband umgeben. Spätestens jetzt wurde Paloviita klar, dass es hier um mehr als Stromdiebstahl ging. Sie stiegen aus und gingen über die Straße, auf der sich bereits die ersten Schaulustigen eingefunden hatten. Paloviita schaute in die Richtung, aus der sie gekommen waren, und dann zu dem Haus hinüber. Die Sonne war hinter den Wolken verborgen. Vom Haus hatte man einen ungehinderten Blick auf das Altenpflegeheim Kuusipuu und das Zimmer von Albert Kangasharju. Genauso, wie man von dem Platz im Wäldchen direkt auf das Haus und ins Wohnzimmer von Klaus Halminen blicken konnte.

Sie gingen unter dem Absperrband hindurch und liefen über einen Pfad aus heruntergetretenen Gräsern zur Eingangstür. Ein mit Teerpappe gedeckter Schuppen stand in der Nähe, er war so schief, dass er unter der Schneelast im kommenden Winter wohl endgültig zusammenbrechen würde.

Raunela stand auf der Treppe und unterhielt sich mit Susanna

Manner, offensichtlich sehr angeregt. Paloviita runzelte die Stirn. Er war es nicht gewohnt, dass Vorgesetzte persönlich an Tatorten auftauchten, doch als er sie lächeln sah, verflog sein Unmut. Obendrein konnte er sich nicht erinnern, dass er Raunela je lachen gesehen hatte.

Gemeinsam gingen sie zu dem aufgebrochenen Stromzähler. Um den Zähler anzuzapfen, war die Abdeckung entfernt worden. Sie hielten sich nicht damit auf, die fachmännisch ausgeführte Manipulation zu bewundern, sondern betraten das Haus, in dem es nach feuchter Erde und vermoderndem Laub roch. Es war offenkundig, dass das Haus seit sehr langer Zeit leer stand und abrissreif war.

Ein Polizist war gerade dabei, die Pappe vor den Fenstern zu entfernen, um graues, fahles Tageslicht einzulassen.

Oksman entdeckte Pasi Jaakola neben der Treppe, die ins Obergeschoss führte, er war gerade damit beschäftigt, das Wohnzimmer abzusperren. Als er Oksman sah, hob er den Kopf und sagte:

»Dieses Schachturnier in Moskau. Der Russe hat fünf Züge später aufgegeben.«

»Also erst nachdem er seine Dame opfern musste?«, staunte Oksman.

»Wie zum Teufel kannst du das schon wieder wissen? Das ist das reinste Hexenwerk! Carlsen hat alle mit seinem Zug überrascht, und der Kommentator hat begeistert geschrien wie bei einem Tor in der Verlängerung beim Eishockey-WM-Finale. Bis dahin gingen alle davon aus, dass der Russe gewinnen würde. Doch dann: Zack! – und plötzlich war alles anders.«

»Aber das war doch klar. Hast du das etwa nicht gesehen?«

Pasi lachte. »Willst du mich auf den Arm nehmen?«

Oksman blieb die Antwort schuldig. Er verstand nicht, was Pasi wollte, der Ausgang der Partie war glasklar gewesen. Erstaunlich war nur, dass keiner die Falle erkannt hatte, nicht einmal der

Russe, der immerhin auf Platz zwei der Weltrangliste stand. Als Oksman sechs war, hatte sein Vater mit seinem Cousin darum gewettet, wer als Erster den Zauberwürfel löst. Worum sie gewettet hatten, wusste Oksman nicht mehr, aber es musste etwas Wichtiges gewesen sein, denn Vater hatte den ganzen Abend über auf dem Sofa gesessen und den Würfel vor- und zurückgedreht, ohne etwas zustande zu bringen. Als Vater am nächsten Tag auf dem Feld gewesen war, hatte sich Oksman den Würfel geschnappt, ihn studiert und nach fünf Minuten gelöst. Oksman hatte den fertigen Würfel auf den Wohnzimmertisch gelegt und fieberhaft darauf gewartet, dass sein Vater ihn bemerken würde. Doch statt sich zu freuen, war Vater wütend geworden und hatte ihm so fest mit der Hand ins Gesicht geschlagen, dass seine Wange tagelang geschwollen war. Den Würfel sah Oksman nie wieder.

»Das, was ihr sucht, befindet sich dort oben«, sagte Pasi und rollte weiter Band ab.

Auf der Treppe standen einige Techniker in weißen Anzügen, einer von ihnen hielt eine gewaltige Spiegelreflexkamera in der Hand. Sie liefen am Absperrband entlang nach oben. Die Treppenstufen knarrten und gaben nach. Das einzige Tageslicht im Obergeschoss fiel durch ein schmutziges Giebelfenster, in dessen Spanplattenabdeckung ein Loch von der Größe eines Pucks gesägt worden war. Es herrschte ziemlicher Trubel in dem Raum. Ein Techniker machte Bilder, ein anderer saugte Faserproben vom Boden auf, ein dritter sicherte Fingerabdrücke.

Paloviita sah auf den ersten Blick, dass hier jemand längere Zeit gehaust hatte. In einer Ecke stand ein Müllsack voll mit Lebensmittelverpackungen. Neben der Wand waren zwei Isomatten ausgerollt, auf denen grüne Daunenschlafsäcke lagen. Mitten im Raum stand ein Campingkocher mit Kochgeschirr. Das bei Weitem interessanteste Objekt war allerdings ein Fernrohr mit Stativ der Marke ZEISS. Paloviita ging zum Fenster und spähte hinaus. Dann zog er das Fernrohr heran, das millimetergenau in das ausgesägte Loch passte. Er legte sein Auge an das Okular, stellte die Schärfe am Objektiv ein und musste feststellen, dass er durch das Fenster in das Zimmer von Albert Kangasharju sehen konnte, als ob es nur zehn Meter entfernt wäre, obwohl es in Wirklichkeit geschätzte fünfhundert Meter waren. Paloviita vermochte die Blätter der Margeritenblüten auf der Gardine zu zählen.

Er trat einen Schritt zur Seite und ließ erst Oksman, dann Linda durch das Fernrohr gucken. Keiner von ihnen sagte etwas, aber es bedurfte auch keiner Worte. Neben einem Sprossenstuhl stand eine Gurkendose mit dutzenden Zigarettenkippen darin. Paloviita bückte sich und nahm eine in die Hand, um die Marke zu entziffern.

»Noblesse«, murmelte er.

Einer der Techniker hörte es und hob die Augenbrauen. Paloviita ließ verlegen die Kippe fallen.

»Israelische«, sagte der Techniker, obwohl Paloviita nicht danach gefragt hatte.

Dann inspizierten sie den Raum, ohne etwas anzufassen. Rucksäcke, Isomatten und Schlafsäcke wie auch das Kochgeschirr sahen aus wie aus Armeebeständen. Alles teuer und von guter Qualität, doch auf keinem ein Herstellerlogo oder irgendein anderes Erkennungszeichen.

Raunela kam herein. Paloviita wappnete sich innerlich gegen die hereinbrechende Predigt, doch heute schien er auffallend gut gelaunt zu sein. Er reichte Paloviita eine Mappe aus Karton.

»Was ist das?«

»Haben wir neben den Schlafsäcken gefunden.«

Paloviita streifte den Gummizug ab und schlug die Mappe auf. Oksman schaute ihm über die Schulter, Linda blickte sich noch im Raum um. In der Mappe befanden sich Papiere, die zum Teil sehr alt aussahen. Einige waren aber auch neueren Ursprungs.

»Ich verstehe kein Wort davon«, sagte Paloviita. »Du?«

Oksman schüttelte den Kopf.

»Ich glaube, das ist Hebräisch«, sagte Raunela.

»Hebräisch?«

Linda stieß einen Pfiff aus, sodass alle sich umdrehten. Sie hatte die Tür geschlossen, die in den Raum führte. Jetzt sahen sie, dass etwas daran befestigt war. Sie gingen näher heran, auch die Techniker interessierten sich für die Entdeckung.

An die Tür waren mit Reißzwecken acht Schwarz-Weiß-Fotos geheftet. Auf dem Obersten war ein Galgen zu sehen. Drei Männer in Zivil hingen an Seilen wie Kleidung auf einem Bügel. Die vierte Person, eine Frau in langem Rock, wurde gerade erhängt. Drei Soldaten in SS-Uniform machten sich an ihr zu schaffen, einer legte ihr gerade die Schlinge um den Hals. Das Foto war aus großer Entfernung aufgenommen worden und sehr pixelig. Die genauen Gesichtszüge konnte man darauf nicht erkennen, aber dass die Frau Todesangst hatte, war auch so nicht zu übersehen.

Das zweite Foto war noch schockierender. Es zeigte eine Grube, in der nackte, übereinandergestapelte Leichen lagen. Neben der Grube standen zwei SS-Soldaten, die sich gegenseitig an der Schulter gefasst hatten. Beide lachten und schauten direkt in die Kamera, einer mit einer Zigarette im Mundwinkel, der andere hielt eine halb ausgetrunkene Schnapsflasche in der Hand. Die restlichen sechs Bilder waren stufenweise Vergrößerungen von einem der beiden Lachenden, sodass der Rauchende schließlich nicht mehr mit im Bild war. Das Gesicht auf dem letzten Foto war fast lebensgroß und offensichtlich mit dem Computer bearbeitet worden. Die scharfen Kontraste ließen es fast faltig erscheinen. Alle starrten das Bild an, ohne sich zu rühren. Schließlich machte Paloviita einen Schritt nach vorne, nahm es von der Tür und drehte sich um.

»Der junge Albert Kangasharju?«

37

»Der Mossad?« Ungläubig starrte Paloviita abwechselnd Linda und Manner an. Keine der beiden zeigte eine Regung. Paloviita schaute zu Oksman, der an Manners Schreibtisch gelehnt stand.

»Hör dir an, was Henrik zu sagen hat«, warf Manner ein.

»Ich habe auch erst daran gezweifelt, aber je länger ich darüber nachdenke, umso überzeugter bin ich«, sagte Oksman. »Erinnert ihr euch noch an den Knoten, mit dem die Schlingen geknüpft waren?«

»Du meinst den Yosemite-Palstek?«, erinnerte sich Linda.

Oksman legte ein ausgedrucktes Foto vor sie auf den Tisch. Darauf waren Soldaten mit Sturmhauben zu sehen, die sich an einer Wand abseilten.

»Das Bild ist aus dem Internet. Es zeigt israelische Soldaten, die das Abseilen üben.« Dann legte er ein zweites Foto auf den Tisch, auf dem Seil und Knoten stark vergrößert waren. Es war so detailliert und scharf, dass kein Zweifel bestehen konnte. Der Knoten stimmte eindeutig mit jenem überein, der beim Mord an Halminen verwendet worden war.

»Dieser Knoten wird nicht nur von Kletterern benutzt, sondern auch von Spezialeinheiten zahlreicher Staaten, unter anderem auch von den israelischen. Er hält sehr gut und ist relativ einfach und schnell zu binden – selbst im Dunkeln.«

»Aber der Mossad … mein Gott. Ist das nicht ein bisschen …« Paloviita brach mitten im Satz ab und riss die Augen auf. Plötzlich kam ihm wieder der schwarze Volvo in den Sinn, der auf dem Parkplatz vor dem Krankenhaus gestanden hatte, an dem Morgen nach seinem nächtlichen Kampf, und er erinnerte sich an den

Israeli auf dem Fahrersitz. Die letzten Tage waren sehr ereignisreich gewesen, er hatte eine gebrochene Nase und war im Dauerstress, sodass er den Vorfall schlichtweg vergessen hatte. Plötzlich passte alles zusammen: die hebräischen Unterlagen, die militärischen Ausrüstungsgegenstände, die israelische Zigarettenmarke, sein Kampf mit dem gut ausgebildeten Mann, die Fingerabdrücke, die sich in keinem Register fanden – und die Aussage von Ulla Halminen, dass Klaus in einem schwarzen Volvo entführt worden sei.

Dieses Gesindel würde ich selbst im Dunkeln wiedererkennen. Dreckige Judenratten!

Er stöhnte.

»Was ist?«, fragte Manner.

Paloviita suchte in seinen Taschen nach dem Telefon und ging die Fotos durch.

»Ich … an dem Tag, als ich von dem falschen Arzt angegriffen wurde, stand ich auf dem Parkplatz am Krankenhaus und hatte ein seltsames Gefühl, so als ob ich beobachtet würde. Und da habe ich einen schwarzen Volvo gesehen. Ich habe ans Fenster geklopft und …«

Paloviita fand das gesuchte Foto und legte sein Smartphone auf den Tisch. Die anderen versammelten sich darum und beugten sich näher heran, um das Foto, das Paloviita von dem israelischen Pass gemacht hatte, besser sehen zu können.

»Hadar Amir Rosenblat, geboren 1987 in Tel Aviv«, las Oksman vor.

»Warum hast du uns das nicht eher erzählt?«, fragte Linda.

»Zuerst habe ich es nicht für wichtig gehalten, dann kam Kangasharju wieder zu Bewusstsein, und ich habe die ganze Sache vergessen.« Er suchte weiter und zeigte ihnen dann die Fotos von Auto und Kennzeichen.

Linda ging sofort los, um das Auto zu überprüfen. Kurz darauf war sie wieder da und schüttelte den Kopf.

»Das Auto ist sauber. Es gehört einer Autovermietung in Vantaa und wurde auf den Namen Hadar Rosenblat gebucht.«

»Und der Mann?«, erkundigte sich Manner.

»Nichts in unseren Registern. Ich habe eine Anfrage beim Zentralen Kriminalamt gestellt.«

Manner nickte. »Wenn wir es hier tatsächlich mit Agenten eines anderen Staates zu tun haben, dann werden sie wohl kaum einen Wagen mit ihrer Personennummer ausleihen. Agenten des Mossad haben bekanntermaßen auch früher schon gefälschte Pässe benutzt.«

»Okay«, sagte Paloviita. »Bevor wir voreilige Schlüsse ziehen, sollten wir erst mal tief durchatmen. Nehmen wir mal an, hinter all dem steckt der israelische Geheimdienst. Was bedeutet das?«

»Es bedeutet, dass wir den Fall los sind und ihn an die Supo abgeben müssen. Wenn ausländische Agenten innerhalb der finnischen Staatsgrenzen agieren, ist das kein Fall mehr für die örtliche Kripo, sondern für den Inlandsnachrichtendienst«, sagte Oksman.

»Das meinte ich nicht.«

»Der Mossad gilt als der effektivste und skrupelloseste Geheimdienst der Welt. Die Abteilung für spezielle Operationen Metsada ist unter anderem für gezielte Tötungen zuständig«, führte Oksman aus.

»Gezielte Tötungen?«, fragte Linda entsetzt.

»Der Mossad hat einen legendären Ruf. Er ist nicht nur ein Auslandsgeheimdienst, sondern auch für die Terrorismusbekämpfung zuständig, und zu diesem Zweck tötet er auch präventiv Menschen. Und das ist nicht mal ein Geheimnis. Israel handelt entsprechend der Weisheit des Talmuds: Will jemand dich töten, so komme ihm zuvor und töte ihn. Israel hat nie ein Geheimnis um die Erfolge des Mossad gemacht, vielmehr zählt es darauf, dass die Attentate eine abschreckende Wirkung haben. Der Mossad wurde als Reaktion auf die Verfolgung der Juden gegründet.

Eines seiner Ziele war immer, Juden aus feindlichen Ländern zu retten – sowie NS-Verbrecher vor Gericht zu stellen.«

»So wie Adolf Eichmann«, ergänzte Linda.

Oksman nickte. »Das Aufspüren von Adolf Eichmann in Argentinien und seine Entführung nach Israel ist sicher eine der bekanntesten Aktionen der israelischen Geheimdienstler. Eichmann wurde nach Jerusalem gebracht, wo er wegen Verbrechen gegen die Menschlichkeit zum Tode verurteilt und durch Hängen hingerichtet wurde. Aber Eichmann ist nicht der Einzige: Der Mossad hat jahrzehntelang ranghohe NS-Täter, die an der Judenvernichtung beteiligt waren, gejagt. Einigen gelang es, ihren Fängen zu entgehen, wie beispielsweise dem Todesengel von Auschwitz Doktor Josef Mengele.«

»Nach dem blutigen Attentat bei den Olympischen Spielen in München haben Agenten des Mossad palästinensische Terroristen durch eine Serie von Bomben- und Mordanschlägen liquidiert«, ergänzte Manner.

»Die Operation trug den Namen ›Zorn Gottes‹«, sagte Oksman. »Wo gehobelt wird, fallen Späne. Nicht alle Operationen des Mossad verliefen immer wie geplant. Mitunter wurden bei Bombenattentaten gefährlich große Mengen Sprengstoff verwendet. In Lillehammer haben sie 1973 einen unschuldigen Kellner ermordet, obwohl es Ali Hassan Salameh treffen sollte, den Anführer der Terrororganisation Schwarzer September.«

Paloviita nickte. Jetzt erschien ihm eine mögliche Verstrickung des Mossad in ihren Fall gar nicht mehr so abwegig.

»Vor einigen Jahren waren Videos von Überwachungskameras im Umlauf, die einen Mord des Mossad in einem Hotel zeigten. Die Agenten haben lächerliche Perücken getragen und waren als Tennisspieler verkleidet.«

»Es handelte sich um die Ermordung Mahmud al-Mabhuhs, eines hochrangigen Mitglieds der Hamas, 2010 in Dubai«, erklärte Oksman. »An der Operation waren über dreißig Personen beteiligt, die sich kein bisschen um irgendwelche Kameras geschert haben. Es ging nur darum, den Auftrag auszuführen. Die Agenten haben unter anderem gefälschte EU-Pässe benutzt, was einen weltweiten Skandal auslöste. Nach der Ermordung wurden in den Medien die Porträts von elf Tatverdächtigen veröffentlicht.«

»Okay, nehmen wir an, es sind tatsächlich Auftragskiller des israelischen Geheimdienstes, dann stellt sich die Frage: Jagen sie die Richtigen? Wir wissen, dass Klaus Halminen in der Waffen-SS gedient hat, bei Albert Kangasharju hingegen sind wir uns nicht sicher.«

»Wir wissen auch nicht, ob die beiden während des Krieges an Gräueltaten beteiligt waren. Allein die Zugehörigkeit zur SS macht noch keinen zum Kriegsverbrecher«, sagte Linda.

»Die Täter waren sich ihrer Sache aber anscheinend sehr sicher.«

»Ich schlage vor, dass wir zuerst einmal das Material sichten, das wir in dem Versteck gefunden haben, besonders die hebräischen Dokumente«, meinte Paloviita. »Wenn sich unser Verdacht bestätigt, dass tatsächlich Israelis hinter all dem stecken, kontaktieren wir unverzüglich die Supo.«

»Du hast recht«, stimmte ihm Manner zu. »Bisher haben wir keine Gewissheit über eine Beteiligung des Mossad. Es könnte sich ja auch um eine private Racheaktion handeln. Soweit ich weiß, ist der israelische Geheimdienst nicht die einzige Organisation in der Welt, die ehemalige Nazis jagt. Angefangen von ganz gewöhnlichen Menschen, deren Verwandte im Holocaust ermordet wurden. Naziverbrecher sind auch früher schon in privaten Racheaktionen gelyncht worden.«

»In diesem Fall empfehle ich, mit dem Simon Wiesenthal Center Kontakt aufzunehmen«, sagte Oksman. »Es ist gegründet worden, um NS-Kriegsverbrecher aufzuspüren.«

»Mich interessieren vor allem die Unterlagen, die die Spurensicherung in dem Haus gefunden hat. Wir brauchen einen Übersetzer. Wenn wir Glück haben, können wir so herausfinden, wer hinter den Taten steckt und was das Motiv war«, sagte Paloviita.

Linda sagte ernst: »Stellt euch nur die Schlagzeilen vor. Agenten des Mossad erhängen Invaliden. Was für ein Skandal! Es ist ziemlich unvorsichtig, solche Dokumente einfach so zurückzulassen. Das ist geradezu arrogant. Oder beabsichtigt. Auf jeden Fall zieht es internationale und diplomatische Verwicklungen nach sich.«

»Wenn der Mossad dahintersteckt, übergeben wir den Fall unverzüglich an den Staatsschutz. Ich werde die Verantwortlichen bei der Supo schon jetzt konsultieren und sie um eine Meinung bitten. Es ist besser, von Anfang an mit offenen Karten zu spielen, dann müssen wir später nichts erklären«, sagte Manner.

Als sie das Zimmer verließen, winkte Manner Paloviita zu sich. »Nur kurz, ich möchte mit dir reden.«

38

Sie warteten, bis sich die Tür hinter den anderen schloss. Paloviita nahm auf dem Stuhl Manner gegenüber Platz.

»Wird mir jetzt der Kopf gewaschen?«

»Ganz im Gegenteil. Ich habe mit jedem in meiner Abteilung ein Gespräch unter vier Augen geführt.«

»Und dir den härtesten Brocken bis zum Schluss aufgehoben?«

Manner lächelte. »Das ist nicht ganz falsch. Um ehrlich zu sein, macht mich das Gespräch mit dir in der Tat ein wenig nervös.«

Paloviita wurde ernst und verschränkte die Arme.

»Zuerst einmal, ich bin sehr zufrieden damit, wie du deine Arbeit erledigst. Wie ihr alle eure Arbeit erledigt. Es macht mich stolz, diese Abteilung leiten zu dürfen.«

Paloviita nickte. Er konnte sich nicht erinnern, dass ihr vorheriger Chef Heinonen ihn jemals gelobt hätte. Manners Worte streichelten sein Ego.

»Ich gebe zu, es war sehr aufregend für mich, in die Chef-Stiefel zu steigen. Ich kam von außerhalb und kannte niemanden hier.«

Paloviita wollte etwas sagen, aber Manner unterbrach ihn, indem sie die Hand hob.

»Bevor ich die Stelle annahm, habe ich mich erkundigt, was das für eine Abteilung ist, die ich übernehmen sollte, und mir wurde gesagt, dass einer meiner Mitarbeiter der frühere Interimschef sei. Das fand ich, gelinde gesagt, nicht sehr ermutigend.«

»Ich habe doch nur vertretungsweise ...«

»Ich weiß, dass du dich auch auf diese Stelle beworben hast.«

Jedenfalls habe ich befürchtet, dass du auf irgendeine Art versuchen könntest … meine Arbeit zu sabotieren.«

Manner sah Paloviita direkt in die Augen. Paloviita sagte nichts. Er war es nicht gewohnt, dass jemand so unumwunden mit ihm sprach.

»Als ich dich das erste Mal gesehen habe, war da eine Anspannung zwischen uns. Aber das habe ich schon lange nicht mehr gespürt. Und wie gesagt, ich bin äußerst zufrieden mit deiner Leistung. Ohne deine Unterstützung hätte ich nicht lange auf diesem Stuhl gesessen. Spätestens in dem Gesandten-Fall letzten Sommer hätte ich fast das Handtuch geworfen.«

»Das war vor allem Oksmans …«

Manner unterbrach ihn.

»Zu Henrik komme ich gleich. Aber zuerst möchte ich dir danken, dass du mich von Anfang an unterstützt hast.«

Paloviita begnügte sich mit einem Nicken.

»Einen Rat aber möchte ich dir geben: Sei nicht immer so unterwürfig und bescheiden. Manchmal ist es gut, mit der Faust auf den Tisch zu hauen. Es ist nicht wichtig, immer allen zu gefallen. Auch jetzt nickst du wieder nur, anstatt zu sagen, was du denkst.«

»Ich …«, setzte Paloviita an und schaute seiner Chefin direkt in die Augen. Manner lächelte ihm ermutigend zu. »Ich war neidisch, zumindest anfangs, aber inzwischen nicht mehr. Ich eigne mich nicht zum Chef. Das ist mir klargeworden.«

Manner wartete, dass Paloviita fortfuhr. Aber das tat er nicht.

»Nun zu dir und Henrik, hier, bitte.« Manner schob ihm einen Stapel Papiere hin. Paloviita nahm sie in die Hand, obwohl er längst wusste, worum es ging. Das waren die Unterlagen in dem Messerstecherfall von vor einem Jahr. Seine Nackenhaare stellten sich auf.

»Ich habe mir die Unterlagen mehrmals durchgelesen«, sagte Manner und sah ihm fest in die Augen. Paloviita war versucht, den Blick zu senken wie ein Schoßhündchen, zwang sich aber, ihn zu erwidern. Er musste all seine Kraft aufbringen und spürte, wie all die sorgfältig und hartnäckig aufgestapelten Dinge in sich zusammenstürzten.

»Ich bin mir sicher, dass du in die Ermittlungen eingegriffen hast, damit dein Freund aus Kindheitstagen von allen Anschuldigungen freigesprochen wird. Oksman hat sich ebenfalls eingemischt. Er hat es mir gegenüber nicht direkt zugegeben, aber ich habe mit ihm über die Sache ausführlich geredet.«

Manner wendete ihren Blick nicht eine Nanosekunde lang von ihm ab, und Paloviita kam es so vor, als verwandele sie sein Inneres zu Asche wie unter einem Laserstrahl. Er bekam keinen Ton heraus.

Sie machte eine Pause und beobachtete seine Reaktion. Paloviita gab alles, um so unbekümmert und selbstsicher wie möglich zu erscheinen.

»Du brauchst nicht zu fürchten, dass ich den Fall neu aufrollen werde. Das will auch Oksman nicht. Was vergangen ist, ist vergangen«, sagte Manner und bat ihn, ihr die Papiere zurückzugeben. »Ich wollte nur deinen Gesichtsausdruck sehen. Jetzt habe ich ihn gesehen und weiß alles, was ich wissen muss.«

Paloviita schluckte. Seine Handflächen waren schweißnass. Seine Daumen rotierten wie ein Kreisel.

»Was ich sagen will, ist Folgendes. Du bist ein guter Polizist und Mensch, aber es ist deine Moral, die dich daran hindert, auf der Karriereleiter voranzuschreiten. Du lässt dich zu sehr von Gefühlen leiten. Über kurz oder lang wird dir das zum Verhängnis werden.«

Er fand, dass er irgendetwas antworten sollte. Jetzt war der Moment gekommen, wo er mit der Faust auf den Tisch hauen und alles abstreiten sollte. Doch er erkannte, dass Manner ihn durchschaut hatte, und schwieg lieber.

Noch immer blickte sie ihn an, beinahe fürsorglich. »Ich habe einen Sohn. Nicht viele wissen davon, ich war sehr jung, als ich ihn bekommen habe. Er ist schon erwachsen.«

»Warum erzählst du mir das?«

»Weil ich dir vertraue.«

»Du vertraust mir?«

»Genau das habe ich gesagt. Du bist ein guter Mensch.«

Paloviita schnaubte abwehrend. Er konnte seine Gefühle kaum bändigen, ihm wurde abwechselnd heiß und kalt.

»Es läuft nicht immer alles so, wie wir uns das wünschen.«

Paloviita wartete.

»Du und dieser Freund. Ich weiß nicht, was vorgefallen ist, aber ich kann es mir vorstellen. Das war sicher nicht leicht. Auch bei mir und meinem Sohn lief nicht alles so, wie ich es mir gewünscht hätte. Ich kann verstehen, warum du getan hast, was du getan hast. Aber du musst mir versprechen, dass so etwas nie wieder vorkommt.«

»Es wird nicht wieder vorkommen«, sagte Paloviita und schluckte. Unbegreiflich, aber er hatte gerade gestanden. Etwas in Manners Worten hatte ihn dazu gebracht. War es die Machtdemonstration einer geschickten Vernehmerin oder eine versöhnliche Geste gegenüber einem Untergebenen? Auf eine seltsame Art vertraute er ihr und darauf, dass sie Versöhnung suchte und keinen Streit.

»Gut«, sagte Manner und lächelte. »Ihr habt gute Arbeit geleistet. Macht weiter so.«

Paloviita erhob sich schwerfällig und trabte zur Tür. Sein Herz klopfte wie ein Schmiedehammer, das Blut rauschte ihm in den Ohren, und er musste tief Luft holen, um nicht in Ohnmacht zu fallen. Als er in seinem Büro ankam, ließ er sich in den Stuhl fallen und alle Luft aus seiner Lunge entweichen. Er war völlig am Ende.

39

Albert starrt in den halbdunklen Flur und das schimmernde weiße Quadrat an dessen Ende. Der Schatten eines Baumes spiegelt sich im Glas, das Licht erzittert. Er geht über den Flur und lauscht den Geräuschen, die aus den Zimmern dringen. Eine Tür öffnet sich, und zwei weißgekleidete Schwestern kommen heraus, zwischen sich ein Krankenhausbett, in dem eine ausgezehrte Frau liegt. Irgendwo weint ein Neugeborenes. Die Schwestern sehen Albert an, der zur Seite tritt und zu lächeln versucht, sein Gesicht verzieht sich aber nur zu einem nervösen Grinsen. Er sieht aus dem Fenster und betrachtet den schneebedeckten Park. Die Sonne scheint am blauen Himmel, es sind minus zwanzig Grad.

Er läuft den Flur entlang, von einem Ende zum anderen und setzt sich dann wieder auf die Bank vor Zimmer Nummer acht.

Der Schatten des Baumes im Fenster bewegt sich, das Lichtquadrat gleitet über den Boden und klettert die Wand empor, wobei es ein Muster bildet, das entfernt an ein Hakenkreuz erinnert. Seine Müdigkeit ist von einem Moment auf den anderen wie weggeblasen, als sich die Tür öffnet und eine ziemlich kleine Frau den Flur betritt, deren Haut an zerknittertes Papier erinnert und voller Leberflecke ist. Ihre Augen schauen Albert ausdruckslos an.

»Ein Mädchen.«
»Darf ich?«
»Erst Hände waschen.«

Im Zimmer ist eine zweite Hebamme, jünger, hinter ihr eine Reihe graugesichtiger Zuschauer. Sie haben keine Schuhe, lächeln nicht, sind kalkbefleckt, stumm.

Hilkka liegt im Bett. Als Albert zögernden Schrittes das Zimmer betritt, breitet sich auf ihrem Gesicht ein Lächeln aus, die Augen glänzen.

Albert tritt zu seiner Frau, streicht ihr über die verschwitzte Stirn, streichelt die Wange.

»Wie geht es dir?«

»Gut.«

Sie lupft ein wenig die Decke. Das Gesicht des Kindes auf ihrer Brust kommt zum Vorschein. Das Mädchen ist zu einem festen Paket gewickelt, ihre Augenlider wie bei einer Puppe geschlossen, auf dem Kopf ein wollenes Käppchen, die Lippen goldig gekräuselt.

»Ist es …?«

»Alles ist gut.«

Hilkka dreht den Säugling ein wenig zu ihm, er tritt näher. Die stummen Gestalten machen ihm Platz, verfolgen aber jede seiner Bewegungen mit den Augen.

Hilkka stützt das Köpfchen, Albert streckt die Arme aus und nimmt das Kind entgegen, der Nacken ruht in seiner Armbeuge. Das Mädchen meckert ein wenig, bewegt den Kopf und rümpft die Nase. Er berührt ihre Haut. Eine einsame Träne rinnt ihm über die Wange und läuft in seinen Mundwinkel.

»Vollkommen«, *sagt Albert.*

1941

40

7. September 1941

Die Männer rücken auf beiden Seiten der Straße vor, gebückt und in zwei Reihen. Die nächtliche Stadt um sie herum glüht scharlachrot, von Zeit zu Zeit flammen am Himmel Leuchtbomben an Fallschirmen auf, in deren kaltem Schein die Straßen und Häuser taghell aufleuchten. Granaten blitzen vor und hinter ihnen. Eine 6-Zoll-Granate reißt ein Loch in die Wand eines Wohnhauses neben ihnen, sie werfen sich auf den Bauch, Betonstaub begräbt sie unter sich.

Albert hat nie zuvor eine Nacht wie diese erlebt. Die Leuchtspuren tausender Flakgeschütze und Granatwerfer zeichnen wirre Muster an den Himmel, während sie versuchen, die russischen Bomber abzuschießen, die wie ein schwarzer Teppich über ihnen schwirren.

Als der Betonregen nachlässt, erheben sich die Männer und rennen weiter. Sie überqueren einen vom Artilleriefeuer umgepflügten Marktplatz, in dessen Mitte eine Straßenbahn brennt und eine dicke Rauchwolke in den Himmel stößt. An einer Kreuzung schließen sie sich einer längeren Kolonne an, die Richtung Flussufer strebt. Knattern, das Rasseln der Panzerketten, Einschläge und der unaufhörliche Kampflärm verschmelzen zu einem ohrenbetäubenden Getöse.

Als Albert den Dnepr erreicht, verharrt er einen Moment lang sprachlos in der Uferböschung, wo sich ihm ein vollkommen unwirklicher Anblick bietet. Die gegenüberliegende Uferseite steht in Flammen und tost unter dem ununterbrochenen Feuer aus hunderten deutscher Geschützrohre. Die russische Artillerie feuert zurück. Im Uferschlamm lagern tausende Männer neben- und übereinander hinter notdürftigen Schutzwällen und warten auf den Befehl zur Flussüberquerung. Die Brücke ist gesprengt worden, die kahlen Betonpfeiler ragen aus dem Wasser wie das Skelett eines prähistorischen Tieres. Im Schein der Leuchtraketen erkennt Albert die von italienischen Pionieren gebaute, etwa einen halben Kilometer lange Pontonbrücke, die sich durch die Trümmer schlängelt. Plötzlich fegt das Geschützfeuer direkt über sie hinweg. Albert wirft sich in einen Granattrichter. Ein Geschoss explodiert am Rand des Kraters, ein Splitter schlitzt seinen Tornister auf, heißer Wind fegt über ihn hinweg. Der Beschuss ist so intensiv, dass die einzelnen Explosionen nicht mehr zu unterscheiden sind. Es ist unmöglich zu sagen, wo die Erde aufhört und der Himmel anfängt. Sand rieselt auf Albert herab und er drückt sich so flach auf den Boden des Kraters wie er kann.

Er schrickt zusammen, als jemand neben ihn springt. Er fährt herum. Der Feuerschein zeichnet unwirkliche Fratzen auf Klaus' verschwitztes Gesicht. Obwohl die Granaten über ihn hinwegfegen, grinst Klaus wie ein Wahnsinniger.

»Punkt zwei überquert Westland die Brücke, direkt danach die Italiener. Wir müssen den Nachrückenden Platz machen. Nach der Überquerung positionieren wir uns südlich der Brücke, dort sind fertig gegrabene Stellungen. Das hat der Kundschafter bestätigt. Wir lösen die dort lagernde Kompanie ab. Verstanden?!«

»Im Ernst? Bei dem Wetter kann da keiner rüber!«

»Punkt zwei!«, wiederholt Klaus, klettert aus der Grube und verschwindet im Nirgendwo. Albert versucht ihm nachzuschauen, muss aber seinen Kopf sofort zurückziehen, als die Einschläge wieder näher kommen. Albert pult eine Zigarette aus der Schachtel und zündet sie mit zitternden Fingern an. Er lehnt sich an die Wand des Kraters und inhaliert den Rauch.

Die Gefechte um Dnjepropetrowsk toben bereits seit drei Wochen. Die Deutschen haben den Westteil der Stadt im Sturm eingenommen, wurden aber durch den Fluss gestoppt, an dem sich die Russen bis zum Hals eingegraben hatten. Nach ständigen Angriffen mit schweren Verlusten konnten sie die Russen endlich in den Fluss treiben und einen schmalen Streifen um den Brückenkopf am gegenüberliegenden Ufer besetzen, der aber unter dem nicht nachlassenden Druck der Russen Stunde um Stunde schrumpfte.

Der Krieg, den man anfangs für so leicht zu gewinnen hielt, zieht sich immer mehr in die Länge, und obwohl die Nachrichten nach wie vor unentwegt von Siegen und dem Vordringen der Panzerkeile nach Norden berichten, leistet der Feind an allen Fronten erbitterten Widerstand. Der von Hitler versprochene Endsieg lässt auf sich warten. Die Untermenschen der Roten Armee machen keinerlei Anstalten, sich zu ergeben, und müssen in ihren Stellungen zur Strecke gebracht werden.

Albert betrachtet den flackernden Himmel. Ein deutscher Jagdflieger wird über dem Fluss getroffen und fängt Feuer. Er verfolgt, wie er in die Ruinen am gegenüberliegenden Ufer stürzt und als gewaltiger Feuerball explodiert. Die Russen justieren ihre Geschütze neu, die Granaten schlagen jetzt hinter ihnen ein. Albert kriecht aus dem Krater heraus und weiter in Richtung Ufer. Dort trifft er auf Virkkala, Ylikylä und Martti, die in einem flachen Schützengraben liegen, dessen Boden mit leeren Patronenhülsen übersät ist. Der Schütze, aus dessen Gewehr die Hülsen stammen, hat die Hälfte seines Kopfs eingebüßt und wurde von ihnen beiseite gerollt.

Sie sehen zu, wie sich das rumänische Regiment an der Brücke sammelt. Der Russe bemerkt den Versuch, und über dem Fluss geht ein Granathagel nieder. Einschläge durchsieben den Fluss,

Wassersäulen schießen in die Höhe. Die Männer auf der Brücke heben sich als schwarze Silhouetten gegen die brennende Stadt ab.

»Verdammt, da sollen wir rüber?«, schimpft Ylikylä. »Das ist Selbstmord!«

Virkkala schaut auf die Uhr. »Ihr habt den Befehl gehört. Noch fünf Minuten, dann auf zum Walzer!«

»Halt die Klappe mit deinem Walzer! Es reicht!«, knurrt Martti und kontrolliert die Funktionstüchtigkeit seines Maschinengewehrs. Er reinigt es grob von Sand und legt einen neuen Munitionsgurt ein.

»Befehlsverweigerer werden standrechtlich erschossen«, verteidigt sich Virkkala.

»Klaus erschießt dich mit Begeisterung für viel weniger.«

»Albert?«

Sie schauen ihn an, als ob seine Meinung entscheidend wäre. Albert blickt zur Brücke und dann seine Kameraden an. »Es hilft nichts, auf nach Walhalla.«

Erneut stehen sie unter Beschuss. Sie sind gezwungen, halb übereinanderliegend am Boden zu bleiben. Erde und Steine regnen auf ihre Helme. Der Angriff ist heftig, keiner von ihnen hat je etwas Vergleichbares erlebt, nicht einmal im Winterkrieg. Sie warten, bis der Beschuss nachlässt, den Blick auf die Zeiger der Uhr gerichtet. Die Rumänen sind schon auf der anderen Seite. Ihre Gesichter sind angespannt. Endlich lassen die Einschläge nach. Ein dreifacher Pfiff ertönt. Das ist ihr Signal. Sie erheben sich und geben die Grube für die nachfolgenden Truppen frei, die als ununterbrochener Strom nachrücken. Noch immer tobt das Gefecht, die Druckwellen der Explosionen erreichen sie am Ufer wie ein Gewittersturm. Sie stürmen zur Behelfsbrücke, auf der maximal drei Mann nebeneinander Platz haben. Es herrscht Gedränge, sie müssen für die von vorn kommenden Kradmelder Platz machen. Die Granaten heulen und peitschen das Wasser auf.

»Wir sind lebendige Zielscheiben«, jammert Ylikylä hinter

Albert. »Geh nach Deutschland, haben sie gesagt, da bekommst du eine militärische Ausbildung.«

Albert erhascht einen Blick auf Martti und Virkkala, die sich vor ihm befinden, dazwischen etwa ein Dutzend anderer Männer. Klaus sieht er nicht, zweifelt aber keine Sekunde daran, dass er längst auf der Brücke ist. Die Brücke schwankt und schaukelt unter ihrem Gewicht. Kaum zu glauben, dass es den Russen bisher nicht gelungen ist, sie zu zerstören.

Albert hört, wie ein SS-Mann vor ihm im Laufen laut betet. Schau an, denkt er, auch ein Atheist wird gläubig, wenn die Luft bleihaltig genug ist. Eine russische Jak erscheint wie aus dem Nichts über dem Fluss und eröffnet das Feuer. Der Kugelhagel zerfetzt Holz und Menschen. Links und rechts der Brücke brodelt es wie in einer Stromschnelle. Als das Flugzeug direkt auf sie zufliegt, wirft Albert sich auf den Bauch. Es fliegt so niedrig über sie hinweg, dass er den heißen Gasstrahl direkt über ihren Köpfen spürt. Im Wasser neben ihnen schwimmen dutzende Leichen deutscher Soldaten und treiben mit dem Strom langsam flussabwärts. Das Flugzeug verschwindet in der Dunkelheit, dreht aber um und kommt zurück. Das Heulen der Motoren nimmt zu, die Mündungsfeuer der Maschinengewehre blitzen auf. Panik entsteht, als die Männer sich gegenseitig stoßen, um aus der Feuerlinie zu fliehen. Albert will aufspringen, wird aber niedergedrückt. Er brüllt, so laut es seine Lungen zulassen, aber das Dröhnen des Jagdflugzeugs begräbt alles unter sich. Die Kugeln schlagen rechts und links von ihm ein und zerfetzen die Soldaten wie Papier. Dann ist das Flugzeug weg. Albert richtet sich auf, erst auf die Knie und dann auf die Füße. Hinter ihm ruft jemand.

»Albert, ich bin getroffen!«

Albert dreht sich um und sieht Ylikylä, der auf der Brücke kniet. Die Männer strömen zu beiden Seiten an ihm vorbei. Ylikylä hat sein Gewehr aus der Hand gelegt und versucht, mit der Linken seinen Schulterriemen vom Koppel zu lösen. Albert geht neben ihm in die Hocke. Die Hand, die am Koppel fingert, zittert, und Albert hilft ihm, es zu öffnen. Es fällt klirrend auf die Brücke.

»Wo bist du getroffen?«, fragt Albert und sieht im Schein einer Leuchtrakete, dass Ylikylä der rechte Arm bis zur Schulter abgerissen wurde. Er schaut auf seine eigenen Hände, die mit Ylikyläs Blut getränkt sind.

Ylikylä starrt Albert ohne zu blinzeln in die Augen, seine Lippen versuchen Worte zu formen, spucken aber nur schwarzes Blut aus. Dann kippt Ylikylä mit dem Gesicht nach vorn auf die Planken. Jemand rempelt Albert an und er fällt auf Ylikylä. Als er aufstehen will, rutscht er im Blut aus und stürzt. Jemand greift seinen Arm, zieht ihn hoch und schiebt ihn vorwärts. Einmal dreht Albert sich noch um, aber die nachdrängende Masse hat Ylikyläs verstummelten Körper schon verdeckt.

Gerade als Albert das gegenüberliegende Ufer erreicht, schlägt ein Geschoss aus einem 6-Zoll-Geschütz in der Brücke ein und trifft die Kompanie der Italiener. Körperteile, Kleidungsfetzen und Ausrüstungsgegenstände fliegen durch die Luft. Albert hastet das schlammige Flussufer hinauf, rutscht immer wieder aus. Der Hang um ihn herum ist voller Leichen, eigene und feindliche kreuz und quer. Russische Maschinengewehrsalven fegen ohne Unterlass über den Hang. Albert kriecht etwa fünfzig Meter durch Matsch und Blut, bis er die Stellung, flache, in den Damm gegrabene Gruben, erreicht. Martti hat sein Schützenloch bereits erreicht und baut gerade das Maschinengewehr auf. Eine Panzerabwehrkanone hat die Stellungen im Visier und zwingt die Männer, sich zu ducken. Albert sitzt schwer atmend auf dem Boden in Marttis Schützenloch und kramt seine Zigarettenschachtel hervor.

»Hinter uns Wasser und vor uns der Russe.«

»Bist du getroffen? Du bist voller Blut«, fragt Martti.

Albert sieht an sich herunter. »Das ist nicht meins. Ylikylä hat's erwischt.«

Der Gefechtslärm um sie herum brüllt.

»Sie kommen!«, schreit Martti. »Hast du gehört, sie versuchen den Durchbruch!«

Martti drückt auf den Abzug. Das Knattern des Maschinengewehrs übertönt alles andere um sie herum.

2019

41

Linda kehrte ins Zimmer zurück. Ihre Wangen und ihr Hals waren gerötet, aber um ihren Mund spielte ein Lächeln. Sie zog sich einen Stuhl heran, schnappte sich ein Blatt Papier von Paloviitas Tisch und fächelte sich damit Luft zu.

»Na?«, fragte Paloviita.

»Mein Englisch ist eingerostet, aber ich finde, ich habe mich gut geschlagen«, sagte sie, als die Anspannung nach dem Telefonat nachließ.

»Mit wem hast du gesprochen?«, fragte Oksman.

Linda zog einen Notizzettel aus der Tasche und setzte ihre Lesebrille auf. »Ich habe mit drei verschiedenen Personen gesprochen, zuletzt mit einer Frau namens Helen Baum. In Los Angeles bricht der Tag gerade an, während es bei uns schon stockdunkel ist. Auf jeden Fall waren die im Simon Wiesenthal Center sehr interessiert und wollten viel mehr wissen, als ich ihnen sagen konnte.«

Ihre Kollegen lauschten gespannt.

»Finnland ist ihnen ein Begriff. Baum war beteiligt, als das Center 2018 einen Brief verfasste, mit dem sie das Büro des finnischen Präsidenten um eine Stellungnahme baten, was die Beteiligung finnischer SS-Männer an der Ermordung von Juden, Zivilisten und Kriegsgefangenen an der deutschen Ostfront anging. Sie hat sich überschwänglich für den Bericht bedankt, den das finnische Nationalarchiv daraufhin verfasst hat, und betont, er beweise außerordentlichen Mut.«

»Im Wiesenthal Center weiß man über die finnische SS-Vergangenheit Bescheid?«

»Zumindest wusste Baum davon, deswegen wurde mein Anruf auch zu ihr durchgestellt.«

»Was hat sie über die Nazi-Jäger gesagt?«

»Sie hat sich sehr vorsichtig geäußert, aber ihre Botschaft war unmissverständlich: Auch wenn sich das Center gegen alle Arten von Rassismus, Antisemitismus, Terrorismus und Völkermord engagiert, ist ihre wichtigste Aufgabe nach wie vor, Naziverbrecher aus dem Zweiten Weltkrieg vor Gericht zu stellen. Ihr Ziel sind öffentliche Gerichtsverhandlungen und Urteile.«

»Es ist ein Wettlauf gegen die Zeit«, warf Paloviita ein. »Von diesen Kriegsverbrechern gibt es doch höchstens noch eine Handvoll, und die sind schon so alt, dass sie mit einem Bein im Grabe stehen. Was tun sie, wenn der letzte gestorben ist? Womit beschäftigen sie sich dann?«

Linda zuckte die Schultern. »Sie pflegen das mahnende Gedenken an den Holocaust, ich weiß nicht. Auf jeden Fall haben sie verdammt viele Mitarbeiter. Baum hat betont, dass das Center bisher sehr erfolgreich gearbeitet hat. Und sie ist der Meinung, dass es noch nicht zu spät ist, weitere NS-Verbrecher vor Gericht zu bringen. Ihr letzter großer Erfolg war 2015«, Linda sah auf ihre Notizen, »als ein deutsches Gericht den vierundneunzigjährigen Oskar Gröning, bekannt als ›Buchhalter von Auschwitz‹, wegen Beihilfe zum Mord in dreihunderttausend Fällen zu vier Jahren Haft verurteilte. Im Jahr 2011 wurde John Demjanjuk, alias ›Iwan der Schreckliche‹, der bereits zuvor als Treblinka-Massenmörder in mehreren Ländern angeklagt worden war, für seine Beteiligung an den Gräueltaten in Sobibor verurteilt. Die Haftstrafe wurde jedoch mit Rücksicht auf sein hohes Alter ausgesetzt. Ein Jahr später starb er einundneunzigjährig. In den letzten fünfzehn Jahren sind einhundertdrei NS-Verbrecher verurteilt worden, und in dreitausendsechshundert weiteren Fällen laufen die Ermittlungen.«

»Vier Jahre für den Mord an dreihunderttausend Menschen. Das ist ein Witz«, meinte Oksman. »Im Internet heißt es, das Wiesenthal Center sei eine NGO mit ungeheurer Macht, die sogar auf einzelne Staaten Druck ausüben und sie in Misskredit bringen könne.«

»Genau deshalb haben Präsident Niinistö und das Nationalarchiv wohl so schnell reagiert in der SS-Sache. Kein Staat will einen Antisemitismus-Stempel aufgedrückt bekommen.«

»Ob wohl jemals die Zeit kommen wird, in der das Wiesenthal Center die Kriegsverbrechen während des Vietnam-Kriegs ins Visier nimmt? Immerhin hat es seinen Hauptsitz in den USA und schreibt sich das Eintreten gegen jegliche Art von rassistischen Übergriffen auf die Fahnen«, warf Oksman ein. »Wahrscheinlich eher nicht.«

»Was hat Baum zu den finnischen SS-Männern gesagt?«

»Sie ist überzeugt davon, dass zumindest ein Teil der Finnen an Kriegsverbrechen beteiligt waren, wenn auch nicht alle von ihnen. Laut Baum bestehe kein Zweifel daran, dass die Finnen von den Massenhinrichtungen wussten und erwiesenermaßen auch bei einigen zugegen waren.« Linda sah ihre Kollegen an. »Ich weiß nicht, was ich davon halten soll. Das ist einfach unfassbar. Warum wurde darüber in Finnland nie öffentlich diskutiert?«

»Vereinzelt wurde es versucht. Aber diese jahrzehntelange Kultur des Schweigens zu durchbrechen, führt unweigerlich zu Widerstand in patriotisch gesinnten Kreisen, die politisch immer noch eine wichtige Rolle spielen und die Tendenz haben, das SS-Erbe zu glorifizieren. Es hagelt sofort Vorwürfe, man würde alte Kamellen ausgraben und den Ruf der Kriegsveteranen beschmutzen, hinterher sei man immer klüger, die Jagd auf Nazis sei doch ohnehin parteiisch«, sagte Oksman. »Kaum ein SS-Offizier ist wegen Kriegsverbrechen verurteilt worden. Zum einen gibt es so gute wie keine Zeugen, und zum anderen ist ein Großteil der Unterlagen aus jener Zeit verschwunden oder vernichtet worden.

Das weltpolitische Klima zwischen West und Ost hat sich verändert. Selektiver Gedächtnisverlust hat sich für ehemalige SS-Angehörige als funktionierende Strategie erwiesen. Nach dem Krieg gab es in Europa Millionen Flüchtlinge ohne Papiere. Es ist sehr schwierig, stichhaltige Beweise für die Beteiligung eines Einzelnen zu finden, auch weil kaum einer sich erinnern will.«

»Das ist doch menschlich. Stellt euch das mal vor: Ihr kehrt aus einem verlorenen Krieg heim, in dem ihr schreckliche Dinge gesehen und getan habt. Da würdet ihr eure Taten doch auch lieber vertuschen und herunterspielen, anstatt offen darüber zu reden, oder?«, sagte Paloviita.

»Baum hat auch erwähnt, dass Finnland Juden nach Deutschland in die Konzentrationslager ausgeliefert hat. Schon 1938 habe Finnland ein Schiff mit 53 jüdischen Flüchtlingen nach Nazideutschland zurückgeschickt. Später ist nachgewiesen worden, dass Finnland sehr wohl im Bilde darüber war, was mit den Juden in Deutschland geschah und was die Zurückgewiesenen dort erwartete. Auch das wird in Finnland so gut wie nie erwähnt.«

»Die Naziverbrecher müssen alle weit über neunzig sein«, sagte Paloviita. »Auch wenn es einige Enthüllungen gegeben hat und das Wiesenthal Center da sehr optimistisch ist, ist es doch mehr als unwahrscheinlich, dass sich noch viele von ihnen vor Gericht für ihre Taten verantworten müssen. Ihre Gesundheit lässt einen Gerichtsprozess in Deutschland nicht zu, oder sie sterben mittendrin. Müssen wir in unserem Fall also davon ausgehen, dass hier jemand die letzte Chance ergriffen hat, um das Recht in die eigene Hand zu nehmen?«

»Das ist die beste Theorie, die wir bisher haben. Bleibt nur die Frage: Wer oder was spielt sich da als Richter auf?«

»Hat Baum eine Mutmaßung?«

»Wie schon gesagt, war sie sehr vorsichtig und hat nur gesagt, dass es einige jüdische Familien gibt, die ihr ganzes Vermögen aufwenden, um Naziverbrecher aufzuspüren. Konkreter ist sie aber nicht geworden. Aber theoretisch ist es möglich, dass irgendeine Instanz, die über Geld und Ressourcen verfügt, nicht auf Gerichtsverhandlungen warten will und sich selbst zum Richter aufschwingt.«

»Klaus Halminen war bei der SS – im Rang eines Unterscharführers. Aber den Namen von Albert Kangasharju haben wir auf der Liste der SS-Freiwilligen nicht gefunden.«

»Der Mann lügt. Das sieht man seinen Augen an. Sein Blick spricht von Scham und Schuld. Er ist alt und schwach, aber klar bei Verstand. Ich gehe sogar davon aus, dass er diesen Moment früher oder später hat kommen sehen.«

»Wenn Kangasharju bei der SS war, warum gibt er es nicht einfach zu?«, fragte Linda. »Was hat er denn in seinem Alter noch zu verlieren?«

»Alles«, sagte Paloviita. »Er will, dass man sich an ihn als Pertti erinnert, an einen guten Menschen. Als Vater, Geschäftsmann, Großvater und Wohltäter. Würde er plötzlich als Mörder dastehen, bräche die ganze Kulisse zusammen, die er sein Leben lang aufrechterhalten hat.«

»Jetzt bewegen wir uns aber auf sehr spekulativem Gebiet. Mit Sicherheit wissen wir nur, dass Klaus Halminen bei der SS war. So wie hunderttausend andere auch. Der Großteil von ihnen hat nichts Strafbares getan.«

»Wir müssen die Dienstzeit sowohl von Kangasharju als auch von Halminen genau unter die Lupe nehmen. Das kann ich übernehmen«, schlug Oksman vor.

»Hast du mit Baum über den Mossad gesprochen?«, fragte Paloviita.

»Nein. Ich finde, wir sollten uns davor hüten, solche Gerüchte in die Welt zu setzen. Das könnte außenpolitische Verwicklungen nach sich ziehen.«

Alle nickten.

»Was meint der Staatsschutz dazu?«

Sie sahen Manner an.

»Ich habe bei der Supo angerufen und bin korrekt behandelt worden, aber mir kam es so vor, als würden sie mich nicht ganz ernst nehmen. Ich finde ja, wir haben mehr als genug, um ihnen die Ermittlungen zu übertragen. Wir haben bisher nur vereinbart, dass ich mich wieder melde, sobald die Unterlagen aus dem Haus übersetzt worden sind. Von mir aus können sie den Fall gern übernehmen. Wenn der israelische Geheimdienst wirklich in die Sache verstrickt ist, dann ist das zu groß für uns.«

»Nur mal so ins Blaue hinein«, sagte Paloviita. »Einmal angenommen, Kangasharju war bei der SS und sowohl er als auch Halminen haben im Krieg Dinge getan, die sie nicht tun durften, zum Beispiel Kriegsgefangene hinrichten. Das ist lange her, fast achtzig Jahre. Nach dem Krieg haben beide ein unbescholtenes – man könnte fast sagen vorbildhaftes Leben geführt. Ist das nicht ein mildernder Umstand?«

Oksman schnaubte verächtlich lachend, zog die Oberlippe schief und runzelte die Stirn. »Ein mildernder Umstand? Okay, wenn wir fabulieren, dann aber richtig. Angenommen, Kangasharju und Halminen waren SS-Männer. Von der schlimmsten Sorte. Menschliche Ungeheuer, wie Iwan der Schreckliche von Treblinka. Sie haben Männer, Frauen und Kinder ermordet, verstümmelt und verbrannt. Dann kamen sie nach Hause, haben eine Familie gegründet und ein Unternehmen, waren mit Freunden angeln und haben das Leben genossen. Soll man ihnen deshalb verzeihen?«

»Halminen war Invalide, Kangasharju ist fast hundert!«

»Wenn Albert heute nach einem Messer greifen und eine Krankenschwester erstechen würde, käme er dann nicht vor Gericht? Alter ist kein Grund, straffrei auszugehen.«

Paloviita stöhnte. Er war lange genug mit Oksman im selben Team, um dessen Unnachgiebigkeit bei unumstößlichen Fakten zu kennen.

»Ich habe nicht nur das Alter gemeint, sondern den Krieg allgemein«, verteidigte sich Paloviita. »Versetzt euch doch mal in ihre Lage. Vom Himmel regnet es Eisen, hinter jeder Wegbiegung lauert der Tod. Ganze Städte samt Frauen und Kindern werden dem Erdboden gleichgemacht und zerbombt. Der Freund, mit dem du Freud und Leid geteilt hast, mit dem du durch die Hölle gegangen bist, wird vor deinen Augen in Stücke zerfetzt. Du stehst ununterbrochen unter psychischer Anspannung, hast Hunger und dazu die physischen Strapazen. Der Tod ist überall und immer anwesend, dein Vorgesetzter erteilt dir ständig Befehle, jemanden zu töten. Wenn du nicht gehorchst, wirst du bestraft. Da stumpft man doch ab. Im Krieg ist Moral ein sehr schwammiger Begriff. Töte oder du wirst getötet. Unter den richtigen Umständen kann jeder in eine Situation kommen, in der er schreckliche Dinge tut.«

»Unter den *richtigen* Umständen? Verteidigst du gerade Massenmörder?«, fragte Linda.

»Ich sage doch bloß, dass es das übernatürliche Böse nicht gibt. Der größte Teil des Wachpersonals in den Konzentrationslagern waren ganz normale Männer. Auch sie waren Söhne, Väter und Ehemänner. Auf die Frage, warum sie bei so etwas mitgemacht haben, lautet die häufigste Antwort: Ich habe nur Befehle ausgeführt, ich war Teil einer Maschinerie, Teil des Systems, ich hatte keine Alternative. Auch das Böse und das Töten können Alltag werden. Unter extremem Druck ist der Mensch bereit, beinahe alles zu tun. Der Mensch schwimmt in der Regel mit dem Strom und nicht gegen ihn an. Und im Krieg ist der Strom kein schmales Flüsschen, sondern eine reißende Strömung. Wie viele wagen es, sich dagegen aufzulehnen?«

»Kein Mensch mit normalen Moralvorstellungen befolgt derartige Befehle«, behauptete Linda.

»Nicht?«, fragte Paloviita zurück. »Ich lege meine Hand nicht dafür ins Feuer, wie ich mich verhalten hätte, wäre ich im nationalsozialistischen Deutschland geboren worden. Es sagt sich leicht, dass man gegen das System aufbegehrt und sich widersetzt hätte. Aber wahrscheinlicher ist, dass ich mich von diesem Wahnsinn hätte mitreißen lassen, weil das akzeptierter war und bessere Aufstiegschancen bot. Der Druck der Masse ist nicht zu unterschätzen. Im Deutschland der Vierzigerjahre war der Judenhass schon so tief verwurzelt, dass man sie nicht einmal mehr als Menschen betrachtete. Verbrechen gegen Juden oder Russen wurden nicht bestraft, im Gegenteil, man wurde dazu aufgefordert und sogar dafür belohnt.«

»Du kannst doch nicht alles mit dem Krieg rechtfertigen. Das ist genauso, als würde man eine Gewalttat damit begründen, dass man betrunken war und nicht gewusst hat, was man tat.«

»Glaubst du nicht an Vergebung?«

»Ich glaube an gerechte Urteile.«

»Du meinst, vier Jahre für den Mord an dreihunderttausend Menschen?«

»Ist Rache gerechtfertigt? Einen Invaliden aufzuhängen?«

»Okay, das reicht jetzt. Im Endeffekt hat Linda recht. Unsere Aufgabe ist es, die Täter zu fassen. Wenn dabei Probleme auftreten, reagieren wir darauf. Was auch immer das jeweils heißen mag.«

Paloviitas Telefon schrillte. Er hörte, was der Anrufer zu sagen hatte, und schaute zu Oksman und Linda hinüber. Dann beendete er das Gespräch und sagte:

»Kangasharju wird aus dem Krankenhaus entlassen.«

42

»Wie können sie so etwas tun? Ohne uns Bescheid zu sagen?«, empörte sich Linda.

Paloviita sah die Sache gelassener. »Ärzte sind der Polizei keine Rechenschaft schuldig. Ihre Aufgabe ist es, Patienten zu betreuen, unsere, Kriminalfälle aufzuklären und die öffentliche Sicherheit zu gewährleisten.«

»Trotzdem, ihn so schnell zu entlassen, und das, obwohl sie von dem Mordversuch wissen. Vor der Tür saß Tag und Nacht ein Polizist.«

»Vielleicht gerade deshalb. Vielleicht sieht das Krankenhaus in ihm ein Sicherheitsrisiko und möchte ihn schnell loswerden.«

Linda fuhr den Hügel hinauf, stellte sich auf den Behindertenparkplatz und klemmte den Parkausweis der Polizei hinter die Windschutzscheibe. Sie steuerten den Haupteingang an, machten aber umgehend kehrt, als sie die Traube von Journalisten vor dem Eingang entdeckten. Unter ihnen erkannte Paloviita auch die in eine rote Wolljacke und ein orangefarbenes Halstuch gehüllte Raakel Kallio. Sie stand leicht abseits und unterhielt sich lachend mit einem Mann. Ihre weißen Zähne blitzten, ihre langen Locken flatterten im Wind. Es versetzte Paloviita einen Stich, dass Raakel in zwanzig Jahren kaum gealtert war. Ganz im Gegenteil, sie war nur noch schöner geworden. Er hingegen fühlte sich wie ein steinalter, schwerfälliger Elefant. Aber jetzt war sowieso nicht der Moment, Hallo zu sagen.

Die Zahl der Reporter und Kameras ließ darauf schließen, dass sich die Nachricht von der SS-Zugehörigkeit Klaus Halminens herumgesprochen hatte. Natürlich vermuteten sie jetzt, dass das Gleiche auch auf Kangasharju zutraf. Es würde also saftige Schlagzeilen regnen über Männer, die ehemalige Naziverbrecher lynchen. Ganz wie Manner es prophezeit hatte.

»Mist, verdammter!«, schimpfte Paloviita. Sie gingen zurück zum Auto und von da zum Eingang der Notaufnahme. Paloviita fand, dass er mit seiner verpackten Nase aussah wie einer von denen, die im Suff gestürzt waren und sich hier einen neuen Verband machen ließen. Es gelang ihnen, unbemerkt den Flügel mit den Stationen zu erreichen und sich ungehindert durch die verwinkelten Korridore zu bewegen.

»Wird ein Patient nicht immer erst auf eine Normalstation verlegt und dann entlassen?«, wunderte Linda sich noch immer.

Auf der Intensivstation herrschte ein ähnliches Remmidemmi. Die beiden Töchter von Kangasharju waren vor Ort sowie sein Enkel samt Familie. Albert Kangasharju selbst saß in einem Rollstuhl und hatte eines der Mädchen auf den Knien, das seine Bartstoppeln untersuchte. Paloviita erkannte eine der Schwestern, ebenso die Ärztin, die ihn verbunden hatte. Kangasharju hing an keinen Schläuchen mehr. Er trug noch die hellblaue Krankenhauskleidung, die ihm um die Schultern hing wie ein leerer Bettbezug. Spitz stachen die Knochen an Schultern und Brustbein hervor.

Als Kangasharju sie kommen sah, lächelte er über das ganze Gesicht.

»Ich werde aus dem Gefängnis entlassen«, sagte er. »Die haben bestimmt meine geschmacklosen Witze satt.«

Dann galt seine Aufmerksamkeit wieder dem kleinen Mädchen auf seinen Knien, er zog eine in blaues Papier gewickelte Schokopraline hervor und reichte sie dem Mädchen, wobei er sich vergewisserte, dass dessen Eltern nicht herüberschauten.

»Wenn man mich fragt, dann wird er keinesfalls entlassen!«, meinte eine der Töchter. »Vater ist absolut nicht in der Verfassung, um wieder ins Pflegeheim zu gehen.«

Paloviita und Linda gesellten sich zu ihnen. Als die Töchter sie sahen, richteten sie ihre ganze Aufmerksamkeit auf die Kommissare.

»Nun sagen Sie doch auch mal was. Pertti ist erstens viel zu schwach, und zweitens ist uns unklar, wer für seine Sicherheit im Pflegeheim garantiert. Wenn ein alter Mann im Rollstuhl aus seinem Haus entführt und erhängt werden kann, was hindert sie dann daran, Vater aus dem Heim zu holen? Wer trägt dann die Verantwortung?«

»Beruhigen Sie sich«, sagte Linda und sah die Ärztin an, die begriff, dass sie etwas sagen musste.

»Unsere Bettenkapazitäten sind sehr begrenzt. Es gibt keine medizinische Indikation, ihn noch länger hierzubehalten. Alle seine Werte sind gut. Abgesehen von ein paar blauen Flecken ist er in Ordnung. Im Pflegeheim bekommt er die gleiche Betreuung wie bei uns auf einer normalen Station, ehrlich gesagt sogar noch eine bessere, denn eine bekannte Umgebung wirkt sich positiv auf die Genesung aus.«

»Man hat versucht, ihn umzubringen. Zweimal sogar! So viel zu der Betreuung hier!«

»Albert hat ja wohl auch noch ein Wörtchen mitzureden. Lassen wir ihn entscheiden, ob er das Krankenhaus verlassen oder noch ein paar Tage zur Beobachtung hierbleiben will.«

»Er bleibt zur Beobachtung!«

Albert, der scheinbar ganz in das Spiel mit seiner Urenkelin vertieft war, wandte sich an die Streithähne.

»Nun, es ist so, dass ich nach Hause gehe. Ich habe genug Nächte auf einer fremden Matratze geschlafen, das muss ich mir in meinem Alter nicht länger antun.«

Dabei sah er der Ärztin direkt in die Augen und lächelte. Sie lächelte zurück, und Paloviita erkannte sofort, dass zwischen den beiden bestes Einverständnis herrschte.

»Wenn der Patient die Entlassung wünscht, werde ich ihn nicht daran hindern. Das ist ein Krankenhaus, kein Gefängnis«, sagte die Ärztin in einem Ton, der allen klarmachte, dass sie darüber einzig und allein mit Albert verhandelte.

»Und seine Sicherheit?«

Die Ärztin sah zu Paloviita und Linda hinüber. »Vielleicht haben die Herren und Damen von der Polizei darauf eine Antwort?«

Alle blickten sie jetzt erwartungsvoll an, und weil sich Paloviita nicht anders zu helfen wusste, sagte er: »Die Rund-um-die-Uhr-Bewachung wird im Pflegeheim fortgesetzt.«

»Für wie lange?«

»Selbst wenn er noch ein, zwei Tage im Krankenhaus bliebe, irgendwann steht die Entlassung an, und dann sind wir in der gleichen Situation«, sagte Linda.

»Garantieren Sie mir für seine Sicherheit?«, beharrte die Tochter.

Linda und Paloviita warfen sich einen Blick zu. »Wir tun alles, was in unseren Möglichkeiten steht. Zumindest am Anfang wird die Bewachung rund um die Uhr gewährleistet.«

»Schwören Sie mir, dass diese Männer meinem Vater nichts tun werden?«

»Ich ... wie die Ärztin schon sagte ...«, stammelte Paloviita.

»Hier braucht niemand etwas zu schwören!«, donnerte Kangasharju mit einer Stimme, die alle im Flur verstummen ließ. Als er sicher war, dass sie ihm zuhörten, fuhr er ruhiger fort:

»Ich will zurück nach Kuusipuu. Dort ist jetzt mein Zuhause. Dort fühle ich mich sicher. Dort sind Inkeri und mir vertraute Pfleger und Freunde. Und ich möchte auch keinen Wachposten vor meinem Zimmer. Ich möchte nur meine Ruhe haben.«

»Aber da kann jeder hereinmarschieren und dir etwas antun. Das kann ich nicht zulassen. Dann zieh zumindest so lange zu uns. Ich wende mich an eine Sicherheitsfirma ...«

»Genug! Keine weiteren Diskussionen. Jetzt wird eine von euch mir helfen, mich zu duschen und anzukleiden.«

Die Augen der älteren Tochter füllten sich mit Tränen. Sie

kramte ein Taschentuch aus der Tasche und tupfte sich die Augenwinkel. Als Albert bemerkte, dass er seine Tochter verletzt hatte, wurde sein Gesichtsausdruck weich. Während er dem Mädchen auf seinem Schoß über die Haare strich, sagte er:

»Nun macht euch nicht so viele Sorgen um mich alten Kerl. Wer soll mir denn etwas Böses wollen? Das ist einfach eine Verwechslung gewesen. Das haben sie inzwischen sicher auch bemerkt. Sie sind längst weg.«

»Wir begleiten Sie in jedem Fall. Außerdem müssen wir uns noch einmal mit Ihnen unterhalten«, sagte Linda.

»Es ist alles gesagt worden.«

Wieder warfen sich Linda und Paloviita einen Blick zu. »Es müssen noch einige Dinge geklärt werden.«

»Was für Dinge?«, fragte die jüngere Schwester.

»Dinge, über die wir uns gern mit Ihrem Vater unterhalten würden.«

»Das klingt ja, als machten Sie ihn für die Überfälle verantwortlich. Als ob er der Schuldige wäre und nicht diese Schurken, die alte Männer überfallen und hängen wollen. Wir kennen die Schlagzeilen! Einige Zeitungen behaupten sogar, Pertti wäre ein Nazi! Vater wird mit Ihnen nicht mehr ohne Anwalt sprechen.«

»Albert steht nicht unter Verdacht. Aber er ist die Schlüsselperson, die uns helfen kann, die Schuldigen zu fassen.«

»Natürlich helfe ich der Polizei nach besten Kräften, aber ich habe wirklich alles gesagt, was ich weiß. Ich bin genauso überrascht wie alle anderen. Die Täter müssen sich geirrt haben, das ist alles.«

»Würden Sie mir Ihren linken Arm zeigen?«, fragte Linda unvermittelt und zog alle Aufmerksamkeit auf sich. Auch Paloviita, der keine Ahnung hatte, was Linda beabsichtigte, blickte sie an.

»Seinen Arm? Warum in aller Welt wollen Sie sich seinen Arm ansehen?«, fragte die Tochter aufgebracht.

Linda antwortete nicht. Sie sah Albert unverwandt in die

Augen, der dem Blick standhielt. Einen Moment geschah nichts, dann brach der Alte in Lachen aus und begann sein Krankenhaushemd aufzuknöpfen.

»Eine seltsamere Bitte habe ich seit Jahren nicht gehört, aber was soll's.«

Sie traten neugierig näher. Seine Tochter half ihm aus dem Ärmel. Albert hob den linken Arm und Linda beugte sich herunter.

»Wollen Sie auch den anderen sehen?«, fragte er verschmitzt und hob den rechten Arm.

»Was ist das für eine Narbe?«, fragte Linda und deutete auf einen Punkt oberhalb der Armbeuge.

Albert drehte den Arm so, dass er sah, was Linda meinte. Er schaute lange auf den Punkt, bewegte den Arm hin und her, um besser sehen zu können. »Tja, das ist mir nie aufgefallen. Es ist an einer sehr ungünstigen Stelle.«

Auch die Ärztin betrachtete die Narbe. »Sieht nach einer alten Brandwunde aus.«

Alle warteten, dass Linda etwas sagte, doch sie schwieg.

»Ich denke, Sie sollten sich bei Pertti entschuldigen«, sagte die Tochter.

Albert winkte ab. »Ach was, sie machen nur ihre Arbeit.«

»Indem sie Menschen unter die Arme schauen?«

»Sie suchen nach einem Tattoo«, sagte er und sah dabei Linda an. In seinen Augen lag eine Glut, die sie zuvor nicht bemerkt hatte. »Eine Blutgruppentätowierung der SS«, konkretisierte er.

»Aber du warst doch nicht bei der SS«, rief seine Tochter aufgebracht.

»Nein, aber sie glauben, dass ich es war.«

Die ältere Tochter umfasste die Griffe des Rollstuhls und schob Albert an den Polizisten vorbei in sein Zimmer. Paloviita sah auf die Uhr und sagte:

»Ich bitte eine Streife, ihn zum Pflegeheim zu begleiten und dort eine komplette Sicherheitsüberprüfung vorzunehmen.«

43

»Was sollte der Quatsch mit dem Arm?«, fragte Paloviita.

Sie fuhren hinter dem Auto von Alberts Töchtern her in Richtung Pflegeheim.

»Die Blutgruppentätowierung sollte die Gabe richtigen Blutes im Militärkrankenhaus erleichtern. Nach dem Zweiten Weltkrieg diente sie zur Identifizierung ehemaliger SS-Angehöriger«, erklärte Linda.

»Aber Kangasharju hat kein Tattoo. Du hättest mich einweihen können.«

Linda rümpfte die Lippen, was sie in seinen Augen noch schöner machte. »Was hindert einen Kriegsverbrecher daran, sich die Tätowierung entfernen zu lassen?«

»Henrik hat im Wehrregister recherchiert. Kangasharju war kein SS-Angehöriger, sondern hat an der finnischen Front gekämpft. Die Unterlagen sind amtlich. Wenn es die Täter auf Angehörige der Schutzstaffel abgesehen hatten, dann haben sie sich in Kangasharjus Fall getäuscht.«

»Wenn es nur so wäre«, murmelte Linda.

»Was meinst du damit?«

»Papiere kann man fälschen. Das weißt du als Polizist doch nur zu gut. Kangasharju hat uns schon einmal angelogen, als er behauptete, er könne kein Wort Deutsch. Trotzdem spricht er im Schlaf ganze Sätze fehlerfrei. Wie weit ist die Übersetzung der hebräischen Unterlagen?«

»Manner hat einen Übersetzer aufgetrieben, ein Teil ist schon fertig. Die Papiere sind bei mir, aber ich hatte noch keine Zeit, sie zu lesen. Ich nehme sie heute Abend mit nach Hause und gehe sie durch, sobald die Kinder schlafen. Vielleicht finden wir dort Hinweise auf eine Beteiligung des Mossad. Dann können wir den ganzen Salat an den Staatsschutz abgeben und uns zurücklehnen. Allerdings würde ich nicht darauf wetten, dass es so kommt.«

Sie waren am Pflegeheim angekommen. Inkeri erwartete Albert mit einem Rollstuhl. Linda stellte den Wagen am Rand des Parkplatzes ab, dann warteten sie im Auto, bis Inkeri Kangasharju in den Rollstuhl geholfen hatte.

»Sieht dieses klapprige Männchen für dich aus wie ein Unmensch?«, fragte Paloviita.

Linda schwieg. Sie warteten noch ab, bis sich das Grüppchen durch den Eingang geschoben hatte, und stiegen erst dann aus. In diesem Moment traf auch ein Streifenwagen der Polizei ein, und Linda und Paloviita gingen, um ein Wort mit den Kollegen zu wechseln.

Die Sicherheitsvorkehrungen für das Altenpflegeheim waren schnell improvisiert worden: Ein Wagen, der jetzt im Streifendienst fehlte, war zur Verfügung gestellt worden. Dass das absolut zu wenig war, wussten sie, aber immerhin vermittelte die Anwesenheit der Polizei eine Illusion von Sicherheit.

Linda rauchte noch eine Zigarette, bevor sie ins Gebäude gingen. Sie bot auch Paloviita eine an, aber der lehnte ab. Auf dem Rasen im Park lag ein Teppich aus gelbem Laub. Die kaputte Laterne war immer noch nicht repariert.

»Was ist das nur für eine Geschichte mit dem Streichholz, das er jeden Abend anzündet?«, fragte Paloviita. »Hat der Alte einen Flammenfetisch oder was?«

»Vielleicht spielt er, dass er das Mädchen mit den Zündhölzern ist. Das Buch hat er ja immer bei sich.«

Paloviita sah seine Kollegin an.

»Vielleicht möchte er im Schein des Streichholzes etwas Schönes sehen, so wie das Mädchen in dem Märchen. Ist die Flamme nicht ein Symbol für Hoffnung oder Barmherzigkeit oder etwas in der Art?«

»Diese Feuerspiele hätten ihn fast das Leben gekostet.«

Linda drückte die Zigarette im Aschenbecher aus. »Gehen wir.«

Sie warteten so lange im Flur, bis sich Kangasharjus Verwandte verabschiedet hatten. Wieder blinkten an zwei Zimmern die Rufleuchten. Vereinzelt war Stöhnen und unterdrücktes Weinen zu hören. Ihnen wurde Kaffee gebracht. Sie tranken ihn schweigend und schauten aus dem Fenster. Paloviita dachte, dass es ein schlimmes Schicksal war, alt zu werden und in einer Einrichtung wie dieser der Gnade fremder Menschen ausgeliefert zu sein.

Nach einer halben Stunde verabschiedete sich Alberts Familie. Die Töchter bedachten sie mit missbilligenden Blicken, was Paloviita nicht weiter verwunderte. Sie hatten mehr Zeit darauf verwendet, nach Leichen in Kangasharjus Keller zu suchen, als die Täter zu ermitteln.

Inkeri kam sie holen.

»Ich bin weder Ärztin noch Angehörige, aber als seine persönliche Pflegerin sehe ich es als meine Pflicht an, Sie daran zu erinnern, dass er sehr betagt und immer noch nicht vollständig genesen ist.«

Paloviita nickte, und Inkeri begleitete sie in Alberts Zimmer. Kangasharju lag halb sitzend in seinem Bett.

»Möchtest du, dass ich bleibe?«, fragte Inkeri ihn.

»Das wird leider nicht möglich sein.«

Er lächelte Inkeri beschwichtigend an. »Du brauchst dir keine Sorgen zu machen.«

Die Schwester stand noch einen Augenblick unentschlossen im Raum, dann gab sie nach. Von der Tür aus rief sie ihm noch zu: »Wenn etwas ist, egal was, drückst du einfach die Klingel.«

»Danke, Inkeri«, sagte er.

Als sie nur noch zu dritt im Zimmer waren, wunderte Paloviita sich wieder einmal, wie gebrechlich er aussah. Kaum zu begreifen, dass er zwei Mordversuche überlebt hatte. Kangasharju war in einer Verfassung, in der ihn nur jemand ein wenig zu knuffen brauchte, und er wäre hinüber.

»Inkeri ist eine wunderbare Pflegerin«, sagte Kangasharju. »Sie ist eine von den Menschen, die sich mehr um andere kümmern als um sich selbst.«

»Sind Sie auch einer dieser Menschen?«, wollte Linda wissen.

Er drehte leicht den Kopf. Man sah, dass sein Nacken noch steif war und schmerzte. »Nicht in der Weise wie Inkeri. Ich wollte immer so sein, habe es auch versucht, aber Inkeri ist von Natur aus so. Das ist ein großer Unterschied.«

»Klaus Halminen«, sagte Paloviita und beobachtete seine Reaktion.

»Wer?«

»Sie wissen, wen ich meine.«

Paloviita zog ein altes Foto hervor, das Halminen in SS-Uniform zeigte und im Mai 1941 in Stralsund aufgenommen worden war. Albert nahm das Foto entgegen, betrachtete es lange und reichte es ihm dann zurück.

»Einer von der SS.«

»Er war im Krieg an der Ostfront. In Polen, in der Ukraine und in der Sowjetunion. Er wurde SS-Scharführer, später wurde er aus dem Dienst entlassen und kämpfte danach in der finnischen Armee in Ost-Karelien. Er war ein Veteran des Winterkrieges so wie Sie.«

Paloviita sah Albert unverwandt an.

»Also gut«, sagte Albert. »Ich weiß, wer das ist. Ich habe es in der Zeitung gelesen. Er wurde erhängt. Und Sie vermuten, dass es dieselben Täter sind?«

»Das wissen wir mit Sicherheit. Sie und Halminen haben viel gemeinsam. Er war im gleichen Alter wie Sie«, sagte Linda.

Zum ersten Mal registrierte Paloviita eine Veränderung in

Kangasharjus Gesicht. So, als wäre hinter seinen Augen etwas zerborsten, auch wenn sein Antlitz nach wie vor ruhig wirkte.

»Ich habe ihn nicht gekannt.«

Linda fuhr fort. »Die Männer, die Sie überfallen haben, beobachten Sie schon länger, von einem Haus auf der anderen Straßenseite aus. Auch Halminens Haus ist einige Zeit observiert worden. Von dem Haus kann man direkt in Ihr Zimmer schauen.«

»Sie nehmen also an, dass Helminen erhängt wurde, weil er ein Angehöriger der SS gewesen ist?«, schlussfolgerte Albert. »Und jetzt glauben Sie, dass ich auch einer war.«

»Halminen«, korrigierte Linda. »Und? Waren Sie einer von ihnen?«

»Nein, das habe ich doch schon gesagt. Ich war nie in meinem Leben in Deutschland.«

»Wir glauben, dass die Täter aus Israel stammen und als Auftragsmörder nach Finnland gekommen sind. Wir haben Unterlagen gefunden und Fotos.«

»Sehr professionell können sie nicht sein, wenn sie nicht einmal in der Lage sind, einen fast hundertjährigen Tattergreis zur Strecke zu bringen.«

Linda zog ein Foto hervor, das im Flussdelta aufgenommen worden war und vor dem Hintergrund des Morgennebels Halminens hängende Leiche zeigte. Sie hielt es Albert hin. »Keine Sorge, sie sind dazu in der Lage.«

»Warum zeigen Sie mir das?«

Paloviita nahm Verachtung in der Frage wahr, was oft ein Zeichen für das Errichten einer Verteidigungsmauer war. Verleugnen, Schweigen, Verachtung und Wut waren typische Verteidigungsmechanismen.

»Sie jagen Kriegsverbrecher.«

»Nazis«, konkretisierte Linda.

»Ich bin kein Nazi!«

Er starrte die Kommissare an. Seine Augen sprühten.

»Ich war kein Nationalsozialist und erst recht kein Angehöriger der SS. Ich kenne keinen Klaus Halminen und weiß nichts über ihn. War er ein Kriegsverbrecher? Die Täter haben sich getäuscht, sie haben mich für jemand anderen gehalten.«

Paloviita betrachtete Halminens SS-Porträt. »Dieser Klaus Halminen ist ein interessanter Fall«, sagte er wie zu sich selbst. »Er hat vom ersten Tag an am Krieg gegen die Sowjetunion teilgenommen. Das muss die Hölle gewesen sein. Sagt Ihnen die SS-Division ›Wiking‹ etwas?«

Albert presste die Lippen fest aufeinander, aber hinter seinen Augen loderte es. »Natürlich habe ich davon gelesen.«

»Und die Kaserne in Hennala, die kennen Sie.«

Der alte Mann antwortete nicht, und Paloviita zog ein verblichenes Bündel Papiere aus der Tasche und ging sie durch. »Das Gute an der finnischen Kriegsgeschichte ist, dass alles genauestens dokumentiert wurde. Außerdem gibt es in Finnland so viele Hobbyhistoriker, dass ihre Köpfe sich berühren. Für jeden Kampfschauplatz gibt es einen eigenen Experten. Wir haben sowohl Ihre als auch Halminens Wehrunterlagen im Nationalarchiv auftreiben können.«

Wieder flackerte in seinen Augen etwas auf, das Paloviita als Furcht deutete, doch seine Miene blieb regungslos.

»Die Papiere weisen viele Übereinstimmungen auf. Sie haben sich beide gerade mal siebzehnjährig freiwillig zum Winterkrieg gemeldet. Das muss sehr hart gewesen sein.«

»Das war es.«

»Ich habe Hennala erwähnt, weil Sie dort nach dem Winterkrieg als Ausbilder auf Zeit gedient haben. Laut unseren Unterlagen waren Sie beide vom Frühjahr 1940 bis zum Frühjahr 1941 gemeinsam dort.«

»Das ist achtzig Jahre her. Tausende waren dort. Ich kann mich unmöglich an jeden Einzelnen erinnern.«

Paloviita sah Kangasharju direkt in die Augen, lächelte unnachgiebig und sah dann wieder auf die Papiere. »Halminen ist im Mai 1941 nach Deutschland gefahren und im März 1942 zurückgekommen, woraufhin er zu einer Einheit nach Ost-Karelien ins Landesinnere versetzt wurde, in der er bis zum Ende des Fortsetzungskriegs kämpfte. Danach hat er noch am Lapplandkrieg teilgenommen. Das war ein langer Weg für einen Zwanzigjährigen.«

»Und was hat das mit mir zu tun?«

Paloviita blätterte mit einem schiefen Lächeln weiter in den Papieren. »Wir konnten Halminens Einsatz im Krieg ohne Schwierigkeiten nachvollziehen. Bei Ihnen verhält es sich anders. Nach Hennala gibt es keinen Hinweis darauf, wo Sie im Krieg gedient haben. Erst 1942 findet sich wieder ein Eintrag, dass Sie dem Infanterieregiment 50 angehörten. Dazwischen ist laut Papieren eine fast einjährige Pause.«

Albert versuchte, sich ein wenig aufzurichten. Als Linda anbot, ihm zu helfen, scheuchte er sie wild fuchtelnd weg.

»Hören Sie«, Alberts Stimme zitterte vor unterdrückter Wut. »Ich weiß, was Sie versuchen! Sie wollen aus mir einen Nazi machen, einen Frauen- und Kindermörder. Besser, Sie hören sofort damit auf! Oder ich klage Sie wegen Verleumdung an! Und wenn Sie es genau wissen wollen, zwischen Juni 1941 und März 1942 habe ich in Jyväskylä bei der leichten Flak-Abteilung 109 gedient. Von dort habe ich um meine Versetzung an die Front gebeten.«

Linda nickte und murmelte wie zu sich selbst. »Ein Infanterist bei einer Flak-Batterie.«

»Wenn Sie sich schon die Mühe gemacht haben mit all den Papieren, dann haben Sie doch sicherlich auch das Verzeichnis der finnischen SS-Freiwilligen studiert. Nun, wie viele Einträge haben Sie dort auf meinen Namen gefunden?«

Als keiner etwas erwiderte, fuhr er fort:

»Dachte ich's mir doch. Ich habe meine besten Jahre im Schlamm bei Frost und Hitze verbracht, um für die finnische Unabhängigkeit zu kämpfen! Ich habe überlebt, Dutzende meiner

Kameraden sind in der Holzkiste heimgekommen. Sie haben nicht die geringste Ahnung vom Krieg. Ich habe versucht, ein rechtschaffenes Leben zu führen, habe ein Haus gebaut, eine Ausbildung gemacht, Kinder großgezogen. Und jetzt kommen zwei rotznäsige Polizisten daher und behaupten, ich sei ein Kriegsverbrecher und Nazi! Schämen Sie sich!«

Verächtlich drehte er den Kopf zur Seite.

Der Ausbruch des Alten brachte Paloviita aus dem Konzept, und für einen Augenblick erwog er aufzugeben, besann sich dann aber und zog ein Bündel Fotos aus der Tasche.

»Die Männer, die Sie beobachten haben, hatten diese Fotos an der Wand befestigt.« Paloviita drehte das erste Foto zu Kangasharju um. Zu sehen war ein unscharfes Bild, auf dem ein SS-Mann einer Frau mit Kopftuch eine Schlinge um den Hals legte.

»Kennen Sie ihn?«

Kangasharju antwortete nicht, und Paloviita nahm das zweite Foto zur Hand, auf dem zwei SS-Männer am Rande einer Grube standen, in der nackte Leichen übereinandergestapelt waren, und lachten. Paloviita gab ihm Zeit, das Foto in Ruhe zu betrachten, und studierte die ganze Zeit über seinen Gesichtsausdruck. Dann sagte er ruhig:

»Der linke ist mit großer Wahrscheinlichkeit Klaus Halminen.« Jetzt nahm Paloviita das Foto zur Hand, auf dem das Gesicht des rechten Mannes stark vergrößert zu sehen war. »Die Männer, die Sie beobachtet haben, sind sich sicher, dass Sie der andere sind.«

Der Alte sagte erst nichts und dann ebenso ruhig wie Paloviita: »Ich kenne keinen von beiden. Ich habe sie noch nie gesehen.«

»Das werden wir klären«, zischte Linda zwischen den Zähnen.

»Wir haben das Foto einer auf Gesichtserkennung spezialisierten Abteilung überstellt. Sie vergleichen das Gesicht dieses Mannes mit Ihrem. Sie können sich nicht vorstellen, was die Technik von heute alles leisten kann.«

Paloviita musste innerlich lächeln, blieb äußerlich aber ernst und einschüchternd. Er wusste, dass Linda bluffte, eine auf Gesichtserkennung spezialisierte Abteilung gab es nicht.

»Unser Kollege gräbt gerade alles aus, was er über Ihre Dienstzeit finden kann. Der ist beharrlich und sehr pedantisch, sage ich Ihnen. Ich bin mir sicher, dass er Ihren Namen irgendwo aufspüren wird. Im Nationalarchiv liegen haufenweise Tagebücher ehemaliger SS-Soldaten. Ich denke, er wird sich bald melden und erklären, dass Sie uns angelogen haben«, sagte Paloviita.

»Und nicht nur uns, sondern alle. Ihre Frau und Ihre Kinder. Ihr ganzes Leben war pures Theater«, ergänzte Linda. »Und wenn all das ans Licht kommt, dann schwöre ich Ihnen, werde ich höchstpersönlich dafür sorgen, dass jeder es in der Zeitung lesen kann. Ihre Freunde, Ihre Familie, Ihre Töchter …«

Der Alte schwieg und schaute die Polizisten an. An seinen Augen war nichts abzulesen, aber eines war sicher: In seinem Kopf überschlugen sich die Gedanken mit rasender Geschwindigkeit. Plötzlich wurden seine Augen feucht, und eine einzelne Träne lief ihm aus dem Augenwinkel über die Wange. Sein Kinn fing an zu zittern, die Lippen zuckten. Paloviita und Linda lehnten sich zurück.

»Ich …«, begann er und kniff die Augen zusammen. Noch mehr Tränen suchten sich ihren Weg durch sein zerfurchtes Gesicht. Der Damm war gebrochen, und jetzt strömte alles mit einem Mal hervor.

Paloviita und Linda sahen sich an. Den alten Mann weinend und zitternd vor sich zu sehen, war eine verwirrende Erfahrung. Linda war versucht, seine knöcherne Hand in die ihre zu nehmen, hielt sich aber zurück. Als die Emotionen ein wenig abgeebbt waren, schlug er die Lider auf und schaute die Polizisten aus glänzenden Augen flehend an.

»Wir waren jung«, begann er mit bebenden Lippen. Seine Stimme war heiser und kaum mehr als ein Hauch. »Aber es war nicht so, wie wir uns das vorgestellt haben.«

»Sie waren bei der SS«, vergewisserte sich Paloviita.

Er nickte und holte zitternd Luft. »Ich habe noch nie mit jemandem darüber gesprochen, aber es ist nicht so, wie Sie denken. Ich bin kein Nazi und kein Mörder.«

»Warum haben Sie es dann verheimlicht?«, fragte Linda.

»Keiner will so einen Stempel aufgedrückt bekommen, so einen Hakenkreuz-Stempel.«

»Sie kannten Klaus Halminen?«

Albert nickte. Der Ausbruch ebbte ab. »Er war unser Gruppenführer.«

Paloviita und Linda gaben ihm Zeit, sich zu beruhigen. Das Erinnern fiel ihm offenkundig schwer. Als ob übel riechende Blasen schwerfällig vom Boden einer Schlammgrube aufstiegen.

»Dort sind Dinge passiert, die ich vergessen wollte.«

»Erzählen Sie.«

Er schloss wieder die Augen. Paloviita hatte keine Ahnung, wohin er entschwand, aber es musste sehr weit entfernt sein. Dann begann Albert mit tonloser Stimme zu erzählen.

»Im Juli 1941 überfiel unsere 41. Kompanie ein kleines Dorf in der Nähe von Lemberg. Die Russen ergaben sich schnell, aber im Dorf waren noch zahlreiche Zivilisten. Ein russischer Scharfschütze erschoss unseren Kommandanten. Die Einheit erhielt daraufhin den Befehl, das Dorf zu vernichten und mit ihm all seine Bewohner.«

Kangasharju schlug die Augen auf und sah ihnen ins Gesicht.

»Es war ein fürchterliches Gemetzel. Ich habe mich abwenden müssen. Ich werde mir nie verzeihen, dass ich nichts unternommen habe. Frauen und Kinder wurden geschlagen und verstümmelt. Die Juden trieb man in die Synagoge und steckte sie in Brand. Wir hörten, wie die Menschen gegen die Tür hämmerten und vor Schmerzen schrien.«

Linda presste die Hand vor den Mund.

»Sie waren an den Taten also nicht beteiligt?«, fragte Paloviita.

Der alte Mann schüttelte den Kopf.

»Alles wurde verbrannt. Ich konnte es nicht verhindern, obwohl ich es gewollt hätte. Das war ein einziges Schlachten, Monat für Monat. In Lemberg wurden die Menschen lebendig aus den Fenstern geworfen. Auch kleine Kinder. Juden wurden mit Stöcken geschlagen und auf der Straße erschossen wie streunende Hunde. In einem einzigen Keller lagen zweihundert Leichen. Ich werde den Geruch nie vergessen – ebenso wenig wie die armen Menschen. Ich ... habe versucht zu helfen. Ich hatte damals selbst eine jüdische Freundin ...« Er brach wieder in Tränen aus. Seine Mundwinkel zuckten, Tränen rollten über die Wangen.

»Leena ... o mein Gott ... wir hatten beschlossen, uns zu verloben, aber dieser verfluchte Krieg hat mir alles genommen ... Arme Leena ... sie glaubte, ich sei gefallen. Ich habe ihr Leben aus der Ferne verfolgt, ohne ihr jemals sagen zu können, wie sehr ich sie wirklich geliebt habe. Auch sie ist schon gestorben.

Da war eine Frau mit einem Baby. Wir kamen im Winter zurück. Wir haben sie unter dem Haus versteckt. Ich glaube, dass sie es geschafft haben ...« Er zeigte auf die Schachtel auf dem Nachttisch. Paloviita nahm sie in die Hand.

»Das Medaillon«, stammelte Albert.

Paloviita holte das Medaillon heraus und klappte es auf. Er sah das Bild einer schönen, schwarzhaarigen Frau und reichte es Albert, der es fest mit seiner knochigen Faust umschloss.

»Zofia«, flüsterte er. »Zofia und das Baby.«

»Was ist mit Halminen? War er dabei?«

Er schloss kurz die Augen. Dann nickte er langsam.

»Sie können es ruhig sagen. Klaus ist tot. Keiner kann Ihnen mehr wehtun«, ermunterte ihn Linda.

Kangasharju schwieg lange, als wollte er Mut und Kraft für die kommenden Sätze sammeln. »Diese Familie ... neben dem Weg. Klaus hat sie erschossen. Ich begreife nicht, wieso ...«

Schlagartig verstummte er, als könnte er nicht weitersprechen.

Er war physisch und psychisch sichtlich am Ende. Eine Zeitlang sagte keiner etwas. Es fiel allen schwer, Worte zu finden.

»Ihr Name«, sagte Paloviita nach einer Weile. »Warum steht er nicht im Verzeichnis der finnischen SS-Freiwilligen?«

»Steht er«, sagte Kangasharju. Er hatte sein Gleichgewicht einigermaßen wiedererlangt. »Albert Nousiainen.«

»Aber er ist als gefallen geführt«, sagte Linda.

Kangasharju nickte. »Das war ein glücklicher Zufall, oder eigentlich eine Verwechslung. Im Winter zweiundvierzig war ich in einem Spähtrupp. Finnen wurden dafür oft ausgewählt, weil wir Ski fahren konnten. Es war höllisch. Bei dieser Mission haben wir uns im Schneesturm verirrt und sind tagelang hinter den feindlichen Linien herumgeirrt. Man hat mich daraufhin als gefallen registriert, und ich habe den Fehler nie korrigieren lassen. Ich hatte schwere Erfrierungen und wurde nach Österreich in ein Militärkrankenhaus gebracht. Von dort hat man uns vorzeitig nach Finnland entlassen. In Finnland habe ich dann den Mädchennamen meiner Mutter angenommen. Ich wollte nicht, dass man mich je wieder mit diesen Mördergruppen in Verbindung bringt. Die Schmach war zu groß.«

Paloviita und Linda nickten.

»Ich habe mit einer Lüge gelebt. Sie können sich nicht vorstellen, wie schwer das war. Ich weiß nicht, was jetzt passieren wird, aber Sie müssen mir glauben, wenn ich sage, dass ich nicht an diesen Taten beteiligt war. So einer bin ich nicht!«

Er klappte das Medaillon wieder auf und versank in dem Anblick der Frau, ohne ein weiteres Wort zu sprechen.

Paloviita und Linda erhoben sich, stellten die Stühle zurück an ihren Platz und verließen das Zimmer. Inkeri stand auf dem Flur. Ihre Blicke begegneten sich, aber Paloviita senkte die Augen, als er an ihr vorbeiging.

44

Die Türglocke erklingt. Albert tritt aus dem Hinterzimmer in den Verkaufsraum. Er trocknet seine Brille mit einem Taschentuch ab, setzt sie auf und betrachtet den Mann, der an der Eingangstür steht und seinen Regenschirm ausschüttelt. Tropfen fliegen in einem weiten Umkreis umher. Draußen gießt es aus allen Kübeln. Die Pfützen brodeln, Sturzbäche rinnen die Straße herunter. Die Menschen ducken sich unter ihre Regenschirme, vorbeifahrende Autos spritzen Wasser auf den Gehsteig.

Der Mann hat ein sonnengebräuntes Gesicht, trägt einen dunklen Anzug und darüber einen langen Wollmantel. Er hat eine Brille mit schmalem Rand, einen schwarzen Bart sowie einen Hut mit breiter Krempe, von dem ebenfalls Wasser auf den Boden läuft. Schläfenlocken kringeln sich über die Wangen.

»Was kann ich für Sie tun?«, fragt Albert erst auf Finnisch, und als er merkt, dass er nicht verstanden wird, wiederholt er es auf Englisch.

Der Ankömmling misst Albert mit dem Blick.

»Scheußliches Wetter«, sagt Albert. Doch der Mann antwortet immer noch nicht und streift stattdessen an den Regalen vorbei. Albert kehrt hinter den Verkaufstresen zurück, nimmt einen Wildlederschuh in die Hand und fädelt einen Schnürsenkel ein. Betont ruhig konzentriert er sich auf seine Arbeit, lässt aber den Mann nicht aus den Augen, der vor dem Regal mit den Straßenschuhen stehen geblieben ist.

»Sind das alle?«, fragt er jetzt in fließendem Englisch.

»Ich habe gerade eine neue Lieferung aus Italien bekommen, aber sie sind noch nicht ausgepackt. Was genau suchen Sie?«

»*Etwas Eleganteres.*«
Alberts Lächeln gefror. »*Die sind alle italienische Handarbeit.*«
»*So sehen sie aber nicht aus. Außerdem kosten sie entschieden zu viel.*«
»*Ich garantiere Ihnen, dass sie von höchster Qualität sind.*«
»*Zufällig kenne ich mich mit Schuhen aus, diese hier sind allesamt von minderer Qualität.*«
»*Ich habe auch in Finnland gefertigte Schuhe. Darf ich sie Ihnen zeigen?*«
»*Ich habe schon genug gesehen, um zu wissen, was für ein Laden das ist. Können Sie mir ein anderes Geschäft empfehlen? Eines mit Stil?*«

Alberts Lächeln erstirbt. Seine Augen wandern zu den durchweichten Schuhen des Mannes, die im Ostblock gefertigt wurden. Auch sein Anzug ist von billiger Qualität und sitzt schlecht. Ein orthodoxer Jude aus Polen oder der Ukraine, denkt er, der durch den Eisernen Vorhang gekommen und nun via Finnland auf dem Weg nach Schweden und weiter nach Dänemark ist. »*Am Markt gibt es noch ein Schuhgeschäft. Sehr gute Qualität.*«

Albert geht zurück hinter die Kasse und fädelt weiter Schnürsenkel ein. Die Bewegung seiner Hände ist ruckartig vor unterdrückter Wut.

Statt zu gehen, streift der Mann erneut durch den Laden. Aus seinem Mantel tropft Wasser aufs Parkett. Dann kehrt er zum ersten Regal zurück, schnappt sich ein Paar Lederschuhe und stellt sie neben die Kasse. Albert fädelt weiter Schnürsenkel ein und lässt ihn warten. Als er die Schnürsenkel festzieht, wendet er dem Kunden langsam das Gesicht zu.

»*Wollen Sie sie nicht anprobieren?*«
»*Die sind nicht für mich.*«
»*Fünfzig Mark.*«

Er lachte, auf seinem Gesicht lag wieder dieses überhebliche Grinsen. »*Ich zahle dreißig. Sie haben einen Herstellungsfehler.*«

»Einen Herstellungsfehler?«
»Der Schaft ist zu weit.«
Albert nimmt das Schuhpaar in die Hand, dreht sie um und tastet das Schuhinnere ab. *»Alles ganz normal.«*
Der Mann zückt sein Portemonnaie und zieht drei Zehnmarkscheine heraus. Albert betrachtet die Scheine, dann den Mann und wieder das Geld, darauf wartend, dass er die restlichen Scheine auf den Tresen legen möge. Aber er tut nichts dergleichen:
»Dreißig. Nehmen Sie es, oder lassen Sie es bleiben.«
»Die Schuhe kosten fünfzig Mark.« Sie messen sich mit Blicken.
»Vierzig«, lenkt der Mann ein und legt einen weiteren Schein auf den Tisch.
»Verschwinden Sie!«
Der Mann zuckt bei dem eisigen Klang seiner Stimme zusammen.
»Also gut. Fünfzig«, sagt er.
»Haben Sie nicht gehört? Verschwinden Sie! Die Schuhe sind nicht zu verkaufen.«
Er starrt Albert noch einen Moment an, aber als er die vor Zorn sprühenden Augen sieht, schnappt er sich das Geld, nimmt seinen Schirm und tritt hinaus in den Regen. Die Glocke klingt noch nach. Albert kommt hinter dem Verkaufstresen hervor und tritt ans Fenster. Er beobachtet, wie der Mann zwischen den Passanten verschwindet. Unter den derben Sohlen seiner Schuhe stiebt das Wasser zur Seite, er eilt mit großen Schritten über die Pfützen. Albert hebt die Hand, formt mit den Fingern eine Pistole, kneift das linke Auge zusammen und nimmt den langen Mantel aufs Korn. Dann lacht er höhnisch, lässt den Arm sinken und grinst. Der Regen strömt aus den Dachrinnen und von den Markisen der Läden. Als er zurück zum Verkaufstresen geht, sieht er die Pfützen, die der Mann auf dem Boden hinterlassen hat. Er holt einen Wischmopp von hinten, trocknet pfeifend den Boden und stellt die Schuhe, die der Jude an die Kasse gestellt hat, zurück ins Regal.

1941

45

Es regnet. Eisige Tropfen trommeln auf ihre Helme, durchnässen ihre Uniform und dringen bis auf die Haut. Es sind nur wenige Grad über null, und beim Ausatmen bilden sich Wolken. In loser Formation dringen die Männer durch einen dicht gewachsenen Laubwald. Die Stiefel versacken im Schlamm. Im dichten Nebel ist selbst der Nebenmann kaum zu erkennen.

Albert kann seinen Atem hören, der Regen rinnt ihm in den Kragen des Gefechtsanzugs. Seine Sinne sind aufs Äußerste geschärft. Das Gefühl, dass etwas nicht so ist, wie es sein sollte, wird immer stärker. Der Boden ist aufgeweicht vom wochenlangen Regen und übersät von hunderten Stiefelabdrücken. Vor wenigen Augenblicken haben sie einen Graben überquert, neben dem zwei frische Panzerspuren zu sehen waren, breiter als die eines deutschen Fahrzeugs. Sie haben gehofft, dass sie umkehren würden, aber ihr Hauptscharführer hat darauf bestanden, bis zum Ziel am Waldrand vorzudringen.

»Kette bilden!« Der Befehl wird im Flüsterton von Mann zu Mann weitergegeben.

Albert presst das Gewehr fester an sich und wischt sich den Regen aus den Augen.

»Feind direkt voraus. Fünfzig Meter«, wandert es flüsternd von Virkkala zu Albert die Reihe entlang. Albert weiß, was das bedeutet. Sein Herz schlägt schneller, Adrenalin wird in den Blutkreislauf gepumpt. Die Befürchtung, der Feind könnte im Schutz des

Nebels das Regiment umzingelt haben, scheint sich zu bewahrheiten. Eine dreißig Mann starke, kampfbereite Aufklärungspatrouille unter dem Befehl des Scharführers, zu der er, Virkkala, Klaus und Martti gehören, ist vorausgeschickt worden, um die Lage zu erkunden. Sollte der Wald voller Russen sein, wäre die gesamte rechte Flanke der im Schlamm festsitzenden Wiking-Division ungeschützt. Albert hofft insgeheim, dass es sich um einen Spähtrupp wie den ihren handelt. Wenn es den Russen gelungen ist, ein ganzes Bataillon im Wald zu verschanzen, dann bedeutet das nicht nur das Ende für ihren Trupp, sondern es besteht die Gefahr, dass das komplette Westland-Regiment eingekesselt wird.

Albert geht auf die Knie und legt das Gewehr an. Er versucht, zwischen den Bäumen etwas zu erkennen, sieht aber nichts als schwarze Stämme. Das Wasser schießt wie aus einer Regenrinne vom Rand seines Helms.

Aus weiter Ferne ist das Grollen eines Geschützes zu hören, und gleich darauf ein anderes Geräusch, das ihnen in den letzten Tagen nur allzu vertraut geworden ist. Das nervenzerfetzende Heulen dieser neuartigen Raketenwerfer kommt mit großer Geschwindigkeit näher.

»Deckung!«

Granaten schlagen um sie herum ein. Explosionen begleitet vom Heulen der Stalinorgeln zerreißen den Himmel. Erdbrocken fliegen durch die Luft, der Boden vibriert, Bäume knicken um. Albert drückt sich in den Schlamm. Erde und Steine rieseln auf ihn herab. Jemand ruft nach dem Sanitäter, aber an Aufstehen ist nicht zu denken. Der Boden wackelt unter ihnen wie ein lebendiges Wesen. Alles um sie herum scheint in Bewegung.

Dann endet der Angriff. Ganz nah ertönt ein Pfiff und gleich darauf ein schreckliches, aus hunderten Kehlen ausgestoßenes »*Urraa!*«

»Feuer!«

Das Knattern der Waffen übertönt den Ruf. Aus dem Nebeldickicht stürmen Gestalten auf sie zu. Albert drückt das Gewehr gegen die Schulter und schießt. Eine Gestalt vor ihm sackt zu Boden. Die heiße Hülse fällt heraus, und er schiebt eine neue Patrone in den Lauf. Er schießt, lädt die Waffe mechanisch nach, immer auf die ihm nächste Gestalt zielend. Marttis Maschinengewehr ratterte direkt neben ihm in die Schar heranrückender Feinde. Aus den Bäumen antwortete das schwerfällige Maxim-Maschinengewehr. Geschosse zischen und prallen ab und reißen die Rinde von den Bäumen.

Plötzlich wird es still im Wald vor ihnen. Zwei T-34-Panzer kommen mit heulenden Motoren auf sie zugerollt. Das Auftauchen der Panzer stiftet vollends Verwirrung. Albert begreift das schreckliche Ausmaß ihrer Lage. Sie stehen nicht einem bewaffneten Spähtrupp gegenüber, sondern mindestens einer ganzen Kompanie Russen. Eine Chance, sie zurückzuschlagen, besteht nicht. Das Einzige, was ihnen bleibt, ist die Hoffnung, dass ihr Regiment die Kampfgeräusche hört und Truppen zur Verstärkung schickt.

»Vorwärts!«, brüllt Virkkala und springt auf, doch nach wenigen Schritten stürzt er zu Boden, als ihn eine Kugel zwischen den Schulterblättern trifft. Aus seinem Mund dringt ein gurgelndes Geräusch, und er stürzt mit dem Gesicht voran zu Boden.

Ihr Hauptscharführer gibt den Befehl zum Rückzug. Albert richtet sich auf. Kugeln sirren zischend durch die Luft. »Martti! Komm!«

»Geh du, ich zieh den Gurt noch durch!«

Albert zögert kurz, aber als die Kugeln immer näher kommen, läuft er los, hält gleichzeitig nach den anderen Männern ihres Trupps Ausschau. Neben Virkkala geht er in die Hocke, sieht aber sofort, dass kein Leben mehr in ihm ist und rennt weiter. Wenn er sich im Nebel verirrt, bedeutet das den sicheren Tod – oder Schlimmeres: in Gefangenschaft zu geraten. Er meint, sich zu erinnern, woher sie gekommen sind, rennt in diese Richtung, und ist plötzlich von Bäumen umgeben. Die Kampfgeräusche werden leiser. Marttis Maschinengewehr verstummt, und Albert horcht, als plötzlich eine Gestalt auf ihn zugerannt kommt. Im letzten Augenblick erkennt Albert, dass es ein Feind ist, und schlägt ihm mit dem Gewehrkolben ins Gesicht. Der Russe stürzt zu Boden, und Albert schießt ihm in die Brust. Er kniet sich neben die Leiche und zielt in Erwartung weiterer Feinde in den Nebel. Links von ihm dringt Panzerbrummen an sein Ohr, der Gefechtslärm entfernt sich, das Kampfgeschehen bewegt sich also von ihm weg.

Da erscheint eine zweite Gestalt aus dem Nebel, und Albert zielt. Er hat den Finger am Abzug, nimmt ihn aber zurück, als er das Profil eines deutschen Helms und die Feldjacke erkennt. Der Mann läuft taumelnd in seine Richtung und hält sich den Bauch.

»Martti!«

Albert springt ihm entgegen und bekommt ihn gerade noch unter den Achseln zu fassen, bevor er zusammenbricht. Mit Alberts Hilfe kann er sich auf den Rücken drehen und fingert an den Bändern seines Kampfgürtels, um ihn zu öffnen. Martti atmet schwer und mit Unterbrechungen. Albert knöpft seine Jacke auf und sieht, dass er in den Bauch getroffen wurde. Sein Hemd ist voller Blut. Er dreht Martti auf die Seite und tastet den Rücken ab, findet aber kein Austrittsloch. Martti wimmert.

»Du bist am Bauch getroffen. Sieht nicht sehr schlimm aus.«

Martti verzieht die Mundwinkel zu einem blutverschmierten Lächeln. »Du warst noch nie ein guter Lügner.«

Die Kampfgeräusche haben sich weiter entfernt, nur noch vereinzelt fallen Schüsse.

»Komm, wir gehen!«, sagt Albert, fasst ihn unter den Achseln und wuchtet ihn sich mit aller Kraft auf den Rücken. Martti stöhnt, Albert wankt zur Seite, findet sein Gleichgewicht wieder und geht weiter, sodass er sich vom Kampflärm entfernt. Der Regen ist in feinen Nieselregen übergegangen, aber der Nebel ist noch dichter geworden. Albert sieht nur wenige Meter weit. Überall könnte ein Feind stehen. Immer wieder muss Albert anhalten und die Last neu verteilen. Martti klagt leise, bis er irgendwann das Bewusstsein verliert. Das Feuer ist fast vollständig verstummt, nur hier und da fallen noch einzelne Gewehrschüsse.

Albert hört in der Nähe ein Jammern. Ein Mann ruft auf Deutsch nach seiner Mutter. Als Albert näher kommt, erkennt er den Anführer ihres Trupps, er sitzt dort gegen einen Baumstamm gelehnt. Derselbe Mann, der einen Vierzehnjährigen an einen Lastwagen gebunden, kilometerweit mitgeschleift und eine ganze Familie am Wegesrand hingerichtet hat. Eine Maschinengewehrsalve hat seine Brust mit schwarzen Löchern übersät. Neben ihm liegt eine Pistole, die er vergeblich zu erreichen versucht. Als der Stuscha Albert näher kommen hört, hebt er flehend den Blick. Aus seinem Mund sickert schwarzes Blut. Albert tritt gegen die Pistole, sodass der Stuscha sie erreichen kann, und setzt seinen Weg fort.

Es wird heller, und Albert wird klar, dass sie aus dem Wald herausgefunden haben. Sie schleppen sich in ein Maisfeld, wo er den bewusstlosen Martti vom Rücken gleiten lässt. Sein Atem geht jetzt schnell und flach. Blut schäumt in den Mundwinkeln. Albert überprüft mithilfe des Kompasses ihre Richtung. Bis zu ihrem Regiment sind es noch etwa vier Kilometer. Es ist unmöglich, Martti so weit zu tragen. Außerdem wird es bald dunkel. Er untersucht Marttis Wunde, die aufgehört hat zu bluten, doch sein Gesicht ist völlig fahl und blutleer. Wenn er keine Hilfe bekommt, stirbt er mit Sicherheit. Plötzlich schlägt Martti die Augen auf, panisch irren sie von einer Seite zur anderen, bis sie Alberts Gesicht entdecken.

»Wasser ...«

Albert nimmt seine Feldflasche und stützt Marttis Kopf. Er trinkt gierig, blutdurchmischtes Wasser läuft ihm aus den Mundwinkeln. Seine Augen blicken um sich und sehen den Nebel.

»Sind wir im Himmel?«

»Nein, in einem Maisfeld. Du bist angeschossen worden.«

Marttis Augen finden zurück zu Albert und schauen ihn einen Augenblick voller Ruhe an. Kein Geräusch ist zu hören. Martti hebt die Hand, und Albert ergreift sie. Sie sehen sich in die Augen.

»Es ist nicht mehr weit.«

»Lass mich hier.«

Albert schüttelt den Kopf. Er stopft ihm ein Stück Stoff unter die Jacke, das er mit dem Ledergürtel fixiert.

»Falls …, wenn ich zurückbleibe«, stammelt Martti mit schmerzverzerrtem Gesicht. »So … ein Gebet. Nicht ohne … Segen sterben.«

»Ich lass dich nicht zurück. Du kommst ins SS-Krankenhaus nach Wien und wirst von hübschen Schwestern gepflegt, die dir Wein zu trinken geben und dich mit Trauben füttern.«

Martti lächelt unter Schmerzen, seine Zähne sind schwarz vom Blut.

Albert schnallt seinen Kampfgürtel ab, lässt Spaten und Helm zwischen den Maispflanzen fallen, steckt sich Patronenmagazin und Stielhandgranate in die Taschen und hängt sich ihre beiden Feldflaschen um den Hals. Dann gurtet er sein Gewehr auf den Rücken und legt sich Martti wieder über die Schulter.

»Lass … es brennt …«

Albert schiebt sich zwischen den mit Tropfen übersäten Maispflanzen hindurch. Von Zeit zu Zeit hält er an, überprüft mithilfe des Kompasses die Richtung und lauscht. Martti stammelt und jammert. Albert kann einzelne Worte heraushören wie »Mutter« und »Jesus« und »Satan«. Wenig später verliert Martti erneut das Bewusstsein, und Albert ist erleichtert, weil er das Leiden des Freundes nicht länger mitanhören muss.

Der Nebel lichtet sich, aber jetzt senkt sich die Dämmerung über die Landschaft. Als er das endlos erscheinende Maisfeld endlich hinter sich lassen kann, ist es bereits dunkel. Der Wind hat die Wolken vom Himmel gefegt, und die Sterne blinken. Die Temperatur wird frostig. Albert findet einen schmalen Feldweg und folgt ihm. Das Mondlicht spiegelt sich in den Pfützen und weist ihm den Weg. Uhr oder Kompass kann er nicht mehr erkennen, aber das spielt keine Rolle. Sein Zeitgefühl ist ihm schon vor geraumer Zeit abhandengekommen. Dafür spürt er Marttis erdrückendes Gewicht in jeder Zelle seines Körpers. Er glaubt längst nicht mehr daran, ihr Regiment zu erreichen, und konzentriert sich nur auf den nächsten Schritt, die nächste Biegung. *Wenn ich es bis dahin schaffe, versuche ich es noch bis zur nächsten – und wieder bis zur nächsten.* Ausruhen kann er nicht mehr, weil er weiß, wenn er Martti jetzt ablegt, hat er nicht mehr die Kraft, ihn sich erneut auf den Rücken zu hieven.

Seine Gedanken schweifen ab und verirren sich in sein Elternhaus und an den Badestrand Hietaniemi. Er sieht seine Mutter in der Küche stehen und Essen kochen, auf dem Boden hockt Sebastian und spielt mit der Holzeisenbahn. Auch Leena sieht er. Ihre offenen Haare flattern im Wind, und er denkt, dass er ihr einen Brief schreiben muss. Aber Leenas Gesicht ist nicht ihr eigenes, es ist das von Zofia.

Dann sieht er vor sich eine Bewegung. Albert bleibt stehen. Zwei Männer patrouillieren rauchend auf dem Weg, die Glut der Zigarette verbergen sie hinter ihrem Handrücken. Albert sucht Schutz im Schatten einiger Pappeln am Wegesrand. Als die Männer näher kommen, sieht er, dass es Russen sind. Sie bleiben auf dem Weg stehen, rauchen und sprechen flüsternd miteinander. Zwischen Albert und ihnen liegen nur wenige Meter, und Albert traut sich kaum zu atmen. Er fürchtet die ganze Zeit, dass Martti zu Bewusstsein kommt und zu wimmern beginnt. Aber dann werfen sie die Zigaretten in eine Pfütze und setzen ihren Weg mit geschultertem Gewehr fort. Albert wartet eine ganze Weile, traut sich aber nicht zurück auf den Weg. Hinter den Bäumen entdeckt er einen Bach, dem er nun folgt. Es ist schwer, im Dunkeln etwas zu erkennen. Albert stolpert über Wurzeln und Steine und kann nicht mehr sagen, in welche Richtung er läuft. Zuerst hatten nur seine Schultern geschmerzt, jetzt brennt sein ganzer Körper bei jedem Herzschlag. Sein Blickfeld verschwimmt.

Ein Gewehrschloss klickt.

»Losung!«

Albert versteht das deutsche Wort nicht sofort. Er kramt in seinem Gedächtnis nach dem richtigen Wort, bis es ihm einfällt: »Attila.«

»Faust«, lautet die Antwort aus der Dunkelheit.

»Albert?«

Zwei Kameraden helfen ihm, Martti abzulegen. »Wer ist das? Martti?«

»Sanitäter!«

Martti wird auf den Boden gelegt, und zwei Männer tasten seine Verletzungen ab, das Licht der Taschenlampen schirmen sie mit ihren Mänteln ab. Martti reagiert auf den Druck und stöhnt vor Schmerzen. Albert sackt auf den Boden und lehnt sich gegen den Stamm einer gewaltigen Ulme. Er schaut sich um und erkennt, dass er die Reste ihres verstreuten Aufklärungstrupps gefunden hat. Klaus kniet sich vor ihn hin.

»Ich dachte schon, ihr habt es nicht geschafft.«

»Das dachte ich auch fast. Auf dem Weg sind Russen.«

»Der Russe hat einen Haken geschlagen und die Verbindung zu unserer Einheit abgeschnitten. Die haben ein ganzes Bataillon im Schutz des Nebels an der Flanke positioniert und wer weiß wie viele noch, wenn wir nicht bald etwas unternehmen. Ich habe den Melder vor einer halben Stunde losgeschickt, um dem Regiment die Nachricht zu überbringen. Ein Mann kommt leichter durch, auch wenn zu hoffen ist, dass sie den Kampf gehört haben. Hast du den Stuscha gesehen?«

»Tot«, antwortet Albert und fügt hinzu: »Virkkala auch.«

»Und Fredriksson, Steiner, Helmut und Otto. Wir sind hier noch fünfzehn Mann«, sagt Klaus und blickt zu dem stöhnenden Martti hinüber. »Und Martti.«

Albert trinkt Wasser und spürt, wie ihm das ein wenig Kraft zurückgibt. Er kriecht zu Martti hinüber, der wieder bei Bewusstsein ist. Er ist in enge Decken geschlagen. Seine Augen sind trüb und schauen durch ihn hindurch in eine weite Ferne. Seine Lippen bewegen sich, bringen aber keinen Laut hervor.

»Die Patrone steckt noch«, flüstert der Sanitäter. »Wenn er nicht operiert wird, stirbt er noch vor dem Morgen.«

Albert schaut in den Himmel. Die Sterne funkeln eisig, das Mondlicht versilbert die Wipfel der Bäume.

»Feind am Bach!«

Bei diesen geflüsterten Worten der Wache fahren die Männer wie elektrisiert auf. Sie greifen nach ihren Waffen, die Taschenlampen werden ausgeschaltet.

»Psst!«

Sie drücken sich hinter einer niedrigen Erhebung auf den Boden. Albert presst sich neben den im Fieber zitternden Martti und befiehlt ihm, ruhig zu bleiben. Sie warten und spähen in die Dunkelheit. Vor sich hören sie leise gesprochene Worte, leise klirrende Gürtelschnallen und Stiefeltritte. Der schwache Schein einer Taschenlampe streift über die Bäume und hält auf dem Hügel inne, hinter dem sie liegen. Jeder drückt sich so fest er kann auf den Boden. Albert hebt vorsichtig den Kopf und sieht in knapp zwanzig Meter Entfernung einen schätzungsweise fünfzigköpfigen feindlichen Trupp, der in einer Reihe den Bach entlangzieht.

»Jesus … Jesus …«, stöhnt Martti.

»Stopf ihm das Maul, und zwar plötzlich«, schnauzt Klaus.

Albert versucht, Martti zu beruhigen, aber es hilft nicht. Martti wimmert immer heftiger vor Schmerzen.

Die ersten Russen sind jetzt auf ihrer Höhe. Albert legt seine Hand auf Marttis Mund, um ihn zum Verstummen zu bringen, doch Martti erschrickt und jammert noch heftiger.

»Stopf es ihm!«

Albert legt sich auf Martti und hält ihm mit der Hand auch

die Nase zu. Er drückt seinen Kopf fest an Marttis Gesicht und raunt ihm beruhigende Worte ins Ohr. Martti beruhigt sich und hört auf zu zittern. Die Reihe der Russen scheint kein Ende zu nehmen, nach einer qualvoll langen Zeit ist der Letzte von ihnen in der Dunkelheit verschwunden. Als auch die Geräusche ihrer Schritte verstummen, stehen die Männer vorsichtig auf. Albert nimmt die Hand von Marttis Gesicht und erhebt sich.

»Wir haben es geschafft«, sagt Albert leise zu ihm, obwohl er weiß, dass Martti ihn nicht mehr hören kann. Martti starrt mit offenen Augen in den sternenklaren Nachthimmel.

Als der Morgen hereinbricht und eine Gruppe von fünfzehn Männern ihren Weg fortsetzt, bleibt Martti Granlund zurück. Der älteste Sohn eines Helsinkier Metallbauers, neunzehn Jahre alt, wurde in eine Zeltbahn gewickelt und in ein flaches, notdürftig neben dem Bach geschaufeltes Grab gelegt. Ein Kreuz aus Birkenästen wird aufgestellt, aber es werden keine Gebete gesprochen, dafür hat niemand Zeit.

2019

46

Paloviita war gerade im Begriff sich die Jacke überzuziehen und nach Hause zu gehen, als Oksman sein Büro betrat. Er zuckte erschrocken zusammen, hatte er doch angenommen, allein auf der oberen Etage zu sein.

»Himmel! Ich hätte fast einen Herzkasper gekriegt! Ich dachte, du wärst schon längst gegangen.«

Oksman begnügte sich mit einem Grinsen. »Hast du einen Moment?«

Paloviita schaute auf die Uhr und stellte fest, dass es bereits so spät war, dass er keine Eile mehr hatte, nach Hause zu gehen. Er zog seine Jacke wieder aus, hängte sie über die Stuhllehne und setzte sich wieder hinter seinen Schreibtisch.

Oksman nahm ihm gegenüber Platz.

»Erinnerst du dich, wie Kangasharju erzählt hat, dass 1992 ein bewaffneter Mann an seiner Haustür aufgetaucht ist, der sich dann selbst erschossen hat?«

»Ja, ich erinnere mich. Kangasharju sagte, dass es sich um eine Verwechslung gehandelt haben muss.«

»Wie jetzt auch.«

Oksman legte einen Stapel alter Unterlagen vor Paloviita auf den Tisch. »Ich habe mir die Akte zu dem Fall rausgesucht. Sie ist nicht sehr umfangreich, enthält aber doch einiges mehr, als Kangasharju uns gesagt hat.«

»War es nicht so, wie Kangasharju uns erzählt hat?«

»Nicht ganz. Zuerst einmal hat er vergessen zu erwähnen, dass der Mann Jude war.«

»Ein Jude?«, wiederholte Paloviita, um sicherzugehen, richtig gehört zu haben.

Oksman nickte. »Außerdem war der Mann nicht alkoholisiert, sondern stocknüchtern.«

Paloviita dachte nach. »Kangasharju hat gesagt, dass der Mann psychische Probleme hatte.«

»Die hatte er offenbar wirklich. Zumindest gibt es dazu ein ärztliches Gutachten.«

»Wer war der Mann?«

»Isser Stern, ein israelischer Grundschullehrer, der Mitte Juni des Jahres 1992 nach Finnland eingereist ist. Er wurde schwer verletzt, und als er aus dem Krankenhaus entlassen wurde, ist er auf ausdrücklichen Wunsch des Staates Israel in sein Heimatland zurückgeschickt worden.«

»Kangasharju hat gesagt, der Mann sei tot.«

»Das ist er wahrscheinlich mittlerweile auch. Zum Zeitpunkt des Vorfalls war er dreiundsechzig Jahre alt. Wenn er noch lebt, ist er inzwischen neunzig.«

»Ein ziemlicher Zufall. Wieder ein Israeli, der es auf Kangasharju abgesehen hat. Schon vor dreißig Jahren.«

»Mit einer Waffe«, ergänzte Oksman.

Paloviita blätterte in der Akte. Sie enthielt nicht viele Seiten, was typisch für die damalige Zeit war. Paloviita suchte nach den Vernehmungsprotokollen, von denen es ganze drei gab. Zuerst überflog er die Aussage von Hilkka Kangasharju, die sie am Tag der Tat gemacht hatte. Obwohl das Protokoll sachlich geschrieben war, klangen zwischen den Zeilen Schock und Erschrecken deutlich durch. Es hatte geklingelt, und Hilkka war an die Tür gegangen, um zu öffnen. Auf den Stufen vor ihrem Haus stand ein schwarzhaariger Mann, der sich in gebrochenem Englisch nach Albert erkundigte. Hilkka hatte geantwortet, dass er im Garten sei und den Zaun streiche, dann habe sie den Gast hereingebeten. Dieser weigerte sich jedoch und blieb vor der Tür stehen. Hilkka holte Albert, der in einem farbbekleckstem Blaumann steckte, und als sie an der Tür erschienen, zog der Mann einen Revolver und zielte damit auf Alberts Brust. Die Aussage enthielt keine Hinweise darauf, dass der Täter betrunken oder verwirrt gewesen war. Der Mann hatte zunächst in einer unverständlichen Sprache gesprochen, offenbar Ukrainisch, danach etwas auf Deutsch gesagt und war schließlich zu Englisch gewechselt. Immer wieder hatte er ein Wort wiederholt: Satan. Albert hatte auf den Mann eingeredet, die Waffe herunterzunehmen. Im Endeffekt hatte der Mann sie sich in den Mund gesteckt und abgedrückt.

Das zweite Protokoll hielt die Aussage von Albert Kangasharju fest. Auch dieses war auf den Tag der Tat datiert. Die Unterlagen ließen erkennen, dass die beiden direkt nach der Tat und in ihrem Haus vernommen worden waren. Alberts Aussage war kurz. Er hatte ein ums andere Mal wiederholt: »Ich weiß nicht, wer der Mann ist. Ich weiß nicht, was er vor unserer Tür wollte. Er hat sich in der Person geirrt. Ich bin nicht der, für den er mich hält.«

»Ich bin nicht der, für den er mich hält«, wiederholte Paloviita. »Für wen hat er Kangasharju denn gehalten?«

Oksman, der in Ruhe abwartete, bis Paloviita die Aussagen gelesen hatte, sagte: »Allem Anschein nach für den Teufel selbst.«

Die Aussage von Stern war eine Woche später im Krankenhaus aufgenommen worden. Dieses Protokoll war am kürzesten. Paloviita dachte an seine Nase und dann an die Verletzungen, die die Patrone und explodierendes Schießpulver im Mund des Mannes angerichtet haben mussten. Das Sprechen war ihm sicher schwergefallen und äußerst schmerzhaft. Immerhin hatte er etwas gesagt. Etwas, das Paloviita mehrmals las, um es absolut richtig zu verstehen:

»*Er ist der Teufel. Er hat meinen Vater und meine Schwester getötet. Er kommt nicht davon.*«

Paloviita sah Oksman an. »Was, denkst du, bedeutet das?«

»Nach Aussage des Arztes, war Stern verwirrt. Und weil er nicht bereit war, mit den Behörden zu reden, wurde er wegen Bedrohung, unerlaubten Waffenbesitzes, Hausfriedensbruch und Verstoßes gegen das Waffengesetz zu einem Jahr Haft ohne Bewährung verurteilt, aber noch vor Vollstreckung des Urteils in sein Heimatland überführt. Dem ging ein heftiger diplomatischer Schlagabtausch zwischen den Ministerien in Finnland und Israel voraus.«

»Isser Stern«, wiederholte Paloviita und tippte sich mit dem Stift gegen die Lippen. »Ein dreiundsechzigjähriger Lehrer reist aus dem Nahen Osten nach Finnland, um sich vor der Tür eines Finnen eine Kugel in den Kopf zu jagen, nachdem er ihn zuvor als Teufel beschimpft hat. Vielleicht lebt der Mann ja noch. Können wir zu ihm Kontakt aufnehmen oder vielleicht zu einem seiner Verwandten?«

»Ich kann es versuchen«, sagte Oksman.

»Eines allerdings ist sicher: Stern war definitiv kein Agent des Mossad.«

Die Neonröhren flackerten. Für einige Sekunden wurde es stockdunkel. Als das Licht an der Decke erneut aufleuchtete, schauten Oksman und Paloviita sich fragend an.

»Polizeistunde?«, meinte Paloviita scherzhaft.

Oksman machte sich auf den Weg nach Hause, und Paloviita hörte, wie er den Flur hinunterging und durch die Feuertür ins Treppenhaus verschwand. Nun war er wieder allein.

Er sah auf die Uhr. Draußen war es bereits stockfinster, und es hatte erneut angefangen zu regnen. Paloviita schnappte sich die Papiere aus dem leer stehenden Haus und ließ sie in seiner Notebooktasche verschwinden. Er würde sie zu Hause lesen. Dann schaltete er in Büro und Flur das Licht aus und ging durch den Hinterausgang zum Parkplatz.

47

Linda verließ das Polizeipräsidium erst nach zehn. Als der Strom das erste Mal ausfiel, war sie noch in ihrem Büro. Sie hörte, wie erst Oksman und nach ihm Paloviita das Gebäude verließen, und wollte noch ein wenig bleiben, um zu arbeiten. Den ganzen Tag schon hatte sie das unangenehme Gefühl, als würde jemand hinter ihr stehen und jede ihrer Bewegungen beobachten.

Sie gähnte und merkte erst jetzt, wie müde sie war.

Da wurde es zum zweiten Mal dunkel.

Abgesehen vom Bildschirm ihres Laptops und den Notausgangsschildern waren alle Lichter erloschen, das Röhren der Klimaanlage verstummt. Nur das regelmäßige Klicken der Uhr an der Wand durchbrach die gespenstische Stille. Sie schaltete die Taschenlampenfunktion ihres Smartphones ein und beschloss, dass es an der Zeit wäre, nach Hause zu gehen. Sie nahm ihre persönlichen Sachen vom Tisch, steckte sie in ihre Tasche und schlüpfte in die Jacke. Unten angekommen wechselte sie ein paar Worte mit dem Diensthabenden, der ihr mit einer Taschenlampe entgegenkam. Als sie durch die Tür auf den Parkplatz trat, kehrte der Strom zurück. Die feuchte Kälte drang ihr bis unter die Haut.

Sie kramte die Zigarettenschachtel hervor und zündete sich im Schutz ihrer Hand eine Zigarette an, auch wenn es gar nicht windig war. Erneut befiel sie das eigentümliche Gefühl, jemand würde sie beobachten. Doch vielleicht war es auch nur das schlechte Gewissen gegenüber ihrer Mutter, die ihr erzählt hatte, dass sie unheilbar an Krebs erkrankt war.

Ein Melanom. Es haben sich schon im ganzen Körper Metastasen gebildet.

So ganz wusste sie immer noch nicht, wie sie sich verhalten sollte, jetzt da sie wusste, dass ihre Mutter bald sterben würde. Zwischen ihnen stand so viel, und es gelang ihr einfach nicht, ihre Verbitterung zu überwinden. Aber deswegen war ihre Mutter ihr nicht egal, sie liebte sie trotzdem. Widerstreitende Kräfte tobten in ihr.

Sie betrachtete das Polizeigebäude und stellte erneut fest, dass sie in ihrem Traumjob arbeiten durfte. Sie hatte immer Polizistin werden wollen und konnte sich noch sehr gut an den Moment erinnern, als sie in der Schule gefragt wurden, was sie einmal werden wollten, wenn sie groß waren. Die anderen Mädchen wollten Kindergartentante, Ärztin, Lehrerin oder Friseuse werden. Sie dagegen hatte verkündet, sie wolle Polizistin werden. Das hatte bei der ganzen Klasse einen Lachanfall ausgelöst. Nicht nur bei den Mädchen und Jungs, sondern auch ihre Lehrerin hatte gelächelt. Dann hatte der Zufall seine Finger im Spiel gehabt, und sie hatte eine Zeitlang gemodelt. Sie war nach Mailand gegangen, um eine Karriere im Modelbusiness zu beginnen, aber mit enttäuschten Hoffnungen zurückgekehrt. Ihren Wunsch, Polizistin zu werden, hatte sie nie vergessen.

Linda dachte manchmal, wenn ihr Vater sie jetzt so sehen könnte, würde er ihre Berufswahl zu schätzen wissen. Aber er war zwei Wochen, nachdem sie ihr Abitur gemacht hatte, gestorben. Ihre Mutter hatte sie von der Abiturverkündung abgeholt, direkt ins Krankenhaus gefahren und hatte dann im Auto gewartet, da sie und Lindas Vater nicht mehr miteinander redeten. Nie würde Linda den Stolz in den Augen ihres Vaters vergessen, als sie das Krankenzimmer mit der weißen Abiturientenmütze auf dem Kopf betrat, die sie gerade bekommen hatte. Dieses Strahlen hatte sich ihr ins Gedächtnis eingebrannt.

War sie nicht ein Spiegelbild ihrer Mutter?

Der Gedanke machte sie traurig. Würde Linnea irgendwann zu einem Spiegelbild von ihr werden? Das wollte sie sich lieber nicht vorstellen.

Linda schaute zu ihrem Wagen hinüber. Die Schlüssel waren in ihrer Tasche, aber sie entschied sich, lieber zu laufen. Sie drückte die Zigarette in der Gurkendose aus, die hier unter der Überdachung für die Raucher als Aschenbecher diente, und verließ den Parkplatz zu Fuß. Sie ging Richtung Zentrum und bog von der Annankatu auf den begrünten Boulevard Länsipuisto ein. Feiner Regen benetzte ihr Gesicht. Die Stadt wirkte verlassen, weder Menschen noch Autos waren zu sehen. Der Asphalt schimmerte feucht und saugte alles Licht auf, fast wie ein schwarzes Loch. Eine Baustelle neben der Stadtbibliothek war hell erleuchtet. Linda blieb stehen und fuhr herum. Sie war sich sicher, Schritte hinter sich gehört zu haben, aber es war niemand zu sehen. Sie blieb noch kurz stehen, merkte, dass ihr die Nase lief, kramte ein Taschentuch hervor und schnäuzte sich. Dann setzte sie ihren Weg fort.

Noch ein weiteres Mal hatte sie das Gefühl, verfolgt zu werden, konnte aber niemanden entdecken. Immer noch waren die Straßen wie leer gefegt. Sie stieß die Tür zum Irish Pub auf und ging hinein. Der Gastraum war zur Hälfte besetzt. Linda trat an die Theke und bestellte sich ein großes Bier und einen Jägermeister. Sie kippte den Schnaps hinunter und widmete sich dem Pils. Es war kalt und gut und rann ihr die Kehle hinunter, verscheuchte alle Gedanken von Nichtigkeit und Hilflosigkeit, die sie so oft erfüllten. Als das Glas leer war, bestellte sie ein zweites und surfte auf dem Handy. Die Boulevardpresse hatte inzwischen Wind von Klaus Halminens SS-Vergangenheit bekommen und weidete nun den Nazi-Kadaver genüsslich aus. Die Zeitungen waren voll mit schwarz-weißen SS-Bildern. Einige von ihnen absichtlich provokativ, wie ein Foto von finnischen Männern, die den Soldateneid auf Adolf Hitler schworen, den Arm zum Hitlergruß ausgestreckt. Über ihnen wehten vereint die Hakenkreuzflagge und Finnlands blauweiße Fahne. Linda vermochte sich nicht vorzustellen, was diese jungen Kerle durchgemacht hatten, was sie während der

Höllenkämpfe an der Ostfront mitansehen mussten, in denen mehr als fünfzehn Millionen Soldaten ihr Leben ließen. Auch wenn kein Artikel den Namen direkt nannte, so zogen doch einige Journalisten Parallelen zu dem Überfall auf Albert Kangasharju und ließen keinen Zweifel daran, dass beide Fälle Gegenstand derselben Ermittlung waren.

An einem Tisch in der Ecke saß ein etwa fünfzigjähriger, herrlich braungebrannter Mann, dessen schwarze Haare an der Schläfe leicht ergraut waren. Er trank ein helles Bier aus einem schmalen Glas, las auf seinem Handy und warf ab und zu einen Blick in ihre Richtung. Einmal begegneten sich ihre Blicke, und als er ihr zulächelte, lächelte Linda zurück. Er erhob sich, verschwand auf der Toilette, und als er zurückkam, ging er nicht zu seinem alten Platz, sondern setzte sich neben Linda. Er trug ein graues Jackett und Jeans und roch stark nach Aftershave. Nachdem er sich einen Calvados bestellt hatte, fragte er Linda, ob sie auch einen wolle.

Linda schüttelte den Kopf. »Nein, danke«, sagte sie.

»Bist du von hier?«

Zuerst wollte Linda nicht antworten. Sie hatte in ihrem Leben schon viele Anmachen erlebt und hatte wirklich genug davon. In letzter Zeit wurden die Annäherungsversuche freilich immer seltener. Sie wollte allerdings auch nicht schroff sein, denn etwas im Äußeren und Wesen des Mannes gefiel ihr. Außerdem fühlte sie sich schon seit geraumer Zeit einsam und sehnte sich nach der Gesellschaft eines Erwachsenen. Sie scannte den Ringfinger seiner braungebrannten Hand, auf der sich ein weißer Streifen abzeichnete. Augenscheinlich war der Ring beim Gang aufs Klo entweder am Schlüsselbund oder im Münzfach des Portemonnaies verschwunden.

»Ein Mädel aus Pori, ja.«

»Ich komme aus Tampere«, sagte er. »Und bin hier auf einem Seminar.«

»Was für ein Seminar?«

»Ein internationales. Im Technologiezentrum Pripoli.« Er zog eine Visitenkarte aus der Brusttasche und reichte sie Linda als wäre sie ein zerbrechlicher Gegenstand.

»W. E. C. Geoengineering, Lasse Vaajakari. Senior Advisor«, las Linda vor.

»Wir machen Gesteinsbohrungen.«

»Ist das kompliziert?«

Er lachte. »In Gestein zu bohren? Nein, überhaupt nicht. In welchem Bereich arbeitest du?«

»Ich bin Krankenschwester.«

»Ich hätte auf Model getippt.«

Linda schmunzelte, seine Anmache war wirklich denkbar einfallslos. Er war wohl zumindest kein pathologischer Fremdgeher und kein professioneller Frauenaufreißer, ein Umstand, der Linda gefiel. Er nickte sich zu, schwenkte sein Glas in der Hand und sagte mehr zu sich selbst: »Weiße Schwester zart. Das ist ein harter Job.«

»Das ist es in der Tat.«

Linda sah ihn an, trank ihr Glas leer und stellte es auf den Bierdeckel. »Vielleicht würde ich doch noch eins nehmen.«

In seinen Augen leuchtete eine fast jungenhafte Begeisterung auf. Er bestellte Linda ein großes Bier und für sich einen Riesling. Der Alkohol begann seine Wirkung zu entfalten, und Lindas Nerven entspannten sich. Sie hatte wirklich eine anstrengende Arbeitswoche hinter sich und verdiente ein bisschen Ablenkung. Linnea war diese Woche bei ihrem Vater und erst nächste Woche wieder bei ihr. Da standen ihnen dann wieder heftige Auseinandersetzungen bevor, wie immer, wenn sie von Ville zurückkam. Je älter Linnea wurde, umso aufreibender wurde ihr Verhältnis. Als ob eine unsichtbare Kraft einen Keil zwischen sie triebe. Wie sehr sehnte sie sich doch nach jenen Zeiten, als Linnea noch in ihren Arm gekuschelt einschlief.

Lasse fing jetzt an, ihr von seiner Arbeit zu erzählen, von Erdwärme und Sonnenenergie und Löchern, die in den Felsen gebohrt wurden und die Welt retten würden. Die Welt brauche saubere Energielösungen und Innovationen. Linda nickte hier und da, zog an den passenden Stellen interessiert die Brauen hoch. Höflich versuchte er, das Gespräch auf die Arbeit als Krankenschwester zu lenken, was Linda jedoch tunlichst vermied, da sie nicht den blassesten Schimmer davon hatte. Er war schon leicht angetrunken und geriet richtig in Fahrt, als es um die Gehälter des Pflegepersonals ging:

»Für eine Arbeit wie diese sollte man das doppelte Gehalt zahlen. Ihr macht in den Krankenhäusern schließlich die schwierigste Arbeit! Warum streikt ihr nicht einfach, so wie die Ärzte und Flugkapitäne?«

Linda nickte und lächelte zustimmend. Er bestellte ihr noch ein paar Drinks und schlug dann vor, in die Hotelbar seines Hotels zu wechseln.

Die Tür des Pubs wurde geöffnet, und ein junger Mann betrat den Raum, ging an ihnen vorbei zum Tresen und bestellte sich auf Englisch ein Guinness, um sich damit an einen Tisch weiter hinten im Raum zu setzen.

»Das Scandic ist hier gleich um die Ecke.«

»Warum nicht«, lächelte Linda. Normalerweise ging sie nicht mit Zufallsbekanntschaften mit, aber heute fühlte sie sich versucht, gegen ihre Gewohnheiten zu verstoßen. Vielleicht einfach aus Sehnsucht, neben jemandem zu schlafen, oder weil sie noch immer von der Begegnung mit ihrer Mutter verwirrt war. So oder so, Lasse war sympathisch und sah gut aus. Er benahm sich wie ein Gentleman und weckte Vertrauen. Zwar hatte er vergessen, seine Frau zu erwähnen, aber es war nicht Lindas Aufgabe, sich darum zu sorgen.

Schließlich half Lasse ihr in die Jacke und hielt die Tür auf. Der Regen hatte aufgehört. Zwischen den Häusern hing ein feuchter Dunst. Sie liefen nebeneinander in Richtung Hotel. Lasse erklärte ihr immer noch irgendetwas über Felsbohrungen, doch sie spürte seine Nervosität, und ihr ging es nicht besser. Sie wusste, morgen würde sie es bereuen, aber in diesem Augenblick brauchte sie jemanden, der ihr guttat. Sie ermutigte ihn, indem sie sich an ihn schmiegte, und fast instinktiv legte er seinen Arm um ihre Hüfte.

Die Leuchtreklamen strahlten. An der Kreuzung Liisankatu und Antinkatu drehte sich Linda um und entdeckte denselben Mann, der kurz vor ihrem Aufbruch den Pub betreten hatte. Er lief etwa fünfzig Meter hinter ihnen und sprach ins Telefon.

»Was würdest du sagen, wenn wir gleich in dein Zimmer gehen und die Minibar leeren«, schlug Linda vor.

Er lachte und schluckte. An der Ecke blieben sie bei Rot stehen, ein paar Taxis fuhren vorüber. Linda ahnte es mehr, als sie es sah, der Mann, der ihnen gefolgt war, stand plötzlich direkt hinter ihnen.

Dann ging alles sehr schnell.

Mit einem Ruck wurde ihr die Handtasche von der Schulter gerissen. Der Mann schubste Linda gegen Lasse, der überrascht seine Arme um sie legte.

»Hej!«, schrie Linda und wollte sich umdrehen, doch Lasses beschützend gemeinte Umarmung behinderte sie nur. Sie machte sich frei, doch als sie ihr Gleichgewicht wiedergefunden hatte, war der Dieb schon hinter der nächsten Ecke verschwunden. Linda hörte Reifen quietschen und einen Motor aufheulen und wusste, dass es zu spät war. Sie fluchte, weil sie nicht auf ihren Instinkt gehört hatte, der sie schon den ganzen Tag vor einer Gefahr gewarnt hatte. Ihr Rausch war schlagartig verflogen.

»Dein Handy!«, schrie sie Lasse an, der sich nicht rührte. »Gib mir dein Handy! Wir müssen die Polizei anrufen!«

Lasse tastete seine Taschen ab, fand das Handy in der dritten. Linda riss es ihm aus der Hand und wählte die Nummer des Diensthabenden. Sie nannte ihren Namen und dass man ihr die Handtasche gestohlen habe. Nachdem das Telefonat beendet war, reichte sie Lasse das Handy zurück, der zum Hotel auf der anderen Straßenseite schielte und etwas von zeitigem Aufstehen murmelte.

»Du gehst nirgendwohin. Du bist ein Zeuge.«

Lasse stotterte einen Einwand, offenbar war die Furcht, ertappt zu werden, in ihm erwacht. Linda lief den Gehsteig auf und ab, und als eine Minute später der Streifenwagen herangeprescht kam, stürzte sie sofort auf die Kollegen zu. In der Handtasche waren nicht nur ihr Portemonnaie, alle Schlüssel und Make-up-Utensilien gewesen, sondern auch ihr Telefon, auf dessen SIM-Karte sich die Fotos befanden, die sie in dem leer stehenden Haus gemacht hatte.

Linda war klar, was das für einen Tratsch auf dem Präsidium geben würde, aber es war ihr in diesem Moment egal. An Gerede war sie gewöhnt.

48

»Wann kommst du schlafen? Arbeitest du nicht im Präsidium schon genug?«, fragte Terhi, die in der Tür stand.

Paloviita fuhr mit dem Bürostuhl herum und sah seine Frau an. Sie trug ein langes Nachthemd und kämmte ihr volles Haar, das ihr lang über Rücken und Schultern fiel.

Paloviita betastete sein Gesicht. Zumindest hatte die Schwellung nicht zugenommen, auch der Schmerz hatte nachgelassen, aber die blauen Flecken fingen an, gelb zu werden, und sein Gesicht sah fast so bunt aus wie eine Benzinlache im Wasser. Er sah auf seine Armbanduhr.

»Gleich.«

»Ich habe es in der Zeitung gelesen. Von diesen Greisen. Halt mich nicht für dumm, ich weiß, dass du in dem Fall ermittelst. Nazis.«

»Du weißt, dass ich nicht darüber sprechen kann.«

»Die Bilder, die du dir auf deinem Computer angesehen hast. All die ermordeten Frauen und Kinder. Waren die beiden daran beteiligt?«

»Ich weiß es nicht.«

»Was würdest du tun, wenn du es wüsstest?«

»Was meinst du damit?«

»Würdest du Gnade vor Recht ergehen lassen?«

Paloviita sah seine Frau an. Sie waren seit über zwanzig Jahren zusammen. Nur sehr selten hatte sie sich nach seiner Arbeit erkundigt, geschweige denn nach den ethischen Fragen in einem Fall. Tatsächlich war es das erste Mal. Ihm wurde bewusst, dass er sich in letzter Zeit über Moralfragen nicht allzu viele Gedanken gemacht hatte, zumindest weniger als zu Beginn seiner Tätigkeit als Kommissar. Er hatte sich darauf konzentriert, seine Arbeit, so gut er konnte, zu erledigen. Die Polizei hatte die Aufgabe zu ermitteln, was vorgefallen war. Mehr nicht. Moral, Ethik, Recht und Gnade lagen im Ermessen anderer Institutionen. Aber andererseits hatte Susanna Manner ihm gerade vorgeworfen, sich über derartige Fragen zu viele Gedanken zu machen.

Er überlegte lange, was er antworten sollte. »Ich bin sehr froh, dass ich das nicht entscheiden muss«, sagte er und fand diese Antwort fast augenblicklich feige.

Doch Terhi schien sie zu genügen, denn sie nickte, gähnte und verschwand im Schlafzimmer. Paloviita hörte, wie sie die Nachttischlampe anschaltete und ins Bett ging. Er drehte sich wieder dem Bildschirm zu und griff nach den Papieren, die er aus dem Büro mitgenommen hatte, auch wenn er wusste, dass es absolut verboten war, Dienstunterlagen mit nach Hause zu nehmen. Das war bei dem Mordfall von Ulvila deutlich geworden, der landesweit für Aufsehen gesorgt hatte und bis heute nicht aufgeklärt war. Der Ermittlungsleiter hatte Akten in einem Karton im Schlafzimmer aufbewahrt. Andererseits wusste Paloviita, dass alle Polizisten Unterlagen mit nach Hause nahmen. Ihre Ressourcen waren inzwischen so knapp, dass die Dienstzeit schon lange nicht mehr ausreichte, um sich auf Zeugenaussagen vor Gericht vorzubereiten oder Unterlagen gründlich zu studieren.

Unter den Papieren aus dem leer stehenden Haus befanden sich sowohl neue als auch ältere Unterlagen. Paloviita interessierte sich vor allem für die jüngeren Datums, konnten sie doch vielleicht Aufschluss über die Identität der Angreifer liefern. Falls sich bewahrheiten sollte, dass der Mossad hinter den Überfällen steckte, würden sie die Ermittlungen umgehend an die Supo abgeben, die bisher unter Verweis auf die dürftigen Beweise zögerte, den Fall zu übernehmen.

Paloviita dagegen war der Meinung, dass hier absolut nichts

dürftig war. Die Supo drückte sich ganz einfach vor ihrer Verantwortung. Die Frage war nur: Warum?

Je mehr Paloviita sich in die Beweise vertiefte, umso überzeugter war er, dass Agenten eines fremden Staates in die Sache verwickelt waren. Die Sprache, die in den Berichten verwendet wurde, war eine Art Code, der die Vermutung, es mit Profis zu tun zu haben, verstärkte. Dagegen fand sich nicht eine einzige Adresse, kein Name und kein Datum. Einige Blätter waren von Hand geschrieben, allerdings waren bisher erst zwei davon übersetzt worden. Sie enthielten so etwas wie Tage- oder Logbucheinträge. Und es ging um eine Katze. Die Katze ist draußen. Die Katze geht schlafen. Die Katze ist wach. Die Katze hat einen Freund und so weiter.

Paloviita stöhnte und lehnte sich zurück, das Knarzen rief ihm sein Übergewicht ins Gedächtnis. Es schien ganz so, als würden diese Unterlagen sie nicht weiterbringen, auch wenn der Großteil noch bei der Kriminaltechnik oder beim Übersetzer lag. Aber er glaubte nicht, dass sich noch etwas fand, was ihnen weiterhelfen würde. Würde der Geheimdienst eines anderen Staates derartige Beweise einfach zurücklassen? Wohl kaum. Andererseits hatten sie das Versteck und die Papiere nur zufällig gefunden, die Männer hatten nicht damit gerechnet, entdeckt zu werden.

Er runzelte die Stirn, denn plötzlich kam ihm der Gedanke, die Papiere könnten vielleicht absichtlich dort zurückgelassen worden sein, um sie in die Irre führen. Irgendwo hatte er gelesen, dass in der Welt der Spionage die Verbreitung von Falschnachrichten fast ebenso wichtig war wie korrekte Informationen. Dem Feind wurden Falschinformationen zugespielt. Vielleicht ging es ja genau darum? Im gleichen Maße, wie seine Bedenken zunahmen, fühlte er eine wachsende Erleichterung darüber, dass er nicht mehr die Verantwortung trug. Letzten Endes war Manner diejenige, die sie aus diesem Schlamassel herausführen musste.

Paloviita ging erneut alles durch, gähnte und schaltete den Bildschirm aus. Er war zu müde, um noch weiter über den Mossad, irgendwelche Nazis oder was auch immer nachzudenken. Also ging er ins Schlafzimmer. Terhi las noch in ihrem Buch *Westend* von Suvi Vaarla. Anscheinend war es gut, denn sie ging damit sogar auf die Toilette.

Paloviita legte sich ins Bett und deckte sich zu. Er lauschte, ob es noch regnete, hörte aber kein Trommeln auf dem Dach. Sein Blick ruhte auf den Deckenpaneelen, er versuchte, in den Astlöchern Muster zu erkennen. Das hatte er schon als Kind zu Hause immer getan. Er fand auch gleich ein Gesicht und einen Drachen, der Feuer spie. Terhis Frage schwirrte durch seinen Kopf:

Sollte man Gnade vor Recht ergehen lassen?

Vielleicht gab es Fragen, auf die man nicht antworten konnte, einfach weil es keine richtigen Antworten gab. Seine Gedanken wanderten zu jenem Sommer vor achtundzwanzig Jahren, als er beinahe ertrunken wäre und seine Schwester Tiina ums Leben kam.

Gnade.

Er hatte die Schuld am Tod seiner Schwester sein ganzes Leben mit sich herumgetragen. Wenn er also nicht einmal sich selbst verzeihen konnte, wie sollte er es dann anderen gegenüber können? Und überhaupt: Konnte er das überhaupt von irgendjemandem erwarten?

Paloviita dachte an seinen Großvater, der nach fünf Jahren aus dem Krieg heimgekehrt und am nächsten Tag zur Arbeit gegangen war, ohne jemals auch nur ein Sterbenswörtchen über diese Zeit zu verlieren. War das seine Methode gewesen zu vergessen, oder war er sich gegenüber ebenso unbarmherzig wie Paloviita? War es vielleicht eine Gnade, alles für sich behalten zu können und seine Liebsten nicht mit all dem Übel zu infizieren?

Als Ermittler griffen sie im Falle eines Gewaltverbrechens auf gewaltige Ressourcen zurück, um den Täter vor Gericht zu bringen. Mord war das einzige Verbrechen in Finnland, das nicht verjährte, denn nichts war schützenswerter als ein Menschenleben.

Aber es gab Zeiten, wo das nicht mehr stimmte.

Im Krieg war ein Menschenleben nicht mehr wert als ein Fußlappen. Junge Soldaten wurden in Regimentsstärke geopfert, nur um irgendeine Anhöhe zu verteidigen. Streubomben ohne Zögern über Städten voller Zivilisten abgeworfen. Wie unterschiedlich viel ein Menschenleben wert sein konnte, je nachdem ob Krieg oder Frieden herrschte, war tatsächlich schwer zu begreifen. Im Krieg blieb Mord millionenfach ungesühnt. Wo verlief die Grenze zwischen gerechtem Töten und Mord?

Sein Großvater war aus dem Krieg heimgekehrt und hatte geschwiegen. Boten Schweigen und Vergessen den alleinigen Ausweg aus immerwährenden Schuldzuweisungen und Schuldgefühlen? War dies vielleicht der einzige Weg für die Menschheit, um nach großen Katastrophen weiterzumachen?

Paloviitas Gedanken kehrten zu Albert zurück, einem klapperdürren alten Greis, dem der Schalk im Nacken saß. Ein Mann, der nach dem Krieg mitgeholfen hatte, aus den Ruinen eine Gesellschaft aufzubauen, der eine Familie gegründet hatte und jetzt hilflos in seinem Bett lag und sich von zwei Mordversuchen erholte. Was für Geheimnisse er auch mit sich herumtrug, waren Schweigen und Vergessen in diesem Fall nicht das Beste für alle? Was hatte es für einen Sinn, in der Vergangenheit herumzustochern und die Schlammablagerungen der Zeit wieder aufzuwühlen? Jeder hatte ein Geheimnis – auch er –, und Albert würde seines mit ins Grab nehmen. Vielleicht war das ja die Gnade, die ihm zuteilgeworden war. Die Dinge auf den Grund sinken lassen und vergessen zu dürfen.

Am nächsten Morgen wachte Paloviita auf, bevor der Wecker klingelte, und schlurfte ins Erdgeschoss. Sein Gesicht schmerzte deutlich weniger, und er sah auch nicht mehr so fürchterlich aus. Vielleicht hatte er sich aber auch nur an sein verändertes Aussehen gewöhnt. Er holte die Zeitung aus dem Briefkasten, kochte für Terhi und sich einen starken Kaffee, stellte für Sini und Sara das Frühstück auf den Tisch und ging duschen. Als er zurückkam, war auch Terhi schon aufgestanden. Sie lächelten sich zu, und seit langer Zeit hatte er wieder einmal das Gefühl, dass es ihnen eigentlich ganz gut ging. Vielleicht würden sie diese seit etwa zwei Jahren andauernde Phase der Distanz ja gemeinsam überstehen. Im Moment zumindest war er zuversichtlich.

»Was hast du für einen Tag?«

»Von neun bis eins«, antwortete Terhi.

»Holst du die Mädchen ab?«

Terhi sah ihn stirnrunzelnd an. »Ich habe heute nach der Schule meine Weiterbildung, schon vergessen?«

Paloviita schielte auf den mit Magneten befestigten Familienkalender am Kühlschrank. Er hatte keine Ahnung, von welcher Weiterbildung seine Frau sprach. Dann fiel ihm das Telefonat wieder ein, in dem sie ihm mitgeteilt hatte, dass sie zusammen mit Tero daran teilnehmen würde. Er hatte die ganze Sache schon wieder vergessen.

»Ach ja, na klar. Deine Eltern holen sie ab.«

»Sie haben heute Fasching.«

»Was für einen Fasching?«

Terhis Gesichtsausdruck verfinsterte sich noch mehr, zwischen ihren Brauen entstand eine tiefe Furche. »Die Mädchen reden seit einer Woche von nichts anderem als diesem Fasching.«

»Ich dachte, der ist morgen«, log er, denn tatsächlich konnte er sich nicht erinnern, dass davon je die Rede gewesen war. »Woher kriegen wir so schnell noch Kostüme?«

»Ich habe dir doch gestern erzählt, dass ich sie in den Kitabeutel gepackt habe. Sini geht als Prinzessin und Sara als Hexe. Ich habe die Kostüme letztens gekauft, als ich einkaufen war.«

Paloviita schwante, dass es klüger war, zu schweigen und das Gespräch an dieser Stelle zu beenden. Er hatte nicht den blassesten Schimmer von den gemeinsamen Angelegenheiten der Familie. Was war er denn anderes als ein blinder Passagier in ihrem Familienleben, während Terhi sich um alle Zahnarzttermine, Vorsorgeuntersuchungen, logopädischen Behandlungen, Einkaufslisten und die Kommunikation mit der Kita kümmerte? Das Einzige, worum er sich in ihrem Haushalt kümmerte, war der Reifenwechsel zweimal im Jahr. Er sagte: »Ich gehe die Mädchen wecken, trink du in Ruhe deinen Kaffee.«

Paloviita ging nach oben, um seinen Laptop und die Aktentasche aus dem Arbeitszimmer zu holen. Schon auf der Schwelle sah er, dass der Computer nicht mehr da und auch die Aktentasche neben dem Stuhl verschwunden war. Einen Moment lang stand er unschlüssig in der Tür, dann trat er ins Zimmer, um sofort zu begreifen, dass er das lieber nicht tun sollte. Er ging zurück in den Flur. Eilig lief er die Treppe herunter und kontrollierte die Kinderzimmer. Beide Mädchen schliefen tief und fest in ihre Decken gehüllt. Sein Herz schlug wie wild. Er drückte die Klinke an der Haustür, sie war verschlossen, lief nach hinten zur Terrassentür, auch sie war verriegelt. Als er wieder in die Küche kam, sah Terhi ihm sofort an, dass etwas nicht stimmte.

»Was ist los?«

»Warst du oben an meinem Rechner und den Papieren?«

»Welche Papiere meinst du? Ich bin doch vor dir schlafen gegangen.«

Paloviita schaute sie eindringlich an. »Bleib ganz ruhig, krieg keine Panik. Ich glaube, während wir geschlafen haben, waren Einbrecher im Haus.«

Terhi sprang auf und stürzte an ihm vorbei zu ihren Töchtern. Paloviita folgte ihr auf dem Fuß. »Ich habe schon nachgesehen, es ist alles in Ordnung.«

Tränen liefen über ihr Gesicht. »Alles in Ordnung?!«, schrie sie. »Wie kannst du so etwas sagen?«

»Ich rufe den Einsatzleiter an«, sagte er und zog sein Handy aus der Tasche. Als er die Nummer wählte, zitterten seine Hände.

49

»Guck mal, Papi!«, jauchzt das Mädchen und läuft los. Dort sitzt ein Eichhörnchen, regungslos, macht dann einen Satz und klettert geschwind einen Baum hinauf.

Hilkka und Albert beobachten lachend ihre dreijährige Tochter, die in Sommerkleid und Schleifchenschuhen dem Eichhörnchen hinterherläuft. Hilkka beugt sich über den Kinderwagen, steckt dem Baby den Nuckel wieder in den Mund und vergewissert sich, dass es noch schläft.

Obwohl es erst früh am Morgen ist, sind schon zahlreiche Menschen unterwegs. Der Wind weht sanft und trägt den süßlich-faulen Gestank der Papierfabrik über den Fluss ins Stadtzentrum. Ihre Tochter läuft um den Baumstamm herum, schaut in die Krone und versucht, einen Blick auf den buschigen Schwanz des Eichhörnchens zu erhaschen.

Ein älteres Ehepaar kommt ihnen entgegen. Beide sind elegant gekleidet, der kahlköpfige Mann trägt einen grauen Anzug mit Weste, die Frau ein knöchellanges Kleid. Der Mann hat sich einen Gehstock über den Arm gehängt. Als sie sich begegnen, nickt der Mann ihnen zu. Hilkka und Albert nicken zurück. Die Blicke des Mannes und Alberts kreuzen sich, und jäh verändert sich dessen Gesichtsausdruck. Das Lächeln des Mannes ist wie weggeblasen, und er wird ganz bleich im Gesicht. Hilkka und Albert entgeht die Veränderung nicht. Der Mann bleibt stehen, seine Augen mustern Albert panisch, bis unvermittelt bodenlose Wut in ihnen aufleuchtet. Hilkka zuckt zurück. Der Mann zittert, hebt die Hand und zeigt mit dem Finger auf Albert.

»Du ... du ...«

Ihre Tochter kommt zu ihnen zurückgehüpft und versteckt sich in Alberts Mantel. Der Mann starrt erst das Mädchen an, dann Hilkka und den Kinderwagen, und schließlich wieder Albert. Seine Frau zieht ihn am Ärmel, doch er rührt sich nicht.

Albert nimmt seine Tochter auf den Arm und geht weiter. Hilkka folgt seinem Beispiel und läuft hinter ihm her, bis sie mit Albert und dem Kinderwagen auf einer Höhe ist. Einmal dreht sie sich noch, der Mann im Anzug steht immer noch dort und schaut ihnen nach.

Hilkka sieht ihren Mann an, dessen Gesicht bleich wie der Mond ist.

»Wer war das?«, fragt sie und schaut sich noch einmal um, doch der Mann und die Frau sind bereits zwischen den Spaziergängern verschwunden.

»Ich weiß es nicht.«

Hilkka betrachtet ihn forschend. »Du lügst. Wer war dieser Mann?«

Albert antwortet nicht. Als sie weitergehen, werden sie, ohne es zu bemerken, immer schneller, bis sie fast rennen.

50

Um die Teambesprechung zu organisieren, mussten dutzende Anrufe getätigt und mehrere Besprechungen verschoben werden, doch nur eine Stunde nachdem Paloviita Anzeige erstattet hatte, saß das komplette Ermittlerteam im Büro von Susanna Manner. Die Stimmung war gedämpft. Manner ordnete betont langsam einige Blätter, um Zeit zu gewinnen. Endlich richtete sie den Blick auf die Anwesenden, die in ihre Gedanken vertieft vor ihr auf ihren Stühlen saßen. Paloviita sah aus dem Fenster, Linda tippte auf ihrem neuen Smartphone, und Oksman starrte über Manner hinweg ins Leere.

Die Tür ging auf, und Raunela kam herein. Es bestand kein Zweifel an seiner Gemütslage, Gesicht und Hals waren krebsrot. Er lief quer durch den Raum und schnappte sich einen Stuhl.

»So, wir sind vollzählig. Danke, dass alle es so schnell möglich machen konnten«, begann Manner. »Die letzte Nacht war eine Katastrophe. Nicht nur für unsere Ermittlungen, sondern für die gesamte Polizeibehörde. Ich kann noch nicht sagen, was das für Folgen haben wird, aber Vesalainen hat mich gerade zu sich bestellt.« Manner sah zur Uhr und fuhr fort: »In zwanzig Minuten, also lasst uns schnell machen. Wissen wir schon, was wir in der letzten Nacht alles verloren haben und ob Aussicht besteht, etwas davon zurückzubekommen?«

Gerichtet war die Frage an alle, in erster Linie aber an Raunela, der gleich noch finsterer dreinschaute. Doch bevor Raunela den Mund aufmachen konnte, antwortete Paloviita:

»Mein Dienstlaptop wurde gestohlen, aber auf der Festplatte ist nichts. Alles ist in einer Cloud gespeichert … aber meine

Aktentasche. Darin befanden sich etwa zwanzig bereits aus dem Hebräischen ins Finnische übersetzte Seiten. Auch die sind nicht endgültig verloren, die Originale liegen ja sicherlich noch beim Übersetzer?«

Keinem entging, wie Raunela langsam den Kopf hin- und herbewegte.

»Linda?«, fragte Manner.

Die Angesprochene hob den Blick vom Display ihres Handys und seufzte tief. Sie wusste, dass die Gerüchte über ihre nächtliche Begleitung bereits über die Polizeiflure galoppierten, hatte jedoch beschlossen, sich nicht darum zu scheren. Ihr Privatleben ging schließlich niemanden etwas an.

»In der Handtasche war mein Diensthandy. Mit dem habe ich Fotos in dem leer stehenden Haus gemacht, aber die Technik hat das ja sicher auch alles fotografiert. Ansonsten ist mein Notizheft weg, aber ich glaube nicht, dass etwas Wichtiges darin stand.«

»Ville?«

Raunela räusperte sich. Er wirkte angespannt, aus jeder seiner Bewegungen sprach die innere Not. »Was die von Jari erwähnten Originale angeht, auch bei dem Übersetzer ist letzte Nacht eingebrochen worden. Alle Originale wurden gestohlen«, sagte er.

»Verdammt!«, stöhnte Paloviita. »Und die Kopien, die bei der KT liegen?«

»Fort.«

»Wie bitte? Irgendetwas muss doch noch da sein. Scans?«

»Gelöscht.«

»Wie ist das möglich?«, fragte Manner.

Raunela presste die Lippen zusammen, seine Stirnfalte vertiefte sich. »Wie ihr ja bereits wisst, ist die Datenbank der Polizei gestern Ziel eines Hackerangriffs geworden. Er war getarnt als Stromausfall, aber in Wahrheit ist jemand in den Server eingedrungen.«

»Ich dachte, das wäre nicht möglich.«

»Nicht von außen.«

»Das heißt …«

»Dass jemand gestern Abend ins Polizeigebäude eingebrochen ist und den Eindringlingen einen Port geöffnet hat. Der Vorfall wurde bereits dem Staatsschutz gemeldet. Bisher gilt die Sache allerdings als geheim, solange wir nicht wissen, welche Daten gestohlen wurden und wie sehr das System kontaminiert ist.«

»Moment mal«, unterbrach ihn Manner. »Haben Sie gerade gesagt, dass jemand *physisch* in das Polizeigebäude eingebrochen ist?«

Oksman und Paloviita warfen sich einen Blick zu. Keiner wusste besser als Paloviita, wie einfach es war, unbemerkt ins Präsidium zu gelangen. Vor einem Jahr war er selbst in die Räume der KT eingedrungen und hatte Beweismaterial entwendet, und Oksman wusste, was sein Kollege getan hatte.

Raunela erläuterte die Bilder der Überwachungskamera, auf denen zwei Polizisten in Uniform während des Stromausfalls das Gebäude durch die Hintertür betreten und direkt das kriminaltechnische Labor ansteuern. Unterwegs waren sie an einem halben Dutzend Polizisten vorbeigekommen, aber keiner hatte den uniformierten, mit Taschenlampen ausgerüsteten Kollegen Beachtung geschenkt. Die Eindringlinge hatten sich frei im Haus bewegen können, waren in alle drei Räume der Asservatenkammer eingebrochen und hatten alles mitgenommen, was die Polizei in dem leer stehenden Haus sichergestellt hatte: Schlafsäcke, Isomatten, Geschirr, Fotos. Gleichzeitig hatte eine weitere Person einen Computer gestartet und einen USB-Stick eingesteckt.

Raunela ließ die Fotos der Männer von der Überwachungskamera herumgehen. Als Paloviita eines der Fotos in der Hand hielt, erkannte er darauf denselben Mann, mit dem er im Krankenhaus gekämpft hatte. Ein Irrtum war ausgeschlossen. Auch den zweiten Täter erkannte er: Hadar Amir Rosenblat. Der Mann aus dem schwarzen Volvo.

»Alles, was wir noch haben, ist das Fernrohr, das sich in der Nacht im Labor befand. Alle übrigen Beweise wurden entwendet«, sagte Raunela.

»Heilige Scheiße!«

»Ich frage noch einmal: Wie kann es sein, dass die hier einfach hereinmarschieren? Warum hat sie keiner aufgehalten?«

»Das untersuchen wir gerade. Ein Stromausfall entsperrt automatisch die Verriegelung an allen Brandschutztüren. Der Staatsschutz hat die Ermittlungen aufgenommen, doch um es klipp und klar zu sagen: Die Einbrecher sind mit Sicherheit fremde Agenten, die nach dem Auffliegen ihres Verstecks ihre Spuren vernichtet haben. Die Diebstähle von Lindas Handtasche, Jaris Computer und den hebräischen Originaldokumenten waren alle Teil einer konzertierten Aktion, die einzig dem Zweck diente, alle Beweise zu vernichten, die von ihrem Agieren innerhalb der Grenzen eines anderen Staates zeugten.«

»Terhi ist total hysterisch«, sagte Paloviita. »Zum Glück sind die Mädchen noch so klein, dass sie das alles nicht so richtig mitkriegen.«

»Bist du in Ordnung?«

Paloviita sah seine Chefin dankbar an. Zum ersten Mal fragte ihn jemand nach seinem Befinden. »Ich weiß nicht. Ich muss natürlich auch ständig an die Kinder denken. Wir haben geschlafen. Was wäre passiert, wenn ich, Terhi oder eines der Mädchen aufgewacht wären? Auf jeden Fall habe ich für heute Abend eine Sicherheitsfirma zu uns nach Hause bestellt. Wir installieren eine Alarmanlage, obwohl ich mir nach dieser Unterredung nicht mehr sicher bin, ob sie etwas nützt.«

»Das ist auf jeden Fall eine gute Idee.« Dann sagte Manner an Linda gewandt: »Wenn du oder Jari heute nicht in der Lage seid zu arbeiten, dann könnt ihr gerne nach Hause gehen.«

Beide schüttelten den Kopf. Sie hatten keinen Gedanken daran verschwendet, nach Hause zu gehen.

Manner wusste, dass ihr Team aus Leuten bestand, die nicht so leicht aufgaben. Das erfüllte sie mit Stolz.

»Ihr wisst, wie es jetzt weitergeht«, sagte sie. »Die Supo ist ab sofort in allen Belangen, die die nationale Sicherheit betreffen, an den Ermittlungen beteiligt.«

»Was ist mit dem Mord an Halminen?«

»Hier liegen die Ermittlungen weiterhin bei uns. Aber wir arbeiten mit der Supo und dem ZKA zusammen.«

»Ist sonst keiner hier der Meinung, dass das alles riesengroßer Mist ist?«, protestierte Paloviita. »Der Fall ist viel zu groß für uns. Die von der Supo sollten ihn ganz übernehmen. Das stinkt doch zum Himmel. Dahinter steckt etwas, das ich nicht verstehe.«

»Politik«, schimpfte Oksman. »Würde die Supo offiziell die Ermittlungen in dem Mordfall übernehmen, käme das einem Eingeständnis gleich, dass Agenten einer fremden Macht auf finnischem Territorium Finnen ermorden. Die Tragweite könnt ihr euch selbst ausmalen.«

Keiner sagte etwas dazu. Sie wussten, dass Oksman recht hatte. Aber es war das erste Mal, dass sie es bei ihrer Arbeit mit außenpolitischen Fragen zu tun hatten. Sie fühlten sich wie Figuren in einem Spiel, dessen Ausmaß sie nur erahnen konnten. Gleichzeitig machte es sie wütend. Ging es bei ihrer Arbeit nicht zuallererst darum, nach der Wahrheit zu suchen, jenem heiligen Gut, dem zu dienen sie sich als Polizisten verpflichtet hatten? So leicht war es sie zu opfern? Die seit dem Zweiten Weltkrieg vorherrschende Kultur des Schweigens streckte ihre Klauen bis zu ihnen aus, musste Paloviita unwillkürlich denken.

»Wie machen wir weiter? Mir fehlen die Ideen«, sagte Oksman.

Alle sahen ihn an. Wenn der Unerbittlichste von ihnen sagte, dass er nicht weiterwusste, dann steckten die Ermittlungen tatsächlich in einer Sackgasse.

»Uns bleibt nur Albert Kangasharju. So lange, wie er am Leben ist, haben wir zumindest noch den Hauch einer Chance.«

51

Ein Handy, das auf einer Ecke des Tisches lag, läutete schrill. Paloviita griff verlegen danach, denn er hatte wie immer vergessen, es stumm zu schalten. Bisher hatte es aber zumindest nicht mitten in einer Besprechung geklingelt. Die Gespräche verstummten. Er war sich ziemlich sicher, dass die Anruferin erneut Raakel Kallio war, die ihm mehr Informationen zum Mord an Klaus Halminen und dem ganzen Drumherum entlocken wollte. Über kurz oder lang musste er ihr etwas liefern.

»Bitte entschuldigt«, sagte Paloviita und griff nach seinem Telefon. Er war überrascht, als er Terhis Namen im Display sah.

»Entschuldigung«, sagte er erneut, trat auf den Flur und zog die Tür hinter sich zu. Hier nahm er das Gespräch an. »Hi!«

Statt einer Antwort hörte er nur abgehacktes Schluchzen.

»Terhi? Was ist passiert?«

Noch immer unterdrücktes Weinen.

»Wo bist du? Was ist los? Ist was mit den Mädchen?«

Paloviita standen alle Haare zu Berge. Ein furchtbarer Gedanke schoss ihm durch den Kopf. Was, wenn die nächtlichen Eindringlinge zurückgekehrt waren und Terhi und den Kindern etwas angetan hatten. Adrenalin schoss ihm in die Adern, seine Nasenlöcher blähten sich. Da fiel ihm ein, dass die Kinder ja in der Kita waren und Terhi nach der Schule irgendeine Weiterbildung hatte.

»Jari ... ich ... hol mich bitte ab ...«

»Wo bist du?«

Unterbrochen von Schluchzen gab sie ihm die Adresse. Paloviita stürzte in sein Büro, schnappte sich seine Jacke und zog sie sich im Laufen über. Die Adresse brauchte er nicht zu notieren, er wusste, wo es war. Vor etwa einem Jahr war er rasend vor Eifersucht langsam an dem Haus vorbeigefahren, nachdem er anhand des Kennzeichens herausgefunden hatte, wo dieser Tero wohnte, der Terhi zur Weihnachtsfeier abgeholt hatte. Er hatte es völlig verdrängt.

Mit Schwung fuhr er aus der Parklücke, legte den Gang ein und rauschte mit quietschenden Reifen vom Parkplatz hinter dem Polizeipräsidium. Er fuhr flott und fluchte über langsam fahrende Autos, rote Ampeln und hupte bei allem, das ihn behinderte. Er tobte innerlich und empfand blanken Hass auf den Mann, der versucht hatte, seiner Frau weh zu tun. Dabei brannte unter der ritterlichen Oberfläche tief in seinem Inneren das Gefühl, betrogen worden zu sein.

Während er fuhr, zischte er zwischen den Zähnen hindurch: »Aha, es gab also gar keine Schulung, sondern ein Techtelmechtel mit diesem Tero. Verdammter Mistkerl!«

Als er in die leere Straße einbog, drückte er das Gaspedal durch und schoss die Fahrbahn entlang. Unter seiner Achsel drückte die Dienstwaffe, so deutlich hatte er das harte Metall noch nie gespürt.

Die Bremsen quietschten, als er vor dem Haus hielt. Terhi stand vor dem Tor, die Handtasche drückte sie fest an sich. Ihre Schuhe hatte sie an, trug aber keine Jacke, obwohl es nur wenige Grad über Null waren. Paloviita riss die Tür auf und kaum, dass das Auto stand, sprang er auch schon heraus. Terhi stürzte auf ihn zu. Ihre Schminke war verwischt, das Haar zerzaust. Paloviita schloss sie fest in die Arme, und Terhi brach in haltloses Weinen aus. Er sprach beruhigend auf sie ein und strich ihr unbeholfen übers Haar. Er kochte innerlich, er hatte keine Blicke mehr für Terhi, sondern nur noch für das zweistöckige Haus gegenüber.

Als Terhi sich etwas beruhigt hatte, fasste er sie an den Schultern und schob sie auf Armeslänge von sich weg. Er sah sie an und musste feststellen, dass vor ihm ein fremder Mensch stand.

»Wo ist dein Mantel?«

Terhi schaute Richtung Haus.

»Was hat er getan?«

»Nichts«, flüsterte sie.

»Wenn ihr nichts miteinander habt, warum hast du mir dann erzählt, dass ihr auf einer Schulung seid?«

Sie schwieg lange. Endlich sagte sie leise.

»Er wollte … und ich wohl auch. Doch dann wollte ich plötzlich nicht mehr … der nächtliche Einbruch … es ging nicht, dann kam es zum Streit und ich bin gegangen.«

Darauf wusste Paloviita nichts zu erwidern. Die Gedanken stolperten in seinem Kopf übereinander.

»Setz dich ins Auto«, sagte er schließlich kalt.

»Jari, bitte …«

»Ins Auto!«

Unnötig grob griff er nach Terhis Arm, riss die Beifahrertür auf und schob sie auf den Sitz.

»Jari …«

Er reagierte nicht. Stattdessen marschierte er über die Straße zur Haustür. In seinem Inneren brodelte und schäumte es. Er zitterte am ganzen Körper, ballte die Hand zur Faust und streckte sie wieder. An der Tür blieb er kurz stehen, holte tief Luft und klingelte dann. Niemand öffnete. Seine Gefühle wechselten zwischen kalt und heiß. Er blickte zurück zu der zusammengesunkenen Gestalt in seinem Wagen. Die Pistole unter seinem Arm brannte wie ein Klumpen Uran. Er drückte den Klingelknopf wieder und wieder, und schließlich klingelte er Sturm.

Unwirsch wurde die Tür aufgestoßen, und vor ihm stand ein Mann, der ihn ein wenig überragte, etwa fünfzehn Kilo leichter und fünf Jahre jünger war als er. »Was …«, fragte er genervt, verstummte aber, als nicht Terhi, sondern deren Ehemann vor seiner Tür stand. Es dauerte einen Moment, bis er sich von seiner Verblüffung erholt hatte, und als er schließlich die Tür zuziehen wollte, trat Paloviita auf die Schwelle und donnerte die Tür so heftig gegen die Wand, dass Tero die Klinke aus der Hand gerissen wurde. Noch bevor er verstand, was vor sich ging, stieß Paloviita ihm hart gegen die Brust, sodass er ein paar Schritte zurückweichen musste. Paloviita folgte ihm ins Haus.

»Ich … rufe die Polizei!«

»Halt's Maul«, wütete Paloviita. »Du rufst niemanden an!«

Sein Blick irrte umher, bis er durch die Türöffnung Paloviitas Wagen sah und Terhi auf dem Vordersitz entdeckte. Jetzt wurde ihm alles klar. Unter Paloviitas Jacke schimmerte der Pistolengriff hervor.

Auf dem Telefontischchen lag Terhis Mantel. Paloviita tat einen Schritt nach vorn, und Tero wich ihm aus. Paloviita konnte seine Angst riechen, und irgendwie schmeichelte ihm das. Die Tür zum Schlafzimmer stand offen, und Paloviita warf einen Blick hinein. Das Bett war gemacht.

»Wir … es war nichts …«, stotterte Tero.

Paloviita nahm Terhis Mantel und nagelte Tero mit seinem Blick fest. Er war sich nicht sicher, ob der Mann überhaupt seinen Namen kannte. Doch es war ihm auch egal. In diesem Moment hasste er ihn einfach nur abgrundtief und maß ihn einen Moment lang mit Blicken. Scheibchenweise kehrte sein Verstand zurück, wie Metallsplitter, die von einem Magneten angezogen wurden. Hatte ihn eben noch der blinde Drang beherrscht, die Waffe zu ziehen, herrschte langsam wieder Klarheit in seinem Kopf. Verächtlich zog er einen Mundwinkel schief.

»Dass ein Mann so jämmerlich aussehen kann!«

Dann ging er, stapfte zurück zu seinem Wagen, setzte sich hinein und ließ den Motor an. Sie fuhren davon, bis sie den Stadtteil Kalaholma hinter sich gelassen hatten. Das Blut pochte in seinen Adern, die Beine fühlten sich taub an. Allmählich fuhr er langsamer, bog in einen Seitenweg ein und hielt am Straßenrand. Keiner von beiden sagte ein Wort. Paloviita öffnete seine Tür, stieg aus und lief ein paar Meter vor das Auto. Er rauchte zwei Zigaretten nacheinander, stieg wieder ein und fuhr weiter. Immer noch sagte keiner ein Wort. Denn tatsächlich gab es auch nichts zu sagen.

1941

52

18. November 1941

Über die Steppe bläst ein kalter Wind, der ihnen den Atem nimmt und durch die Kleider bis auf die Haut dringt. Albert schleppt sich über die Dorfstraße in einer namenlosen ukrainischen Ortschaft. Das Atmen fällt ihm schwer, der Wind malträtiert sein Gesicht wie mit spitzen Nadeln. Er muss seinen Kopf zur Seite drehen. Jeder Schritt erfordert eine ungemeine Kraftanstrengung, jede Bewegung will überlegt sein, um nur ja keine Energie zu verschwenden. Er hat Fieber und seit zwei Tagen nicht geschlafen, weil sie ohne Pause auf den Beinen waren.

Um sie herum sind die Folgen einer großen Schlacht zu sehen. Selbst um diesen unbedeutenden Flecken tobte über sechs Stunden lang ein erbitterter Kampf. Sie hatten keine Artillerieunterstützung, die Munition war ihnen ausgegangen, denn Partisanen hatten die Schienen gesprengt. Der Feind aber schüttete einen nicht enden wollenden Granatenhagel über ihnen aus. Kurz glaubten sie, das Dorf wäre erobert, doch dann mussten sie sich nach einem feindlichen Gegenangriff wieder zurückziehen. Erst als die Panzer zur Unterstützung herangerollt kamen, konnten sie den Feind schließlich bezwingen und zurückdrängen. Der Kampf um die umliegenden Wälder und Felder tobte weiter, bis sie auch dort die letzten Russen vertrieben hatten.

Seit drei Tagen haben sie keine warme Mahlzeit zu sich genommen. Patronen, die sie auf dem Truppenübungsplatz noch gnadenlos verschwendet hatten, sind jetzt rationiert. Immer häufiger müssen sie ihre Angriffe abbrechen, weil ihren Panzern und Lastwagen der Treibstoff ausgeht. Sie haben Schnee im Essgeschirr geschmolzen, um wenigstens etwas Warmes zu sich nehmen zu können. Die versprochene Winterausrüstung ist immer noch nicht eingetroffen. Frost und Gelbsucht dezimieren ihre Reihen stärker als das Feuer des Feindes. Russische Bomber und Aufklärungsflugzeuge schwirren Tag und Nacht über ihnen wie die Aasgeier und lassen ihnen keinen Augenblick Ruhe. Vor zwei Tagen sind aus dem Nachbartrupp zwei Männer verschwunden, in der Nacht, offenbar wollten sie desertieren, verirrten sich aber im Dunkeln. Später fanden sie ihre geschundenen Leichen aufgehängt an einem Baum direkt am Weg.

Albert stemmt sich gegen den kalten Wind, drückt das Kinn auf die Brust und gibt bei jedem Schritt acht, nicht auszurutschen. Denn er ist sich keineswegs sicher, dass seine Kraft reichen würde, um wieder aufzustehen. Die Wände der Häuser und Nebengebäude sind voller Einschusslöcher, der Weg ist flankiert von seltsam verrenkten Leichen russischer Soldaten, Pferdeleibern, zerstörten Pferdewagen und anderem Kriegsgerät. Albert tritt hinter eine graue Scheune, an deren Wand sich schon ein halbes Dutzend Männer pressen, in ihre Mäntel gehüllt, um dort Schutz vor dem eisigen Wind zu suchen. Er lehnt sich gegen die Holzwand und trinkt einen Schluck Wasser aus seiner Feldflasche, die er unter seiner Kleidung trägt, damit sie nicht gefriert. Das Schlucken fällt ihm schwer, seine Kehle brennt, als lodere Feuer in ihr.

Die Gesichter seiner Kameraden sind verrußt und bärtig, spitz treten die Wangenknochen unter der welken Haut hervor, die Augen liegen tief in den Höhlen. Ein dänischer SS-Soldat hat auf einer Wäscheleine einen Büstenhalter entdeckt und ihn sich als Ohrenschützer umgebunden. Alle sind so durchgefroren, dass keinem danach zumute ist, sich darüber lustig zu machen.

»Hitler hat versprochen, dass Moskau sich spätestens nach zwei Wochen ergibt«, meint ein holländischer Freiwilliger, der mit schwarzen Fingern versucht, eine Zigarette anzuzünden. Doch er kann die Streichhölzer nicht halten und eines nach dem anderen fällt in den Schnee, bis einer seiner Kameraden die Zigarette für ihn anzündet.

Die Bemerkung entlockt den Männern nur ein trockenes Lachen. Seit Beginn des Krieges hat Hitler so manches versprochen, aber nichts davon ist eingetreten.

Ein anderer Mann fährt fort. »Dieses Mal ist es wirklich wahr. Moskaus Verteidigung ist durchbrochen. Stalin hat die Stadt verlassen. Die Bewohner fliehen wie Ratten. Guderians Panzer sind schon in Sichtweite des Kremls.«

»Dann können wir ja im Restaurantwagen heimkehren und uns von nackten Frauen als Helden des Dritten Reichs Champagner und Kaviar servieren lassen«, ergänzt ein Dritter und erntet erneut ein hohles Lachen.

Die Erzählung von den weißgekleideten Schwestern im SS-Krankenhaus ist schon so abgedroschen, dass sie nur noch als Witz durchgeht. Aber ungeachtet aller Enttäuschungen und unerfüllter Träume hat die Nachricht vom Beginn der Operation Taifun zur Eroberung Moskaus die Männer wieder hoffnungsvoller gestimmt. Wieder ertönen Nachrichten von gewaltigen Siegen, erfolgreichen Einkesselungen und russischen Divisionen, die bis auf den letzten Mann aufgerieben wurden. Nur noch zwei Wochen, dann könnten sie sich ausruhen.

»Auf einer Skala von eins bis zehn, wie schätzt du deine Attraktivität ein? Du hast anscheinend seit ein paar Monaten nicht in den Spiegel geguckt?!«

»Egal. Hitler hat gesagt, dass Soldaten nichts verwehrt werden darf.«

»Wer geht nachsehen, ob es etwas zu essen gibt?«

Keiner rührt sich.

»Albert ist an der Reihe«, sagt Haber.

»Ich hätte mich zum Einsatzkommando melden sollen, so wie Klaus. Ich habe gehört, die haben genug Essen und warme Kleidung – und Schnaps, so viel sie trinken können«, sagt ein Däne, der nur schwer Luft bekommt und nach jedem Atemzug hustet.

Haber spuckt aus. »Teufel noch eins. Zu diesem Hundspack gehe ich nicht, und wenn sie mich an die Wand stellen.«

Albert steht auf. Als der Schwindel vorüber ist, sammelt er von allen das Essgeschirr ein und geht leicht gebückt über die Dorfstraße, die verlassen daliegt. Der Wind fegt Eiskristalle über den Boden. Jeden Augenblick fürchtet er, von einem im Dorf zurückgebliebenen Scharfschützen ins Visier genommen zu werden – und hofft es gleichzeitig. Er stolpert über die gefrorenen Furchen und steuert auf die Kommandozentrale zu, die im größten Haus des Dorfes eingerichtet wurde. Schwarze Telefonkabel schlängeln sich von verschiedenen Seiten in das Haus. Davor steht ein schweißnasses Pferd und frisst Gras, daneben ein Krad mit Seitenwagen, aus dem Öl tropft. Auf den Stufen begegnet er einem der Meldegänger des Stabs und erkundigt sich, ob es etwas zu essen gibt. Nach wenigen Worten verstummt er, so sehr schmerzt sein Hals. Der Kradmelder schüttelt den Kopf, zieht aber eine Büchse Fleisch aus der Tasche und hält sie Albert hin, der sie schnell unter seiner Jacke verschwinden lässt.

»Versucht durchzuhalten. Ich würde euch mehr geben, aber wir haben auch nichts.«

»Danke.«

Er schlurft weiter zu einem Speicher und greift nach der Türklinke. Die Tür öffnet sich. Der Speicher ist voller toter, nackter Russen, die neben der Wand aufeinandergestapelt wurden wie Birkenscheite. Albert setzt sich auf den Sägebock, zieht sein Messer hervor und öffnet die Büchse. Er schlingt das Schweinefleisch in großen Stücken gierig herunter und schlürft den letzten Tropfen aus der Dose. Neben dem Pfeifen des Windes ist das

Geräusch nahender Lastwagen zu hören und wird immer lauter. Alberts erschöpfter Geist beginnt zu treideln. Er ist weder wach, noch schläft er, er schwebt in einer Art Zwischenwelt, in der es weder Schwerkraft noch Zeit gibt. Der Speicher um ihn wird zu einer Stube in einem kleinen ukrainischen Dorf, nicht sehr verschieden von diesem hier, in der eine hochschwangere Frau vor dem Spiegel sitzt und ihr rabenschwarzes Haar bürstet. Im nächsten Augenblick ist er bei sich zu Hause. Sebastian spielt mit einem Holzauto in seinem Zimmer, in dessen Ecke sich erfrorene Leichen stapeln. Vater sitzt im Wohnzimmer und liest die *Helsingin Sanomat*, Mutter kocht Kaffee und lächelt ihm zu, doch in seiner Vorstellung verändert sich ihr Gesicht. Mal ist es das von Mutter, dann das von Leena, dann wieder das der schwarzhaarigen Frau, oder das der hakennasigen Jüdin auf den Filmplakaten.

Ich fantasiere, denkt Albert. *Das kommt vom Fieber. Ich muss wach bleiben. Wenn ich einschlafe, wache ich nie wieder auf.*

Albert schreckt auf. Er hat, ohne sich dessen bewusst zu sein, Streichhölzer entzündet. Sie bilden einen kleinen Teppich zwischen seinen Füßen. Dann erhebt er sich. Falls der Wagen mit Essen kommt, sollte er unter den Ersten sein, wenn er entladen wird. Draußen weht ihm wieder der trockene Steppenwind ins Gesicht. Eine Kolonne aus drei Lastwagen kommt mit heulenden Getrieben die Dorfstraße herauf, wird in den eisigen Furchen hin- und hergeworfen. Albert hält die Hand schützend vors Gesicht und versucht, etwas im Schneegestöber zu erkennen. Er flucht laut, als er die grauen Fahrzeuge des Einsatzkommandos erkennt.

Sie halten neben ihm, die Heckklappen fallen scheppernd herunter, und in dicke Wintersachen gepackte Soldaten der Totenkopfverbände sitzen ab. Fast gleichzeitig setzt der kurz verstummte Gefechtslärm im Osten wieder ein. Die Panzer sind erneut auf den Feind gestoßen. Das bedeutet auch, dass sie in Kürze den Befehl erhalten werden, als Verstärkung an die Front auszurücken.

Einer der Männer, die von der Ladefläche springen, ist Klaus. Mit dem Totenkopfzeichen auf der Armbinde und dem Rangabzeichen eines SS-Scharführers am Kragenspiegel. Sie sind ihm verliehen worden, als er ins Einsatzkommando wechselte, im Unterschied zu den anderen finnischen Unteroffizieren, die immer noch als einfache Soldaten kämpfen.

Ihre Blicke begegnen sich, aber keiner sagt etwas. Dann beginnt er, den Soldaten in gebrochenem Deutsch Befehle zu erteilen. Sein Tonfall ist unmissverständlich. Die Männer treten neben den Fahrzeugen an wie dressierte Ameisen. Man sieht ihnen an, dass einige reichlich dem Alkohol zugesprochen haben, ihre Bewegungen sind schwerfällig und mechanisch. Die Augen blicken starr. Albert verfolgt das Schauspiel, das den Männern der SS-Wiking im Laufe des Krieges nur allzu vertraut geworden ist.

Das Einsatzkommando, das der Armee folgt, setzt sich aus Freiwilligen der Waffen-SS zusammen, aber auch aus Angehörigen der Ordnungspolizei, der Gestapo und Männern der Sicherheitspolizei. Sie sind speziell für ihre Aufgaben ausgewählt worden und besser ausgestattet, sie kriegen besseres Essen und mehr Freiheiten. Trotzdem ist die Fluktuation hoch, denn das Hinrichten insbesondere von Frauen und Kindern bereitet vielen psychische Probleme. Sie betäuben sich mit Alkohol, der ihnen unbegrenzt ausgeschenkt wird. Die Einsatzkommandos rekrutieren ständig neue Soldaten.

Klaus wird beauftragt, die in den Kuhstall gepferchten Gefangenen zu holen. Man hat ihnen so gut wie alle Winterausrüstung abgenommen, dabei sind es mindestens zehn Grad unter null. Insbesondere ihre Stiefeleinsätze aus Filz sind reißend weggegangen. Die Männer laufen mit bloßem Haupt und erfrorenen Füßen durch den eisigen Regen, die Hände über dem Kopf. Die Hunde bellen und zerren an den Leinen, Soldaten brüllen. Zweien, die stolpern, wird an Ort und Stelle ins Genick geschossen. Im Schnee bilden sich rote Flecken.

Die Gefangenen werden in Fünfer-Gruppen aufgeteilt und an die Wand gestellt. Die Soldaten stellen sich in einer Reihe davor auf und laden ihre Gewehre. Die Verschlüsse klacken.

Klaus stellt sich neben das Einsatzkommando.

»Achtung!«

Die Gewehrläufe heben sich.

»Feuer!«

Die Salve knallt wie ein einzelner Schuss, die Männer sacken zu Boden, jeder in einer anderen Position. Klaus tritt neben die Körper der Männer und schießt denen, die sich noch regen, mit der Pistole in den Kopf. Dann marschieren die nächsten fünf heran, die Wartenden stehen daneben und beobachten das Geschehen apathisch. Albert ist stehen geblieben. Nach der dritten Gruppe übergibt sich einer der Henker. Er wird durch einen anderen Soldaten ersetzt.

Der Neue ist noch frisch an der Front und hat Schwierigkeiten mit dem Verschluss des Gewehres. Er rüttelt am Kammerstängel, doch die leere Hülse klemmt im Patronenlager. Klaus brüllt ihn an, was den jungen Soldaten noch mehr verunsichert, der Verschluss blockiert. Da entdeckt Klaus den unbeteiligt danebenstehenden Albert an der Treppe.

»Albert, komm und zeig diesem Idioten, wie man ein Gewehr bedient!«

Albert lässt das Kochgeschirr fallen und marschiert zum Einsatzkommando. Er schiebt den jungen Soldaten grob beiseite und reißt ihm das Gewehr aus der Hand. Mit einer einzigen energischen Bewegung lässt er die geschwärzte Hülse herausspringen. Albert nimmt dessen Platz in der Reihe ein. Ihm entgeht nicht, wie Klaus lächelt, als er das Kommando gibt:

»Achtung!«

Albert legt den Gewehrschaft an die Schulter und nimmt die Brust des vor ihm stehenden Soldaten ins Visier. Der Russe ist noch sehr jung, kaum dass ihm ein Bart wächst. Ihre Blicke treffen sich. In seinen Augen steht das blanke Entsetzen, gepaart mit dem Wissen um seinen sicheren Tod. Seine blutleeren Lippen zittern, die Schläfen zucken. Albert stellt fest, dass er nicht das Geringste diesem jungen Russen gegenüber empfindet. Vielmehr erinnert er sich, wie aus Ylikyläs Armstumpf das Blut pulsierte und Martti sich unter seinem Gewicht wand.

»Feuer!«

Albert drückt den Abzug. Die Kugel trifft den Mann in der Brust. Er reißt leicht den Mund auf, schwankt stehend, all seine Muskelfasern ziehen sich auf einmal zusammen. Bis sie endlich nachgeben, der Mann auf die Knie sinkt und mit dem Gesicht voran auf die Leichen vor ihm sackt. Albert löst den Verschluss des Gewehres. Die noch rauchende Hülse fliegt heraus und schmilzt ein Loch in den Schnee. Eine neue Patrone schiebt sich in den Lauf.

»Die nächsten!«, kommandiert Klaus.

Die stumpf dreinschauenden Gefangenen werden vor die Wand geführt, müssen auf ihre toten Kameraden steigen und ihren Henkern das Gesicht zuwenden.

»Achtung! Feuer!«

2019

53

»Glaubst du Kangasharju?«, fragte Linda. »Dass er im Krieg nichts getan hat?«

»Ich weiß nicht. Ich möchte ihm gern glauben«, antwortete Paloviita. »Aber du glaubst ihm nicht?«

»Er hat jahrelang gelogen. Sein ganzes Leben ist eine einzige Lüge. Ich vermute, dass er selbst nicht mehr so genau unterscheiden kann, was wahr ist und was nicht.«

»Hast du den Ausdruck in seinen Augen gesehen, als er zugab, in der Waffen-SS gedient zu haben? So etwas kann man nicht vortäuschen. Als ob ein Damm in ihm gebrochen wäre. Der hat verdammt noch mal geweint!«

Lindas Augen blickten hart. »Ich dagegen glaube, Kangasharju hat dich mit seinem Charme eingewickelt. Du weißt doch selbst, wie gut Menschen schauspielern können, wenn es für sie um alles geht. Es ist menschlich, Mitleid mit einem Greis zu haben. Kangasharju ist alt und klapprig, aber auch er war einmal jung und stark.«

Paloviita entgegnete nichts darauf, er wusste, dass sie recht hatte. Schon allein die Tatsache, dass Kangasharju nach dem Krieg seinen Namen geändert, das Blutgruppentattoo entfernt und seine SS-Vergangenheit verschwiegen hatte, sprach Bände.

»Albert hat alles Halminen in die Schuhe geschoben, und der kann sich nicht mehr verteidigen. Ehrlich gesagt, halte ich auch das nicht für sehr glaubwürdig. Wenn sie tatsächlich nur eine Familie auf dem Gewissen haben, ist das wohl kaum Grund genug für den israelischen Geheimdienst, sie ohne Prozess aufzuknüpfen.«

»In dem Fall haben wir ein Problem. Wir haben keinerlei Beweise mehr. Nicht vom Mossad und nichts, was auf mögliche Kriegsverbrechen durch Halminen oder Kangasharju hindeutet. Doch ohne die schenkt uns die Supo kein Gehör. Kangasharju wird nichts mehr sagen – und Halminen ist tot. Ich verstehe sowieso nicht, warum wir der Sache so viel Beachtung schenken. Wir sind bei der Suche nach dem Täter keinen Deut weitergekommen. Statt sie zu suchen, labern wir darüber, ob vor achtzig Jahren etwas passiert ist oder nicht. Aber hier geht es nicht um Kriegsverbrechen, sondern um den Mord an Halminen und einen Mordversuch an Kangasharju! Darauf sollten wir uns konzentrieren!«

Linda legte den Ausdruck eines Schwarz-Weiß-Fotos vor ihn hin, auf dem eine Gruppe SS-Männer vor einem Massengalgen posierte. Hinter ihnen hingen zehn Leichen, darunter die eines etwa zehnjährigen Mädchens, dessen lange Haare ihr Gesicht bedeckten. Sie hatte einen Schuh verloren, ihre Zehen waren nackt.

»Das Foto wurde im Juli 1941 in der Ukraine aufgenommen, in jener Gegend, in der auch Halminen und Kangasharju gekämpft haben.«

Paloviita betrachtete das Bild.

Linda sprach weiter: »Es spielt keine Rolle, ob es fast achtzig Jahre her ist. Solche Dinge kann man nicht einfach unter den Teppich kehren. Es stimmt, dass Halminen nicht mehr der Prozess gemacht werden kann, und Kangasharju wahrscheinlich auch nicht. Aber wir haben die Pflicht herauszufinden, ob sie bei so etwas mitgemacht haben.«

»Ob er ein kleines Mädchen gehängt hat?«, fragte Paloviita. »Ist das nicht ein bisschen sehr weit hergeholt?«

»Du hast selbst gesagt, dass unter den entsprechenden Umständen jeder in der Lage ist, Schlimmes zu tun. Nachdem wir im

Pflegeheim waren, bin ich in die Bibliothek gegangen und habe mir ein Buch über die Kriegsverbrechen der Nazis ausgeliehen – davon gibt es ein ganzes Regal voll«, sagte Linda. »Ich kann mich nicht erinnern, jemals etwas so Grauenvolles gelesen zu haben. In dem Buch wurde unter anderem ein Fräulein Hanna Alvater erwähnt, die wie viele andere Frauen von Deutschland in den Osten gegangen war, um dort für das Reich zu arbeiten. Sie lockte Kinder mit Süßigkeiten an, und wenn sie dann zu ihr kamen und erwartungsvoll den Mund öffneten, hat ihnen das Fräulein mit einer kleinkalibrigen Pistole in den Mund geschossen. Nach dem Krieg hat sie in Süddeutschland beim Kinderschutz gearbeitet. Zweimal ist Anklage gegen sie erhoben worden, aber jedes Mal wurde sie mangels Beweisen freigesprochen.«

Paloviita sah Linda an und war sich nicht sicher, ob er sie jemals zuvor so aufgelöst erlebt hatte.

»Nach dem Krieg sind etliche Naziverbrecher zum Tode verurteilt worden. Und weißt du, wie sie hingerichtet wurden?«, fragte Linda.

Paloviita schüttelte den Kopf.

»Sie wurden gehängt.«

»Wie Klaus Halminen«, sagte Paloviita leise.

»Ein unparteiisches Gerichtsverfahren ist eine feine Sache, aber ist es auch immer gerecht?«, fragte Linda jetzt.

»Nein«, antwortete Paloviita. »Mitunter ist es verflucht ungerecht.«

54

Paloviita stellte den Wagen in einer der schrägen Parkbuchten vor dem Videoantiquariat ab. Er trat in eine Pfütze und fluchte. Aus dem Schaufenster blickte ihm das riesige Gesicht eines Aliens entgegen. Fast hätte er zurückgegrinst. Er fütterte den Parkautomaten mit zwei Münzen und nahm Terhis Hand. Dann gingen sie händchenhaltend die Liisankatu hinunter in Richtung Promenadencenter. Als Terhi fester zudrückte, durchströmte ihn eine warme Welle und er dachte bei sich, dass zwischen ihnen jetzt die kleinen Zeichen zählten. Sie waren es, die ihre Beziehung am Leben erhielten. Und das war dringend nötig.

Der Asphalt war nass, Herbstlaub klebte darauf. Die Luft roch nach feuchtem Beton und Abgasen. Sie kamen an einer Sportbar vorbei. Auf der Terrasse hingen junge Leute ab, in viel zu dünnen Kleidern und viel zu betrunken. Vor einem Jahr war hier unmittelbar vor dem Eingang einem Mann viermal in die Brust geschossen worden. An die Unmenge Blut, die über den Bürgersteig in die Abflussrinne und weiter durch das Gullygitter floss, konnte Paloviita sich noch gut erinnern. Die mit Sprühfarbe markierten Stellen, an denen die Patronenhülsen gelegen hatten, waren auf dem Gehweg immer noch zu erkennen.

Sie kauften die Kinokarten, Popcorn und Limo und begaben sich in die Aula der oberen Etage. Es war ungewohnt, zu zweit unterwegs zu sein. Er konnte sich nicht erinnern, wann sie zuletzt einen Babysitter engagiert hatten und ausgegangen waren. Vielleicht war es genau das, was ihnen gefehlt hatte. Vielleicht lag es ja daran, dass es in letzter Zeit nicht mehr so gut lief zwischen ihnen. Vielleicht würde jetzt ja alles besser.

Vielleicht.

Er schaute sich um und sah einige Teenie-Paare bei ihrem wahrscheinlich ersten Date. So steif und erwartungsvoll saßen sie, etwas voneinander abgerückt und doch voll forschender Neugier. An sein erstes Date mit Terhi konnte er sich noch sehr gut erinnern, obwohl es schon über zwanzig Jahre her war. Auch sie hatten sich im Kino verabredet. Nicht in diesem hier, sondern in dem alten Filmtheater, das längst abgerissen worden war. Ein Nachtklub und ein Fitnesscenter hatten inzwischen dort eröffnet.

Ein bisschen war das hier wie bei ihrem ersten Date.

Dann war es halb, und der Platzanweiser öffnete die Saaltür. Sie betraten den schummrigen Kinosaal und gingen zu ihren Plätzen in der hinteren Reihe. Vielleicht hatten sie ja doch noch eine Chance, dachte Paloviita. Sie hatten schon so vieles miteinander erlebt: Kinder, Hausbau, Schuldenhölle, Arbeitssorgen, Streitereien, gute Zeiten, schlechte Zeiten – sie würden auch diese Phase überstehen. Noch war zwischen ihnen nichts endgültig zerbrochen. Und er war bereit, etwas für ihre Beziehung zu tun. Schon allein wegen der Kinder.

Paloviita knabberte Popcorn und legte seine Hand auf Terhis Oberschenkel – genau wie bei ihrem ersten Date. Damals war es super aufregend gewesen, ganz schwindelig war ihm gewesen – heute empfanden sie beide nichts.

Die Türen wurden geschlossen, und die Werbung begann. Kurz darauf öffneten sich die Türen noch einmal, zwei Gestalten, die zu spät gekommen waren, schlüpften herein. Den langen, schlaksigen Mann, der sich ungemein ungelenk bewegte, kannte er nicht. Aber die schlanke Frau, die sich wie eine an Dunkelheit gewöhnte Katze zu ihrem Platz in der mittleren Reihe schlich, erkannte er selbst aus dieser Entfernung sofort.

Paloviita nahm die Hand von Terhis Bein und biss sich aus Versehen auf die Zunge. Etwas Seltsames und völlig Unbeherrschbares ging in ihm vor. Heiße und kalte Wellen durchströmten ihn und nahmen ihm kurzzeitig die Luft. Die beiden schienen Spaß zu haben. Sie kicherten und lachten und ernteten wütende Blicke. Er warf seiner Frau einen raschen Blick zu, hatte sie etwas bemerkt? Doch Terhi starrte gebannt auf die Xylitol-Werbung, die mit hämmernden Rhythmen über die Leinwand donnerte.

Der Film begann mit einer spektakulären Szene, ein Hubschrauber krachte in einen Wolkenkratzer. Die Bässe dröhnten, die Rotoren zerhackten die Fenster. Paloviita aber achtete nicht auf den Film, sondern nur auf Linda und den schlaksigen Mann, auf dessen Kopf einzelne Haarbüschel hervorstanden wie Disteln in einem Kornfeld. Eine zähe, kalte Lache völlig hirnrissiger Eifersucht breitete sich in Paloviita aus.

Als der Film zu Ende war, konnte er sich an nichts erinnern. Den ganzen Abend über hatte er den Blick nicht von Linda und diesem Typen wenden können, die sich wie alberne Teenager aneinanderdrückten. Der Abspann rollte über die Leinwand, das Licht ging an. Die Leute nahmen einer nach dem anderen ihre Jacken und verließen den Saal. Paloviita suchte in aller Ruhe seine sieben Sachen zusammen und bummelte absichtlich, damit Linda und der Mann einen gehörigen Vorsprung hatten, wenn Terhi und er aus dem Kino traten.

»Was trödelst du so?«, meckerte Terhi.

Er gab vor, seinen Schlüssel zu suchen, dann sein Handy, schlüpfte mit einem Arm in die Jacke, dann mit dem anderen, und endlich brachen auch sie auf. Hand in Hand liefen sie die Treppe hinunter und wären fast mit Linda und ihrem Begleiter zusammengestoßen. Das Lächeln, mit dem Linda sie begrüßte, war so schön, dass Paloviita schien, die Sonne würde aufgehen. Wieder geriet er völlig aus dem Lot, er versuchte, ein neutrales Lächeln auf sein verdattertes Gesicht zu zaubern, es wurde nicht viel mehr als ein halbseitiges Grinsen. Jetzt sah Paloviita auch den schlaksigen Mann zum ersten Mal bei Licht. Seine Jeans war ihm mindestens drei Nummern zu weit, den Wollpulli mit weihnachtlichem Rentiermotiv hatte er in den Bund gestopft, dafür waren die Hosenbeine zu kurz und gaben den Blick auf weiße Tennissocken frei. Der Mann war die seltsamste Erscheinung, die Paloviita seit Langem untergekommen war – und das absolute Gegenteil von dem, wie er sich Lindas männliche Begleiter vorgestellt hatte.

Auch Terhi hatte Linda erkannt, der sie ein paar Mal auf dem Polizeipräsidium begegnet war.

»Sieh an, hier trifft man ja Bekannte«, sagte Linda an Terhi gewandt.

Dämlicherweise reichte Paloviita Linda die Hand, doch als er es bemerkte, war es bereits zu spät, um die Hand zurückzuziehen. Linda griff danach, schüttelte sie übertrieben und lachte über seine Unbeholfenheit. Paloviita reichte auch Lindas Begleiter die Hand, der sich als Matti Ilvonen vorstellte. Ilvonen sah Paloviita mit gleichgültiger Miene an, ohne seinen Blessuren die geringste Beachtung zu schenken, und schaute dann wieder bewundernd zu Linda hinüber, von deren Anblick er wohl nicht genug bekommen konnte.

»Wie hat euch der Film gefallen?«, fragte Terhi.

»Für meinen Geschmack etwas zu viel Action, aber ganz unterhaltsam.«

»Dem schließe ich mich an.«

Dann senkte sich Stille über die Gruppe, keiner wusste etwas zu sagen. Linda und Paloviita wechselten ein paar flüchtige Worte über die Arbeit, winkten sich zum Abschied zu und gingen in entgegengesetzte Richtungen davon. In der Stadt war es schon fast dunkel, die Straßenbeleuchtung schien bereits, und träger Herbstnebel schob sich durch die Häuserschluchten. Ein einziges Mal drehte Paloviita sich um und sah Linda und Ilvonen untergehakt die Straße hinuntergehen. Ab und zu stießen sie mit den Hüften aneinander, sie schienen sich prächtig zu amüsieren.

»Findest du sie schön?«, fragte Terhi.

»Wen?«

»Stell dich nicht dümmer, als du bist.«

Paloviita zuckte mit den Achseln. »Ich habe sie nie unter diesem Gesichtspunkt betrachtet.«

»Verkauf mich nicht für blöd.«

Paloviita schwieg. Er griff nach Terhis Hand und drückte sie lange. Sie überquerten die Straße, und wieder trat er mitten in eine Pfütze, diesmal wurde der andere Schuh pitschnass. Nach und nach wich der Druck von ihm, und er bekam wieder Luft. Er begriff, dass es viele Dinge gab, die er bis zum heutigen Tag nicht verstanden hatte. Und dass es viele Dinge gab, die er mit sich allein ausmachen musste.

55

»Was ist mit Stern?«, fragte Paloviita an Oksman gerichtet. Er schielte immer wieder zu Linda und hoffte, dass es keinem in der Runde auffiel. Vor allem nicht Linda. Zu gern hätte er sie nach ihrer Begleitung gefragt und danach, wie ihr Abend nach dem Kino weitergegangen war, wusste aber nicht, wie er das anstellen sollte.

Oksman lächelte, was selten vorkam, eigentlich so gut wie nie. Paloviita fand, dass ihm das Lächeln stand. »Besser, als ich zu hoffen wagte. Er lebt noch, ist jetzt neunzig und wohnt auch noch zu Hause in Tel Aviv. Ich habe ihn auf Facebook gefunden.«

Jetzt schmunzelten alle. So war die Zeit, in der sie lebten. Das Internet hatte die Welt umgekrempelt und war dem Alter gegenüber völlig gleichgültig.

»Ich habe ihm eine Nachricht geschickt und ihm geschrieben, wer ich bin und worum es geht. Er hat umgehend geantwortet.«

Dass ein neunzigjähriger Israeli ein Facebook-Konto besaß, war nicht so ungewöhnlich, aber dass auch Oksman Facebook nutzte, war eine kleine Sensation. Was in aller Welt machte jemand, der nicht einen einzigen Freund hatte – zumindest soweit sie wussten –, auf Facebook?

»Heute Morgen habe ich mit ihm gesprochen.«

Jetzt waren alle wie vor den Kopf geschlagen.

»In welcher Sprache habt ihr euch verständigt?«, wollte Manner wissen.

»Er spricht ein bisschen Englisch, und ansonsten Russisch. Das spricht Stern leidlich gut.«

»Russisch?«, fragte Linda und sah Oksman an, als wollte er sie auf den Arm nehmen, auch wenn noch nie jemand gehört hatte, dass Oksman einen Witz machte.

»Ich habe es vor einiger Zeit mal gelernt. Offensichtlich ist etwas hängen geblieben.«

Offensichtlich ist etwas hängen geblieben, dachte Paloviita. Er wusste um Oksmans unfehlbares Gedächtnis. Las er etwas, konnte er es auch nach einem Jahr noch auswendig wiedergeben.

»Stern wurde 1929 in Kiew geboren. Seine Mutter war Lehrerin und sein Vater Gemischtwarenhändler. Nach Hitlers Überfall auf die Sowjetunion hatte sich die Lage für Juden in der Ukraine grundlegend verändert. Die Sterns wollten in den Osten, aber die Deutschen drangen zu schnell vor. Also kamen sie bei Verwandten in Dnjepropetrowsk unter. Dann nahmen die Deutschen die Stadt ein, und sofort begann der Terror. Isser gelang es, sich mit seiner Mutter zu verstecken, aber sein Vater und seine Schwester kamen bei dem Massenmord an Juden im Wald von Monastyrsk ums Leben.«

Alle im Raum lauschten schweigend.

Da war es wieder, schoss es Paloviita durch den Kopf. Der Wald von Monastyrsk. Auf seinem Unterarm stellten sich die Härchen auf, in seinem Nacken kribbelte es.

»Nach dem Krieg konnten Isser und seine Mutter aus der Sowjetunion nach Israel fliehen. Später hat er Nachforschungen angestellt, um herauszufinden, was seinem Vater, seiner Schwester und den anderen Verwandten damals widerfahren war.«

Oksman machte eine kurze Pause. Über den Raum hatte sich eine Stille gesenkt, die zum Zerbersten gespannt war.

»Isser hat erklärt, dass es sehr schwer war, an Informationen zu kommen. Der größte Teil der Unterlagen war entweder vernichtet oder lagerte in russischen Archiven. Erst als nach dem Zusammenbruch der Sowjetunion die KGB-Archive geöffnet wurden, kam er mit seinen Nachforschungen weiter, und es gelang ihm herauszufinden, wo sein Vater und seine Schwester umgebracht worden waren.«

»Im Wald von Monastyrsk«, ergänzte Paloviita. »Und Stern vermutet, dass Kangasharju an den Hinrichtungen beteiligt war?«

»Er ist sich sicher.«

»Hat er Beweise?«

»Er sagt, er hat alle Unterlagen dem israelischen Staat übergeben.«

»Wie kann er sich sicher sein, dass Kangasharju daran beteiligt war?«

»Ihm lag eine Appellliste vor, auf der die Namen aller vermerkt waren, die an dem Morden mitgewirkt haben.«

Sie warteten gespannt.

»Auf der Liste standen zwei finnische Namen.«

»Halminen und Kangasharju?«, fragte Linda atemlos.

Oksman nickte. »Also, Nousiainen natürlich.«

»Und er hat diese Liste dem Mossad ausgehändigt?«

Oksman nickte wieder.

»Hast du ihn gefragt, warum er damals nicht auf Kangasharju, sondern auf sich selbst geschossen hat?«

»Er hat gesagt, dass er sich ursprünglich sicher war, ›den Satan‹ töten zu können, aber dann konnte er es doch nicht. Er sagte, es habe ihm gereicht, Albert in die Augen zu schauen.«

»Und er nennt ihn den Satan?«

»Stern meint, Kangasharju sei der Satan persönlich. Er hat Kangasharju gewünscht, ihm mögen Nacht für Nacht die Gesichter all derjenigen Menschen erscheinen, die er auf dem Gewissen hat. Dass das seine Hölle sei.«

»Ich finde, dieser Isser klingt ein bisschen irre«, warf Paloviita ein. »Auch wenn Kangasharju bei der SS war, macht ihn das noch lange nicht zu einem Monster. Nacht für Nacht soll er die Gesichter der getöteten Menschen sehen …, das klingt für mich sehr theatralisch.«

»Er sagte, dass er Beweise hat ...«

»Die er an den Mossad übergeben hat. Wir werden die Wahrheit nie herausfinden.«

Paloviita gähnte. Sein Gesicht schmerzte. Er steckte die Hand in die Hosentasche und bemerkte, dass er immer noch den Schlüssel zu Albert Kangasharjus Haus bei sich hatte. Kurz überlegte er, ob er jetzt endlich dort vorbeifahren sollte, fand dann aber, er wäre zu müde, und zog sich die Jacke über.

Draußen regnete es. Er fluchte und lief im Laufschritt zu seinem Wagen, ließ den Motor an und kurvte vom Parkplatz.

56

Paloviita war gerade in seine Straße eingebogen, als er Terhis Mercedes in der Auffahrt stehen sah. Er hielt am Straßenrand, ließ den Motor laufen und betrachtete sein Haus. Die Scheibenwischer waren an und rissen Löcher in den Wassernebel. Einer der Wischer quietschte und zeichnete einen nervigen Streifen in sein Blickfeld.

Sein Zuhause war ihm zum Gefängnis geworden. Tief in seinem Inneren wusste er, dass ungeachtet aller Versuche und Kinobesuche zwischen ihnen ein tiefer Riss entstanden war, den zu kitten ihm beinahe unmöglich erschien.

Er setzte zur nächsten Auffahrt zurück, wendete und fuhr wieder ins Zentrum und nun doch nach Vanhakoivisto.

Seit er Terhi vor dem Haus ihres Kollegen in Kalaholma abgeholt hatte, war kaum mehr ein Wort zwischen ihnen gefallen. Ihr Alltag war weitergegangen, als ob nichts gewesen wäre, doch sie beide wussten, dass etwas Entscheidendes passiert war. Wäre er Manns genug, hätte er die Sache längst offen angesprochen. Noch war nichts verloren, aber ihm war klar, dass er den Mut dafür nicht aufbringen würde. Er war nicht groß, sondern klein und neidisch und selbstgefällig. Sein Stolz gestattete es ihm nicht, sich einzugestehen, dass er Terhi und die Mädchen seit Langem vernachlässigt hatte. Noch schwerer fiel es ihm, sich einzugestehen, dass er die Situation in gewissem Sinne auch genoss: Er war der Aufrechte und Terhi die Gefallene. Er wusste, wie sehr sie litt an ihrer Schuld und ihrer Scham.

Wäre er fair, würde er ihr verzeihen, seine eigenen Fehler eingestehen und seine Frau um Verzeihung bitten.

Aber das würde nicht geschehen. Er würde zulassen, dass sein Stolz alles kaputt machte. Was jetzt zerbrach, würde sich nicht ohne Weiteres reparieren lassen, einfach, weil nach einiger Zeit nicht mehr alle Puzzleteile auffindbar waren.

Während er fuhr, ließ der Regen mal nach, mal goss es wie aus Kübeln. Lange hielt er nach dem richtigen Haus Ausschau, bis er es eher zufällig entdeckte. Das Eigenheim von Albert und Hilkka Kangasharju war ein gelber Klinkerbau aus den Siebzigern, auf dessen ehemaliges Flachdach ein Satteldach gesetzt worden war. Im Garten wuchsen alte Apfelbäume, die Beerensträucher waren verwildert und bildeten eine unregelmäßige Hecke hinter dem Zaun. Es bestand kein Zweifel, dass das Haus nicht genutzt wurde, selbst wenn jemand regelmäßig den Rasen mähte. Häuser mussten bewohnt werden, dachte Paloviita plötzlich und wurde von einer unerklärlichen Trauer erfasst. Dieses einsam vor sich hinvegetierende Haus erinnerte ihn an den alten Mann in seinem kleinen Zimmer im Pflegeheim.

Vergessen.

Er wartete den Regenguss ab, bevor er ausstieg. Mit dem Schlüssel in der Hand, den Linda ihm gegeben hatte, ging er zur Hintertür. Unter der Türüberdachung blieb er stehen und sah sich im Garten um. Auch wenn er inzwischen verwildert war, sah man ihm noch an, dass er einst liebevoll gepflegt worden war. Paloviita konnte sich gut vorstellen, hier zu wohnen. Hinter der Tür lag eine Garage, in der aber wohl nie ein Auto gestanden hatte. Zumindest war sie jetzt voller Schnitzwerkzeuge und fein gearbeiteter Holzarbeiten. Kangasharju war einmal ein sehr talentierter Handwerker gewesen. Das erklärte auch den kunstvollen Schlüsselanhänger. Auf der Werkbank lag seine letzte Arbeit, unvollendet. Ein hölzerner Puppenwagen, dem nur noch der Lenker fehlte. Auch er war fertig, aber noch nicht befestigt. Paloviita dachte an das Mädchen, das im Krankenhaus auf dem Schoß ihres Opas gesessen hatte. Sie würde ihren Puppenwagen nie bekommen.

Genau wusste er nicht, warum er hierhergekommen war, aber es erschien im wichtig. Vielleicht würde er hier ja auf das fehlende Puzzleteil in ihren Ermittlungen stoßen – vielleicht war er aber auch nur neugierig.

Er zog die Tür auf, die ins Haus führte, gelangte von hier aus aber nicht in einen Wohnraum, sondern in den Heizungskeller. Die Heizperiode hatte schon begonnen, der Ölbrenner rauschte. Es roch nach einer Mischung aus Naphta und Staub. Durch eine weitere Tür gelangte Paloviita in das Kaminzimmer. Er blieb stehen und lauschte ins Halbdunkel. Nur das Ticken einer Standuhr unterbrach die Stille. Was hatte es für einen Sinn, alle fünf Tage hierherzukommen und sie aufzuziehen?

In einem raschen Rundgang durchquerte er die anderen Räume. Gefrier- und Kühlschrank in der Küche waren leer, liefen aber trotzdem brummend. Wahrscheinlich schon seit vier Jahren, genauso wie die Standuhr leeren Wänden die Uhrzeit anzeigte.

Paloviita begann mit dem Schlafzimmer, durchsuchte den Kleiderschrank und die Schubladen des Nachttisches und empfand Scham – wie jedes Mal, wenn er in den persönlichen Dingen fremder Menschen wühlte. Er machte im Gästezimmer weiter, danach in einem kleinen Arbeitszimmer und dem Flur, ohne auf etwas Interessantes zu stoßen. Keine SS-Uniform auf dem Bügel, keine Hakenkreuzfahne und kein Bild von Adolf Hitler an der Wand im Schlafzimmer. Das Haus unterschied sich in nichts von einem typischen Haus alter Leute, in dem sie ein Leben lang gewohnt, Freude und Leid geteilt hatten.

Zuletzt nahm er sich das Wohnzimmer vor. Es war der größte Raum im Haus und wurde von einer imposanten Sitzgarnitur und einem Bücherregal beherrscht, das die ganze Wand einnahm. Paloviita schaltete kein Licht an, obwohl es im Haus schon schummrig war und die Ecken im Dunkeln lagen. Er wusste nur zu gut, dass in Gegenden wie dieser anders als in neu gebauten

Siedlungen das Blockwartprinzip noch bestens funktionierte und er wollte die Neugier der Nachbarn nicht wecken.

Er trat vor das Bücherregal. Es war handgefertigt, vielleicht sogar von Albert selbst, stattlich und geschmackvoll verziert. Er ließ den Blick über die hunderten Buchrücken schweifen. Auch er hatte immer von einem großen Bücherregal geträumt, aber weil es nicht in Mode war und nicht zu ihrem Einrichtungsstil passte, hatte er wohl oder übel darauf verzichten müssen. Stattdessen hatten sie sich einen tausende Euro teuren Flügel ins Wohnzimmer gestellt, auf dem nie jemand spielte, über dem eine gewaltige Designerleuchte von Eero Aarnio hing, die die Form einer Kniescheibe hatte. Seine Bücher bewahrte er digital in Tablet und Handy auf. Dabei war es nicht einmal lange her, da hätte ihm ein kurzer Blick auf das Buch- und Schallplattenregal oder auf die Zeitschriften, die jemand bestellte, genügt, um eine erste Einschätzung des Charakters dieses Menschen vornehmen zu können. Heute war das nicht mehr möglich. Alles war in einem schwarzen Plastikgehäuse verborgen.

Albert und Hilkka hatten sich offenbar für das Schicksal von Menschen interessiert, denn im Regal standen zahlreiche Biografien. Paloviita vermutete, die historischen und romantischen Bücher gehörten Hilkka, die Kriegs- und Spionagethriller Albert, doch möglicherweise war es genau umgekehrt.

Im unteren Teil des Regals standen verstaubte Fotografien, die älteste wahrscheinlich aus den Fünfzigern. Albert war einmal ein gutaussehender junger Mann mit dem Charisma eines Filmstars gewesen.

Paloviita ging in die Hocke und zog die Schubladen ganz unten heraus. Noch immer wusste er nicht, wonach er suchte, hoffte einfach, irgendetwas zu finden, ohne zu wissen, was es sein könnte. Er dachte über Albert nach – und über Isser Stern, der ihn den Satan genannt hatte. So sehr er es auch versuchte, nichts in dieser Wohnung deutete auf die Behausung eines teuflischen Menschen hin oder lieferte irgendeinen Anhaltspunkt für Kangasharjus dunkle Seite. Andererseits hatte der Mann sie schon einmal belogen, als es um seine Zugehörigkeit zur Waffen-SS ging. Warum sollte er nicht auch ansonsten die Unwahrheit gesagt haben? Irgendetwas war jedenfalls im Krieg passiert, das Albert ihnen verheimlichte. Doch sie würden wohl nie herausfinden, was es war. Albert würde sein Geheimnis wahrscheinlich mit ins Grab nehmen.

Die Schubladen waren gefüllt mit den üblichen Papierablagerungen aus vielen Jahren, angefangen mit den Schulzeugnissen der Kinder, Geschäfts- und Versicherungsunterlagen und anderen Schriftstücken, die einmal wichtig gewesen waren, jetzt aber nichts weiter als emotionalen Wert besaßen und bald nicht einmal mehr das. Die Menschen, denen sie einmal etwas bedeutet hatten, würde es bald nicht mehr geben. Das ganze Haus war von endloser Stille erfüllt, die nur vom rhythmischen Ticken der Uhr und dem Brummen des Kompressors der Kühl-Gefrier-Kombination in der Küche unterbrochen wurde – alles hier atmete eine vergangene Zeit.

Paloviita blätterte durch Fotoalben, Ordner und Plastikmappen, ohne etwas zu finden. Er setzte sich auf den Boden und betrachtete das Bücherregal. Unvermittelt zog er eine der Schubladen erneut auf.

Es war nur ein flüchtiger Gedanke.

Ein Gefühl, dass etwas mit dieser Schublade nicht stimmte.

Wieder betrachtete er die Unterlagen, die er schon einmal durchgegangen war, und versuchte, den Gedanken von eben wieder zu fassen.

Jemand anderes hatte die Schubladen vor Kurzem ebenfalls durchsucht.

Jemand hatte die Papiere durcheinandergebracht.

Alles im Haus war in feinster Ordnung, nur die Unterlagen in den Schubladen lagen wild durcheinander. Das allein war schon ungewöhnlich, aber am merkwürdigsten waren die Fotoalben. Er hatte in seinem Leben schon etliche solcher Alben durchgeblättert, und immer hatten sie eines gemeinsam: die Trennblätter zwischen den Seiten klebten an den Fotos, doch diese hier ließen sich ganz leicht umblättern. Jemand hatte die Alben vor nicht allzu langer Zeit durchgesehen.

Jemand hatte die Wohnung gefilzt.

Vielleicht eine von Kangasharjus Töchtern, um nach einem bestimmten Dokument zu suchen. Doch warum sollten sie dabei auch in den Alben geblättert haben?

Kalt fasste ihn die Hand des Grauens im Genick. Die Härchen auf seiner Haut richteten sich auf, und ihn befiel das untrügliche Gefühl, nicht allein im Haus zu sein. Langsam stand er auf und drehte sich um. Der verregnete Nachmittag warf trübes Licht durch die Gardinen vor den Fenstern. Die Sofagarnitur schimmerte silbern. Staubflocken tanzten. Ein Sessel stand in der Ecke. Als Paloviita seinen Blick darauf richtete, begann sein Herz wie wild zu schlagen, die Schläfen pochten. In dem Sessel saß jemand. Paloviita erkannte nur einen dunklen Schatten und übergeschlagene Beine, die in ledernen Männerschuhen steckten. Seine Gedanken wirbelten wild durcheinander. Er hatte seine Waffe nicht dabei und auch nichts anderes, mit dem er sich verteidigen konnte.

Einen Moment lang sahen sie sich nur an.

Er und der Schatten.

»Sind Sie der, der Russisch spricht?«, fragte der Schatten auf Englisch.

Paloviita brauchte einen Augenblick, bevor er begriff, dass Oksman gemeint war, der sich mit Isser Stern auf Russisch unterhalten hatte. Gleichzeitig wurde ihm klar, dass auch der Schatten mit Stern gesprochen haben musste – falls, und hier musste Paloviita schlucken –, falls ihre Telefonate nicht abgehört wurden.

»Nein. Das ist mein Kollege.«

Der Schatten beugte sich nach vorn, auf sein Gesicht fiel etwas Licht. Paloviita erkannte ihn sofort. Über der Oberlippe des Mannes klebte ein Pflasterstrip als Erinnerung an ihre Auseinandersetzung im Krankenhaus. Seine rechte Hand ruhte lässig auf der Sessellehne und hielt eine halbautomatische Pistole vom Typ Jericho 941 mit Schalldämpfer.

Der Mann lächelte und wies auf seine Oberlippe.

»Wir hatten schon einmal das Vergnügen und werden uns beide sicher noch lange an die Begegnung erinnern. Ich muss ehrlich zugeben, dass wir die Polizei von Pori unterschätzt haben.«

Er bemerkte Paloviitas Blick, der unverwandt auf die Pistole gerichtet war. Er drehte den Lauf ein wenig zur Seite und sagte:

»Bedauere, aber ich kann es mir nicht leisten, Sie ein zweites Mal zu unterschätzen. Aber keine Sorge, ich habe nicht vor zu schießen. Sagen wir, die Waffe hier dient nur der Sicherheit.«

Paloviita schluckte. Die Worte des Mannes beruhigten ihn keineswegs.

»Ich bin unbewaffnet«, sagte Paloviita.

Der Mann nickte. »Finnland ist ein seltsames Land. Da, wo ich herkomme, tragen alle Polizisten immer eine Waffe, auch in der Freizeit. Sie wohnen in verriegelten Häusern mit dicken Wänden und Fenstern aus Panzerglas. Ihr hier lauft einfach über die Straße und geht mit euren Familien einkaufen wie jeder x-beliebige Bürger.«

»Wir bombardieren ja auch nicht unser Nachbarland und walzen die Häuser dort mit Planierraupen nieder«, entgegnete Paloviita.

Die Mundwinkel des Mannes hoben sich leicht, seine Augen lächelten, und Paloviita begriff, dass sein Gegenüber wesentlich jünger war als er, etwa um die dreißig oder noch jünger.

»Die Welt erscheint anders abhängig vom Lichteinfall. Selbst die hellste Farbe erscheint grau, wenn es dunkel genug ist«, sagte der Mann.

»Waffen sind immer schwarz.«

Er lachte. »Säße ich nicht mit einer Pistole hier, würden wir in einer anderen Welt leben, würde ich Sie auf ein Bier einladen. Ich glaube, wir haben einiges gemeinsam.«

»Gemeinsam? Ich würde nicht in Ihr Haus einbrechen, in dem Frau und Kinder schlafen.«

»Und was ist mit dem Haus eines einsamen Alten? Wissen Sie, für wen ich arbeite?«

»Ja.«

»Ich habe auf Sie gewartet«, sagte der Mann.

»Was hat Sie so sicher gemacht, dass ich kommen würde?«

»Dass Sie ein guter Polizist sind. Sie wollen wissen, ob Albert Kangasharju wirklich so war, wie Sie befürchten.«

»War er das?«

Er zeigte mit der Pistole auf den Glastisch, auf dem eine Mappe lag. Paloviita zögerte, bevor er die wenigen Schritte zum Tisch hinüberging. Obwohl der Mann äußerlich gelassen wirkte, fühlte Paloviita sich bedroht, und ein Überraschungsangriff war ihm nicht einmal in den Sinn gekommen. Er hatte nicht vor, sich eine Kugel von einem Agenten des israelischen Geheimdienstes einzufangen. Was wohl passiert wäre, wenn Oksman an seiner Stelle das Haus betreten hätte? Vielleicht wäre dann alles komplett anders abgelaufen.

Paloviita griff nach der Mappe und trat ein paar Schritte zurück, dabei ließ er den Mann keine Sekunde aus den Augen. Er schlug den Deckel auf und blätterte in den Papieren. Es waren englische Übersetzungen, und Paloviita wurde von dem Gefühl beschlichen, dass sie eigens für ihn angefertigt worden waren. Eine erste Durchsicht zeigte, dass sie eine lückenlose Auflistung der Zeiten enthielten, in denen Albert Kangasharju unter den Deutschen gedient hatte. Darunter befanden sich zahlreiche Fotografien, die die Ermordung von Juden zeigten. Paloviita klappte die Mappe zu.

»Albert Nousiainen war noch sehr jung, als er nach Deutschland ging, so wie die meisten Freiwilligen in der Waffen-SS. Viel zu jung. In gewisser Weise waren auch sie Opfer dieses unsinnigen Krieges. Als Albert nach Finnland zurückkehrte, nahm er den Mädchennamen seiner Mutter an, wie viele andere ehemalige SS-Männer auch. In den Papieren finden sich Beweise für seine und Klaus Halminens Beteiligung am Massenmord an Juden im Wald von Monastyrsk. Wir haben Grund zu der Annahme, dass das Einsatzkommando, dem sie beide angehörten, in der Zeit zwischen Dezember 1941 und März 1942 mehr als tausend Juden ermordet hat. In den Unterlagen steht auch, dass Albert Kangasharju der Mann ist, den die Juden den Satan nannten. Er hat die Menschen nicht nur hingerichtet, sondern sie auch gequält, gefoltert und verstümmelt.«

»Wenn Sie Beweise dafür haben, warum beantragen Sie dann nicht seine Auslieferung nach Deutschland, um ihn vor Gericht zu stellen?«

Er schaute Paloviita in die Augen, um zu sehen, ob dieser möglicherweise scherzte.

»Sie wissen genauso gut wie ich, dass es niemals zu einem solchen Prozess kommen würde.«

»Und das gibt Ihnen das Recht, ihn zu erhängen?«

»Schauen Sie sich die Unterlagen an und entscheiden Sie selbst.«

»Warum geben Sie mir das?«

»Weil Sie ein guter Polizist sind.«

»Dann kennen Sie mich nicht.«

Er erhob sich. »Ich würde mich gern länger mit Ihnen unterhalten, aber leider muss ich los. Nehmen Sie es mir bitte nicht übel.« Er ging zum Fenster und sah durch die Gardinen nach draußen.

»Ich werde umgehend die Polizei hinter Ihnen herschicken.«

»Selbstverständlich. Nichts anderes habe ich von Ihnen erwartet. Hoffentlich geht es Ihrer Nase bald besser. Es war nicht meine

Absicht, Sie zu verletzen, aber Sie haben mir keine Wahl gelassen.« Er lächelte. »Es hat nicht viel gefehlt und Sie hätten mich geschnappt. Ich bin schon lange dabei und kann Ihnen sagen, dass das so leicht keinem gelingt. Falls Sie je über einen Berufswechsel nachdenken, zögern Sie nicht, mich zu kontaktieren. Wir haben immer Verwendung für gute Polizisten wie Sie.«

»Sie scheinen ja einiges über mich zu wissen, und ich kenne nicht einmal Ihren Namen.«

»Sie können mich Jona nennen«, sagte er lächelnd.

»Jona?«

»Sie wissen schon, der, der in den Bauch eines Wals geraten ist.«

Und dann war er plötzlich verschwunden. Paloviita hörte, wie die Tür zuschlug. Das fahle Licht um ihn herum verdichtete sich zu einer grauen Wand. Er schwankte zum Sofa und ließ sich in die Kissen fallen. Sein Herz pochte, Beine und Arme schlotterten. Ihm lief der Schweiß aus allen Poren. Er wartete, bis sich der innere Aufruhr gelegt hatte, Schwindel und Übelkeit nachließen. Lange lehnte er in den Polstern des Sofas. Als die Standuhr zur vollen Stunde schlug, glaubte er, sein Herz würde zerspringen.

Er stand auf und setzte sich in den Sessel, in dem Jona kurz zuvor gesessen hatte, schaltete die Stehlampe ein und ging die Papiere in der Mappe Blatt für Blatt durch. Schon auf den ersten Seiten wurde deutlich, dass der Mossad Albert Kangasharju schon seit Langem beobachtete. Isser Stern war nicht der Einzige, der Albert als den Satan bezeichnet hatte. Es sah ganz so aus, als ob dies unter den Juden eine gängige Bezeichnung für den finnischen SS-Mann gewesen war.

Der Satan.

Die ersten Hinweise darauf, dass es sich bei Kangasharju um den berüchtigten Satan handelte, stammten aus den Neunzigerjahren. Nach dem Fall der Berliner Mauer und dem Zusammenbruch der Sowjetunion waren in den Archiven von Stasi und KGB lange verschollen geglaubte Dokumente aufgetaucht, die Aufschluss über diverse Kriegsverbrechen gaben. Wären sie gleich nach dem Krieg im Besitz der Westmächte gewesen, hätten mit Sicherheit bedeutend mehr Naziverbrecher verurteilt werden können. Oder vielleicht auch nicht. Vielleicht war er einfach zu naiv, wenn er das annahm.

Die Unterlagen des Mossad enthielten viele Anmerkungen, die auf Nachforschungen verwiesen, die Isser Stern bereits in den Fünfziger- und Sechzigerjahren unternommen hatte. Stern war lange Zeit der Motor der Recherchen gewesen, bis sich in den Neunzigern auch der Mossad dafür zu interessieren begann. Wahrscheinlich hatte man spätestens zu jener Zeit begriffen, dass man schnell handeln musste, wenn man die ehemaligen Kriegsverbrecher zur Verantwortung ziehen wollte, solange sie noch lebten. Falls die Unterlagen keine gekonnten Fälschungen waren, wovon Paloviita nicht ausging, dann hatte der Mossad gründliche Arbeit geleistet, um die verschiedenen Stationen von Kangasharjus Dienstzeit bei der SS und nach dem Krieg aufzudecken. In der Mappe befand sich auch eine Kopie jenes Dokuments, in dem Albert Nousiainen für verschollen und später für tot erklärt worden war. Allerdings war es mit einem Gutachten versehen, in dem das Dokument als Fälschung entlarvt wurde, das nachträglich und höchstwahrscheinlich in Finnland angefertigt worden war. Es hatte ganz den Anschein, als handele es sich mitnichten um eine Verwechslung, wie Kangasharju ihnen weismachen wollte.

Paloviita wurde von dem schlimmen Verdacht beschlichen, dass nichts in Kangasharjus Erzählung der Wahrheit entsprach.

Ferner las Paloviita, dass Alberts Vater im Finnischen Freiheitskrieg bei den Jägern gekämpft hatte und im Rang eines Oberstleutnants aus dem Armeedienst ausgeschieden war. Während des Stellungskrieges im Winter 1942 waren viele Finnen auf Betreiben des Finnischen Freiwilligenkomitees vorzeitig nach Hause geholt worden, was unter ihren deutschen SS-Kameraden verständlicherweise für Verdruss gesorgt hatte, denn die Zustände an der Front waren zu jener Zeit höllisch. Das Unternehmen Barbarossa war gründlich in die Hose gegangen, und der Krieg gegen die Sowjetunion steckte im eisigen Frost fest. Nach erbitterter Gegenwehr war es dem Feind gelungen, die Front hunderte Kilometer weit zurückzudrängen.

Viele Väter der Heimgekehrten waren Jäger, und sie hatten ihre Beziehungen und ihren Einfluss spielen lassen, um die vorzeitigen Dienstentlassungen durchzusetzen. Klaus Halminen und Albert Nousiainen gehörten zu den Heimkehrern. Dank der Kontakte seines Vaters nahm Albert sofort nach seiner Rückkehr nach Finnland einen neuen Nachnamen und eine neue Identität an. Man brachte ihn in der Karelien-Armee unter. Beim Lesen wurde Paloviita klar, dass der Abzug von Halminen und Kangasharju aus Deutschland politische Hintergründe hatte und eng mit ihrer Tätigkeit in den Einsatzkommandos zusammenhing. Diejenigen, die sie nach Finnland zurückgeholt hatten, mussten Bescheid gewusst haben über die Dinge, an denen die beiden beteiligt gewesen waren.

Auf den letzten Seiten ging es um den Massenmord, der sich im Wald von Monastyrsk zugetragen hatte. Es war eine entsetzliche Lektüre. Anfang Dezember hatte das Militärkommando von Dnepropetrowsk die in der Stadt wohnenden Juden aufgefordert, sich zum Zweck der Umsiedlung registrieren zu lassen. Diejenigen, die sich gemeldet hatten, etwa hundertfünfzig Personen, wurden in den fünf Kilometer vor der Stadt gelegenen Wald von Monastyrsk transportiert, wo man sie aufforderte, sich auszuziehen und alle Wertsachen abzulegen. Daraufhin wurden sie erschossen und in eine Schlucht geworfen, die als Massengrab diente. Für das Morden verantwortlich war ein Sonderkommando unter der Führung des Chefs der Sicherheitspolizei Karl Julius Plath, das von den Männern eines SS-Einsatzkommandos unterstützt wurde.

Am schrecklichsten waren die transkribierten Aussagen der Augenzeugen, etwa zehn an der Zahl. Schweigend las Paloviita:

<Zeugenaussage Silberman, Helen, 74, Tel Aviv, 12. 03. 1996>
Silberman: »Der Mann, dieses Ungeheuer, hat Mischa an den Haaren gepackt und mir aus den Armen gerissen und ihn in die Schlucht zu den blutüberströmten Leichen geworfen. Dann sah er mich an und lächelte. An dieses Gesicht und dieses Lächeln werde ich mich immer erinnern. Das kann ich niemals vergessen.«
Vernehmer 1: »Hat Ihre Tochter da noch gelebt?«
<Die Zeugin weint>
Vernehmer 1: »Ist der Mann, den Sie meinen, auf einem der Fotos zu sehen?«
<Es wird vermerkt, dass der Zeugin sechs Fotos von SS-Männern vorgelegt werden, die Fotos A1, A2, A3, A4, A5, A6>
Silberman: »Da! Das ist der Mann! Das Ungeheuer! Der Satan!«
<Es wird vermerkt, dass die Zeugin auf das Foto A2 zeigt, SS-Schütze Albert Nousiainen>

<Zeugenvernehmung Jakobson, Anne, 80, Tel Aviv, 16. 03. 1996>
Jakobson: »Ich kann mich erinnern, wie ein junger Mann, er konnte nicht älter als fünfzehn Jahre gewesen sein, plötzlich davonrannte. Wir sahen ihm alle nach. Der Junge war schnell, und die Lichtung war nicht sehr groß. Fast schien es, als schaffte er es in den Schutz der Bäume.«
Vernehmer 1: »Erzählen Sie uns, was vorgefallen ist.«
Jakobson: »Sie haben einen Hund von der Leine gelassen. Er hat den Jungen eingeholt und ihm das Bein zerfleischt. Dann sind sie zu dem Jungen gegangen und haben gelacht. Keiner hat den Hund zurückgenommen.«
Vernehmer 2: »Ich weiß, wie schwer das für Sie ist. Ich bitte Sie trotzdem, sich zu erinnern.«
Jakobson: »Der Junge muss schrecklich gelitten haben. Er hat

furchtbar geschrien. Sie haben ihn zurück zur Grube geschleift und dann …«
   Vernehmer 1: »Bitte versuchen Sie es. Das ist wichtig für uns.«
   Jakobson: »Sie haben ihm den … abgeschnitten.«
   <Die Zeugin zeigt auf die Genitalien>
   Jakobson: »Dann haben sie ihm in den Kopf geschossen.«
   <Die Zeugin weint>
   Vernehmer 1: »War einer dieser Männer daran beteiligt?«
   <Es wird vermerkt, dass der Zeugin sechs Fotos von SS-Männern vorgelegt werden, die Fotos A1, A2, A3, A4, A5, A6>
   Jakobson: »Der hier, das ist er, der ihn abgeschnitten hat. Ich erinnere mich an seine vollkommen blauen Augen.«
   <Es wird vermerkt, dass die Zeugin auf das Foto A2 des SS-Schützen Albert Nousiainen zeigt>

<Zeugenaussage Strauss, Yitzhak, 84, Tel Aviv, 02. 09. 1999>
   Strauss: »Wir mussten uns in sechs Reihen aufstellen. Die Männer, die Frauen und die Kinder getrennt voneinander. Auf dem Platz wurden Tische aufgestellt, hinter ihnen saßen Schreiber. Dann wurden die Papiere kontrolliert. Das hatten wir schon oft erlebt. Uns wurde gesagt, dass wir in die Nähe der deutschen Grenze gebracht werden würden, dass sie dort Menschen für die Arbeit in Fabriken brauchten. Ich weiß nicht, ob wir das glaubten, einige vielleicht. Damals kursierten viele Gerüchte. Wir mussten sehr lange warten. Uns war bitterkalt, es war ja Winter, und viele von uns hatten keine ordentlichen Sachen an. Dann fuhren Lastwagen auf dem Markt vor. Wir sollten unsere Koffer stehen lassen und auf die Wagen klettern. Die Fahrt hat nicht lange gedauert. Uns wurde befohlen abzusteigen. Dort waren lauter Hunde. Die Soldaten haben geschrien und uns mit Stöcken geschlagen. Ein alter Mann schaffte es nicht schnell genug, von der Ladefläche zu kommen, also haben ihn die SS-Männer heruntergezerrt und mit der Pistole ins Genick geschossen. Wir sind mit Stöcken und Waffen in den Wald getrieben

worden wie Vieh. Dort mussten wir uns splitternackt ausziehen, mir und zwei anderen Männern wurde aufgetragen, die Sachen zurück zu den Lastwagen zu bringen. Da haben wir die Schüsse gehört.«
<Der Zeuge weint>
Strauss: »Wir wussten, was dort geschah. Soldaten kamen zu den Lastwagen. Alle waren sturzbetrunken. Sie zeigten auf uns und grölten. Da bin ich losgerannt. Sie haben hinter mir her geschossen, aber nicht getroffen. Sie waren zu betrunken.«
Vernehmer 2: »Erkennen Sie einen der SS-Männer, die dabei waren?«
Strauss: »Ich habe ihre Gesichter nie vergessen.«
<Es wird vermerkt, dass dem Zeugen sechs Fotos von SS-Männern vorgelegt werden, die Fotos A1, A2, A3, A4, A5, A6>
»Diese zwei.«
<Es wird vermerkt, dass der Zeuge auf das Foto A2 zeigt mit dem SS-Schützen Albert Nousiainen, und auf das Foto A4 mit SS-Scharführer Klaus Halminen>
Vernehmer 1: »Woran erkennen Sie sie?«
Strauss: »Sie waren keine Deutschen.«
Vernehmer 2: »Woher wussten Sie, dass sie keine Deutschen waren?«
Strauss: »Alle wussten, dass das Finnen waren.«
Vernehmer 2: »Woran können Sie sich noch erinnern?«
Strauss: »Der hier hat dem alten Mann mit der Pistole ins Genick geschossen.«
<Der Zeuge zeigt auf das Foto A2 mit dem SS-Schützen Albert Nousiainen>
Vernehmer 2: »Kennen Sie seinen Namen?«
Strauss: »Alle haben ihn nur den Satan genannt. Er war erbarmungslos.«

57

Als Paloviita am Altenpflegeheim Kuusipuu eintraf, dämmerte es bereits und die ersten Sterne blitzten zwischen den Wolken hervor. Vor dem Eingang parkte demonstrativ ein Streifenwagen. Das mochte wichtig und offiziell wirken, war aber im Endeffekt nichts als Show. Einen Profikiller würde das jedenfalls nicht aufhalten.

Paloviita näherte sich langsam dem Wagen und hörte schon von Weitem die Webasto-Standheizung brummen. Er wählte den Weg direkt am Haus entlang, und obwohl alles hell erleuchtet war, konnte er sich über den toten Winkel unbemerkt nähern. Keiner der beiden Polizisten schaute in seine Richtung. Er ging auf die Fahrerseite und klopfte mit dem Fingerknöchel gegen die Scheibe. Der Polizeiwachtmeister scrollte auf dem Handy und blickte erschrocken hoch. Als er Paloviita sah, schaltete er das Handy aus. Der neben ihm sitzende Kollege verspeiste sein Pausenbrot und starrte ebenfalls aufs Handy. Der Fahrer öffnete das Fenster. Paloviita sagte nichts dazu, sondern fragte stattdessen:

»Wollt ihr eine Pause? Ich muss mit dem Alten reden. Es wird ungefähr eine Stunde dauern.«

Die beiden Polizisten sahen sich an, dann auf die Uhr. »Bis neun?«

»Das passt.«

Das Auto wurde gestartet und kurvte auf die Straße. Paloviita zog seine Zigaretten hervor und steckte sich eine an. Er betrachtete die im Dämmerlicht liegende regnerisch graue Landschaft. Aus einer Eingebung heraus nahm er noch einmal die Streichholzschachtel hervor, zündete ein Streichholz an und hielt es vor sein Gesicht. Die Flamme knisterte, tanzte und brannte hell, bis ein plötzlicher Windstoß sie zum Erlöschen brachte.

Er drückte die Zigarette aus und ging in das Gebäude. Im Flur schaltete er kein Licht ein und nahm statt des Aufzugs die Treppe. Die Besuchszeit war längst vorüber.

Die Brandschutztür war geschlossen, ließ sich aber durch Drehen des Türknaufes öffnen. Er betrat den Eingangsbereich der Station. Die Beleuchtung war bereits heruntergedimmt. Eine Pflegerin hatte sein Kommen bemerkt. Ihr erschrockener Blick sagte ihm alles über die Stimmung im Haus. Dann erkannte sie ihn und blickte ihn erleichtert an. Über zwei Zimmertüren blinkten die Rufleuchten.

Alberts persönliche Pflegerin Inkeri kam zu ihm. »Warum müssen Sie immer so spät hier auftauchen?«

»Schläft Kangasharju schon?«

Kurz überlegte sie, was sie antworten sollte, konnte aber einem Polizisten schlecht ins Gesicht lügen und antwortete: »Er ruht.«

»Ich muss mit ihm reden.« Dabei hob er die Aktentasche, wie um zu verdeutlichen, dass sie wichtiges neues Ermittlungsmaterial enthielt.

»Und das hat nicht Zeit bis morgen? Unsere Bewohner sind an einen regelmäßigen Rhythmus gewohnt. Bringt etwas ihre Routinen durcheinander, sind sie gestresst.«

Sie atmete hörbar aus und fuhr fort:

»Fühlen Sie sich eigentlich wohl dabei? Sie haben den Ruf eines guten Menschen ruiniert. Das wird den Rest seines Lebens an ihm haften. Jeder tuschelt hier, dass Albert ein Mörder ist, aber kein Einziger hat auch nur den kleinsten Beweis. Ich wünschte, Sie hätten den alten Mann in Ruhe gelassen. Ein einziger Zeitungsartikel reicht, um ihn zu verunglimpfen. Sie sind sicher sehr stolz darauf!«

Ohne zu antworten, ging Paloviita zu Kangasharjus Zimmer. Inkeri folgte ihm noch ein Stück weit, ließ ihn dann aber allein weitergehen. Wenn er einmal in nassen Windeln an einem Ort wie diesem liegen würde, wünschte er sich eine Pflegerin wie Inkeri, die bereit wäre, ihn bis zum Letzten zu verteidigen.

Der größte Teil der Türen zum Flur stand offen, vereinzelt lief ein Fernseher. Die Tür von Kangasharjus Zimmer war geschlossen. Ohne zu klopfen, öffnete er sie und trat hinein. Die Deckenbeleuchtung war ausgeschaltet, ebenso der Fernseher, nur die Leselampe auf dem Nachttisch brannte.

Kangasharju ruhte mit aufgerichtetem Oberkörper auf seinem Bett. Neben der Lampe auf dem Tisch lagen *Das Mädchen mit den Schwefelhölzern* und eine Schachtel Streichhölzer. Er hatte die Augen geöffnet und starrte an die Decke. Der spindeldürre Oberkörper hob und senkte sich, die erste Nacht im Krankenhaus fiel Paloviita ein. War es tatsächlich schon eine Woche her? Instinktiv fasste er sich an die verbundene Nase. Sie schmerzte noch immer, reagierte auf Berührungen aber nicht mehr ganz so empfindlich wie anfangs. Körperliche Wunden verheilten, dachte Paloviita, seelische vielleicht nie. Damit kannte er sich aus, hatte er doch selbst so einige. Albert Kangasharjus Wunden aber wollte er sich gar nicht erst vorstellen.

Kangasharju hörte ihn kommen. Er rührte sich nicht, aber seine Augen wanderten zur Tür.

Paloviita setzte sich in den Schaukelstuhl, öffnete seine Aktentasche und nahm die Mappe heraus, die er von Jona erhalten hatte. Er legte sie aufs Fensterbrett neben das Hochzeitsbild von Hilkka und Albert. Dann sahen sie sich einen Moment lang an. Alberts Augen schimmerten im Halbdunkel, die Leselampe tauchte den Raum in ein gelbliches Licht und zeichnete schwarze Krater auf das Gesicht des alten Mannes. Abgesehen von den Augen, fand Paloviita, wirkte der Mann eher tot als lebendig.

»Klaus?«, rief er flüsternd.

Die Stille wurde nur vom Ticken der Uhr unterbrochen. Durch die Tür drangen gedämpft die Geräusche einer Quizshow.

»Ich dachte, sie haben dich gekriegt?«, fragte Albert weiter.

Paloviita wusste nicht, wie er reagieren sollte, antwortete schließlich aber: »Noch nicht.«

»Sie kommen, Klaus.«

»Ich weiß. Wir haben nicht mehr viel Zeit.«

Paloviita sah dem Alten ins Gesicht. Sein Blick war hell und klar, nicht der geringste Schleier trübte ihn. Er begriff, dass der Mann ihn erkannt hatte – und wusste, dass sie beide ihre Rolle bis zum Schluss spielen mussten.

»Wir haben die zwei gerettet, weißt du noch, Klaus? Die Mutter und ihr Kind. Wenigstens die beiden haben wir gerettet.«

»Ja, Albert, die zwei.«

»Ich bin müde.«

»Ich weiß.«

»Jetzt ist es vorbei.«

»Ja, Albert. Es ist vorbei.«

»Ob sie noch leben, was denkst du, Klaus? Irgendwo.«

»Ich bin mir ganz sicher.«

»Und Martti?«

»Er auch.«

»Es tut mir leid, Klaus, das alles. So unendlich leid.«

»Mir auch, Albert.«

»Leb wohl, Jari.«

»Leb wohl, Pertti.«

Paloviita stand auf, nahm die Mappe vom Fensterbrett und verließ das Zimmer. Er ging nach unten. Der Regen hatte nachgelassen, und zwischen den Wolken hervor schien der Mond. Der Streifenwagen war noch nicht zurück, also wartete er, bis die Kollegen wieder auf ihrem Platz standen. Erst dann stellte er den Kragen auf und ging zu seinem Wagen.

Er legte die Mappe auf den Beifahrersitz. Bisher wusste niemand, dass sie in seinem Besitz war. Zwischen diesen Deckeln gab es genug Beweismaterial, um den Fall endgültig und vollständig an den Staatsschutz zu übergeben, dem keine andere Wahl mehr bleiben würde, als die Ermittlungen zu übernehmen. Nicht nur, dass die Unterlagen schreckliche Gräueltaten während des Krieges bezeugten, sie bewiesen auch unzweifelhaft die Verwicklung des Mossad in den Mord an Klaus Halminen. Er würde zum Polizeipräsidium fahren und Manner anrufen müssen, die die Akten an die Supo übergeben würde. Danach bräuchten weder er noch sonst jemand – nicht Oksman und auch nicht Linda – sich noch den Kopf über den Fall zu zerbrechen.

Die Autoscheiben beschlugen. Paloviita ließ den Motor an und drehte die Lüftung voll auf.

Der Motor brummte.

Eine unsichtbare Kraft hinderte ihn daran loszufahren. Er betrachtete die Dokumentenmappe.

Was wohl damit geschah? Würde die Supo die Unterlagen veröffentlichen?

Wohl kaum.

Ganz sicher nicht.

Die ganze Angelegenheit war so gewaltig, dass es schon lange keine Frage der Moral mehr war. Die internationale Diplomatie und außenpolitische Fragen würden in den Vordergrund treten und die Mappe mit dem Stempel »Geheim« versehen werden. Im schlimmsten Fall würde das Ganze in der Versenkung verschwinden und für immer begraben bleiben.

Jona hatte ihm die Mappe mit den Worten überlassen, er solle sie lesen und dann selbst entscheiden.

Was entscheiden?

Hatte er ihm damit sagen wollen, dass er es ganz alleine in seine Hände gelegt hatte, über das weitere Schicksal dieser Mappe zu befinden?

Manner hatte ihm vorgeworfen, sich in seinem Handeln zu sehr von seinen Gefühlen leiten zu lassen.

Warum geben Sie mir das?

Weil Sie ein guter Polizist sind.
Dann kennen Sie mich nicht.

Die Scheiben waren kaum noch beschlagen, das Autoinnere wurde langsam warm. Paloviita legte den Gang ein und ließ die Kupplung kommen. Er fuhr ziellos durch die stillen Straßen der Stadt, schaute auf erleuchtete Fenster, Neon-Leuchtreklamen, die sich in den Pfützen spiegelten, einsame Spaziergänger mit Hund, fuhr dann über den schwarz dahinfließenden Kokemäenjoki, und hielt am Ende vor den Redaktionsräumen der *Satakunta-Morgenzeitung*. In den Fenstern brannte noch Licht. Genau wie bei der Polizei, dachte Paloviita. Auch die Presse schlief niemals. Und die Banditen, sie kannten ebenfalls keine Nachtruhe. Doch alle drei waren sie aufeinander angewiesen, um zu überleben.

Es hatte wieder angefangen zu regnen, Tropfen klatschten auf die Windschutzscheibe, die Scheibenwischer arbeiteten. Er kramte einen Marker aus dem Handschuhfach und schrieb in großen schwarzen Buchstaben den Namen von Raakel Kallio auf den Deckel der Mappe und klein darunter:

Exklusiv. -J-

Dann öffnete er die Tür, sprang über die Pfützen, hielt die Mappe schützend vor seinen Bauch und lief zur anderen Straßenseite, wo er sie in den Briefkasten der Redaktion fallen ließ.

Auf dem Heimweg fuhr er unten am Fluss entlang. Die Reifen spritzten Wasser auf den Gehweg. Seine Gedanken wanderten ziellos von einem zum anderen: Kangasharju, Halminen, Terhi, die Mädchen, Linda, eine grauenvolle Schlucht im Wald von Monastyrsk. Er stellte sich den Aufmacher der morgigen Zeitung vor. Vielleicht wäre die erste Seite ja komplett schwarz, mit einem großen weißen Hakenkreuz in der Mitte oder zwei nebeneinander einschlagenden Blitzen. Oder auch nicht. Vielleicht wäre es nur eine kleine Notiz auf der Seite mit den Unfall- und Polizeiberichten. Vielleicht reichten die Ausläufer der Kultur des Schweigens sogar bis hierher.

Nicht vorstellen vermochte er sich allerdings, wie Kangasharjus Töchter oder Halminens Witwe reagieren würden, wenn sie den Artikel lasen, ganz zu schweigen von Alberts Pflegerin Inkeri. Und was würde Albert selbst sagen, wenn die Kulisse, die er im Laufe eines ganzen Lebens mühsam errichtet hatte, auf einen Schlag einstürzte? Schweigen forderte Opfer, aber die Wahrheit nicht minder.

War es richtig gewesen, die Unterlagen an die Medien zu geben? Wer war er, über den Ruf der Menschen zu richten, in der Schlacke der Vergangenheit zu wühlen und Dinge ans Tageslicht zu befördern, die man nach Meinung vieler lieber vergessen sollte? Hätte er die Mappe auch dann der Presse zugespielt, wenn es sich um seinen eigenen Großvater gehandelt hätte? Seinen Opa, der von der Front heimgekehrt war und weitergelebt hatte, als ob es nie einen Krieg gegeben hatte?

Paloviita dachte daran, dass Jona ihn einen guten Polizisten genannt hatte, aber in diesem Moment fühlte es sich ganz und gar nicht so an.

Als er zu Hause ankam, zog er Schuhe und Jacke schon im Windfang aus. Terhi saß im Wohnzimmer und löste Kreuzworträtsel, die Mädchen waren schon im Nachthemd und spielten im Flur mit ihren Barbies. Als sie ihn hereinkommen sahen, sprangen sie auf und hopsten ihm entgegen.

Er war zu Hause.

58

Albert Nousiainen stand auf seinen Rollator gestützt am Fenster. Er hatte sich angekleidet und die Vorhänge zurückgezogen. Die Laternen im Park brannten mit Ausnahme einer einzigen. Die Bäume schwankten und zeichneten auf Rasen und Wege Mosaike aus beweglichen Schatten, die Albert an die Fangarme eines prähistorischen Raubtieres erinnerten.

Er hatte schon so lange gelebt, dass es ihm schwerfiel, sich daran zu erinnern, wer genau er war. Vor langer Zeit war er davon überzeugt gewesen, dass jede Lüge zur Wahrheit wurde, wenn man sie nur oft genug wiederholte.

Aber das stimmte nicht. Eine Lüge war und blieb eine Lüge. Das wusste er jetzt.

Zwei dunkle Gestalten lösten sich aus dem Dunkel des Parks, überquerten eine Wiese, verschmolzen erneut mit den Schatten und verschwanden aus seinem Blickfeld.

Albert streckte seinen Rücken durch, klappte das Medaillon zu und steckte es in die Tasche.

Der Fahrstuhl ging. Der Motor summte leise, die Schiebetür fuhr quietschend zur Seite. Albert holte tief Luft und warf einen letzten Blick auf die stummen Fotografien auf dem Fensterbrett. Seine Familie in jungen Jahren. Glücklich, schön.

Inkeri schrie, doch der Schrei erstickte sofort. Die Schritte zweier Personen näherten sich über den Flur und stoppten. Die Tür wurde hinter ihm geöffnet. Ein Licht fiel ins Zimmer.

Albert drehte sich um und begegnete dem Blick zweier schwarz gekleideter Männer. Beide hielten eine Pistole in der Hand.

»Die braucht ihr nicht«, sagte Albert in perfektem Deutsch.

»Zeit zu gehen.«

»Ich habe euch mein ganzes Leben lang erwartet«, sagte der Alte und umfasste die Griffe seines Rollators. Sie betraten den verlassenen Korridor. Albert sah Inkeri hinter der Glasscheibe des Pförtners mit dem Hörer am Ohr. Ihr Gesicht war schreckverzerrt. Als Inkeri sie kommen sah, ließ sie ihr Handy vorsichtig auf den Tisch sinken, sprang auf und starrte zu ihnen herüber. Albert und Inkeris Blicke trafen sich. Der alte Greis lächelte.

Einer der Männer drückte den Fahrstuhlknopf. Die Türen gingen auf, ein schmaler Lichtstreif durchschnitt den Korridor. Die drei Männer betraten den Fahrstuhl, die Türen schlossen sich, der helle Streifen verschwand.

EPILOG

Es ist kalt und schummrig, zwischen den dunklen Stämmen hängen Nebelschwaden. Der Wald verbreitet den Geruch von Moos, Harz und feuchtem Laub. Der Atem hüllt den Kopf in eine Wolke.
Tausende Stimmen, schreiende und flehende, sind verstummt. Nun ist nichts als Stille.
Unter den Bäumen steht eine Frau und hält ein Kind auf dem Arm. Ihr Gesicht kann Albert nicht erkennen, es liegt im Schatten verborgen. Er sucht in seinen Taschen nach Streichhölzern, kann sie aber nicht finden und bekommt einen Schreck. Er muss unbedingt ein Streichholz anzünden und ihr Gesicht sehen. Alle Taschen durchsucht er, dabei weiß er, dass er keine Schachtel hat, denn er hat sie weggegeben.
Er hat sie ihr gegeben.
Sie tritt auf die Lichtung, die nackten Zehen versinken im eiskalten Schlamm. Sie kommt sicheren, anmutigen Schrittes auf ihn zugelaufen. Der Saum ihres langen Rocks ist schmutzbefleckt, die rabenschwarzen Haare fallen offen über den Rücken wie ein Pferdeschweif.
Albert ist wieder jung.
Die Frau kommt näher. Würde er seine Hand heben, könnte er ihr Gesicht berühren, doch er wagt es nicht, sich zu bewegen und so den Augenblick zu zerstören. Ihr Gesicht ist weiß wie Puder, ihre schwarzen Augen schauen direkt in sein Inneres. Sie legt das Baby über die Schulter, holt die Streichholzschachtel hervor und entzündet ein Streichholz. Die Flamme brennt schön und knisternd, bescheint ihr Gesicht, vergoldet die Stämme der Bäume.
Aus der Dunkelheit starren tausend Augenpaare.

Das brennende Streichholz leuchtet und wärmt. Dann lächelt sie. Die Flamme zittert und wird schwächer, der Schaft wird schwarz. Sie spitzt die Lippen und pustet die Flamme aus.

Es wird dunkel.

Alles, was bleibt, ist Schweigen.